L'AMOUR LÀ-BAS EN ALLEMAGNE

Paru dans Le Livre de Poche :

La Colline d'en face

Comme l'or d'un anneau

CATHERINE PAYSAN

L'Amour là-bas en Allemagne

ROMAN

ALBIN MICHEL

ISBN : 978-2-253-12386-6 – 1re publication LGF

J'ai connu l'amour, ses transports
Le combat des cœurs dans l'arène
Leur ruade par-dessus bord.
Terrifiante approche des corps
Amour, tu es comme la mort
Quand jaillit le chant des sirènes.

Je me demande si finalement j'ai bien fait de refaire ce voyage en Allemagne jusqu'à Spire dans le Palatinat. D'arpenter, cœur serré, après avoir cessé de les hanter, il y a de cela plus d'un demi-siècle, les rues de cette ville rhénane où j'aurai vécu, deux ans, en état de transit.

Spire. Speyer am Rhein ! Consulter pour s'y reconnaître, quand on y vient en curieux, le dépliant rédigé par l'office du tourisme, à l'usage du visiteur d'aujourd'hui. Du béotien candide né après la seconde grande guerre mondiale, auquel on souhaite d'abord en allemand puis en anglais, en français la bienvenue « dans la vieille cité des bords du Rhin qui vient de fêter ses deux mille ans de chrétienté ».

Un premier évêque Étienne au IIIe siècle. Avec lui, la fondation de la première basilique épiscopale, de son autel tourné vers l'Orient, là où la prière se tient chaque matin, après l'épreuve des ténèbres, aux aguets de la lumière, de sa promesse quotidiennement renouvelée de la résurrection des morts. Bien avant cela, il y eut les Romains. Avant eux, encore, les Celtes. Tout ce monde, bêtes et gens, armes et bagages et le troupeau des esclaves condamnés à se traîner dans leur sillage, s'ouvrant au glaive, à la massue, un chemin le long du fleuve.

Étape par étape, l'affrontement. Pour le bois des

forêts, le grès des montagnes, l'humus des terroirs, la maîtrise des échanges par voie d'eau. Incendie, meurtre, pillage à gogo. Le prix à payer à chaque fois par le vaincu du moment au vainqueur du moment. À son installation dans la place, avec ses us et coutumes, avec ses dieux. Tout cela finissant par constituer, civilisation après civilisation érigée sur les ruines de la précédente, sa liquidation sanglante, ce qu'on appelle une ville. Constamment occupée comme toutes les villes, quelles qu'elles soient, à lécher leurs plaies, à se refaire une réputation, une beauté entre deux périodes de mise à sac, d'exactions. Celle-ci, Speyer am Rhein, n'échappant très évidemment pas à la loi du genre. Ayant subi, au fil du déroulement de son histoire calquée sur celle de l'Europe, des convulsions de toutes sortes. Spire, la souveraine. Élevée au rang de capitale lors de l'accession de son comte palatin Konrad II au titre de roi des Allemagnes. Spire, la soucieuse de plaire à Dieu. De procéder en surplomb du fleuve à l'érection d'une cathédrale. D'établir dans son orbite palais et couvents ; de soutenir l'étude des sciences et même, par souci de prospérité économique, d'encourager dans ses murs, l'installation d'une communauté juive initiée à l'art de la médecine, de l'orfèvrerie, du tannage, de la fabrication des étoffes, en faisant édifier, à l'ombre de son église et qui serait la plus ancienne d'Allemagne, une synagogue et des bains rituels. De cette extraordinaire cohabitation médiévale : prières et cérémonies respectives, circoncisions et baptêmes par immersion, célébration du shabbat et fastes liturgiques des grandes messes chantées, voulue par les évêques et la lignée fondatrice des monarques francs saliens porteurs de la couronne de fer, il reste, à ce jour encore, des noms de ruelles parallèles les unes aux autres. Ainsi celles des Anges, des Juifs, des Tisserands où j'ai dormi cette nuit dans un petit hôtel sans charme, mais de bon accueil et qui donne, lui, dans la rue des Saints-Prêtres.

Huit siècles plus tard en 1938 les nazis feront détruire par le feu la synagogue et les bains et la centaine d'artisans, de commerçants, de médecins, de professeurs juifs de Spire finira à Auschwitz, à l'exception d'une jeune femme s'étant jetée dans le Rhin, son enfant en bas âge attaché à ses flancs par une corde. Ainsi va le monde, son train infernal de monde.

Car entre-temps, la cathédrale primitive, patiemment agrandie, rehaussée de sa nef romane aux onze travées, subira les exactions des armées de Louis XIV, en représailles au refus de la Maison palatine de consentir à la France après la mort de sa princesse, épouse de Monsieur frère du roi, les terres du Palatinat. Une politique de la terre brûlée impitoyable. Les populations jetées à la dérive après destruction de leur habitat. La condamnation à mourir de faim, de froid, d'épuisement le long des routes au hasard de la fuite en avant, de l'errance. Un bannissement de dix ans, ne laissant qu'aux rares survivants un espoir de retour. Cependant, l'aventure, celle des hommes, victimes ou bourreaux, parfois les deux ensemble, se poursuit. Elle colle à celle de la ville mutilée, de sa cathédrale, passionnément, pieusement restaurée, quand un siècle plus tard, ce sont, cette fois, les troupes de la Convention, lancées dans la campagne contre l'armée des coalisés royalistes d'outre-Rhin qui la saccageront.

De blessures en blessures, pillages, incendies proche de l'écroulement, sauvée de la démolition par le congrès de Vienne plaçant le Palatinat sous l'autorité de la Bavière, rendue à sa dignité de siège épiscopal, réhabilité son parvis, son vaisseau central de même, épargnée par les pilonnages aériens de la dernière guerre, la première fois où par un matin d'automne 1946, j'en franchirai le seuil, je m'y enfoncerai comme dans les abysses d'un rêve. Car tout pour moi, ici, dans cette ville, les deux années où j'y vivrai, le bon et le mauvais, le déchirant, le fabuleux s'y passera comme dans un rêve justement.

Rien n'aurait dû en effet m'amener dans ces lieux totalement inconnus de moi, dans une Allemagne, hier encore, si pleine de morgue et pour l'heure terrassée, réduite à lécher le sang de ses propres plaies pour ne pas mourir de faim, sur fond de misère et de ruines fumantes ; m'inciter à y hasarder mes vingt ans.

Jusqu'ici j'avais été une jeune lycéenne presque sans histoire. Je n'avais aimé qu'Aulaines mon village dans la Sarthe, sa maison d'école où j'étais née, plantée au milieu d'une enfilade de petits logis rustiques accolés au long d'une route sinueuse s'ouvrant la voie entre deux collines d'herbe duveteuse marquetées d'ombre et de soleil. Aimé que mes père et mère, que les gens de mon terroir. Leur façon de parler et plus souvent de se taire. D'ignorer jusqu'à la question posée, surtout si elle l'a été par un étranger : un dressage séculaire à tenir sa langue, par crainte, héritée sans doute de la mémoire collective des pauvres diables, celle des brutalités du soudard de la guerre de Cent Ans (car elle avait fait rage dans le Maine entre l'Anglais Plantagenêt et le Capétien d'Île-de-France), d'être pris entre leurs deux feux. Ces dernières années ç'avait été la même chose avec les Allemands. Il avait fallu réapprendre à se défier de tout, même de son ombre. Oui, jusqu'ici je n'avais aimé que mon terroir. L'air qu'on y respirait et puis son ciel. Chahuté à distance par les vents de mer, jaspé de nacre ou d'indigo, drapé dans les replis somptueux du soufre, de la garance, au fil des heures, des saisons. Je n'avais aimé que mon bocage, son monde végétal peuplé d'arbres hominiens, de bêtes domestiquées ou furtives. Leur passage d'étoile filante à ras de terre, entre deux ornières, deux flaques d'eau où l'on découvre, si le regard y plonge, l'image de soi passée au brou de noix, s'y confondant avec les boues, les humus. Tout à coup l'illumination ! L'évidence que l'invisible main qui vous a forgé, a fait confiance au pouvoir de fécondation du terreau.

Oui, rien n'aurait dû m'entraîner à prendre la route d'Allemagne. Pas même le fait qu'incitée par mon professeur du lycée du Mans, contente de mon goût pour la traduction de quelques extraits des *Souffrances du jeune Werther,* des *Brigands* de Schiller, en passant par des poèmes d'Eichendorff, de Heine, à préparer une licence, je m'y sois lancée à l'étourdie. M'attirait la syntaxe des langues germaniques. Ses points de convergence avec celle du latin. L'effort à la fois concentré et ludique à fournir pour se plier à la règle de modification de la terminaison des mots. Pas seulement selon leur nature, leur sexe de mots, mais le rôle qu'ils tenaient dans la phrase, son architecture, en bref, dans la pensée de qui les exprimait. Et puis, raucité ou douceur, viscérale ou suave, abyssale, éthérée, leur musique de mots. Restée proche de toutes les ressources sonores du cri. Lorsque l'homme à la voix de cervidé, d'ours des montagnes ne disposait encore que de lui pour exorciser ses peurs, hurler à l'amour, à la haine, s'exciter au combat, au rituel sanguinaire de la mise à mort de l'animal ou de son prochain. Qu'il en usait comme d'un instrument. J'aimais la charpenterie des mots français, leur agencement, leur contour net. Mais me fascinaient, germaniques ou slaves, les idiomes n'ayant pas coupé les ponts avec l'oralité primitive, sa puissante ligne de chant. Leur absence d'hiatus entre la langue parlée et celle des signes, de mise à mal du Verbe, de son pouvoir d'exorcisme réduit peu à peu au silence par l'écriture. Un grand dommage selon moi quand la page est muette, qu'elle ne tient plus du prodige. De sa capacité d'envoûtement sonore.

Enfant, les éructations de Hitler à la radio, lors des grandes messes nazies de Nuremberg, ses hurlements de loup, de bête de chasse dont on m'expliquait qu'ils étaient des appels à la violation des traités entre les nations, à l'invasion de leurs territoires, au nom du plein droit de la race allemande à dominer le monde (un monde chrétien, donc, à liquider, pour faire place nette au triomphe d'une civilisation germanique, à son retour aux sources d'un païanisme conquérant impitoyable, pour les faibles ou les récalcitrants) me donnaient froid dans le dos. C'étaient là, des aboiements terribles de molosse égorgeur sur fond d'énormes et sinistres parades militaires qui parce qu'ils me terrifiaient m'avaient probablement incitée en 1938 lors de mon entrée au lycée à opter parallèlement au latin pour l'étude de l'allemand. Pour savoir, oui, pour savoir, à quoi m'en tenir avec ces accès de sauvagerie d'un homme dont on disait qu'avec son bataillon de sicaires, les Chemises noires, il était devenu l'âme damnée de son peuple. Ce qu'ils signifiaient. Comment on pouvait en démonter le système, en venir à bout. D'ailleurs j'étais ainsi faite que je m'étais toujours imposé d'aller au-devant de ce qui me faisait peur. Gamine, alors que j'avais les serpents en horreur, lors d'un passage à l'école d'une petite troupe de montreurs d'animaux exotiques, j'avais exigé de la bohémienne qui le portait autour du cou qu'elle mît quelques secondes sur mes épaules le jeune boa dont elle se parait comme d'une écharpe. Histoire de voir si j'allais tenir le coup. Je l'avais tenu.

Même volonté avec l'allemand au début. Un besoin

de neutraliser l'ennemi en l'approchant au plus près de ses ténèbres, pour mieux les réduire à rien.

Reste que sur fond d'occupation nazie dont il avait fallu subir les rigueurs, j'avais découvert au fil des mois, des années, à l'inverse, une autre Allemagne.

Celle à laquelle on m'avait progressivement initiée au lycée, en milieu fermé, en dehors du fracas des armes. Celle de Goethe. Avec lui, des esprits avancés d'un siècle de monarchie éclairée placé sous le signe des sciences et des arts, du respect de la personne humaine, de l'amour de la nature, de la passion romantique et dont l'aboutissement avait été, malgré tous les obstacles rencontrés (le militarisme prussien, les difficultés économiques dans lesquelles se débattaient les masses populaires d'outre-Rhin, depuis la défaite de 1918), la proclamation de la République de Weimar, de la démocratie. Mais cette Allemagne-là, pacifique et studieuse, riche de ses trésors de sensibilité profonde sublimée par la pensée d'une génération de philosophes particulièrement brillants, avait très vite volé en éclats sous les coups de boutoir du national-socialisme. Son art, à la fois brutal et consommé, de manipuler les foules, frappées cruellement, il est vrai, par l'indigence et le chômage. D'en rendre responsable, dans le sillage de l'impitoyable traité de Versailles, exigeant le remboursement, à la France et ses alliés, d'une dette de guerre qui finissait de réduire le peuple allemand à crever de faim, ce qu'il appelait la juiverie, son parasitisme séculaire ; avec elle les partis de gauche, accusés de démagogie, de veulerie, de trahison. Une opération de lavage des cerveaux, condamnant tous les opposants au fascisme hitlérien à l'exil, s'ils avaient les moyens de s'enfuir, les autres à la spoliation, à l'internement, aux travaux forcés, à la mort. C'était pour eux, juifs ou non, démocrates allemands, que le nazisme avait mis sur pied le premier camp de concentration, dans le même temps où les nations occidentales, la France socialiste de Blum comprise, sous prétexte de volonté de paix, n'avait pas levé le petit doigt pour tenter de les défendre ; consenti au contraire, à Munich, à cautionner par lâcheté la politique d'expansion de Hitler.

Oui, il y avait eu une autre Allemagne, intelligente, créative, civilisée, portée au rêve, au mysticisme autant qu'au progrès scientifique, à la raison. Une belle et bonne Allemagne que dans le même temps où elle avait fait peser sur mon propre pays un tel joug que j'en avais presque perdu la faculté de respirer normalement, je n'avais pas pu m'empêcher d'aimer pour autant.

J'en étais encore ou presque à ce stade de navigation pénible, de difficile louvoiement entre deux pôles, de déchirement, quand, fin d'été 1945, après la chute de Berlin, je rencontrai pour la première fois, capturé en Lorraine avec sa division, refoulé en territoire français moitié à pied, moitié par camion jusqu'en Sarthe du Sud, pour y être interné, Ewald Rodstein, natif de Villingen, Forêt-Noire, ancien servant de vingt-deux ans dans les blindés de Guderian, ayant fait le coup de feu en Normandie et connu les affres de la faim au camp de rassemblement de prisonniers de guerre de Thorée-les-Pins, près du Lude où, pendant près de trois mois, il y avait, comme les autres, mangé l'herbe qui y poussait pour compléter les rations de famine qui leur étaient allouées par une intendance militaire, non seulement, ayant à faire face, à des problèmes de pénurie pour nourrir les internés, mais vraisemblablement, par ailleurs, intentionnellement punitive.

La scène avait eu lieu dans la forêt, à quelques centaines de mètres du petit commando constitué par la vingtaine d'hommes détachés du camp de Thorée à Bonnétable, après décision prise, par les autorités en exercice, de mettre à disposition des municipalités qui en feraient la demande, des groupes de prisonniers allemands chargés d'y effectuer des travaux d'intérêt général. Le camp ! Le camp des Schleus ! Jusque-là, lors de mes promenades à vélo à travers bois, je l'avais toujours évité. Situé au carrefour de quatre grandes voies forestières au lieu-dit « la Villa » qui, de la Restauration à 1918, avait constitué un centre de fabrication de poterie rustique, d'exploitation sur place des argiles, ce qui en restait, une ou deux bâtisses à l'abandon, et qui leur servait de baraquement, était devenu, le dimanche, le pôle d'attraction des promeneurs. Parqués dans la plus grande, et la seule qui fût encore habitable, longue et basse avec ses deux pièces à feu, les gens venaient pour les voir, les flairer, se faire une idée, depuis qu'on leur avait rogné les griffes, de l'allure qu'ils avaient dans leurs vestes délabrées où les boutons, les insignes, les écussons de leurs régiments manquaient, dans leurs bottes avachies et plus étonnant, dans des chemises, des battle-dress, des rangers, qu'après les avoir récupérés, à l'occasion, dans un dépôt américain, on leur avait parfois distribués à Thorée quand ils n'avaient vraiment plus eu rien à se mettre et qui leur donnaient alors, soldats résidus, qu'ils étaient devenus, d'une armée ayant succombé à l'écrasement, paradoxalement des airs vainqueurs, des airs yankees. Ambigu, déconcertant, un spectacle à ne pas rater. La revanche sans prix et sans danger sur l'ennemi d'hier dont on avait redouté jusqu'au bout, quand il battait en retraite le long des routes de Normandie, à travers le Perche, la Beauce, les poussées de fièvre meurtrière de dernière heure. Moi aussi, j'avais attendu, souffle suspendu, l'arrivée du premier blindé, de la première Jeep des hommes de Patton qui me délivrerait de mes craintes, mais pour autant, la balade autour du camp, celle du curieux, flânant, en toute sécurité à la lisière des cages, au zoo, très peu pour moi ! Je savais par la rumeur publique dans quelles conditions ils vivaient à peu de chose près depuis leur arrivée en camions à la Villa, avec ce qu'ils avaient rassemblé de linge, de couvertures en lambeaux dans leur baluchon. Que ç'avait été pour eux, finalement une aubaine, d'avoir été détachés dans cette forêt pour l'abattage, l'élagage, le débitage en bois de chauffe de portions de futaies mises en coupe ; le remblayage des allées, le curage du ruisseau qui la traversait en échange du toit sur la tête, du châlit pour dormir au sec, de la couverture propre, de la paillasse de même ; de la livre de pain quotidienne, des deux soupes, de l'écuelle de patates, de nouilles, de fayots, du morceau de plat de côtes ou de lard bouilli du dimanche, du carré de margarine et du bol de lait du matin, parfois un fruit, un morceau de camembert, du fromage de vache du pays. Qu'après tout, du prix à payer, car il y en avait un : neuf ou dix heures par jour à marner, à coups de hache, de scie, de serpe, pour avoir, volontairement ou non, remis sur le continent la barbarie à l'ordre du jour, ils en prenaient leur parti dans l'espoir, ayant cessé de crever de faim, de pouvoir rentrer un jour chez eux, de s'y refaire une seconde peau, un avenir. Une identité surtout. Une identité ! Et puis, au bout d'un mois de discipline stricte, de mise à ban derrière les fils barbelés, après le travail, on avait fini par leur accorder le dimanche après-midi l'autorisation de se promener un peu sous les ombrages à la condition expresse de ne s'éloigner jamais de plus de mille mètres du kommando et d'être de retour dès dix-sept heures.

Ce fut au lendemain de l'anniversaire de mes dix-neuf ans, lors d'une promenade à vélo que je faisais en forêt pour le plaisir, une forêt que j'avais toujours aimée, hantée, depuis l'enfance, que je croisai sur mon chemin, à moins d'un kilomètre de la Villa, le prisonnier de guerre allemand, immatriculé 1 141 649 répondant au nom d'Ewald Rodstein.

Il faisait chaud cet après-midi de dimanche-là. J'étais d'abord passée pour bavarder et me rafraîchir chez mon amie Nadia Zacarovitz. Nadia était juive. Réfugiée avec sa famille pendant quatre ans dans une petite maison paysanne, retirée en lisière de forêt, elle avait eu la chance, avec les siens, d'échapper à l'extermination. Charmante fille, ayant toujours dissimulé, jour après jour, nuit après nuit, sous un calme apparent, l'angoisse qui les avait minés, son père, sa mère, son frère et elle, d'être arrachés au petit matin à leur lit pour grossir des convois en direction d'Auschwitz, je l'aimais beaucoup. Elle me le rendait. Complicité de l'âge, après une adolescence, la mienne passablement austère et studieuse, la sienne bien plus grave encore parce que menacée de mort, nous vivions désormais dans l'attente du prince charmant et pour la tromper, cette attente, je lui faisais lecture, écrits pendant la guerre au lycée du Mans, de mes poèmes d'amour dont le romantisme échevelé nous transportait. Ensemble nous sirotions du thé, grignotions des petits gâteaux secs, dressions des plans sur la comète pour obtenir de nos parents la permission d'aller en robes de cotonnade et sandales de toile, tourbillonner dans les bals de campagne qui avaient repris depuis la Libération.

En sortant de chez elle, j'avais pédalé bon train malgré la chaleur et de cette aigre sueur qui coulait de partout, me collait les sous-vêtements au corps, de la poussière sèche, irritante qui s'élevait autour de moi, à chaque tour de roue, je me souviens comme si c'était hier et comme je l'avais vu surgir dans son uniforme délavé, s'arracher au fouillis grisâtre des bruyères, celui des fougères, de leur mer verte écumeuse, franchir d'un seul bond, avec une souplesse de cervidé, le fossé qui le séparait de l'allée, me faire front, s'immobiliser face à ma vieille Dion-Bouton et, comme sans savoir ce que je faisais, pourquoi je le faisais, j'avais non seulement violemment freiné, mais mis pied à terre au lieu de continuer ma route. Pourquoi, lui, en français, moi, en allemand, nous nous étions souhaité le bonjour à croire qu'entre ce jeune Schleu que j'aurais dû normalement, et à toute force, éviter et moi, il s'agissait, même s'il n'avait, et pour cause, jamais été prémédité, bel et bien d'un rendez-vous et qu'immobilisés face à face, nous étions l'un et l'autre en train d'en prendre conscience.

Le menton volontaire mais creusé d'une fossette de douceur, les yeux couleur de gentianes ombrés de longs cils, traits avenants, le numéro matricule 1 141 649 était resté, malgré les désarrois et les privations de la captivité, ce qu'il convient d'appeler un beau garçon. En lui quelque chose d'italien, enfin de latin, comme l'ont quelquefois les Allemands des pays de Bade, de Bavière, quand par le Danube, Innsbruck, le Brenner, leurs ancêtres ont mêlé leur sang aux peuples du Trentin, du Haut-Adige et cette façon qu'il avait eue en claquant des talons à la prussienne mais avec un sourire charmant de connivence avec la sienne, de saluer ma jeunesse, ma vitalité de jeune lionne à crinière opulente et mufle clair, yeux bridés de félin derrière les lunettes de lycéenne studieuse, profil de figure de proue, de fonceuse qui va son chemin de fonceuse à ses risques et périls, court délibérément à la rencontre d'elle-même à travers celle de l'adversaire comme de l'ami ; se refuse de fuir, de lui tourner le dos par lâcheté, s'en voudrait avant que de lever l'arme contre lui, de ne pas lui accorder la présomption d'innocence.

Et c'est pourquoi, faisant appel à mes connaissances de bonne élève au cours de Mademoiselle Ponchon, vénérable et brillante germaniste, et l'une des rares femmes agrégées de France avant la Première Guerre mondiale, je m'étais lancée, tout à trac, quitte à multiplier impropriétés et solécismes, dans une conversation avec l'ennemi d'hier qui consistait à ne lui parler que de l'air du temps. Qu'il faisait chaud, terriblement. Que j'avais failli rebrousser chemin pour retrouver la fraîcheur de la maison et autres banalités qu'on a coutume d'échanger entre familiers qui se connaissent d'assez longue date pour éviter les sujets brûlants qui auraient pu naguère susciter des affrontements débouchant sur des inimitiés irréductibles. Qu'ils ont fini, le temps passant, par les considérer hors sujet, décidé tacitement de les mettre au placard pour ne plus s'aborder qu'en terrain neutre.

Oui, mais c'était lui, le prisonnier allemand numéro 1 141 649 qui avait renversé la vapeur. Qui empoignant à pleines mains le guidon de ma bicyclette, comme pour m'empêcher non seulement d'avancer, mais de m'en tirer à si bon compte, d'échapper à la fascination de cette rencontre (car c'était bien de fascination qu'il s'agissait et j'en avais les oreilles bourdonnantes, la bouche sèche, les maxillaires douloureux et lui aussi sans doute et je le voyais au bleu de ses yeux devenus nocturnes, à son visage de même d'où le sourire fruité des lèvres charnues avait disparu), avait dit ceci : *Je suis un Boche comme vous savez. Une brute par conséquent. Je vous suis reconnaissant de m'avoir quand même parlé, puisque vous la connaissez, dans ma langue maternelle. Mademoiselle, je dois maintenant prendre congé. Je vous souhaite le bonsoir et une agréable promenade.* Il avait lâché mon vélo, claqué les talons une seconde fois et c'est alors qu'à cause de ce long et sombre espace qu'il venait de creuser devant moi, en s'effaçant pour me laisser le chemin libre sous un tunnel de feuillage débouchant au loin sur une clarté diffuse où j'allais me retrouver seule avec moi-même, tandis qu'il continuerait sa route en me tournant le dos, ç'avait été pour moi le déclic. Le refus d'en rester là. Le besoin pressant, irrépressible, d'entamer, invraisemblable, délirant mais absolument incontournable, le dialogue avec lui.

Un Boche, oui. Une brute ? On allait voir.

Tournée vers lui, je criais. Il avait fait demi-tour, foncé vers moi. Ensuite tout était allé très vite. Par crainte, nous trouvant à peu de distance du camp, de la réprobation des gardiens si nous étions repérés et qu'il fût mis aux arrêts avec interdiction absolue de promenade le dimanche, il avait fallu mettre les bouchées doubles. Aussi avions-nous échangé nos noms, nos prénoms, nos adresses même : la sienne lointaine, inaccessible pour lui, à cette heure, en Allemagne, la mienne, à l'inverse, si proche des lieux où nous nous trouvions, comme on les échange sur un quai de gare. Qu'on découvre que le temps presse, que si on n'y prend garde, on risque de se perdre de vue et que cette perspective, alors que la minute d'avant on ignorait jusqu'à l'existence de l'autre, vous paraît subitement inacceptable. Et puis est-ce que je croyais en Dieu ? Eh bien cela dépendait des jours. Eh bien j'avais tort. Lui y croyait tous les jours, même aux pires moments. Même quand Heinrich, son frère aîné, avait trouvé la mort devant Stalingrad. Même quand pour sa part il avait connu l'enfer de la bataille de Normandie du côté de Falaise. Même quand il crevait de faim à Thorée, pensait y laisser sa peau, ne plus jamais revoir sa famille. Il était catholique. Est-ce que j'étais catholique ? Je l'étais. Alors tant mieux. Est-ce que j'avais des frères et sœurs, lui, il lui restait une sœur. Non je n'avais ni frère ni sœur. J'étais la fille unique de l'institutrice et du secrétaire de mairie du village d'à côté. Je venais de terminer mes études secondaires au Mans et je projetais d'aller vivre à Paris pour y préparer une licence d'allemand. De vivre à tout le moins un an chez Nadia mon amie juive, oui mon amie juive, se trouvant encore pour le moment ici dans une maison forestière où elle avait, par miracle, échappé à la Gestapo et à la milice. À ce sujet justement et que les choses soient bien claires, j'avais toujours détesté le nazisme et si je ne prenais aucun plaisir à sa misère, à celle de ses compagnons, c'était une bénédiction pour l'Europe que l'Allemagne ait perdu la guerre.

Je vous comprends, avait-il jeté d'une voix brève, *et c'est pourquoi je vous suis reconnaissant de me traiter malgré tout en être humain.*

Mais c'est parce que je suis sûre que vous en êtes un, avais-je de nouveau crié.

Ensuite je m'étais tue et l'afflux violent du sang qui nous avait subitement mis le rouge aux joues, nous avait laissés aussi désemparés, intimidés et fragiles que si, frappés par la foudre, vêtements arrachés, elle nous eût contraints à la plus redoutable nudité l'un en face de l'autre. Celle qui déshabille l'âme. Et c'est alors que faute d'oser continuer à nous regarder, nous parler, nous avions pris le parti de nous fuir. Qu'il s'était mis à courir en direction du kommando. À croire qu'il avait hâte, fût-ce dans les limites étroites d'enfermement d'un camp, de retrouver ses marques. Ses marques d'Allemand au milieu d'autres Allemands. Que c'était le seul moyen qui lui restât de sentir un peu de sol ferme sous les pieds. Et moi de mon côté, je m'étais mise à pédaler en sens inverse comme une folle. Non pour prolonger ma promenade, mais pour rentrer à la maison, y retrouver Auguste et Marthe, me réfugier dans le havre du giron parental. M'y raconter que rien n'avait changé. Que j'allais continuer à suivre un chemin sûr, balisé, le long duquel jamais aucun de ces accidents de parcours, de ces tremblements de terre qui bouleversent le paysage, le font voler en éclats ne m'atteindrait, ne me précipiterait, réduite en charpie, dans un ailleurs périlleux, après m'avoir déracinée, traitée en fétu. Qu'il suffisait de raison garder et que le tour serait joué.

La soirée s'était donc déroulée sans heurt. Le dîner à préparer, l'omelette à battre, le couvert à mettre dans la cuisine de l'école. On a devant soi sa porte vitrée donnant sur un tilleul. Son enluminure, en transparence, de feuilles rondes et vertes. Voici la chatte qu'attirent les odeurs du souper, du pâté de foie, de la rondelle de saucisson dans l'assiette ; son frôlement à hauteur de mollets, de somptueuse énigmatique et douce bâtarde, de reptile laineux, à ventre blanc, vénusien, museau laiteux cagoulé de noir et roux, yeux de houri passés au khôl, à caresser, tenir sur ses genoux en parlant de choses et d'autres, en attendant que la nuit tombe, moite de chaleur. Sa plénitude rassurante, si rassurante de mer étale depuis que la guerre est finie. Une tranquille mise à flot du dormeur, avec la cargaison des rêves, leur onirisme inépuisable dont on n'aura jamais la clef.

D'ailleurs qu'importe, puisque demain aura, Dieu soit loué, le tranquille visage des jours qui l'ont précédé.

Inutile pourtant de se leurrer. Quelque chose est arrivé, une tempête. Avec elle, la levée formidable des eaux. Une masse houleuse m'arrachant à ma paisible, trop paisible flottaison. Depuis, l'existence, enfin la mienne, aura basculé sur une autre rive. Hasardeuse, semée d'embûches où le pied peut à tout moment trébucher sur les aspérités d'un sol ingrat, là où se tient Ewald Rodstein, justement.

Et tant pis pour le qu'en-dira-t-on, pour ma réputation jusqu'ici au-dessus de tout soupçon de jeune fille convenable. Tant pis si Marthe ma mère m'a dit qu'elle ne m'aimait plus lorsqu'elle a découvert de quoi il en retourne ; démasqué mes ruses de Sioux pour le rejoindre ne fût-ce que quelques minutes à un lieu convenu entre nous à quelques centaines de mètres de la Villa. Lui apporter du pain, des fruits, la barre de chocolat, la portion de fromage, la tranche de viande froide que j'ai subtilisée dans le garde-manger et puis encore un cahier, un crayon pour qu'il puisse tenir son journal de bord, et ce vieux lexique franco-allemand que j'ai traîné avec moi depuis la sixième jusqu'au bachot pour qu'il se mette un peu au français. Sa façon à lui de venir à moi, comme je viens à lui, en lui parlant dans sa langue. Tant pis si ce fameux soir où, rentrée plus haletante, plus rouée encore que d'habitude, arguant du prétexte, pour justifier mon retard, à l'heure du dîner, d'avoir trop prolongé ma visite chez Nadia, imprimée dans ma chair, à hauteur de décolleté et qui avait été la signature d'un premier baiser, de son éblouissement qui nous avait laissés tremblants, mais soulevés d'une telle joie de vivre que nous ne savions plus où nous en étions, où nous étions, qui nous étions, la marque des dents d'Ewald Rodstein, leur délicat tatouage en pointillé de rongeur, m'aura trahie.

D'où venais-je donc, avait éclaté Marthe, pour ramener de mon expédition pareils stigmates ? Comment avais-je pu m'y prêter et avec qui ? Comment pouvais-je avoir perdu toute retenue, tout respect de moi-même au point d'en être arrivée là ? Voilà ce que signifiaient ces promenades en forêt que je multipliais depuis un mois en ayant le front de prétendre que je ne pouvais me passer de la compagnie des arbres, que je ne m'en lassais pas. Une menteuse, voilà ce que j'étais, qui n'hésitait pas à tromper son monde, à courir à des rendez-vous furtifs, de ceux qu'une honnête fille n'accorde jamais. Et d'abord, qui était ce garçon visiblement peu recommandable, cet individu sans scrupule qui se permettait de pareilles privautés avec moi ? Qui s'amusait à me marquer à pleins crocs comme on marque du bétail au fer ? Où l'avais-je rencontré ? D'où sortait-il ? Pourquoi nous cachions-nous au lieu de nous fréquenter ouvertement avec l'assentiment de nos familles ?

L'élan que j'avais pris, celui du lanceur de poids, de javelot, pour jeter à Marthe la vérité en pleine figure, qu'en effet, depuis un mois, je rencontrais en secret, oui, en secret, parce qu'impossible pour le moment de faire autrement, Ewald Rodstein, le jeune prisonnier allemand qui était venu deux semaines auparavant travailler chez nous un dimanche, après qu'il avait été décidé par la municipalité, en accord avec les autorités militaires de Thorée, de mettre, ce jour-là, de neuf heures du matin à six heures du soir, les prisonniers à disposition des gens qui les demanderaient, les feraient travailler gratis mais contre un bon repas à midi, à quatre heures un casse-croûte, m'avait tellement projetée en avant, qu'il m'avait semblé que j'éclatais. Que je venais de subir une mutation. Que j'étais devenue une fusée animée d'une capacité d'explosion non maîtrisable. Qu'il se pouvait que j'en meure ! Et par ricochet, Marthe avec moi.

Elle s'était mise à crier que je n'étais plus sa fille et moi à crier plus fort qu'elle que ça m'était égal. Je n'étais plus sa fille eh bien tant pis ! Elle ne m'aimait plus eh bien tant pis ! Elle hurlait au scandale eh bien tant pis !

Séparées l'une de l'autre par la table de cuisine, Marthe l'institutrice de campagne dévouée aux quarante-cinq garçons et filles dont elle avait la charge, l'épouse en premières noces d'un maréchal de logis d'artillerie tué en juillet 18, moins de six mois après leur mariage de guerre, devenue, en secondes noces, la femme d'Auguste mon père, gazé sévèrement par ypérite en 1917, entré dans la gendarmerie en 1920, ayant fait campagne au Liban jusqu'à la reconnaissance de l'indépendance de la Turquie par les Occidentaux, à la suite, en 1922, du traité de Lausanne et moi, la fille perdue, la traître à la patrie, nous nous mesurions.

Froidement en apparence, comme si je m'étais sentie à peine concernée, alors que je souffrais de lui faire mal au point d'en avoir froid dans le dos, je l'avais écoutée faire mon procès. Je lui devais bien ça, pauvre Marthe. Elle étouffait.

Jusqu'ici, dans cette maison, on avait, selon elle, été plutôt fier de moi. De mes résultats scolaires, en particulier en lettres et en langues, ce qui avait fini par me valoir, malgré ma faiblesse en mathématiques, le prix d'excellence en classe de première. Je n'avais jamais couru les garçons, enfreint, sur le chapitre, les règlements très stricts qu'on avait imposés, pendant les quatre années d'occupation, aux pensionnaires du lycée du Mans. Apparemment, seules mes études, placées sous le signe de l'austérité et des privations, avaient mobilisé mes énergies, modelé mon caractère. En 44, avec l'arrivée des Alliés, je m'étais certes un peu émancipée. On m'avait permis, comme à toutes les jeunes filles de mon âge, d'aller danser, le samedi soir, au camp militaire d'Auvourg, proche du Mans et devenu lieu de cantonnement des troupes américaines. L'accord passé entre la directrice du lycée, nos familles et le commandant du camp qui s'était porté garant du déroulement, en tout bien tout honneur, de ces soirées, avait été un événement. On nous y conduisait et ramenait en camion bâché à heures fixes. De cette permission de minuit qu'on avait cru bon de m'accorder, en compensation des années difficiles qui avaient précédé, je n'avais pas abusé, non plus que des sorties le dimanche avec le boyfriend que je m'étais fait à Auvourg. Un joli petit Yankee aux yeux brumeux et ronds de nouveau-né, qui m'emmenait déjeuner en ville et m'avait appris à tirer à la carabine à la foire en mâchouillant du chewing-gum et en me fredonnant *Amor Amor*.

Cependant il y avait eu ce recueil de poèmes d'amour que j'avais écrit l'hiver 43, entre deux alertes aux bombardements, entre deux cours et dont mon professeur de lettres qui me trouvait douée avait persuadé ma famille d'assurer les frais de publication. Un énorme caprice qu'on m'avait passé là, pour me faire plaisir, l'année de mes dix-huit ans. Sans doute aurait-il fallu, au lieu d'encourager ce qu'on avait alors appelé mon jeune talent, se méfier du ton passionné des effusions sentimentales de ce recueil de vers qui, lorsqu'on l'avait découvert à la vitrine des librairies du Mans, n'avait pas été sans défrayer la chronique des bien-pensants avec, de la part de l'aumônier du lycée, un sermon en privé qui m'avait laissé froide. Car le talent, à supposer que j'en aie jamais eu un brin, n'excusait pas tout. À preuve ce qui arrivait. Cette folie amoureuse qui me dressait contre elle, Marthe. Cette attitude de défi, de remise en cause de l'ordre sacré du cours des choses, de tout ce que mon père et elle avaient fait pour préserver ma dignité et mes chances d'avenir. N'avoir qu'une fille, l'avoir élevée de son mieux et en être là avec elle ? Et Nadia ? Est-ce que je n'avais pas honte, à elle qui était juive, de jouer la comédie de l'amitié ? De prétexter des visites que je lui rendais pour aller rejoindre un Allemand, oui, un Allemand à travers bois. Tout cela non seulement scandaleux mais impensable ! Peut-être étais-je assez bête par-dessus le marché pour m'imaginer qu'il tenait à moi alors que ce n'était que la mangeaille dont je le régalais en catimini qui l'intéressait. Elle avait remarqué, ces temps-ci, que chez nous, la provision de pain, de beurre, de pots de confiture, aussi les œufs diminuait à vue d'œil. Il me racontait qu'il me trouvait à son goût pour en avoir plus ! Et ne parlons pas des gorges chaudes qu'il devait en faire avec les autres prisonniers. Et ne parlons pas non plus, ou plutôt, parlons-en, jusqu'où nous étions allés. Elle attendait une réponse avant de décider si elle mettrait ou non mon père au courant. De toute manière elle m'interdisait désormais toute promenade en forêt. Quant à ce Rodstein il ne remettrait plus jamais les pieds à la maison. Il n'aurait plus jamais l'occasion, en bêchant, binant, faisant mine de s'affairer dans le bûcher, d'échanger hypocritement avec moi des douceurs. Adieu les rendez-vous dans les broussailles. Que je me le tienne pour dit et lui avec.

Elle tonnait, Marthe ! Son ton de maîtresse d'école. De mère investie des pouvoirs de l'autorité parentale. Jusqu'ici j'avais toujours plié devant elle mais cette fois, ça ne marchait plus. Elle voulait la bagarre, Marthe ? Elle l'aurait. Ni elle, ni personne au monde, ne nous empêcherait, Rodstein et moi, de prendre, avec l'Histoire, la revanche de ceux qui s'aiment. L'histoire des hommes ! Hideuse, criminelle ; frappée de folie meurtrière inguérissable.

Elle me défendait de le revoir, elle me menaçait des foudres de mon père. Eh bien qu'elle se le tienne pour dit, de son côté, je ferais front. Elle voulait savoir jusqu'où nous étions allés ? Là-dessus j'allais pouvoir la rassurer. Pas plus loin que ce baiser, cette morsure qui m'avait, selon elle, marquée comme du bétail, à la racine du cou. Nous nous en étions tenus là parce qu'il était le contraire d'un filou. Inutile, pour faire bonne mesure, de me reprocher à moi d'être une fille à soldats. Ce qui se passait entre lui et moi lui échappait à elle, Marthe, totalement et qui faisait que nous avions décidé qu'un jour nous ferions notre vie ensemble. Quant à Nadia, inutile d'essayer de me faire honte à son sujet. Je lui avais tout raconté. Parce que justement, à cause de tous ces mois, ces années où elle avait vécu, nuit et jour, dans la peur d'aller grossir avec les siens le contingent des juifs destinés à l'abattoir, qu'aussi je l'aimais comme une sœur, je lui devais la vérité. Je l'avais donc mise au courant des sentiments que j'éprouvais pour Rodstein, lui, pour moi, tout comme je l'avais mis, lui, au courant, dès les premières minutes de notre rencontre dans la forêt, de mon affection pour elle et de mon horreur du nazisme. Fallait-il ajouter qu'il lui avait fait remettre par mon intermédiaire un court billet que je lui avais traduit où il lui demandait pardon pour les crimes commis par son pays à l'encontre des populations juives d'Europe ?

Pardon à elle et à Dieu bien sûr puisqu'il était dévot comme pas un, croyait à la vertu de pénitence, celle qui rachète les péchés, même les pires. À la résurrection des morts, de leur chair, de leur âme après expiation des fautes. À l'intercession par conséquent de celle d'Heinrich son frère mort de froid devant Stalingrad. Heinrich qui m'avait envoyée à lui, Ewald, pour redonner un sens à son existence. Voilà où nous en étions, Nadia Zacarovitz la jeune fille juive, Ewald Rodstein, l'ancien servant des panzerdivisions de Guderian en Normandie et moi. Au stade inespéré, miraculeux de rapports ayant retrouvé, sur arrière-fond d'enfer, des chances de redevenir humains.

Je n'en crois pas mes oreilles, avait encore soufflé Marthe si épuisée tout à coup par le combat serré que nous venions de nous livrer (un de ces combats mère et fille où les coups échangés sont à la mesure du déchirement qu'on éprouve à les donner et les recevoir), qu'effondrée tout à coup sur une chaise, son beau visage vénusien d'opulente diva anormalement pâle elle avait pris le parti de se taire, d'essayer de puiser dans le silence, quelque part aux sources d'elle-même, un semblant de calme, de prise de distance avec l'événement. De mon côté, parce que je venais de couper définitivement et qui n'avait pendant dix-neuf ans jamais été totalement rompu, le cordon ombilical entre elle et moi, j'étais à bout, la tête me tournait, le ventre me faisait mal. J'avais l'impression qu'il saignait de ce que je venais de lui dire : que je n'avais plus besoin d'elle, de son amour comme on a besoin de pain et d'eau pour demeurer en vie, mais de quelqu'un d'autre et quel autre ! Que je passerais outre à la blessure que j'infligerais d'autant à mon père et elle, quitte à leur briser le cœur. À mon tour, je me taisais et le silence, le sien, le mien, qui respectivement nous emmurait derrière ses portes d'airain, venait comme de nous frapper de surdité inguérissable, d'incapacité à ne plus jamais entendre ce que l'autre dirait.

Seulement rompu en présence d'Auguste pour lui donner le change, car Marthe s'était, semblait-il, résolue à le tenir sur le moment en dehors de nos tensions sévères, à preuve qu'elle m'avait, en fin de compte, intimé d'aller changer de robe avant le dîner, de mettre un corsage montant afin de lui dissimuler la trace infamante des caresses imprudemment échangées avec l'ennemi d'hier, ce silence avait duré une longue semaine. Nos habituelles conversations trépidantes de femmes aussi primesautières, imaginatives l'une que l'autre avaient cessé. Nous nous frôlions en vaquant au ménage, sans nous regarder. Nous ne nous embrassions plus matin et soir pour nous souhaiter le bonjour et la bonne nuit.

Réfugiée l'après-midi, aux heures creuses, dans ma chambre à l'étage, je m'y tenais assise devant la fenêtre sans parvenir à comprendre ce que je lisais. Au-delà de la vitre, c'était le chapelet à gros grains bosselés des toits bruns tavelés d'ocre emmitouflant les humbles maisons d'en face où j'avais tant aimé me tenir l'hiver en lisière d'âtre brûlant ourlé de braise comme dans une grotte, avec ceux qui les habitaient. Et c'est alors que dans la faible, si faible clarté d'une ampoule accrochée à un abat-jour de porcelaine blanche en forme d'assiette renversée, suspendue à une poutre mal équarrie, le geste qu'on a, pour s'emparer de la bolée de cidre amer, ouvrir, d'un coup de croc, la bogue de châtaigne grillée sous la cendre, renoue avec celui de l'ancêtre. Avec son âme opaque, inquiète, à peine sortie de sa gangue d'homme des cavernes. Fascinante remontée du cours du temps, en terrain sûr, familier qui jusque-là m'avait non seulement enchantée mais avait suffi à mon dépaysement. Mais maintenant il y avait Ewald Rodstein ! Avec lui, l'Allemagne dont il me suppliait de cesser d'avoir peur puisqu'il serait là pour m'y aider, m'en faire découvrir un autre versant. Celui d'un romantisme vibrant porté au mysticisme, au culte des arts, de l'approfondissement de la vie intérieure qui tient l'esprit en éveil, le cœur en joie. L'Allemagne d'avant la faute. Celle dont il était certain qu'elle renaîtrait de ses cendres avec la grâce de Dieu.

Cette Allemagne-là (amour oblige qui contraint ceux qui s'aiment à regarder la vie et la mort en face) je devais partir librement à sa rencontre. Le devancer, lui. Nous préparer le terrain. Pendant ce temps-là, il continuerait à abattre des arbres, à s'ensanglanter les mains, les poignets, aux épines, à soulever des moellons, rempierrer des rues jusqu'à une libération qui nous permettrait de nous rejoindre en plein jour, d'établir un pont entre nos deux familles, de nous marier.

Il me semble, m'avait jeté Auguste, en me coinçant au bout de cinq jours de brouille avec Marthe, dans l'étroit couloir séparant le logement de l'école d'Aulaines d'avec la pièce de la mairie où il assurait les fonctions de secrétaire, *que ta mère et toi vous vous battez froid. Je me demande pourquoi. Plus exactement, je te le demande à toi.*

Rude épreuve, une seconde fois ! Comment mentir à ces yeux-là. À ce visage-là, tendu vers moi. Sa figure de proue. Une avancée d'étrave de navire de haut bord, barrant le passage à ma course périlleuse de nageuse inexpérimentée, fourvoyée au-dessus des gouffres de la mer. À cette mise en demeure d'avoir à répondre à la question posée, à cette sommation de passer aux aveux avant qu'il soit décidé de mon sort !

De mes rendez-vous avec Ewald Rodstein, de nos conversations haletantes entrecoupées par le silence, joue contre joue, contre lèvres, de nos ardentes mais timides effusions amoureuses alors que le temps presse, qu'il vous est compté, que savait exactement Auguste Roulette ? Que subodorait-il ? C'était un homme de pondération, rompu par discipline mais aussi par conviction à maîtriser ses nerfs. Mais cette fois, garderait-il son sang-froid ? Et jusqu'à quand, après avoir subi, eux-mêmes, les rigueurs de l'internement dans les stalags, pendant plus de quatre ans en Allemagne, les trois hommes du pays, promus gardiens du kommando de travail de la Villa, finissant par découvrir, si ce n'était déjà fait, le but de ces promenades qui précipitaient le prisonnier de guerre matricule 1 141 469 dans les fougères, ne viendraient-ils pas l'en avertir, en voisins ; lui conseiller, entre quat'z' yeux et par considération pour ma mère et lui, d'y mettre frein ? De sévir de concert avec eux. Rodstein de son côté, mis aux arrêts. Pour moi l'enfermement à double tour, s'il le fallait, dans ma chambre jusqu'à ce que cette folie, cette montée de fièvre passe entre ce jeune Schleu de vingt-deux ans aux allures d'apollon germanique dans ses hardes de fortune, égrenant pieusement chaque dimanche à l'heure de la messe où il ne pouvait aller, un chapelet entre ses mains durcies par les gros travaux, récitant le bénédicité en latin avant d'attaquer son écuelle de soupe, sa ration de patates, de lentilles et cette fille de dix-neuf ans dont la réputation de sérieux dans les études et de bonne vie et mœurs n'avait jamais été ternie par un de ces égarements du cœur et des sens qui déshonore son entourage. Plus grave encore, qu'en serait-il alors des rapports vibrants et pudiques qu'Auguste et moi avions entretenus depuis toujours ? De ce discret et complice amour qui nous avait liés jusqu'ici au-delà des inévitables tensions provoquées par le heurt des caractères, entraînant celui de leurs points de vue. Par le choc des mentalités. La mienne, de lycéenne, quelque peu imbue de ses connaissances livresques, prétendant souvent opposer à son réalisme, à lui, d'homme de terrain, à son expérience de la lutte pour la vie, un idéalisme tout neuf, acquis au cours de philosophie se flattant, moitié vanité, moitié candeur, de refaire le monde ?

Car enfin qu'allions-nous devenir Marthe, Auguste et moi si le drame éclatait pour de bon entre nous trois ? Alors forcément irréparable ! Le père, la mère outragés, honteux de leur fille, condamnée par eux à la solitude entre quatre murs, à la mise au ban, la privation d'affection ; la fille ulcérée, en proie au déchirement mais ne cédant pas, refusant de faire amende honorable, d'en finir avec cet engouement qu'ils ne pouvaient juger que déplorable à tous égards.

Gagner du temps, voilà ce qu'il fallait. Dans le fragile espoir d'éviter la tempête. Tenter le coup. Peut-être que Marthe avait de son côté décidé de temporiser. Qu'elle s'était tue. Que ne sachant plus où elle en était avec moi, elle atermoyait encore, espérait que j'allais me reprendre. Que nous enterrerions l'affaire. Bouche sèche, tête en feu, j'avais menti à ce père que j'aimais, que j'admirais. Marthe et moi étions un peu en froid ? J'en convenais. Comme toujours c'était pour des vétilles. Nous n'étions pas d'accord sur ma façon de porter en semaine ma robe du dimanche pour aller faire des courses en ville. Elle trouvait que me mettre du rouge aux lèvres m'aurait donné mauvais genre et puis il y avait cette tendance qu'elle avait d'exiger que je lui rende compte de chaque mètre de terrain parcouru hors de sa vue alors que j'avais dix-neuf ans.

Je ne suis pas certain, avait-il jeté, *que cette fois il ne s'agisse que de cela.*

Son regard brûlait. Est-ce que j'allais éclater en sanglots ? Tout avouer. Redevenir du même coup une petite fille. Sa petite fille prise en faute et qu'il avait jusqu'ici toujours traitée avec modération. Est-ce qu'il allait, oui ou non, m'accorder des circonstances atténuantes au lieu de me honnir ? Mieux encore, me laisser plaider ma cause et celle de Rodstein ? Quelqu'un avait frappé à la porte de la mairie. Il avait dû aller ouvrir et je m'étais retrouvée cœur cognant dans la poitrine, vue brouillée, complètement désorientée, proche de l'évanouissement, dans le boyau étroit et long du couloir.

Pour moi et de toute manière, l'impasse, le tourment des nuits blanches ! Et puis est-ce que Lecoudrier, l'un des gardiens, plutôt brave type, charpentier de son état en temps ordinaire, qui me connaissait depuis l'enfance, avait eu, lors de sa captivité en Allemagne, une histoire d'amour avec la fermière bavaroise chez laquelle il travaillait à l'écurie et au champ en l'absence de son mari mobilisé, avait bien remis à Rodstein le billet que je lui avais confié en grand secret pour lui faire savoir que Marthe avait découvert le pot aux roses ? Qu'elle nous interdisait de nous revoir. Où en était-il de son côté s'il l'avait reçu ? Si Lecoudrier avait tenu sa parole de le lui remettre en main propre et sans rien trahir ? Sinon, réduit à l'impuissance comme il l'était, que se ronger les sangs autant que moi.

Deux jours, deux nuits encore à tourner en rond, à faire semblant de respirer, boire et manger, aller et venir normalement, dormir de même et tout à coup le miracle ! Celui de Marthe ! De son refus de continuer à faire peser sur elle et moi le poids d'un tel silence qu'il en était devenu hurlement de douleur. Silence mortel que cet après-midi de fin de semaine-là, nous avions pourtant continué d'observer pour nous rendre à pied à Bonnétable faire des courses et qui, interrompu par force dans les boutiques, avait immédiatement repris quand nous nous étions retrouvées, seule à seule, sur la route du retour. Autour de nous, le long du chemin agreste, qu'obéissant à une vieille habitude, nous avions emprunté pour éviter les banalités de la route goudronnée, l'été. Sa tiède léthargie de fin de soirée et le foisonnement, au cœur des prairies, des luxuriances végétales, de leur tapisserie verte de basse lisse, ouverte en deux par l'incision, couleur de pollen, d'une piste sableuse. Cependant c'était comme si nous avancions dans un couloir souterrain nu et sombre, une galerie de mine sans issue, dans un monde condamné, où les formes, les couleurs, les saisons n'existaient plus et nous avec.

Marthe avait brusquement cessé d'avancer. D'instinct j'en avais fait autant. Visiblement elle n'en pouvait plus et pas seulement à cause de cet embonpoint qui l'incommodait depuis des années dont aucun régime n'était venu à bout, la mortifiait, tenait toute sa personne captive dans sa prison de chair, d'où jaillissait, olympienne, sa belle tête intelligente et florale, mais parce que ce qui arrivait entre Rodstein et moi la minait. Qu'elle s'écroulât sur place, que le cœur lui manquât, cette fois, je ne me le pardonnerais pas.

Écoute-moi bien, Annie, avait-elle dit, et elle s'appuyait sur sa canne et une fine sueur lui roulait le long des joues, *il faut absolument que nous parlions, que nous essayions d'avoir une conversation raisonnable, que nous arrivions à y voir plus clair. Si j'ai bien compris, entre Rodstein et toi c'est le coup de foudre et vous avez l'intention de passer par-dessus tous les obstacles qui vont pourtant s'accumuler devant vous. J'ai retourné le problème dans tous les sens avant de mettre ton père au courant. Je te préviens qu'il a eu du mal à ne pas monter sur ses grands chevaux, à se retenir de foncer dans ta chambre en pleine nuit pour te demander des comptes. Reste qu'il n'en dort plus. Moi non plus d'ailleurs. Nous avons toujours su que tu étais entière. Qu'il fallait te serrer la bride pour éviter que tu rues un peu trop dans les brancards mais cette fois c'est le bouquet. Te voilà amoureuse d'un prisonnier allemand et comme tu sais, à l'heure qu'il est, même si la guerre est finie, c'est plutôt mal porté. Alors que faire ? Comment s'en sortir le moins mal possible ? Car enfin toi et nous ne pouvons nous mettre à vivre ensemble à couteaux tirés. Puisqu'il paraît que l'amour n'a pas de frontière, il ne nous reste plus à nous, à toi, à Rodstein, qu'à prendre le taureau par les cornes. S'il est libre ce dimanche qui vient, qu'il n'a pas été demandé ailleurs pour travailler, nous avons l'intention de le faire revenir à la maison. Il reste beaucoup à faire non seulement au jardin, mais dans le bûcher ; à la réparation des clôtures, la remise en état du poulailler. Nous essaierons, par la même occasion, maintenant que vous êtes, paraît-il, persuadés que vous êtes faits l'un pour l'autre, de voir de quel bois il se chauffe et de ne pas lui faire porter, systématiquement, comme tu as cru bon de me le faire observer il y a huit jours, tout le poids du nazisme sur les épaules. Il n'en demeure pas moins que cet emballement qui vous aveugle, je le crains, est bel et bien un problème de taille. J'espère que tu en conviens. Que nous allons devoir, tous les quatre, je dis bien, tous les quatre, nous mettre d'accord pour minimiser les dégâts, éviter que le ciel ne nous tombe sur la tête. Nous vous proposons un marché. Les rendez-vous clandestins dans la forêt cessent. En contrepartie, chaque fois que ce sera possible, vous vous verrez à la maison. Vous aurez l'après-midi libre. Nous vous laisserons du temps pour que vous puissiez le passer ensemble et même nous nous abstiendrons d'être toujours sur votre dos. Nous allons vous faire confiance. Il va de soi que pour autant, nous estimons être en droit de l'interroger lui, sur ses sentiments pour toi, sur sa famille, sur ce qu'il projette pour vous deux exactement. Enfin, si vous tenez le coup. Car si tu veux m'en croire, vous allez avoir du pain sur la planche. Je sais, pour le moment, vous avez des ailes, ça vous soulève. Pour ton père et moi c'est autre chose. Est-ce que tu comprends combien ton père et moi nous prenons sur nous dans cette affaire ?*

Est-ce que je comprends que vous m'aimez ? avais-je murmuré.

Oui, c'est de cela qu'il s'agit, Annie, de cela, rien que de cela.

La voix de Marthe était basse, étranglée et sa canne avait alors tracé des ronds dans le sable, des tas de petites planètes en chaîne qui signifiaient qu'elle ne désirait qu'une chose, que nous nous réinstallions au cœur de la nôtre, celle des Roulette, que nous nous y retrouvions sur un sol connu et ferme avec, de nouveau et quoi qu'il arrivât par la suite entre Rodstein et moi, des yeux pour nous regarder en face, nous accorder. Et alors, grand Dieu, quel bonheur ç'avait été de pouvoir renouer avec elle, de lui faire accepter, lourde et précieuse caravelle chargée des trésors sans prix de l'amour maternel, de s'appuyer à mon bras qui s'offrait pour l'aider à marcher.

L'un de ces matins de grâce où l'on croit à l'avènement de la paix sur terre, à la communion des vivants et des morts, à la rédemption du monde, Ewald Rodstein refit son entrée à la maison. Il était neuf heures du matin. Dans la demi-liberté dominicale qui était devenue la règle pour les prisonniers détachés au service des habitants, il avait traversé les trois kilomètres de forêt et de bocage le conduisant jusqu'à moi dans la jubilation. Au-dessus de lui, le ciel était de perle, la rosée endiamantait les champs, la campagne resplendissait comme une châsse. Dans sa chemise de soldat de la Wehrmacht usée jusqu'à la corde mais fraîchement lavée, son pantalon de treillis yankee équipé de larges poches latérales à hauteur de cuisses où je savais qu'il enfouissait ses trésors, le crayon à papier, le cahier, le minuscule dictionnaire franco-allemand que je lui avais donné, son portefeuille bourré de lettres et de photos de famille, son chapelet, il irradiait.

Merveilleux ce qui nous arrive, m'avait-il jeté en allemand, après avoir d'abord salué Auguste et Marthe, articulé lentement en français, buste incliné en signe de respect « madame, monsieur merci de me recevoir », et pour la première fois nous avions osé venir à la rencontre l'un de l'autre, nous prendre les mains sous leurs yeux. Un jour, lui et moi serions heureux ensemble, j'en étais maintenant certaine. J'étais définitivement prête. Prête à tout endurer, tout entreprendre.

Quatorze mois plus tard, alors qu'Ewald Rodstein continuait à débiter en grumes le tronc des arbres abattus, à terrasser, curer, à Bonnétable, le ruisseau, à maçonner, c'est par un train de nuit que je quittai pour la première fois la France mon pays, en direction de l'Allemagne. Malgré mon échec à un point près au certificat de propédeutique exigé en faculté, avant de pouvoir accéder à la préparation d'une licence, j'avais obtenu, par l'intermédiaire des services académiques de la Sarthe un poste d'assistante de l'enseignement du français, matière désormais imposée dans les collèges allemands sur l'ensemble des territoires du Bade-Wurtemberg occupé par les troupes de De Lattre. Ville maîtresse du Palatinat, j'avais été nommée à Spire, sur les bords du Rhin.

Étrange, redoutable moment pour la fille de vingt ans que j'étais, n'ayant jamais franchi jusqu'alors aucune frontière, jamais tourné le dos à son terroir d'origine, à son immuabilité sacrée que, par le Paris-Francfort, ce départ en gare de l'Est ouvrant à ceux qui l'empruntent les portes de l'Europe centrale et de la Russie. D'un monde germano-slave, plus ou moins tragiquement métissé dans le creuset des violences répétitives entre tribus adverses, leur avancée, leur recul, sur fond séculaire oriental de raffinement culturel et de férocité asiate. Que ce démarrage, pour moi, sans précédent, sur le coup de dix heures du soir, en novembre 1946, en direction de l'exil, dans le premier halètement d'une machine-pachyderme crachant la vapeur et la fumée sous des verrières encrassées de suie, dans le grincement ultime des chariots à bagages, des portes tout à coup sauvagement refermées sur soi, sur la magie ou le drame de l'éloignement, celui du retour aux êtres chers ou de la rupture avec eux.

Terrifiante, fascinante gare de l'Est ! Spécialiste de 1914 à 1945 (la guerre de Trente Ans du XXe siècle) des convois conduisant les hommes dans la fleur de l'âge à la boucherie et ces derniers temps, ceux, en wagons plombés, des juifs, des Tziganes, des condamnés politiques pour résistance au fascisme destinés aux camps de la mort.

Voyage avec ou sans retour, une voix venue d'un haut-parleur, son « attention au départ » anonyme, péremptoire, disait que c'en était fait de tout ce qui avait précédé. Qu'il allait falloir s'abandonner à l'inéluctable, que la rupture était consommée. À preuve, ce courant froid me glaçant le dos, jusqu'à l'os, au premier tour de roues. Cette sensation de m'en être finalement demandé trop, d'avoir présumé de mes forces en m'éloignant volontairement de tout ce qui m'avait été indispensable et cher jusque-là. Et ce refus que j'avais eu qu'Auguste m'accompagnât jusqu'à Paris. Cette privation que je m'étais imposée de sa présence paternelle sans prix sur un quai de gare pour me punir moi-même d'avoir osé les quitter, Marthe et lui, d'avoir exigé d'eux qu'ils y consentent. J'étais triste, j'avais peur ? C'était tant pis pour moi. Voilà ce que c'était que d'être tombée malencontreusement amoureuse d'Ewald Rodstein.

Voyage de nuit, interminable, initiatique, hasardeux, dans un wagon bourré de troufions, affectés en Allemagne pour y accomplir leur service militaire dans les villes-garnisons de Rhénanie, du Bade-Wurtemberg ! Ils étaient remuants, insouciants, rigolards. Ils sentaient le saucisson à l'ail et la bure mouillée, le lard fumé mangé à la pointe du couteau, l'âcre fumée du tabac de troupe. Ils revenaient de permission d'un peu partout. De Normandie, de Bretagne, d'Auvergne, du Bordelais. Ils étaient attendrissants de jeunesse, joyeux et vulgaires comme toute la soldatesque du monde quand renvoyée pour un peu de temps dans ses foyers, elle a encore le cœur content. Qu'elle a fait provision de chaleur parentale, de caresses échangées avec la petite amie, la fiancée qui s'est particulièrement montrée complice de vos élans, quand vous lui chuchotiez des douceurs en pétrissant son corps à pleines mains, comme de l'argile, de l'obéissante pâte à pain. Maintenant, comme vous le proclamiez si bien à la cantonade en sifflant à la gourde, calot rabattu jusqu'au nez, une lampée de gros rouge ou de café noir, la java du côté de Nevers, de Quimperlé, de Caen, de Montélimar c'était, et vous le disiez en allemand pour vous remettre en condition de reprendre le collier, c'était *schlùss, fertig*, fini ! On allait retrouver les Schleus là-bas, du côté de Wiesbaden, de Mayence, de Worms, de Kaiserslautern. Leur façon, depuis la défaite, de marcher silencieux, traits tirés, regard insondable, vitreux, le sac à dos bourré de vieilles planches pour faire du feu ; de hardes arrachées à des armoires éventrées, le long de rues engorgées par des pans de mur, des rampes d'escalier, des gravats ; d'en contourner les cratères ouverts par les obus avant d'aller se terrer pour dormir, la faim au ventre, dans les caves de leurs immeubles en charpie. Et vivement la quille dans six mois ! Adieu, mon commandant, mon colon, qui avait la manie des parades militaires le long des avenues fantômes, la poitrine bombée à s'en faire péter les poumons.

Mon entrée de fille de leur âge ou à peu près, attifée pour le voyage d'une culotte de gros lainage brun, d'une canadienne de même, réchauffée par un col de mouton qui sentait encore le suint des toisons mal dégraissées, flanquée d'une valise en similicuir (la malle suivrait sous quelques jours, enregistrée au départ du Mans) avait fait sensation. Car enfin qu'est-ce que je pouvais bien foutre là au milieu d'eux, de leurs jurons, de leur virilité pétulante de jeunes boucs déguisés en recrues, avec derrière mes petites lunettes roses de myope, un air de gravité studieuse qui empêchait de me trouver seulement appétissante ? Bonne à s'envoyer sans problème, au milieu des chatouilles et des rires gras, si les circonstances, c'est-à-dire moi, s'y prêtaient. Au demeurant, bons princes et qui m'avaient aidée à hisser ma valise sur le porte-bagages. Elle était pleine à craquer de linge de corps, de bas de laine, de pulls, de gilets patiemment tricotés ces derniers mois par Marthe et moi en prévision des froidures rhénanes. Il y avait aussi des corsages, des jupes en tissu moucheté, bourru, faussement anglais. Il s'y trouvait également un tailleur. Mon premier tailleur. Il avait été confectionné sur mesure et à grands frais par l'homme de l'art dans une fine draperie bleu marine rayée de blanc. Il était censé me donner, pour me promener dignement le dimanche dans les rues d'une ville d'outre-Rhin, enracinée dans le terreau de l'histoire franc-salienne ayant réussi à venir à bout d'une romanité forcée, des allures de demoiselle française distinguée, inatteignable et comme il faut, chargée d'inculquer, dans le cadre de l'occupation du Palatinat par les troupes de la deuxième division blindée, quelques rudiments de sa langue maternelle, civilisatrice entre toutes, à une jeunesse allemande déboussolée par la défaite de ses aînés, la déconfiture d'un système où les crimes commis contre l'humanité avaient été déguisés en actes d'assainissement vertueux des esprits et des corps. Je traînais aussi avec moi la lourde serviette en moleskine noire, ravagée d'usure, qui m'avait tenu lieu de cartable pendant toute la guerre et puis encore l'année précédente, à Paris quand je m'étais inscrite en Sorbonne et que les parents de Nadia, les Zacarovitz, m'avaient hébergée chez eux, dans leur logement d'Argenteuil qu'ils avaient pu réintégrer après la Libération. Dedans, avec une grammaire franco-allemande, le *Faust* de Goethe et *Les Souffrances du jeune Werther*, *Le Cid* de Corneille dont le pathétique de la situation me fascinait, une anthologie de la poésie française de Rutebeuf à Valéry, il y avait un cahier. C'était la pièce de théâtre que je m'étais lancée à écrire entre deux cours en faculté, deux trains de banlieue, parfois dans une brasserie quand j'avais les moyens de m'offrir un café. J'aimais le théâtre. Le déploiement verbal et corporel des acteurs sur une scène. Une opération d'exorcisme à double tranchant entre le spectateur et le comédien dans le miroir que leur tendait l'auteur. Devenu mon grand cheval de bataille, son thème était le racisme. Non seulement à cause des horreurs du nazisme en Europe mais depuis que j'avais pris conscience des virulences de la ségrégation raciale à porter au passif de nos libérateurs yankees et que j'avais lu, relu la pièce de Sartre, *La Putain respectueuse*. Que faire alors pour sortir du guêpier ? Dieu savait comme la question me tourmentait, comme elle tourmentait Ewald Rodstein et que si la pièce était mauvaise et bien sûr, elle l'était, elle n'en témoignait pas moins de ma part d'un souci louable d'aborder un sujet qui ne cesserait plus guère, dans la complexité des difficiles rapports humains, de me hanter. Coincées et maintenues en place par des trombones au milieu de l'acte II, les lettres d'Ewald. Messages hâtifs, griffonnés au crayon sur des demi-feuilles de papier arrachées au cahier d'écolier qu'il tenait de moi et confiés, toujours, au même gardien qui avait pris le pli de me les glisser en catimini dans la boîte aux lettres et auquel je remettais la réponse en catimini aussi bien sûr. Courts billets me tenant au courant, entre deux dimanches passés à la maison, des événements survenus au camp, lorsqu'ils risquaient de compromettre l'espèce de modus vivendi que nous avions peu à peu réussi à mettre au point entre Auguste, Marthe et nous. Il y avait eu d'abord cette menace, qui nous avait mis sens dessus dessous, de retour à Thorée quand, terminé le travail en forêt, la municipalité avait décidé de diminuer les effectifs du kommando, pour cause d'excès de main-d'œuvre et par conséquent de bouches à nourrir. Résolution avait été prise de diminuer à peu près de moitié le contingent de prisonniers de guerre destinés, cette fois, à des travaux de voirie principalement dans Bonnétable. Par chance (il l'appelait la grâce de Dieu), il n'avait pas été dans le lot des malchanceux qu'on avait rapatriés à Thorée pour recommencer à y crever de faim. Avaient suivi, pour ceux qu'on avait gardés au service de la commune, de grands changements. Principalement celui de leur installation en pleine ville dans une maison vacante qui s'y prêtait, dans une impasse proche de la place de l'Église pourvue d'une pompe publique qui permettrait leur ravitaillement en eau.

Trois mois durant, de septembre à fin octobre, jusqu'à mon départ pour la région parisienne chez Nadia, nos dimanches, nos précieux après-midi de dimanche avaient été sauvés. Frileusement, passionnément serrés l'un contre l'autre sur le beau vieux canapé de velours de Gênes d'un rouge vineux de Marthe et qui constituait le plus bel ornement de la chambre campagnarde où je dormais dans ce qui avait été l'humble lit de femme pauvre de ma grand-mère Anne, veuve en 1900 d'un commis de graineterie mort de la phtisie, nous savourions, délicieux comme du vin doux, comme du miel, le plaisir d'être ensemble. Des pans de soleil d'octobre enflammaient par instants les cloisons, les vitres, les cuivraient comme dans une église, un de ces lieux sacrés où l'on peut échapper à la justice des hommes, y jouir du droit d'asile, s'y réfugier dans le giron de Dieu. Assis face à la petite cheminée vétuste, notre unique source de chaleur (et quand au-dessous des bûches à moitié consumées, nous soulevions les cendres à la pelle, il en jaillissait des étincelles rouges, un vrombissement d'insectes brûlés vifs devant nos yeux), nous entretenions soigneusement le feu. Notre feu ! Au seuil de ce merveilleux enfer, de ces lueurs d'incendie hypnotisantes, mains nouées, dénouées et qui se reprenaient bien vite de peur de se perdre, de rompre le fil d'Ariane qui leur avait permis, on ne savait trop par quel étrange miracle, de se rejoindre, nous nous tenions sur le canapé de Marthe comme sur une île fraîchement surgie des profondeurs de la mer, d'où, enfermés dans un cercle d'innocence, nous nous appliquions avec un optimisme d'enfants à refaire le monde, à lui inventer une chance de se forger une âme. Amour brûlant que le nôtre et platonique en même temps, comme dans les romans de chevalerie, comme dans les contes. Car nous avions promis à Auguste et Marthe, une fois la paix faite entre nous quatre, de tenir parole là-dessus. De ne jamais aller plus loin que cette morsure qui avait mis le feu aux poudres. Que nous leur devions bien ça. Pourtant quel bouleversement, quel vertige chaque fois que nous nous touchions. L'approche de nos corps devenue pareille à celle d'un rivage qu'il fallait pourtant s'interdire d'aborder, tous ces élans, ces caresses qui nous jetaient si souvent l'un contre l'autre, je les emportais ce soir-là avec moi, dans le Paris-Francfort, avec les lettres presque toutes invariablement terminées, quel qu'en ait été le contenu par « baisers de nuit d'Ewald, de ton Ewe ». Leur promesse d'exultation charnelle partagée quand le temps serait venu.

De ce voyage de nuit en train qu'il me fallut affronter, en laissant derrière moi, résignés à me laisser courir l'aventure de la mise sur rail d'un avenir dont je ne possédais pas la clef, Auguste et Marthe, leur chagrin, il me reste encore à l'heure qu'il est, le souvenir d'une avancée périlleuse à tâtons et au coup par coup dans le noir d'une galerie de mine, au rythme saccadé d'une locomotive-tarière, attaquant l'obscurité à la percussion. D'un trépan porté au rouge à force de forer dans l'épaisseur d'un espace dont il ne viendrait jamais à bout, un tunnel qui, d'évidence, serait sans porte de sortie. Après Châlons-sur-Marne et Bar-le-Duc, après Nancy et Strasbourg, toutes ces gares, le glacis luisant de leurs quais mornes, cafardeux sous les verrières encore passées au bleu de camouflage, entrevues à la lumière froide, lunaire de leurs lampes en suspens, il avait fallu quitter les wagons pour la vérification des papiers et l'examen des bagages au poste-frontière de Kehl sur la rive droite du Rhin. Le Rhin que, roulée en boule sur moi-même, coincée sur la banquette en bois entre deux militaires, animalement tenue au chaud par leur tiédeur, eux par la mienne, je venais de traverser dans le demi-sommeil exténué qui avait succédé à la crise de boulimie désespérée qui m'avait jetée sur les sandwichs qu'on m'avait préparés à la maison. Sur les œufs durs qui étaient les œufs des poules d'Auguste, sur les rillettes qui étaient ses rillettes cuites au feu de bois sur notre fourneau, sur le morceau de quatre-quarts qui était le morceau de quatre-quarts de Marthe, j'avais pleuré. Sur eux. Sur mon sort d'amoureuse secrète, déchirée.

Cependant, au petit matin qui avait suivi, à bout de forces à mon arrivée à Spire, j'avais survécu à tout. À l'épreuve de l'heure et demie de halte à Kehl. À l'ouverture des bagages qu'il avait d'abord fallu traîner avec soi, le long d'un quai boueux, interminable, sous surveillance policière appuyée par des recrues en treillis de combat, mitraillette au poing. Avec ses longues planches basses montées sur tréteaux qui couraient sur les murs couleur caca d'oie, ses fenêtres grillagées, son plafond truffé d'ampoules nues, la salle de douane était sinistre. Quelque chose comme une antichambre de centrale où l'on dépose ses nippes et hardes, sa montre, ses pièces d'identité, son portefeuille, bref son paquetage d'homme libre avant de disparaître dans le gouffre de l'anonymat carcéral. J'avais réussi sur les conseils de mes compagnons troufions qui, finalement pris de sympathie pour moi, mes sandwichs et les larmes que j'avais versées dessus, m'avaient mise en garde contre elles, à éviter, redoutables, selon eux, les deux douanières préposées en cas de besoin à la fouille au corps, anus et vagin compris, des personnes de leur sexe qu'on soupçonnait de trafic de pierres précieuses, de drogue, d'espionnage. On pouvait, paraît-il, compter de toute manière sur elles, si l'on tombait entre leurs pattes pour s'adonner avec une frénésie glaciale à des recherches minutieuses, au milieu de votre fourbi, du moindre cachet d'aspirine suspecté d'être de la marijuana. Prévenue de leur vacherie, j'avais, dès l'entrée, pris les devants, m'étais précipitée vers un douanier aux airs bonasses en attente du client. Plutôt petit, trapu et qu'on imaginait, en dehors de ses fonctions, aimer la vie domestique, la vue de mon honnête et modeste trousseau de petite Française en route pour l'Allemagne, pour y rejoindre un poste d'enseignante dans le Palatinat, aussi, le calme apparent avec lequel j'avais largement ouvert ma valise, ma serviette, mon sac à main, l'avaient incité à ne procéder qu'à un contrôle superficiel de ce qu'il aurait pu découvrir de marchandises ou de papiers illicites au milieu de ma réserve de lainages, de vieilles jupes chaudes, de chemises de nuit en pilou. Il n'avait pas cherché non plus à déceler, à tout prix, dans mon poudrier, mon tube de rouge à lèvres, un fond double, ne m'avait pas trouvé suffisamment mauvais genre avec ma tenue de trappeur et les deux gros nœuds de ruban noir que je portais dans les cheveux au-dessus des oreilles pour me confier aux bons soins de ses distinguées collègues chargées de la délicate mission d'ausculter les passagères du chignon au bas-ventre.

Oui, j'avais survécu à tout. Au raz de marée des visages venus, dans la semi-obscurité d'un quai de gare de poste-frontière, à la rencontre du mien. M'opposant, m'imposant, au passage, toujours indifférents, toujours fugaces et comme s'il se fût agi de la découverte de mon reflet dérangeant dans un miroir mal éclairé, leur énigme plus ou moins terrifiante d'animaux humains. Déguisés, qui, en soldats, qui, en fonctionnaires de police, en douaniers, en voyageurs circulant en cache-poussière, chapeau rabattu sur les yeux, chargés comme des baudets et se rendant pour des motifs inconnus, vers des destinations inconnues où chacun, qu'il le voulût ou non, aurait à subir le destin qui les avait choisis pour cibles. Celui encore à partir de Kehl des Allemands. À peine tolérés dans les deux ou trois wagons de queue où on les entassait derrière ceux réservés aux Français. Dans lesquels on ne les autorisait à monter qu'à la dernière minute d'avant départ, ce qui les obligeait à courir pour ne pas rater le train, à se bousculer dans un affolement de bétail qu'on pousse dans les fourgons en l'éperonnant à coups de gueule, et que j'avais moi-même, à l'inverse, vécu, une fois, en 1942 en gare de Laval au retour d'une visite faite en Mayenne à ma cousine Thérèse, religieuse de la Charité de Notre-Dame d'Évron. Donc c'était à leur tour, à eux, les Schleus, affublés de leurs costumes, leurs pardessus démodés du temps du traité de Munich, de l'annexion des Sudètes, le havresac délavé par les pluies leur collant au dos, les femmes entortillées dans des châles, encapuchonnées de fichus à la façon des paysannes russes, polonaises, de voyager debout dans les compartiments, les couloirs bondés, jusque dans les W.-C. puants d'express, d'omnibus locaux. De s'y fondre dans l'anonymat d'une misère qui finit toujours, où qu'elle soit, justifiée, méritée ou non, par imposer à ceux qui l'endurent, les mêmes stigmates.

Outre l'attente à la frontière, à ses péripéties, j'avais encore survécu à celle, particulièrement longue et glaciale, en gare de Schifferstadt quand j'avais dû quitter le Paris-Francfort pour atteindre Spire par une ligne transversale. Survécu à la traversée au petit matin du Palatinat. Aux hululements de chouette enfiévrée, de buse en chasse, que poussait la locomotive chaque fois qu'elle s'enfonçait dans les tunnels creusés à même les grès rouges de la Hardt, leur béance sanglante de bouche d'ogre, de herse armée, levée pour un instant au-dessus du passage du convoi.

À huit heures du matin, Spire, enfin, Spire ! Oui mais encore ! Car il m'avait fallu, valise et serviette laissées à la consigne, me débrouiller dans un allemand approximatif pour me faire indiquer quel chemin emprunter afin d'atteindre le siège administratif de l'autorité militaire française où je devrais, nantie de ma feuille de route, de mon passeport délivré le 10 octobre 1946 par la préfecture du Mans, me présenter aux services de police et d'intendance en vue de mon installation dans la place. Surtout, oublier que les larmes, une fois de plus, me coulaient sur la figure parce qu'à des centaines de kilomètres de là où je me trouvais, le garçon que j'aimais, un prisonnier de guerre allemand, remblayait, maçonnait, pavait les rues de mon pays natal pendant que d'un commun accord avec lui, mais dans le dépaysement absolu, je le devançais dans le sien, discrédité, couvert d'opprobre par des crimes sans nom avec pour mission d'ouvrir une voie qui nous permettrait de nous unir. Oublier la fatigue, l'éperdument, à devoir longer sans plus savoir où j'en étais, où j'étais et qui m'avait paru sans fin, le boulevard de la Gare, l'enfilade de ses maisons cossues, de leurs façades couleur de sable blond si nouvelles pour moi, leurs croisées équipées de lourds volets d'un vert sombre, zébré de chevrons blancs ou noirs, leurs tourelles d'angle à toit conique, leurs échauguettes de parade encapuchonnées de bonnets de gnome, pointus, écailleux et ces fantastiques fenêtres à trois pans aux allures de balcons fermés, suspendus à hauteur d'étage, d'arbre, de clair de lune, de nuages où l'on pouvait, depuis une tradition vieille de trois siècles de romantisme, se tenir au fil des heures, des saisons, en buvant du thé, du café, du chocolat, en lisant ou brodant, en jouant du piano, en faisant, le dimanche, des concerts de musique de chambre. L'Europe centrale déjà ! Son goût passionné pour le chant, pour l'étude des disciplines instrumentales même dans les milieux les plus pauvres. Car le protestantisme était passé par là. Rigueur et envoûtement ! Dépouillement du décor au temple et clameurs d'orgues. De chaque côté de moi des platanes. Un alignement de troncs squameux, d'écorchés vifs à trogne rutilante formant la haie sur mon passage, me prenant de court, me dépassant. L'impression que la terre, cette terre qui n'est pas la mienne, se dérobe sous mes pieds, qu'elle me refuse. D'avoir préjugé de mes forces en m'imposant à elle. Préjugé aussi peut-être de la force d'attachement qui nous avait tenus en haleine, jusqu'ici, Rodstein et moi, fait commettre, qui le savait, une fatale erreur d'aiguillage. Et puis encore et qui tout à coup s'imposait, qu'Auguste et Marthe, autant que lui me manquaient. Que ce qui m'attendrait désormais serait, où que j'aille, quoi que j'entreprenne, un écartèlement entre deux pôles.

Pour moi, par amour pour moi, alors que ce départ pour l'Allemagne les avait souvent empêchés de dormir, Auguste et Marthe Roulette avaient tout mis en œuvre pour me constituer pour la seconde fois après celui de mon entrée au lycée du Mans, l'année de mes douze ans, un trousseau à peu près acceptable. Dans la malle d'osier qui me suivait, la fameuse malle d'Auguste, de ses dures années de jeune cuistot, ayant, dès dix-sept ans commencé son tour de compagnon qui l'avait conduit du sud-ouest de Poitiers, d'Angoulême, en Lorraine à Longuyon, avait servi, en 1938, à rassembler mon linge, mes vêtements d'uniforme de pensionnaire, cette fois, il y avait en route pour le Palatinat, avec une provision de cahiers neufs, de dictionnaires, de manuels scolaires, avec un lot de serviettes de toilette, de l'eau de Cologne, du savon, un imperméable et un manteau. Celui qui m'avait sauvée du froid pendant la guerre et sur lequel, remis au goût du jour, doublé de neuf, col et revers retapés avec du velours par une couturière à façon, je comptais pour qu'il continue à me faire bon usage au cœur de l'hiver allemand. Marthe avait pourvu à tout cela, déniché au Mans, à mon intention, denrée encore rare à l'époque, une paire de trotteurs à lacets en vrai cuir et des chaussons fourrés.

À la suite, mémorable, de l'affrontement qui nous avait dressés en dernière minute, lui et moi, l'un contre l'autre, Auguste, de son côté s'était résigné à mon départ ! Jusqu'alors, après une conversation d'homme à homme avec Rodstein qui avait pu avoir lieu à cause de ses progrès en français, il avait pris le parti de jouer le jeu, allant jusqu'à m'aider à accomplir les démarches nécessaires à la réalisation de mes projets et si ulcéré qu'il fût par ma volonté de quitter sa maison et la France au nom d'un emballement amoureux qu'il jugeait non seulement peu souhaitable mais dont il doutait qu'il résisterait à la longue aux difficultés de toutes sortes qui le guettaient, il s'était contenu. Mais au moment de remplir et de signer, exigé par la loi, le formulaire d'autorisation paternelle permettant à un enfant mineur de franchir seul la frontière de son pays d'origine, il s'y était tout à coup refusé. *Ça ne va pas*, avait-il scandé. *Nom de Dieu, Rodstein et toi, vous rêvez debout. Vous êtes complètement fous. Moi non. Je ne signe pas.*

Assise en face de lui, de l'autre côté de la table, le formulaire posé entre nous, dressée nerveusement sur mes ergots, je m'étais levée en protestant sur un ton qui lui avait paru pour de bon inadmissible. Levé à son tour, d'un seul jet et pour la première et la dernière fois de sa vie, il m'avait giflée. Aussi bien lui que moi étions des caractères entiers. Capables de nous dominer pourtant. Mais cette fois c'était la crise, l'éclatement. Humiliée, abasourdie plus encore, par cette gifle que ni lui ni moi n'avions prévue et que je savais n'avoir, à tout prendre, pas absolument volée, j'avais empoigné ma chaise, l'avais brandie devant moi à la façon d'un bouclier en hurlant que je refusais d'être battue, que c'était mon droit de vouloir préparer une licence d'allemand en Allemagne même et de vouloir faire ma vie avec Ewald Rodstein quand il serait libéré.

Marthe, parce qu'elle nous aimait, savait que mon père et moi nous nous aimions et que pourtant nous courions à l'irréparable, s'était précipitée entre nous. *Les Roulette*, avait-elle crié, *ne doivent jamais en arriver là. Annie, laisse cette chaise. Embrasse ton père. Réconciliez-vous tout de suite*. Touchée au cœur, j'avais immédiatement obtempéré, lâché la chaise hissée au-dessus de ma tête comme une arme de guerre pour me précipiter vers Auguste, toujours debout, blanc comme un linge de désarroi, de solitude. Auguste dont j'étais l'unique enfant, l'unique raison de croire dans l'avenir et quand j'avais mis mes bras autour de son cou, qu'il m'avait encerclée avec les siens, nous nous étions aperçus que les mains nous tremblaient, qu'elles étaient brûlantes et nos joues glacées. Ensuite, nous avions repris silencieusement place l'un en face de l'autre et secoué comme toujours dans ses moments de fatigue ou d'anxiété par sa méchante petite toux de gazé par ypérite de poilu de la première grande guerre, il avait rempli le formulaire et signé.

À moi donc maintenant de boire la coupe jusqu'à la lie. De continuer d'avancer, à moitié titubante et la tête vide, démantelée par l'absurdité d'une situation que j'avais provoquée par, devenu presque l'évidence, le sentiment que je n'avais, n'aurais jamais rien à faire, à la vérité, dans cette ville qui n'était d'ailleurs pas celle d'Ewald Rodstein. Que je m'y trouvais par inadvertance, mouvement involontaire de l'esprit et du corps, comme dans un mauvais rêve où, plante déracinée, arbre tronqué, arraché à son milieu naturel par quelque redoutable sortilège, je me retrouvais flottant à la surface d'un fleuve dangereux, entraînée par la sournoiserie de ses courants vers le gouffre d'un estuaire où j'échouerais, alluvion parmi les alluvions.

Cependant, il fallait marcher. Continuer d'aller à la recherche d'un point de ralliement, d'un secours quelconque qui ferait barrage à ma dérive. Dans la plus totale confusion des sens, de la pensée, franchir une porte de ville qui en avait gardé l'accès du temps où, corsetée de remparts, place forte des rois saliens, puis des Habsbourgs, on y vivait, y mourait en vase clos. Poursuivre la fuite en avant, sortir de son ombre. Affronter cette fois, vivante, bougeante, la luminosité nacrée d'un ciel variable parcouru de coulées d'ambre, d'indigo, plafonnant, tirée au cordeau, la longue nef de plein air d'une large avenue marchande et bourgeoise coupant visiblement la ville en deux, lui tranchant à dessein dans le vif du cœur et répondant au nom de Hauptstrasse : rue principale, rue première, donc. Au fond, là où elle s'achève et qui barre l'horizon, précédée par l'arène d'une place qui l'isole du reste du monde, il y a une cathédrale. Sa splendeur romane de basilique rhénane taillée dans les grès rouges des monts de la Hardt, imprégnée d'architecture byzantine, de son âge d'or. Tout en jaillissement de coupoles, de clochers quadrangulaires au-dessus d'une façade à fronton central érigé en mitre, de tiare assyrienne, elle s'élève somptueuse, impavide sur trois étages. Sûre d'elle, de sa colossale beauté. De l'équilibre assez parfait de ses masses, de ses formes pour que même dans l'état d'égarement où je suis, elle m'apparaisse subitement, au-delà des raisons qui m'ont conduite jusque-là et qui n'ont rien à voir avec elle, comme la justification de ma part d'un voyage aussi long, aussi hasardeux, perturbant, que celui que je viens d'endurer. Poursuivre ma route donc. M'enfoncer dans le décor. Aller jusqu'au bout de l'aventure. Renseignements pris auprès d'un passant, oser entrer, sans se laisser intimider par son escalier de pierre, ses quinze fenêtres de façade, ses statues à l'antique, son attique à hauteur de combles, dans l'énorme bâtisse située à l'extrémité gauche de la Hauptstrasse et qui tient lieu, à moins de cent mètres à vol d'oiseau du hiératisme d'une maison somptuaire consacrée à la gloire de Dieu, de locaux réservés aux services de police et d'intendance gouvernant la place de Spire dans le cadre de l'autorité militaire française d'occupation.

Promu capitaine après son détachement en Allemagne, le commissaire Archambault (il venait, paraît-il, de Limoges où il avait exercé déjà depuis une dizaine d'années) avait visiblement tendance, depuis qu'il arborait l'uniforme, à se prendre plus ou moins, selon les jours, pour Dieu le Père. J'apprendrais par la suite qu'aux Schleus du cru, venus quémander auprès de lui un laissez-passer pour se rendre vingt-quatre ou quarante-huit heures en zone américaine ou anglaise pour raisons de famille ou pour affaires, il menait plutôt la vie dure, aimait assez leur faire faire antichambre des heures durant devant sa porte qu'on atteignait au second étage par une enfilade de couloirs voûtés dont le plein-cintre des baies donnait sur les arbres tenant lieu d'écrin à la cathédrale. C'était un bel endroit qui avait été, cela aussi, je l'apprendrais plus tard, le siège des responsables zélés du national-socialisme pour le Palatinat. On y avait concocté entre gens du parti, y tenant pignon sur rue, le plan d'expulsion de la communauté juive de la ville et sa spoliation. La synagogue avait été incendiée, les bains rituels démolis. Désormais tabou, le nazisme, ses réunions de propagande, ses défilés par les rues des Jeunesses hitlériennes qui avaient, après enquêtes serrées des services de police français, conduit un certain nombre de notables locaux en prison, avait cessé d'être un sujet recommandable. Les honnêtes familles de la cité, obéissant comme partout dans le monde à la loi du silence, au pouvoir du temps, sa force de rouleau compresseur ayant pour vertu de procéder au nivellement des consciences après enfouissement sous les sédiments de l'oubli.

Quant à moi, ce matin-là, puisque j'étais la nouvelle étudiante française annoncée depuis une semaine en renfort de deux autres déjà installées dans leur fonction de chargées de cours dans les établissements de la ville, j'avais eu droit à un traitement de faveur qui avait consisté à passer devant tout le monde.

Grand et costaud, un rien bellâtre, avec quelque chose d'à la fois plaisant et cynique dans les manières, le regard moitié sur le qui-vive, moitié amusé qu'Archambault avait jeté sur moi, sur mon accoutrement garçonnier, sur les nœuds de ruban de ma coiffure enfantine, sur ma feuille de route, mon passeport, était celui du parfait limier de service auquel il serait dérisoire de vouloir en conter. Oui, il en convenait, j'étais en règle. Patronyme : Roulette. Prénoms : Annie - Marthe - Esther. Fille mineure de Roulette Auguste et de Roulette Marthe son épouse, née Taureau. Ayant franchi la frontière franco-allemande avec l'autorisation paternelle pour rejoindre le lieu qui lui avait été assigné par les services académiques de la Sarthe, pour y exercer parallèlement à l'étude de l'allemand en vue de l'obtention d'une licence, les fonctions d'assistante d'enseignement du français dans un des collèges de Spire. Ce qui me haussait, et je l'apprenais de sa bouche, non sans stupeur, au grade de sous-lieutenant sans imposer pour autant le port de l'uniforme. Ce nouveau statut social entraînant, outre le logement gratis chez l'habitant, un salaire mensuel de quatre cents marks, le droit à vingt paquets de tabac de troupe tous les trente jours et celui d'accéder, dans une coopérative réservée aux personnels militaires français et à leurs épouses, aux marchandises qui leur étaient vendues à bas prix : étoffes, chaussures, sous-vêtements, maroquinerie d'origine allemande contingentées par lots, à leur profit par les bons soins de l'intendance. En bref, de quoi pavoiser ! Cependant, si le gîte était gratuit, la nourriture ne l'était pas. J'aurais à régler chaque mois le coût de mes repas au gestionnaire du petit mess privé, situé ici même sous les combles, réservé à hauteur d'attique, au personnel féminin célibataire de la place, à l'équipe des secrétaires, infirmières, attachées culturelles, enseignantes dont j'allais faire partie.

Je regardais Archambault. Il riait maintenant pour me mettre à l'aise en me disant que mes quatre cents marks allaient suffire largement à payer mes repas au gynécée qui m'attendait au-dessus de sa tête, sous les combles ; qu'avec le reste, je pourrais m'offrir des fantaisies, des petites virées à Strasbourg même, et je voyais bien qu'il prenait finalement plaisir à me parler comme à une enfant sur laquelle on a tout pouvoir mais à laquelle on veut du bien en même temps.

Je vais vous donner une jolie chambre, dans une jolie maison, ma petite. C'est proche de la gare, rue Beethoven. Elle a été occupée jusqu'ici par une employée de la SNCF qui vient d'être mutée à Mayence. Je vais vous en faire profiter. Vous verrez, le coin est agréable, romantique même. Il donne sur le plus ancien cimetière de la ville. On s'y balade sous les arbres comme dans un parc. Là-dedans, il y a de sacrées vieilles tombes qui datent quasiment de la guerre de Trente Ans, du temps où les Wittelsbach de Bavière possédaient le Palatinat. La rue Beethoven c'est la petite demi-heure de marche à pied, d'ici, enfin du centre. Vous prendrez votre service lundi. Ça vous laisse trois jours pour vous y reconnaître. Vous êtes nommée par les services académiques de Mayence, rue Zeppelin, à l'Aufbauschule. C'est un collège de garçons conçu jusqu'en 1945 pour la formation accélérée des adolescents de milieu populaire destinés à devenir bons techniciens dans l'armée ou dans le civil. Je fais prévenir le directeur de votre arrivée. Les cours ici, commencent à huit heures. Allez, ça va marcher. Voilà votre feuille d'hébergement à présenter à la famille tenue de vous accueillir. Le voyage vous a crevée, ça se voit. Je vais vous faire reconduire jusqu'à la gare pour que vous récupériez vos bagages et les déposiez à votre logement. Installez-vous d'abord. Midi sera vite arrivé, vous n'aurez plus qu'à revenir ici pour déjeuner et faire connaissance avec vos collègues. Vous serez vite requinquée. Ici, pour nous, les Français, c'est plutôt la belle vie. Le retour de bâton quoi ! Allez, bon courage. Au revoir, mademoiselle Roulette !

La Jeep n'était pas bâchée. Le troufion qui la conduisait, encore un gamin ou presque, à figure poupine de Flamand sous le calot réglementaire fonçait à toute vapeur à travers les rues presque vides de véhicules sinon ceux des services d'occupation militaire et, comme il y avait du vent, il y avait aussi de quoi attraper la crève. Visiblement, tête et crinière enfoncées dans l'épaisseur d'un col de mouton que j'avais relevé jusqu'aux oreilles, je l'intriguais. Une fille à lunettes qui débarque on ne sait d'où un beau matin pour atterrir en Allemagne dans une ville de garnison, on se demande ce qu'elle a dans le ventre. Ce qui peut bien la pousser : le goût des études, du dévouement si elle est infirmière, assistante sociale ou celui de la noce, de l'aventure ou de la chasse au mari chez les gradés. Car enfin, on peut tout supposer de ces bonnes femmes qui depuis que le monde est monde, se sont propulsées dans le sillage des armées en y tenant le rôle de vivandières, panseuses de plaies, avec mise généreuse à disposition de leur corps en prime. La nouveauté d'à présent étant les diplômées. Des qui s'envoient en l'air en préparant des concours pour devenir avocates, professeurs ou médecins, chefs de bureau. Ça lui bouillonnait dans le cerveau à mon chauffeur, ça se sentait, à la façon dont, par moments, il forçait encore l'allure après l'avoir ralentie une seconde pour me tenir sous le feu de son regard bleu de recrue en service commandé. Reste qu'il n'était pas méchant pour un sou, moi non plus d'ailleurs. Qu'histoire de meubler la conversation, d'être polis l'un avec l'autre, nous étions passés aux présentations. Il était mécanicien dans le civil du côté de Cambrai, moi j'étais sarthoise, étudiante germaniste ayant obtenu un poste d'enseignement du français dans un des collèges de Spire et pour l'heure abrutie par les fatigues du voyage. Que je l'étais, il le comprenait et brave type au fond, il avait pris en charge mes bagages, de la gare à la Beethovenstrasse, me les portant à travers le jardin jusqu'au seuil de la maison où j'allais tenir mes quartiers et puis, mission accomplie, il était reparti en flèche, lui, sa Jeep couleur de diarrhée verte équipée d'une antenne audessus de l'œil de cyclope de la roue de secours collée au cul de son engin et nom de Dieu, comme je m'étais sentie seule, sans lui, sans le Robert (il s'appelait Robert) devant cette sacrée porte à laquelle j'allais devoir sonner pour qu'on m'ouvre, exiger l'hospitalité de gens qui, s'ils avaient pu, m'auraient envoyée au diable.

La femme qui m'avait ouvert n'était pas une

domestique. L'allure, le maintien, le port de tête, tout le disait. Aussi la façon qui se voulait indéchiffrable dont, maîtresse des lieux, elle me jaugea, plantée devant elle avec ma valise en similicuir et ma vieille serviette d'étudiante impécunieuse. Restait que contrainte par les renversements amers pour elle et les siens de la situation en Allemagne, son regard disait qu'elle ne pouvait faire autrement que d'endurer sous son toit ma présence d'occupante, en souhaitant, faute de mieux, qu'elle ne lui serait pas résolument insupportable.

« Bitte Schön, herein. » *S'il vous plaît, entrez*, avait articulé d'un ton neutre Gerda Fürkünst en s'effaçant pour me laisser passer le seuil de la coquette villa pourvue d'une galerie-terrasse donnant sur le jardin et dont le vestibule, terminé par une montée d'escalier, au milieu duquel je m'étais tenue quelques instants, un peu hagarde, servait de carrefour aux pièces du rez-de-chaussée. C'est de là, qu'à droite, j'avais été immédiatement orientée vers ce qui serait mon domaine, un assez vaste salon-bureau converti en chambre par la présence d'un lit d'angle aux montants raidement taillés mais dans un bois de qualité. De l'acajou, peut-être. L'endroit, parce qu'il donnait par une porte-fenêtre sur la terrasse et sur le jardin, sur l'effeuillement, couleur de fer rouillé, de ses rosiers, de ses dahlias, de ses œillets d'Inde, semblait y prendre racine ; y baigner dans un cocon de lumière pâle, couleur coquille d'œuf qui, de l'extérieur, l'inondait, au travers de rideaux de tulle fin. J'avais aimé cela. Peut-être allais-je me plaire dans cette pièce. La nuit y dormir, plante parmi les plantes, du sommeil salvateur de l'hibernation. C'était en tout cas la plus belle de la maison. Celle où, d'ordinaire, dans les milieux aisés, on prend place pour recevoir des visites sur des sièges capitonnés, pour écrire une lettre d'amitié, lire, réfléchir, consulter un dossier dans le calme. On a autour de soi de jolis objets. Une collection de saxes délicats, de tasses à thé, d'assiettes à petits gâteaux en porcelaine de Meissen, exposés dans un meuble vitrine laqué d'un noir brillant. L'armoire-penderie, la table-bureau équipée d'une grosse lampe de cuivre sont du même bois. Comme ailleurs, dans cette maison, la nourriture fait cruellement défaut mais la ville a été épargnée par les bombardements, ce qui fait qu'on peut, la faim au ventre, du moins, trouver chez soi, la volonté de survivre. La maison est restée debout ; les meubles en place, le linge, la vaisselle de même. L'avenir est sombre mais le passé n'est pas en miettes. On ne dort pas la nuit dans un coin de la cave comme dans une bauge et c'est déjà beaucoup. Pour le reste, il faut manger son pain sec quand il y en a, sa pomme de terre cuite à l'eau, écrasée dans l'assiette, sa bouillie de seigle. L'apparition d'un œuf, d'un bol de lait, d'une compote de fruits sur la table, fait événement. La femme que j'ai devant moi, que je regarde, qui me regarde, dans les draps de laquelle je vais dormir, les draps brodés de son beau trousseau de mariage, de bourgeoise d'Allemagne du Sud-Est en est également là. Allons-nous nous supporter ? Nous inventer, à l'intuition, au coup par coup, un modus vivendi ?

L'enfant aux bas de laine maintenus par des jarretières à hauteur de cuisses sous le pantalon à jambes courtes de bure verte qui avait surgi de la cuisine, au bruit des voix dans l'entrée, qui s'était précipité dans les jupes de sa mère pour s'y ménager à la fois un refuge et un poste d'observation, avait levé vers moi une figure brûlante de curiosité. À peine sortis des limbes de l'enfance, ses quatre ou cinq ans, pris entre fascination et crainte, s'enfiévraient du désir d'approcher l'étrangère, de la flairer, de la toucher même. Le jeu consistait à me tourner le dos en se cachant la tête dans le tablier maternel puis à me faire face avec toute l'effronterie dont il était capable. À me dévorer des yeux qu'il avait globuleux, céruléens, dans un visage laiteux de rouquin, au menton aigu, aux oreilles écartées d'un rose nacré de coquillages plantés à même la chair des tempes fragiles, veinées de bleu.

Mutti, petite mère, avait-il glapi, en me désignant de l'index comme un objet nouveau, du jamais-vu, aussi redoutable qu'attractif et dont on demande le nom pour en avoir moins peur, *comment s'appelle-t-elle ? Roulette*, avais-je répondu. *Je m'appelle Fräulein Roulette*. Ce Roulette sonnant si différemment de son Fürkünst à lui et qu'il s'était essayé à répéter, en l'écorchant, l'avait énormément décontenancé. Désorienté, il était retourné dans la cuisine pour s'y terrer, y digérer ce Roulette, faisant pour lui figure d'absolue incongruité dans son univers phonétique de Germain et plus tard, quand je lui aurais expliqué que mon patronyme signifiait « petite roue », *Rödchen*, ça l'amuserait beaucoup. Il prendrait même le pli de s'en gargariser, planté devant moi comme un oiseau piailleur et friand comme le sont les Allemands des diminutifs en *chen* et en *li*, je deviendrais son Annili Rouletschen ou Rouletteli de même que se prénommant Wolfram, il deviendrait mon Wolfi. Autrement dit mon petit loup, mon loulou. Pas seulement celui des Fürkünst, mais le mien aussi.

Nous n'en étions évidemment pas encore là, lui et moi, en ce matin tourmenté d'automne en Allemagne où, dans la pièce qui allait devenir mon domaine, bête migrante, soucieuse de circonscrire les limites de mon nouveau territoire, je m'étais mise à tourner, à commencer d'ouvrir ma valise, à procéder à des rangements, à m'orienter entre chambre, toilettes et salle de bain ; à accomplir, sous la conduite de Gerda Fürkünst, un certain nombre de gestes nécessaires à mon installation, alors que le malaise perdurait. Car j'étais là sans y être. Je venais de croiser dans l'entrée un vieux monsieur qu'on m'avait présenté : Unser Opa, notre grand-papa. Machinalement, je l'avais salué, alors que sans doute il n'était là question que d'une ombre. De même, pour les mots échangés avec mon hôtesse au sujet des clefs de porte qu'elle allait me remettre, de l'heure à laquelle je désirais prendre mon petit-déjeuner le lendemain, quand on lui aurait fait parvenir, dès l'après-midi sans doute, les rations de café, de beurre, de pain, de confiture qui me seraient allouées par l'intendance, me semblaient n'appartenir à aucune langue verbalement codifiée et par conséquent identifiable. Des mots que je m'étonnais de connaître, d'arriver à comprendre, à prononcer. À croire que cette langue, l'allemand, n'existait pas. Qu'il s'agissait entre cette femme inconnue et moi, cette Saxonne à ce qu'elle me dirait un jour, exilée dans le Palatinat par mariage, d'une sorte de dialogue onirique dont nous inventions le vocabulaire et la structure au fur et à mesure pour les besoins d'une rencontre qui serait forcément sans lendemain parce qu'elle ne participait que d'un songe, de sa mise en scène en images, à la fois fugitives et mensongères. Le fantasme n'allait pas durer. J'allais me réveiller à Aulaines dans le lit aux draps usés de ma grand-mère Anne, morte chez nous, l'année de mon entrée en sixième. J'apercevrais au-dessus de l'édredon, de sa grosse bosse tiède et molle de ventre de Vénus callipyge, prête à mettre bas, la haute fenêtre ruisselante d'humidité de ma chambre. Bientôt, il y aurait la voix de ma mère, celle de mon père. Leur remue-ménage de couple encore à moitié endormi qui se heurte en passant à l'angle d'un meuble, d'une table et puis encore l'éclatement des grains de café contre la vis du moulin qui les broie et qu'on tient à l'étroit entre les genoux pour l'empêcher de tomber en tournant la manivelle. Bientôt, tout rentrerait dans l'ordre. Comme avant. Avant qu'Ewald Rodstein et moi nous nous rencontrions.

Mais non, inutile de me leurrer. Ce linge, ces vêtements que je m'étais mise machinalement à ranger, à suspendre dans la belle armoire noire laquée, m'appartenaient. Ils avaient fait avec moi le voyage, traversé des plaines, des forêts, longé des villes endormies, franchi des ponts, une frontière. Je me trouvais bel et bien à des centaines de kilomètres de chez moi. Loin des miens, en Allemagne et si j'en souffrais, je ne pouvais m'en prendre qu'à moi. Tenir donc. Il allait falloir tenir. Sans les Roulette. Leur vigilance. Cette façon n'appartenant qu'à eux depuis qu'ils s'étaient résolus à nous faire grâce, à nous laisser le champ libre, à Rodstein et moi, de multiplier autour de nous, les garde-fous. Il n'y aurait pas non plus de déjeuner pris en famille. Demain pas davantage. Après-demain non plus qui serait un dimanche. Le premier dimanche sans lui. Sans mon Ewe. Sans ces baisers que l'on échange entre ciel et terre quand on y met tout ce dont on rêve des douceurs violentes d'un abandon sans cesse remis à plus tard, sans cesse espéré. Et puis encore, sans ces accès de gaieté qui nous transformaient en enfants. Pour le partage d'un gâteau sec, d'un morceau de chocolat, d'un fruit, aussi pour un mot que nous avions écorché, lui, en français, moi, en allemand et qui nous jetait dans les bras l'un de l'autre en riant de nous-mêmes et du reste du monde. Il n'y aurait plus, qui nous enveloppait dans la tiédeur de ses ailes duveteuses, la visite du bonheur, de l'archange, cette tendresse qui nous submergeait autant l'un que l'autre, quand il me donnait ses mains aux doigts meurtris, écorchés par le travail de tâcheron pour que je les soigne à l'aide d'une crème que j'avais achetée en pharmacie en prenant sur mon modeste argent de poche. Tenir, il allait falloir tenir, apprendre à se passer, des mois durant, de ces moments sans prix.

Ce qui, dans l'immédiat, m'attendait, intimidant, terriblement, c'était, là-bas, au fin bout de la Hauptstrasse, sous les combles d'un immeuble, ayant l'année précédente encore, hissé le drapeau à croix gammée sur son orgueilleuse façade et à deux pas d'une cathédrale dont l'imposant silence de monument dédié à la prière, à l'humilité de la repentance, était l'arme qu'elle opposait depuis des siècles aux tumultes de l'Histoire, le premier repas pris en commun avec des filles de mon âge ou à peu près mais qui m'étaient totalement étrangères et dont je n'étais pas certaine de mon côté qu'elles finiraient plus ou moins par m'adopter. Car le trouble continuait. L'impression que je n'étais pas à ma place là où je me trouvais. Que je n'y serais jamais. Seule dans ma chambre, après que Gerda Fürkünst se fut retirée, je m'étais aperçue que mes jambes ne me portaient plus. Prise de faiblesse, j'avais dû m'asseoir et c'est alors que j'avais découvert que le mur du fond du salon était presque entièrement occupé par une toile représentant un village vigneron arc-bouté, maison après maison, aux flancs d'une colline surplombée par les ruines d'un château fort démantelé et pris dans la toile d'araignée des ceps qui l'entouraient. Parce qu'il baignait dans une lumière claire qui avait les suavités de celles de l'aube, ses teintes délicates et limpides encore à peine diurnes, répandues sur la pierraille, l'humus, le vignoble, le donjon, le paysage pris en entier dans cette transparence formait un tout homogène, fascinant. À la fois concentré par-devers soi et libéré de ses propres limites, avec autour de lui, le monde, sa diversité, il existait. Moi aussi, telle que j'étais je voulais recommencer à exister. Je l'avais regardé longtemps pour qu'il m'aide et ç'avait seulement été quand j'avais entendu au loin, d'un temple, d'une église, de la basilique peut-être, sonner les douze coups de midi, qu'accrochée à eux, à leur vrombissement de gros insecte, de machinerie de bronze à circonscrire l'éternelle giration du temps emmurée dans un clocher, je m'étais jetée dehors pour la seconde fois en direction de la Hauptstrasse, de la cathédrale.

Je savais maintenant qu'il y aurait d'abord devant moi à longer sans m'arrêter jusqu'à la porte de ville, le boulevard de la Gare, sa succession d'arbres échevelés, d'immeubles refermés sur leur silence, leur quant-à-soi de logis bourgeois aux toits écailleux à texture luisante et vernissée de carapaces de tortues d'eau, dans lesquels, parfois de rares passants s'engouffraient pour échapper à l'automne, y retrouver quelqu'un, une personne aimée, un familier, un enfant ; que je les frôlerais, qu'ils me frôleraient, eux comme moi prenant soin de nous éviter du regard, par prudence, accord tacite, car il devait bien y avoir en moi et sur moi quelque chose qui trahissait qu'ici ma présence était de trop comme la leur l'avait été, quatre années de suite, dans le pays d'où je venais. Ensuite ce serait le franchissement de la porte médiévale, l'avancée sur un parcours rectiligne jusqu'au bout de la Hauptstrasse, à un jet de pierre de la basilique. Derrière, il y avait le Rhin. Sa voie impériale, latine et germaine de fleuve légendaire. Celui des musiciens, des poètes et des ensanglantements de l'Histoire. Le Rhin pour lequel, par amour de l'amour, j'avais quitté mon humble Ithaque. À deux pas duquel j'allais devoir réussir à creuser mon trou, à me fabriquer une seconde peau si je voulais, non point seulement survivre, mais m'opposer farouchement à ma dérive.

Située, comme me l'avait dit Archambault, sous les toits, la pièce réservée aux repas du personnel célibataire et féminin de la garnison était sinistre. Elle avait dû, précédemment, servir d'antichambre à la belle salle à manger richement agencée qu'on y apercevait de là quand on ouvrait sur elle une somptueuse porte à double battant, aux montants sculptés dans la masse. À preuve, non seulement, l'alignée, le long d'un de ses murs nus, de lavabos désaffectés, mais la présence en guise de table, de deux lourdes planches montées sur tréteaux, flanquées d'un lot de chaises en bois blanc, sans doute récupérées au pied levé dans quelque ancienne popote d'ouvriers ou de soldats de la Wehrmacht cantonnés dans les casernes de Spire pendant la guerre. Dieu savait qu'en matière de réfectoire, pensionnaire au lycée du Mans, j'en avais vu d'autres dans la grande salle glaciale où mes pareilles et moi avions ingurgité notre portion de nouilles graillonnantes, de boudin au sang de bœuf, de marmelade de pommes au sucre ersatz. Mais cette fois il s'agissait d'autre chose. D'un parti pris délibéré de muflerie à l'égard de la brochette de filles qu'on avait parquées là dans une cantine de troisième ordre sous les combles d'un immeuble accumulant, partout ailleurs, les détails somptuaires.

Apparemment résignées à leur sort, mâchouillant d'un air revenu de tout, leur part de ragoût, de patates à l'eau baignant dans une sauce visqueuse, n'échangeant pratiquement entre elles, pas le moindre mot, elles n'étaient guère plus de la demi-douzaine si j'ai bonne mémoire, les trois étudiantes germanistes, préposées respectivement à l'enseignement du français au gymnasium des garçons, à l'école supérieure des filles et dans le collège catholique tenu par les religieuses dominicaines, les deux attachées culturelles du cercle de l'Alliance française et sanglées, elles, dans l'uniforme des auxiliaires féminines de l'armée de terre, les deux secrétaires employées dans les bureaux du commandant de la place et de la DST.

Nom de Dieu, quel repas ! À peine avait-on desserré les dents pour y répondre à mon Bonjour. Parfois la porte d'entrée donnant sur le palier s'ouvrait avec fracas sur l'un des plus ou moins fringants lieutenants constituant l'écurie des services de police ou d'intendance qui la franchissait au pas de charge, traversait la pièce où nous mangions sans nous saluer, pour s'engouffrer dans la très vaste, très imposante salle à manger où il rejoignait ses pareils confortablement installés sur des sièges capitonnés, devant une magnifique table oblongue, dans un décor de crédence, de vaisselier, de mobilier de parade, de tapis d'Orient ayant fait les beaux jours du gratin nazi de la ville et qui faisait maintenant le leur, avec vue impériale sur les perspectives de la place de la cathédrale, de la vasque de pierre en occupant le centre que les évêques de Spire, des siècles durant, n'avaient jamais manqué de faire remplir de vin du Rhin, lors de leur intronisation pour abreuver le peuple de leurs fidèles en liesse. Faut-il ajouter que les allées et venues de la robuste cuisinière, visage rougi par la chaleur des fours, ayant franchi sous notre nez, chargée d'un plat de volaille et de pommes de terre finement rôties, ensuite d'une crème renversée, l'espace qui nous séparait du saint des saints avaient fini de me persuader que, dans l'échelle de la hiérarchie des valeurs qui semblait régir en vase clos les rapports entretenus dans le cercle restreint d'une garnison, nous comptions, à peu de chose près, pour du beurre.

Plus déplorable encore, il me semblait que mes compagnes de gargote, moitié masochisme, moitié orgueil blessé, avaient décidé de se punir elles-mêmes de l'humilité de leur condition en se rappelant mutuellement quand elles étaient réunies devant leur écuelle, qu'elles ne valaient, en effet, pas la peine d'une conversation pouvant aller au-delà du passez-moi la corbeille à pain, la salière, la carafe d'eau. Il s'était bien foutu de moi, Archambault, en m'assurant qu'ici, sous ces fameux combles, réservés par délicatesse, hors circuit des trivialités de la soldatesque, à la poignée de demoiselles comme il faut que nous étions censées être, j'allais me sentir comme un poisson dans l'eau !

Ah oui, nom de Dieu, quel repas ! Quel passeport pour la déprime que cette brochette de bas-bleus apparemment résignées à jouer les institutrices pauvres, les gouvernantes effacées, tolérées en bout de table ou à l'office chez leurs employeurs ayant pignon sur rue. D'un coup, l'indignation me redonnait chaleur et vie, m'arrachait au demi-coma où je végétais depuis vingt-quatre heures. Je redevenais ce que j'avais toujours été. Un tempérament. Une combative, prompte à entrer en lice à ses risques et périls pour demander raison à l'adversaire du préjudice qu'il prétendait lui causer. Car, déjà, ce nouveau monde où j'avais été prête, par discrétion, devoir de réserve, à me faire un devoir de n'entrer que sur la pointe des pieds, m'insupportait. M'insupportaient les lieutenants, mes compagnes de table, le spectacle des cuvettes de lavabo, courant d'un angle de mur à l'autre sous des fenêtres sans rideau, à deux pas de l'opulence de la pièce d'à côté. Un de ces jours, on allait voir ce qu'on allait voir. À nous deux, Spire. Speyer am Rhein. À nous deux, vous et moi, messieurs les Français qui pour l'heure y prenaient leurs aises. À nous deux, messieurs les Allemands, de même, rongeant leur frein d'être acculés à les supporter. D'ailleurs est-ce que finalement je n'étais pas venue là pour ça ? Pour affronter la bagarre ? Me tenir en suspens, équilibriste prise de vertige sur la corde raidement tendue au-dessus des fièvres belliqueuses de deux groupes humains sauvagement brouillés depuis des siècles et que pour des raisons qui pour l'instant ne regardaient que moi, n'engageaient que moi, je prétendais regarder en face tout en leur demandant respectivement des comptes.

Dans l'immédiat, me contenir. Simplement laisser le feu continuer en moi son œuvre, son bruit de crépitement à peine audible, dans mes veines, de remontée jusqu'au cœur. Second retour rue Beethoven. Tourner pour la première fois la clef dans la serrure d'une porte surmontée d'une marquise en verre cathédrale. Faire comme si on rentrait chez soi. S'habituer. L'enfant rouquin qui se jette dans mes jambes, à croire que non seulement j'ai déjà cessé de lui faire peur mais qu'il est content de me voir, dont je saisis, au passage, les mains gonflées, purulentes, rongées par l'avitaminose, est là pour m'y aider. Il plaide pour l'innocence. Celle des enfants justement, aussi longtemps qu'elle demeure ignorance de tout ce qui sépare, peut conduire un jour ou l'autre, à la violence, au mépris. Il est quinze heures. Avant de m'écrouler, terrassée de fatigue, sur le lit, multiplier autour de moi les points de repère sur le bureau : mes cahiers, ma pièce de théâtre, mes poèmes d'amour édités à compte d'auteur, une photo d'Ewald, prise à Aulaines dans le jardin. Il est assis sur les marches du perron en bras de chemise. Il fixe l'objectif avec le sérieux qu'on éprouve quand on doute de soi, de la réalité des lieux où seuls les avatars d'une guerre vous ont catapulté par accident. Cela m'inquiète. Pas seulement pour lui, mais pour moi qui suis logée ici, à la même enseigne. Allons-nous réussir, un de ces jours, à nous tailler une vraie place au soleil ? À côté de ses lettres, dans une enveloppe en papier kraft, mon chapelet, dans un petit étui de velours noir cousu et brodé par Marthe à mes initiales. *Promets-moi de prier,* m'a-t-il dit avant que je ne parte. Je prierai donc, pour lui et moi, pour Auguste et Marthe de même dont j'ai aussi apporté une photo. Plus exactement de nous trois. Le cliché date de 1940, peu avant l'arrivée des Allemands, justement. Maman se tient de l'intérieur de la cuisine accoudée à la fenêtre ouverte sur la rue. Papa et moi l'encadrons sur le trottoir. J'étrenne une robe d'été en cotonnade souple, à jupe ample et taille bien marquée. Je n'ai que treize ans mais j'ai déjà l'air d'une femme. Il faut dire que je le suis devenue d'un coup avec l'entrée en puberté, son explosion. Qu'aussitôt, l'esprit serrant le corps de près, son épanouissement de fruit mûr, a suivi. J'ai fait d'assez gros progrès au lycée, en lettres, en latin, en allemand, en histoire. Je me suis mise à avoir des idées personnelles. À les exprimer en public. À les soutenir. Mes parents sont satisfaits. Je travaille plutôt bien. Je suis à la fois gaie, trépidante et réfléchie. Je ne suis pas vilaine à voir. Ils m'aiment. Je les aime. C'est le dernier été d'avant la défaite et l'Occupation. Cette photo, la regarder souvent. Me pénétrer d'elle. Savoir que rien ne va changer. Que nous sommes toujours des alliés, les Roulette et moi, pour le meilleur et pour le pire où que j'aille, où qu'ils soient.

Autour de moi, la chambre sent la cire, s'y accoutumer. Toucher les objets. Soulever les sièges. Se faire à leur poids, leur étoffe, se les approprier avant de sombrer dans un sommeil de plomb jusqu'à nuit noire. À dix-neuf heures, mon réveil a sonné. Voyons, où en étais-je ? Est-ce que j'avais vraiment soif, vraiment faim, envie de refaire une troisième fois le chemin jusqu'à la Hauptstrasse, envie de retrouver ces visages fermés de filles condamnées à la relégation, se tenant muettes comme des carpes, yeux baissés, au passage de ces jeunes coqs de lieutenants, traversant leur gynécée ? Plusieurs fois, j'avais répété mon nom. Annie. Annie Roulette. Même je l'avais crié, histoire de m'assurer qu'il jaillissait bien de mon propre corps, pas de celui de quelqu'un d'autre. Je l'avais tâté ce corps, à pleines mains, pétri, à hauteur de ventre, de poitrine, pour me persuader qu'il était mien. Ma maison forte, mon armure au service de ma fragilité faite chair. Qu'il n'était pas en train de me trahir, de devenir mon fantôme, d'en multiplier les errances autour de mon lit. Venait par instants jusqu'à moi à travers la porte la musique des voix allemandes. Cette façon qu'elles ont de forger les sons en les martelant comme du fer forgé rougi sur l'enclume ou de les laisser filer en douceur à la manière d'une eau de source, de faire vibrer certaines syllabes en prenant appui sur ce fameux accent tonique des langues germaniques qui les transforment selon le sexe, l'âge, le tempérament, le contenu du discours de celui ou celle qui les prononce en instruments à cordes, à vent ou à percussion. Des voix toujours à la limite du chant, du passage d'une tonalité à une autre. Des voix-orchestres. La voix d'Ewald ! Mais non, ce n'était pas la sienne et à cela aussi j'allais devoir me faire.

Ils étaient finalement six dans cette maison, Gerda et Rudolph Fürkünst, leurs trois enfants, Wienfried, long adolescent, pâle de figure, élève au gymnasium et qui jouait du Chopin au piano, le dimanche après-midi, Rosel, sa cadette, qui fréquentait l'école supérieure des filles, Wolfram leur benjamin et Mathias Heiner, le père de Gerda, un Silésien venu finir ses jours en famille chez son gendre et sa fille. À ce concert de voix, il allait aussi falloir s'habituer, s'y insinuer même, quitte pour que ce soit vivable entre elles et la mienne, à prendre le risque d'y multiplier les fausses notes, l'absence de virtuosité, l'indigence du timbre dont elles seraient d'ailleurs obligées de s'accommoder du moins aussi longtemps qu'elles n'auraient pas d'autre choix que de l'endurer. Et puisque de toute manière le vin était tiré, qu'il allait falloir le boire, à huit heures du soir, j'avais repris pour la troisième fois le chemin de la Hauptstrasse.

Le surlendemain, un dimanche, quand j'entrerai dans la cathédrale pour assister à la messe, ce sera comme si, m'enfonçant dans les entrailles d'un galion de pierre, enseveli là, depuis des siècles sous la mer, j'y perdais pied. Pareille à une grande nappe d'algues grises, de varechs agglutinés dans les soutes d'un navire-épave, une foule d'hommes, de femmes, d'enfants embobinés dans des châles s'y tenaient sous sa nef renversée, en posture de prière avec, autour d'elle, un alignement de mâts verticaux ayant résisté aux coups de boutoir du naufrage. Et sans doute était-ce bien de cela qu'il s'agissait, d'un espoir de remontée hors de l'eau, de sauvetage, puisque de ce magma moitié végétal, moitié hominien, des voix, là aussi, s'élevaient pour célébrer le Seigneur dans sa gloire, sa mansuétude, son pouvoir !

Sous la direction de l'officiant, un jeune prêtre aux allures d'éphèbe, de vigoureux athlète romain déguisé en curé, porteur de la chasuble violette en cette semaine de la fête des Morts et qui brandissait, sur les marches de l'autel, sa haute terrasse, la pourpre enluminée d'un livre saint qu'il tenait grand ouvert à bout de bras, elle entonnait, cette foule, recroquevillée sur elle-même, sur l'attente d'un pardon qui la délivrerait de l'enlisement, le cantique fameux des réformés allemands, composé par Luther, *Notre Dieu est une forteresse solide* repris par les catholiques eux-mêmes et devenu entre eux, au-delà des sévères tensions religieuses d'État à État, un signe de ralliement à l'espérance du salut. Formidable explosion d'énergie, rassemblée en un seul courant, une seule soufflerie de tuyau d'orgue, l'hymne avait pris son élan, geyser énorme, aimanté vers le haut par la toute-puissance d'attraction des forces lunaires, à moins, ce qui revenait au même, que ce ne fût celles de Dieu, ouvrant les corps en deux pour libérer les âmes, les arracher à leurs limbes. Voilà, sans doute, m'avait-il semblé, de quoi il en retournait quand on célébrait une messe, qu'on s'y rendait. D'une cérémonie d'exorcisme collectif, de renouvellement à l'infini pour l'homme en danger de mort, du retrait des flots de la mer Rouge, de la rémission des péchés, quand ils s'écartent.

Vingt-quatre heures plus tard, après que le directeur du collège de la rue Zeppelin, un petit homme à barbiche grise, au ton retenu, aux manières froidement courtoises, m'eut conduite jusqu'à une porte de classe située au second étage de l'établissement, il y avait eu la trentaine de paires d'yeux des élèves de la classe terminale de l'Aufbauschule braqués sur moi. Debout devant leurs pupitres, à mon entrée, la bonne moitié d'entre eux, ayant à moins de vingt ans déjà fait le coup de feu, un bout de guerre, du moins sa fin quand mobilisés au pied levé, ils avaient connu, du côté de la Normandie, des Ardennes, parfois jusqu'à Berlin, l'enfer des derniers combats, celui des retraites, que faits prisonniers par les Anglais, les Américains qui venaient de les libérer, la chance avait voulu qu'ils s'en tirent plus ou moins bien mais s'en tirent, de l'effroyable aventure nazie censée les transformer en héros de la dernière heure, au service d'un idéal pur et dur, implacablement civilisateur, peloton d'exécution au garde-à-vous et l'arme au pied dans l'attente de l'ordre de tirer, ils se tenaient prêts à me viser au cœur. Surtout éviter leur rafale. Se persuader que c'est faisable. Qu'il suffira, pendant le bref cérémonial de ma présentation à mes exécuteurs par le directeur, de leur donner le change, de rester droite et calme alors que la peur est en train de m'enfoncer en plein ventre ses griffes de fer. Et puisqu'un des meilleurs moyens qu'on ait possiblement de neutraliser l'ennemi et par conséquent de sauver sa peau serait, paraît-il, d'ignorer qu'il en est un, qu'il arrive que ça le désarme, à cette équipe de gaillards plus ou moins disposés à supporter, sans broncher ou presque, ma présence d'intruse, de pédagogue de raccroc, parachutée au milieu d'eux pour les initier aux bienfaits de la culture française dont la plupart aimeraient sans doute me jeter à la figure qu'ils n'ont que faire, puisqu'ils ont Goethe et Schiller et Eichendorff et Heine et tous les autres, leur demander, en allemand, comme si c'était la chose la plus naturelle du monde, de s'asseoir et du haut de la chaire où j'ai pris place après avoir réussi à en gravir les trois marches sans trébucher, leur sourire. Oui, du haut de mon podium-pilori alors que la terreur me rend ivre (une soudaine saoulerie d'ivrogne, le poison de l'alcool à jeun), qu'elle m'engourdit, sourire à tous ces visages devenus des masque mous ; à leur flottaison en surface d'eau bourbeuse et stagnante et comme après ce « setzen sie sich », cet *asseyez-vous*, il me semble que ma gorge et ma langue sont en train de changer de nature, que faute de salive, je commence à me pétrifier, faire appel à ce qui m'a été enseigné l'année dernière, à Suresnes, par mon professeur de chant, la tante d'une de mes meilleures amies du lycée du Mans qui me donnait des leçons, gratuitement, parce qu'elle me trouvait douée. Aller chercher loin, très loin, dans mes entrailles, ce qui peut y rester d'oxygène, de provision de vie, la faire remonter, sans en rien perdre, jusqu'à la racine du nez. Une maîtrise du passage de l'air qui permettra de nourrir le son, de l'irriguer et peut-être d'aborder, sans ridicule, les amours d'une femme de Schumann ou même Wagner. Ainsi que dans un récital donc, où l'on attaque pour la première fois en public, chanteuse lyrique encore mal dégrossie, quelque grand morceau de bravoure, quelque air d'opéra incontournable, presque à tâtons et yeux fermés sur le no man's land d'un podium où l'on vous a catapulté, jouer à qui perd gagne ; se lancer. Réussir à demander à la cantonade, sur un ton quasiment assuré, si quelqu'un voudra bien, pour le lendemain, me fournir un plan de l'ensemble des places occupées par les élèves, avec leur nom et prénom et puisque ç'avait été Arnolph, Arnolph Zwinger, un garçon trapu et sombre, à visage rond et sérieux de tailleur, de bijoutier, d'horloger en chambre, à petites lunettes cerclées d'acier d'artisan concentré sur son ouvrage, pull-over couleur de muraille reprisé aux coudes et qui perdait parfois connaissance pendant les cours à cause des éclats d'obus qu'il avait reçus en plein crâne dans les Ardennes, qui s'était gravement proposé pour le faire, sourire une seconde fois, mais rien qu'à lui, Arnolph. À lui tout seul ! Afin, puisqu'il m'a tendu la perche, qu'entre nous deux le courant passe. Pour le reste compter sur ma voix. Telle que je la tiens de Marthe, ma mère. Péremptoire, bien timbrée, mélodieuse à l'occasion. Pleine de sous-entendus impérieux ou délicieux au contraire, une voix de comédienne autant que de diva à l'état brut, mais de diva dont on viendrait écouter, non pas sérieusement ce que le livret d'opéra, son propos généralement désolant d'artifice, de banalité pompeuse raconte, mais les sons qu'elle en tire. Comment elle les situe dans le concert des instruments qui accompagnent le sien. Sa capacité de faire entendre au milieu d'eux, le cuivre, le hautbois, la harpe de sa gorge, le grondement des tempêtes, l'allégresse des oiseaux au temps de la nidification, les cris qu'arrachent la joie, la douleur, en bref, de célébrer la vie et la mort, de leur rendre un culte par incantation. L'allemand, me jetterait un jour, abruptement, Walter Haüptmann, l'un de mes élèves préférés avec sa belle tête d'artiste, sensible, inquiète et que les circonstances allaient m'amener, par la suite, à fréquenter hors des cours, comme elles m'amèneraient, quand Arnolph Zwinger, pris d'évanouissement, s'écroulant sur le pavage, à aider son voisin de table à le relever, à courir à l'infirmerie chercher des secours, l'allemand nous trouvons tous à l'Aufbauschule que tu le parles plutôt mal mais avec une belle voix et c'est le principal. Avec une aussi belle voix d'ailleurs que le peu de français que tu nous auras appris. Ce qui fait que de toute manière, on te regrettera.

Cinquante ans plus tard, debout à l'angle de la rue Zeppelin et de la rue Neuffer, en face de ce qui fut l'Aufbauschule devenue une école maternelle, touriste anonyme du troisième âge, alors que je m'étonne d'être encore en vie, que je viens de perdre celui qui fut mon dernier compagnon de route pendant plus de trente ans, un juif hongrois de Budapest ayant par miracle échappé au génocide, auquel j'avais tout raconté de cette ville, ce qui m'y avait amenée, je me demande comment j'ai pu, incompétence pédagogique et naïveté confondues, non pas les tenir en haleine, les Haüptmann, les Krügel et compagnie, mais faire qu'ils me supportent. Qu'ils fassent semblant de s'intéresser à la conjugaison des verbes français à l'indicatif, au conditionnel ; à la place du sujet, du complément d'objet direct et d'attribution dans des phrases aussi désespérément simplettes que celles que j'écrivais au tableau, dans le genre : *Aujourd'hui, je t'offre des roses. Hier, tu m'as offert des œillets. Demain, il m'offrira des violettes* et la suite du même tonneau. Ce qui me vaudrait et cette fois l'affaire avait failli tourner au drame, de la part de l'un d'eux, Wolfgang Krügel, plus âgé, plus hardi, plus hautain que les autres avec moi, un grand blond à mèche raide lui balafrant le front, traits émaciés, ancien sous-lieutenant d'infanterie que les derniers combats d'avant la chute de Berlin avaient privé de son bras gauche presque à hauteur d'épaule et qui portait sa manche vide enfoncée dans la poche de son uniforme délabré, un camouflet de taille, quand, excédé par ma manie de faire mes choux gras de la conjugaison du futur, à la question que je lui avais posée « Que ferez-vous aux vacances de Noël ? » il avait répondu, levé raidement de toute sa hauteur d'ancien militaire dressé à la prussienne à claquer bruyamment des talons « Mademoiselle, pendant les vacances de Noël, je ferai l'amour » et qu'il s'était rassis en s'absorbant ostensiblement dans la lecture d'un livre quelconque qui se trouvait là, devant lui, pour me signifier que mes insuffisances de petit professeur de raccroc dont il devait endurer la nullité dans le cadre de l'occupation française lui laissaient, à tout le moins, le droit à l'insolence.

Impossible à rompre, le mien, celui de toute la classe, le silence qui avait suivi, avait été terrifiant. L'incident avait eu lieu, par chance, à la fin du cours, ou presque. J'avais plié bagage, quitté la salle sans regarder personne, descendu les escaliers sans plus savoir où j'en étais, ce qu'il adviendrait de mon sort après avoir essuyé pareil affront. Proche de la crise nerveuse, saisie de la tête aux pieds d'un furieux prurit, j'étais rentrée chez les Fürkünst pour me jeter en plein midi au lit ; y sangloter de honte et d'impuissance sous mes draps. Qu'allais-je devenir ? Il avait raison, ce salopard de Krügel. Je n'étais bel et bien pas à ma place au collège de la rue Zeppelin en face de gars comme lui qui n'en avaient rien à foutre d'ânonner sous ma direction un peu de français, alors qu'en d'autres temps, ils auraient pu ne faire de moi qu'une seule bouchée. Le ridicule tue. J'allais devoir démissionner, rentrer en France. Avouer à Ewald Rodstein qui, lui continuait, en serrant les dents, à soulever des moellons, curer le ruisseau, maçonner, ma déconfiture. Avouer que je n'arrivais pas à faire le poids. Que tout l'amour du monde ne réussirait jamais à me rendre assez douée pour tenir la gageure. Que c'était raté.

Ç'avait été Walter Haüptmann qui m'avait sauvé la

mise, qui s'était débrouillé pour glisser, l'après-midi même, dans la boîte aux lettre des Fürkünst, un billet où il me tenait au courant de ce qui avait suivi après mon départ en catastrophe. Il se trouvait que l'attitude de Krügel avait été loin de faire l'unanimité. Que de coups de gueule en coups de gueule échangés avec lui sur le sujet, il avait fini par convenir qu'il aurait dû m'épargner, moi et cette marotte du futur qui lui tapait sur les nerfs. Me répondre, qu'à Noël, il célébrerait au temple la nuit paisible, la sainte nuit de la naissance dans l'humilité d'une étable, du futur sauveur du monde (ce sacré futur toujours) plutôt que de claironner, histoire de se payer le luxe de me voir devenir écarlate et de se foutre de moi, qu'il la fêterait par une partie de pattes en l'air. Ce que tout le monde souhaitait c'était que l'incident soit clos. Que rien n'en transpire en dehors de la classe. L'affaire enterrée, il suffirait que je revienne le lundi matin à l'Aufbauschule comme si de rien n'était. D'ailleurs, si je voulais en discuter avec lui, Walter, il me proposait de venir chez lui au 47 de la Johannestrasse. Il y serait à partir de dix-sept heures.

L'équipe des Haüptmann au 47 de la Johannestrasse, leur maison, un programme !

Depuis un bon mois j'y avais pris des habitudes. Celle d'y passer souvent à cause de Rose-Marie qui y occupait une chambre. Rose-Marie la boiteuse, native de Franche-Comté, calée en allemand, déjà en possession de deux certificats de licence et qui professait chez les dominicaines de Spire, dans le bel établissement austère qu'elles tenaient derrière de hauts murs conventuels capitonnés de lierre, de glycine, dans une rue retirée de la vieille ville, à deux pas de la cathédrale. M'empoignant un soir en claudiquant par le bras, à la sortie de la popote, elle m'avait confié, avec des larmes dans la voix, que mon arrivée était en train, selon elle, de lui changer la vie. Non seulement parce qu'à table, je m'étais toujours abstenue, à l'inverse de ces demoiselles, de lui faire sentir l'humilité de sa condition de fille de pauvre veuve, survivant dans la montagne au-dessus de Pontarlier avec l'élevage de deux vaches et d'une demi-douzaine de chèvres et d'une basse-cour, mais aussi, à cause de ce culot avec lequel, deux semaines plus tôt, un certain dimanche midi où le ragoût de bas morceaux dégoulinant de sauce poisseuse avait été particulièrement désespérant et le plat de choucroute garnie, destiné à la salle à manger d'à côté, lui, particulièrement irrésistible, j'avais mis le feu aux poudres en déclarant que j'en avais marre, oui marre, de ces « goulasch-parties » qui finissaient invariablement par des compotes sucrées à la saccharine. Marre de la façon dont nous étions traitées dans cette gargote et j'avais fait voler ma fourchette au-dessus de ma tête, comme je le faisais pendant la guerre, au réfectoire du lycée, quand les macaronis qu'on nous servait, cimentés les uns aux autres parce que mal cuits, dans un magma de béchamel infect, formaient dans nos assiettes de gros paquets caoutchoutés et elle avait atterri dans l'un des lavabos avec un bruit tout à fait inquiétant de ferraille.

Ç'avait été un fameux tohu-bohu.

La hautaine Marie-Geneviève de..., un chef-d'œuvre de beauté froide, impeccablement chignonnée, impeccablement sanglée dans son uniforme d'auxiliaire féminine de l'armée de terre, fille de commandant de cavalerie, Alice Weissmuller de Wissembourg, une Alsacienne pur sang qui parlait l'allemand comme on respire, préparait l'agrégation, affichait, par avance, l'air résolu, concentré de futur professeur brillantissime, de la germaniste incollable, l'angélique Juliette Beaudot, élevée chez les sœurs de Notre-Dame-du-Puy, une grande fille blonde et gracile qui rassemblait ses cheveux en natte, la relevait à l'arrière du crâne en l'y maintenant par une barrette, une créature désarmante de candeur qui, outre qu'elle n'en finissait pas de se laver les mains avant de passer à table, faisait un signe de croix avant de s'attaquer à sa soupe au gruau et puis Katia Prokoff, la fameuse Katia, qui dirigeait le centre culturel de l'Alliance française située en plein centre-ville, une agrégée de lettres celle-là, d'origine russe, grande admiratrice d'Alain, de Bachelard, cultivée en diable bien sûr, mais bizarre, dont le regard humide et noir de brune trapue évitait toujours le vôtre, empêchant qu'on puisse se sentir à l'aise avec elle, en terrain ferme, toutes, avaient été saisies d'un haut-le-corps. Car comment pouvait-on être si mal élevée, si bassement matérialiste, si attachée aux plaisirs de la bonne chère ? Qu'est-ce que je venais donc faire parmi elles, on se le demandait. Mais enfin d'où sortez-vous mademoiselle Roulette ? avait éclaté Marie-Geneviève de... J'avais riposté que je sortais comme elle, comme toutes les autres qui étaient là, comme les lieutenants, de la cuisse de Jupiter et que par conséquent j'avais droit, nous avions droit, toutes et tous, aux mêmes égards. Que si le caviar, dont j'ignorais totalement le goût ne serait jamais mon problème, que je pouvais très bien me contenter d'un ragoût-purée et d'une pomme avant de rentrer rue Beethoven potasser mon allemand et corriger les devoirs de conjugaison des gars de l'Aufbauschule, sans en faire précisément un plat, ce que je n'arrivais pas à supporter, par contre, c'était le mépris dans lequel nous étions tenues. Le comportement grossier de ces messieurs d'à côté, la servilité des cuisinières, aux petits soins avec eux et la façon dont elles se croyaient d'autant autorisées à nous jeter en vrac les couverts à côté de la soupière, de claquer les portes, derrière elles, après s'être débarrassées, en bout de table, de leur marmitée de viande noire. Que je m'étonnais que personne ici jusque-là, elle comprise, Mademoiselle de..., n'en ait fait une affaire de principe, de dignité ; n'ait par-dessus le marché pas découvert que le popotier, un marchand de soupe venu d'Issy-les-Moulineaux faire sa pelote en Allemagne dans les services d'intendance, avait trouvé la combine pour nous tondre, en nous nourrissant de bas morceaux et en nous les faisant payer aussi cher que les gâteries réservées aux polissons galonnés qui s'en régalaient sous notre nez.

Polissons, s'était esclaffée Katia, décidément vous en avez de bonnes. Et le jaillissement de ce rire gras, aussi vulgaire qu'inexplicable, qui pouvait la secouer à table au milieu du silence général des débuts de mon arrivée et qui donnait à son visage rond et mat une expression à la fois puérile et sournoise de grosse enfant qui s'ennuie, ne sait comment et sur qui passer ses nerfs, avait été le déclic ! Cette fois, tout le monde s'était mis à parler, à convenir, qu'en effet, quelque chose n'allait pas à cette popote. Qu'il allait falloir en discuter. Depuis, nous nous étions appelées par nos prénoms. Nous échangions des livres, des tuyaux pédagogiques, parlions chiffons, dressions la liste des bonnes adresses de la ville, celles des couturières à façon qu'on pouvait, pour la confection d'une robe, d'une jupe, d'un corsage taillé dans du tissu acquis à la coopérative, payer en nature, en cigarettes, café, lait en poudre, en chocolat. Commentions les toilettes généralement très recherchées de ces dames de la garnison venues, une fois la guerre finie, y rejoindre leurs époux, occuper avec eux, les logements réquisitionnés à leur intention dans les plus belles maisons de Spire dont on avait relégué les habitants sous les combles. C'étaient généralement des femmes auxquelles la vie facile, à peu de chose près, sans doute, de celle qu'on pouvait mener en territoire colonial, donnait le loisir d'être élégantes, d'avoir à disposition des bonnes allemandes qui s'échinaient à les servir en échange de la nourriture et qu'on pouvait, pour le reste, payer en monnaie de singe. Quant à nous, étudiantes peu argentées chargées de cours dans les collèges de la ville, nous occupions, entre la société française de la garnison et celle de la population du cru, une position bien particulière. De ce début de prise de conscience, provoquée par mes éclats, d'une situation, la nôtre, assez ambiguë pour nous tenir à la fois en marge et en rapport avec l'occupant et l'occupé, naîtrait peu à peu un esprit de corps, un sentiment excitant de solidarité qui finirait par nous tenir chaud. Bilan fait, j'avais eu raison d'envoyer balader ma fourchette en l'air au travers de la popote ; de susciter l'incident. Maintenant j'étais moins seule, je pouvais respirer. J'avais des complices, des copines. Rose-Marie surtout. Si confiante, si amicale avec moi, Rose-Marie ! Teint clair, yeux intelligents, mais poitrine plate et chevelure maigre, marche hésitante, dévote comme la séraphique Juliette Beaudot mais moins innocente qu'elle, puisque le remords la tourmentait d'être tombée, en allant se confesser à lui des tentations de la chair qui parfois l'assaillaient, amoureuse de l'aumônier du bataillon des hommes du génie. À laquelle j'avais fait promettre, après qu'elle m'avait avoué l'échange entre eux, d'un malencontreux mais brûlant baiser, de ne plus jamais mettre les pieds à l'aumônerie militaire, afin d'éviter une récidive pouvant conduire le sensible, trop sensible capitaine-abbé et la demoiselle de Pontarlier à de ces égarements qui leur poseraient des problèmes de conscience insolubles. De s'adresser désormais, puisqu'elle parlait bien l'allemand, bien mieux que moi en tout cas, pour obtenir d'un prêtre, véniels ou non, l'absolution de ses péchés, au curé de la cathédrale en personne qui ne refuserait pas, en bon chrétien ni de l'écouter, ni de l'admonester pour son bien. Encore que le contenu des homélies de ce jeune curé, dans la plénitude de la force et de la virilité, qui défrayait, ces temps, la chronique par sa hardiesse d'interprétation des Écritures, celle des propos tenus à la tribune sur la beauté de l'union charnelle des époux, ne fût pas non plus une garantie. Tout cela dit, mon bras passé sous le sien en plaisantant et avec affection, lors de l'une de ces promenades qui nous conduisaient au-delà des faubourgs de Spire, là où il y avait des champs, l'amorce d'une forêt, d'un espace naturel de liberté où l'on peut prendre de la distance avec l'événement. Et c'est pourquoi l'aveu de cette fragilité des sens et du cœur que Rose-Marie, la boiteuse, éprouvait en face d'elle-même et d'un homme qui pouvait susciter en elle un besoin passionné d'union avec lui, celui que j'éprouvais pour Ewald Rodstein et que je lui taisais, nous avait très fortement rapprochées. Que j'avais pris l'habitude de lui rendre souvent visite, Johannestrasse chez les Haüptmann. D'entretenir dans la foulée avec Walter, le fils de la maison, des rapports privilégiés en dehors des cours à l'Aufbauschule.

Un sacré programme, les Haüptmann ! Plus exactement, qui se jouait derrière la belle façade de style baroque, à lourde porte cossue, importantes fenêtres à linteaux et chambranle de pierre de leur logis pastoral, tout un drame ! Cela tenait à ce que monsieur le pasteur, oui, monsieur le pasteur, enfin Ulrich Haüptmann, brillant docteur en théologie qu'il était allé étudier en Thuringe, à Eisenach même, berceau de la réforme luthérienne, dans le souci de coller au plus près à l'esprit de son fondateur, outré par le refus juif de reconnaître le Messie en Jésus de Nazareth, avait cru bon d'emboîter le pas au national-socialisme et non seulement de ne pas s'élever contre l'incendie de la synagogue de Spire et l'expulsion de sa communauté qui s'était réfugiée, dans un premier temps en France, mais de s'en féliciter publiquement en chaire, comme d'un assainissement nécessaire au redressement spirituel et économique de la nation. Absence d'esprit évangélique, ambition aussi sans doute de tenir un jour le haut du pavé, d'accéder au titre d'évêque, la défaite l'avait pris de court. Arrêté au cours de l'été 1945, sur dénonciation du reste, car son militantisme de mauvais aloi n'avait pas été approuvé par toutes ses ouailles, il avait été, après enquête des services de la DST, convaincu d'activisme pro-hitlérien notoire, ne fût-ce qu'en paroles. Mais, puisque les paroles peuvent tuer autant que les fusils, quand j'avais, pour la première fois, franchi la porte de la Johannestrasse, il purgeait encore à Germensheim, à deux pas de la frontière d'Alsace, une peine de prison de dix-huit mois qui endeuillait le cœur de Greta sa femme qui l'ayant toujours admiré et chéri d'un amour aveugle, se refusait à le reconnaître pour ce qu'il était. Un esprit cultivé, brillant, mais un homme de dureté, d'ambition et d'orgueil qui continuerait d'ailleurs, une fois libéré, à la traiter, elle, de surcroît, avec la même condescendance qu'auparavant. Celle qu'affichaient sous le national-socialisme, la plupart des maris d'alors, au nom du fameux slogan hitlérien « Küche, Kindern, Kirche » : la cuisine, les enfants et l'Église qui avait fait fortune au beau temps du nazisme arrogant. Avant de mettre les pieds chez les Haüptmann, j'avais été mise au courant par Rose-Marie de la situation. Qu'il n'y avait plus, pour l'heure, au presbytère de la Johannestrasse, où elle occupait, donnant sur la rue, vaste et austère, mais assez somptueusement parquetée et lambrissée, ce qui avait dû être du temps des splendeurs pastorales d'Ulrich, la chambre d'amis, qu'une famille éplorée, s'essayant à survivre avec les moyens du bord. Jeune femme pâle de visage, fins cheveux blonds resserrés dans un chignon qu'elle remontait jusqu'au sommet du crâne, avec, dans la voix, quand elle se laissait aller à sa vraie nature, quelque chose de désabusé, aussi, de tranchant, Lutti, la fille aînée du pasteur Haüptmann vénérait son père dont elle avait admiré l'éloquence aux cultes du dimanche et adopté les idées. C'est dire que derrière le masque qu'elle s'imposait de résignation à la déconfiture allemande, au discrédit d'Ulrich qui rejaillissait sur elle et les siens, car enfin, depuis l'arrivée des Français à Spire, un vide silencieux, mais un vide, s'était fait autour d'eux, elle enrageait au pied de la lettre. Qu'on la sentait, non seulement amère mais redoutable si elle avait pu. Courageuse au demeurant. Décidée à sauver sa mère qu'elle traitait en enfant, de la pauvreté qui s'était abattue sur la maison depuis qu'incarcéré et interdit de ministère, le pasteur ne recevait plus de son église, aucun subside. Levée en semaine dès cinq heures du matin pour ne pas rater le train de six heures trente, qui, après changement et halte prolongée dans le froid à Schifferstadt, la conduisait une quinzaine de kilomètres plus loin à Kaiserslautern, ville passablement bombardée où elle travaillait au milieu des ruines dans un bureau de relogement pour personnes sinistrées en quête du baraquement, du bout de grenier, de hangar intact qui leur permettrait du moins d'échapper aux catacombes sinistres d'une cave où elles croupissaient dans l'humidité et le noir sous leur immeuble dévasté, elle remplissait à longueur de journée les questionnaires des demandeurs d'abri, de droit à la soupe populaire, à la portion de nouilles, de pois cassés, de fayots distribués dans les centres caritatifs par les bons soins de la Croix-Rouge suisse et les œuvres des Églises évangéliques américaines. L'incommodité des liaisons ferroviaires faisait qu'elle ne rentrait pas avant huit heures du soir, crevée, gelée, après n'avoir pu compter, à midi, que sur les deux tartines de pain noir à la graisse de porc qu'elle emportait avec elle et le vague brouet à la farine d'avoine ou d'orge qu'on lui servait pour un mark cinquante pfennigs dans une assez sinistre auberge proche de son lieu de travail. Le soir, elle se jetait, la faim au ventre, sur la soupe aux raves et au chou de Greta, sur les pâtes assaisonnées au cumin, sur le riz que cette dernière qui était bâloise recevait de Suisse par colis, avec un peu de farine blanche, de sucre, parfois de la charcuterie fumée, du chocolat que lui expédiait son vieux père qui vivait encore et s'inquiétait de son sort. Parfois il y joignait du lait, du café, des œufs en poudre. Alors c'était la fête. Sinon bonne cuisinière à la française, mais par contre, merveilleuse pâtissière comme on peut l'être au-delà du Rhin, Greta excellait comme toutes les maîtresses de maison allemandes et d'Europe centrale, dans la préparation des « confects », des petits gâteaux secs parfumés aux épices, de la brioche tressée, des feuilletés aux pommes et aux noix, à savourer le dimanche sur le coup de quatre heures du soir, avec une boisson chaude, une tisane. Bonne fille comme je l'étais, de mon côté avec les Fürkünst, Rose-Marie lui refilait un peu de thé, de café, de beurre qu'elle prélevait sur les rations qu'elle recevait pour ses petits-déjeuners, l'écoutait patiemment déplorer avec de grosses larmes qui lui coulaient le long des joues, qu'on ait condamné si durement son Ulrich à la prison ferme pour avoir tenu en chaire, ce qu'elle prétendait avoir été des propos bien moins virulents contre la communauté juive, qu'on ne l'avait dit. Quant à Walter, le fils, récemment libéré de captivité par les Américains qui l'avaient fait prisonnier dans la banlieue de Berlin et qui avait bon an, mal an, repris ses études à l'Aufbauschule, il évitait le sujet, allait, venait en ville à ses affaires avec un calme apparent de garçon sans problèmes particuliers, sans histoire ou presque en somme que celle, banale, des jeunes gens de son âge mobilisés en catastrophe avec leurs aînés de la guerre de 14 dans les tout derniers mois de la débâcle hitlérienne et qui, par chance, n'y avaient pas laissé leur peau.

Rose-Marie et moi prenions parfois le thé avec eux trois. Ne fût-ce que parce qu'on ne pouvait s'empêcher d'éprouver affection et pitié pour Greta, pour sa candeur, son dévouement à sa famille, la façon dont elle s'échinait à tirer parti de tout. Naturellement bonne, maternelle, il était difficile de lui battre froid, de la tenir résolument à distance, même si elle était l'épouse d'un homme interné pour avoir soutenu bruyamment les violences perpétrées par les sicaires du national-socialisme. On se sentait bien avec elle. À l'aise, en confiance. Cela tenait à cette manière grave, émouvante, qu'elle avait d'assumer les tâches quotidiennes qui n'étaient pas minces dans la belle cuisine archaïque, tout en longueur, rustiquement meublée, pavée de grès gris du presbytère. De hacher soigneusement oignons et choux, de rouler dans la farine, après les avoir réduites en purée, les quelques pommes de terre dont elle disposait pour constituer des Knödels, des boulettes qu'elle jetait ensuite dans l'eau bouillante et servait solennellement le soir à Walter et Lutti avec une sauce brune à goût de Viandox. De découper avec une attention minutieuse, concentrée, de minces tranches de pain noir. De le faire avec dévotion pour n'en rien perdre, tout en me parlant lentement en allemand, pour que je comprenne mieux ce qu'elle disait ; m'aider à faire des progrès, élargir mes connaissances pratiques de la langue : faire cuire, bouillir, rôtir, lever une pâte, la brasser. Hacher, couper, détailler en rondelles, etc. Enfin, tout l'arsenal des mots qui, en dehors d'un vocabulaire surtout littéraire, voire abstrait, que j'avais peu à peu acquis de manière livresque me serait tellement utile quand je partagerais, un jour, mon existence avec celle d'Ewald Rodstein, ici, dans ce pays, mais plus au sud, à deux pas des sources du Rhin et du Danube, au cœur de la Forêt-Noire, à Villingen, là où il avait une famille qui l'attendait dans l'atmosphère patriarcale d'une maison située au 27 de la Rietstrasse, proche d'une antique porte de ville où l'horloge marquant l'éternelle giration du temps, en débitait, inlassablement, le mouvement perpétuel en tronçons. Une adresse qu'il m'avait apprise par cœur pour que je m'habitue à l'idée, qu'elle me devienne aussi familière que celle du village où j'étais née ; que je la fasse mienne et que je taisais à tout le monde. Et tant pis, si le secret m'étouffait. Car il m'étouffait bien entendu et bien entendu je devais endurer qu'il m'étouffe.

Bouillir : *kochen*. Rôtir : *rösten*. Couper : *schneiden*. Gerda était patiente avec moi et de cette patience dont elle était incapable de se défendre à mon égard, je lui étais reconnaissante. Rose-Marie de même, dont l'isolement affectif quasi total en milieu français jusqu'à mon arrivée l'avait rapprochée de ses logeuses. Les deux Allemandes et elle avaient fini par s'entendre, faire la part du feu, se retrouver à la tombée de la nuit autour d'un bol de tisane dans la salle à manger-salon qui jouxtait la cuisine dont la cloison était munie d'un guichet passe-plat pour les commodités du service. Et puis, il y avait eu ce soir mémorable où Walter, jeune prisonnier de guerre en zone américaine, avait été libéré, fin novembre 1946. Claudicante comme toujours dans son pauvre manteau étriqué de fille d'humble montagnarde de Franche-Comté mais avec un air mystérieux, excité, elle m'avait confié, à la popote, entre haut et bas, la nouvelle du retour du fils Haüptmann à la maison. Quelqu'un avait sonné de nuit d'une manière vigoureuse, insistante, bien après l'heure du souper. Lutti avait traversé le hall en demandant à travers la porte d'un ton plutôt excédé qui était là. Et c'est alors que Rose-Marie, de sa chambre où elle corrigeait les exercices de grammaire de ses élèves du collège des dominicaines de la vieille ville, là où la jeune et brillante philosophe juive allemande, Edith Stein, convertie au christianisme, avait enseigné avant de se faire carmélite, puis de mourir à Auschwitz après avoir été arrachée avec l'une de ses sœurs, après l'entrée des troupes nazies en Hollande, au couvent où elles avaient été envoyées pour tenter de les sauver, l'avait entendue appeler sa mère à grands cris. Ensuite il y avait eu, au milieu des sanglots et des rires, des exclamations suraiguës comme seules les femmes peuvent en pousser quand elles sont folles de désespoir ou de joie, auxquelles se mêlait, chargée d'émotion, haletante, une voix de basse d'homme, un peu voilée, un peu traînante qui n'arrêtait pas de répéter qu'il était formidablement heureux d'être là, au milieu d'elles, à la maison, que c'était le plus beau jour de sa vie. C'était lui. C'était Walter. Le fils de Greta et du pasteur en prison, le frère de Lutti. L'une comme l'autre si transportées, la mère et la sœur, si hors d'elles-mêmes qu'elles avaient éprouvé le besoin de faire partager, sur-le-champ, à quelqu'un leur jubilation et qu'ainsi, Rose-Marie, à onze heures du soir, s'était retrouvée assise dans la salle à manger-salon, en présence de Walter qui avait pris place sur le canapé entre Gerda et Lotti, qu'il tenait serrées contre lui en les entourant de ses bras. C'était, d'après Rose-Marie qui, boiteuse ou non, amoureuse sans espoir ou non d'un aumônier militaire, prétendait s'y connaître aussi bien qu'une autre sur le chapitre, un assez joli garçon, fin de profil, cheveux ondulés et fournis, avec, à l'inverse de sa sœur qui l'avait trop souvent acéré, reptilien, de la douceur dans le regard.

Au demeurant j'aurais bientôt l'occasion de m'en rendre compte. Il suffirait que je passe à la Johannestrasse, ce que j'avais fait le lendemain même. Rayonnante, Gerda m'avait ouvert la porte-fenêtre du grand salon que j'avais vue jusqu'ici toujours fermée. Il y avait là un piano demi-queue qui n'avait plus servi depuis des mois. En habits civils, pantalon gris, gros chandail bleu foncé à col roulé, assis sur un tabouret pivotant, Walter Haüptmann jouait une valse de Strauss. Celle de l'Empereur, je crois. Enfin quelque chose de viennois, de brillant, de facile qui vous entraînait lentement, mais sûrement et comme malgré vous vers on ne sait quels lieux magiques, quelles profondeurs de forêt inextricable, d'océan, où vous finiriez, avec bonheur, par être englouti. Par cesser de vous poser des questions. D'où vous venez, pourquoi vous vous trouvez là, dans ce lieu et avec qui. Rien de cela n'ayant plus aucune importance puisque sous ses doigts habiles et forts qu'il dégourdissait en plaquant des accords somptueux sur les touches de son Bösendorfer, un autre monde naissait, hors circuit, enchanté. Il s'était levé pour me saluer quand Gerda avait fait les présentations. Ensuite, il s'était remis à jouer et je l'avais écouté un moment dans l'euphorie, l'émerveillement. Depuis il avait repris le chemin de l'Aufbauschule dans le but d'y rattraper le temps perdu à la guerre et en captivité.

J'aimais le découvrir dans la classe au milieu des autres. Lui, sa belle tête romantique et cet air à la fois tranquille et lointain qu'il affichait, pendant les cours ; un air qui prenait de la distance avec ce qui l'entourait. Une façon aussi, sans doute, de la tenir avec l'humiliation, la honte de l'emprisonnement d'un père, ayant failli, non seulement à ses devoirs de chrétien mais tout bonnement les plus élémentaires, d'être humain. Oui, c'était cela, à la fois tranquille et lointain et en particulier avec moi. Du moins en public où, pendant les cours, il me regardait avec les autres patauger dans l'enseignement du français en m'évertuant à créer l'illusion que j'étais presque à la hauteur. En privé c'était une autre paire de manches. Il nous arrivait, pendant que Greta s'affairait à la cuisine et que j'attendais le retour de Rose-Marie qui n'était pas encore rentrée, de nous retrouver seuls au salon. Complices de rigolade, d'appétit de vivre, alors nous nous donnions du bon temps, faisions allégrement sauter les barricades entre nous. Il m'appelait Mausel, petite souris, me tutoyait, j'en faisais autant. *Danse, petite souris*, claironnait-il. Vas-y puisque tu aimes ça. Dos courbé sur son Bösendorfer, séduisant à voir, à regarder avec son profil de Mermoz germanique, de chevalier du ciel tombé à l'improviste devant un clavier, il jouait pour moi *Amor Amor. Only You. Good Night Sweet Heart*, enfin un tas de slows langoureux qu'il avait appris pendant sa captivité où il avait tenu un moment, le rôle de pianiste de bar au camp, pour les Yankees et puis encore cette fameuse biguine de Cole Porter qui, elle aussi, faisait fureur et avait le don de m'électriser. Corps oublieux des lois de la bienséance ordinaire, je pivotais autour de mon propre noyau en balançant les épaules et les hanches, en décrivant en même temps un cercle autour du Bösendorfer, autour de lui, Walter, le maître du jeu, le pourvoyeur d'évasion. Car c'était bien d'évasion qu'il s'agissait. D'une aspiration à un monde de langueur et de passion dont lui et moi rêvions par besoin de nous donner à l'instant, à sa capacité de faire table rase, de ce qui, chacun à sa façon, nous tourmentait. Tourner à tâtons, yeux fermés, en brassant l'air jusqu'à épuisement de tout mal, ses scories, régler son compte à l'Histoire, à ses hideurs, en jouant des airs interdits pour leur décadence juive ou nègre d'outre-Atlantique sous le nazisme, c'était ce qui nous avait liés à l'époque, Walter et moi, avait été la clef de nos connivences à huis clos. De même que c'était sans doute pour s'exorciser, faire pièce au malaise qu'il ressentait à cause de ce père ayant confondu le christianisme avec la négation du respect de la personne humaine, avec les perversités d'un fondamentalisme religieux et social scandaleux, qu'il s'était avisé de composer une opérette décapante d'humour, *La Chaste Adèle* : *Die Keusche Adele*, une inénarrable bouffonnerie tournant résolument le dos aux critères d'une foi austère assaisonnée d'exécrable national-socialisme qui avait fait les beaux jours du pasteur Haüptmann qu'il aimait pourtant, malgré tout, dont il souhaitait la fin du purgatoire à Germensheim et dont il me faisait entonner, ayant découvert que j'avais la voix juste, naturellement bien timbrée, l'air d'ouverture : *Je suis la chaste Adèle, une étoile dans cette vallée de larmes* et la suite du même tonneau. C'est dire que son message, rassurant, chaleureux qui m'était parvenu quelques heures après l'incident survenu au cours avec Krügel, m'avait précipitée, ventre creux, mais des ailes aux talons, à la Johannestrasse.

Ç'avait été devant le Bösendorfer, resté fermé pour la circonstance, que la conversation entre lui et moi avait eu lieu.

Qu'est-ce qui avait pris à Krügel, je voulais le savoir. Pourquoi cette volonté de me mettre dans une position aussi grotesque, intenable, alors que de mon côté, je m'efforçais avec lui, comme avec toute la classe, d'épargner son amour-propre d'Allemand ; de ne pas profiter, après avoir subi pendant quatre ans, les privations, les contraintes, sinon les sévices de l'occupation nazie, d'un renversement de situation me donnant l'occasion de l'humilier ? J'avais parlé vite, très vite, en criant presque, en écorchant les mots, en malmenant la syntaxe et dans l'état de fébrilité où j'étais encore, j'avais frappé du plat de la main le couvercle du Bösendorfer, sa luisance d'ébène et je l'avais fait avec une telle force qu'une touche, quelque part à l'intérieur, s'était mise à vibrer. Qu'il s'en était élevé un son miaulant, animal, de bête piégée, dans un lieu obscur où prise dans les mâchoires de l'étau qui la broyait, elle hurlait de douleur.

À peine si la voix du fils Haüptmann, sa belle voix toujours un peu voilée de fataliste, de revenu de tout, avait monté d'un ton. Je voulais savoir pourquoi Krügel s'était plutôt mal conduit avec moi eh bien j'allais le savoir ! Savoir que ce n'était un secret pour personne, du moins dans l'équipe des garçons de la terminale qu'ils me trouvaient (et l'adverbe, *ausserordentlich*, extraordinairement, était revenu trois fois) extraordinairement maladroite dans ma façon d'enseigner, extraordinairement brouillonne, incompétente mais fascinante, extraordinairement. Car je n'hésitais pas et c'était cela qui fascinait aussi Krügel et le mettait en boule, à pallier mes carences pédagogiques en récitant avec beaucoup de musicalité, de sentiment, à la fois des poèmes allemands (et du moins je savais les choisir, ceux d'Eichendorff, de Goethe, de Heine, toujours simples, toujours beaux) et les autres, les poèmes français, qu'ensuite, j'écrivais au tableau en leur demandant de les recopier et de les apprendre par cœur. En particulier ce « ciel est par-dessus le toit si bleu si calme » de Verlaine que je modulais comme un chant et qui me valait, que je le sache, le surnom de « Mademoiselle par-dessus le toit ». Oui, fascinante ! Davantage encore (et c'était le clou) quand tout à coup debout, prenant mon envol de la lourde chaire qui m'engloutissait jusqu'à la ceinture, je terminais ma prestation en chantant a capella ce qui me passait par la tête. Exemple : « Mignonne quand le soir descendra sur la plaine » ou mieux encore « Quand tu ris, sur ta bouche l'amour s'épanouit », que je gratifiais mon auditoire d'un de ces récitals au pied levé auquel jamais personne n'avait eu la candeur ou le culot de lui donner l'occasion d'assister, jusque-là, de sorte qu'avec moi on était comme au théâtre, au concert, au cinéma. Que c'étaient des intermèdes impayables. Ce qu'il fallait maintenant, c'était passer l'éponge. Sauver les meubles entre nous. Autrement, ç'aurait été dommage de ne plus m'entendre chanter *Le Temps des cerises*, réciter « voici des fleurs, des feuilles et des branches ». Ça leur aurait manqué. Quant à Krügel, il l'avait chargé, lui, Walter, après un aparté entre eux, car il avait appris que je fréquentais la Johannestrasse, de me présenter non seulement ses excuses mais de me demander pardon. Mieux encore, il rêvait d'autre chose. J'ignorais sans doute que la jeunesse allemande de Spire, enfin ce qui en restait, essayait, avec les moyens du bord et la faim au ventre, de s'accorder quelque chose qui ressemblât à du bon temps en allant le samedi, danser dans les caves d'une auberge de la vieille ville. L'endroit s'appelait Ali Baba. Un programme ! Pour oublier la dureté des temps, on y dansait langoureusement sur des airs yankees ou sud-américains au son d'un petit orchestre : batterie, piano, clarinette et saxo dirigé par Walter, justement. Sa manière à lui de se donner de l'air, de gagner quelques marks lui permettant d'aider sa famille à vivre moins mal, aussi de s'offrir une bière de temps en temps. Quant à Wolfgang Krügel, l'ancien sous-lieutenant Krügel, devenu manchot à vingt-deux ans à la suite d'une rafale de mitrailleuse browning essuyée du côté de Düsseldorf en Westphalie (et il me le demandait instamment, oui, instamment, humblement même) c'était, qu'en signe de réconciliation complète avec lui et en dépit de toutes les raisons qui pouvaient m'inciter à lui refuser pareille faveur, en dépit aussi de tous les clivages, de ce qui séparait plus ou moins radicalement dans cette ville les deux sociétés française et allemande, leur quant-à-soi forcément ombrageux, forcément tendu, je saute le pas. Sauter le pas, signifiait, au mépris du qu'en-dira-t-on, si, malgré la discrétion qui entourerait ma démarche, quelque chose en transpirait dans une communauté ou dans l'autre, de me trouver le samedi soir suivant, un peu avant vingt et une heures, au dancing Ali Baba. Il y serait aussi bien sûr et quand l'orchestre se mettrait à jouer *Begin the Biguin*, puisque je l'aimais tant, paraît-il, cette fameuse biguine, il sauterait le pas à son tour. Il m'inviterait à la danser et j'accepterais. Une manière de faire définitivement la paix, ne regardant que nous et personne d'autre, sinon Walter Haüptmann, notre truchement.

Le samedi d'après, peu avant neuf heures du soir, en jupe de lainage noir, pull-over rouge agrémenté d'un col blanc maintenu en place par une broche d'acier ciselée rehaussée de cabochons d'agate jaunes et bleus, achetée pour la circonstance à la boutique d'objets d'art de la Haüptstrasse où l'on trouvait aussi des chandeliers en fer forgé, des corbeilles en bois sculptées au couteau de couronnes d'épis de blé, j'étais à l'Ali Baba.

À parcourir d'abord sous l'opacité d'une nuit sans lune, après avoir contourné, sur la droite, la cathédrale, son énorme enracinement dans les profondeurs du sol, plusieurs rues mal éclairées. À franchir ensuite, permettant l'accès à la vieille ville, au-dessus des méandres d'un ruisseau, de ses odeurs de vase, d'humidité piquante, insidieuse, la largeur d'un pont antique. Pour en finir, après avoir trébuché sur des pavés, un raide escalier à descendre en se tenant à une rampe de fer pour ne pas tomber et puis, voilà, on y est. On est dans la caverne. Son étrange et merveilleux enfer hypnotisant de jeunes morts-vivants, réfugiés là, sous la terre comme dans un bunker. De couples enlacés et qui ne bougent qu'à peine, seulement animés par des mouvements de reptation hésitante et lente, les conduisant, insensiblement, par saccades, dans la pénombre et les strates de fumée qui les enrobent, d'un bout ténébreux de grotte à l'autre. Sur fond de musique syncopée moitié chuchotement, bruissement à peine audible de la montée des sèves dans l'épaisseur du terreau, moitié exaltation nocturne, onirique des sens, jaillissant, diffuse, d'un lieu seulement vaguement repérable à quelques pas des abysses d'un fleuve, le Rhin, enfin le Styx, un retour aux limbes, orchestré par Walter Haüptmann. Que faire, que devenir ? Comment s'orienter dans ce dédale ? Celui des corps, de leurs silhouettes longilignes ou épaisses mais toujours embrumées et comme flottant, reliées les unes aux autres dans une mer fermée, aux lourdes vagues nourricières, son placenta. Et puis, et surtout, celui des âmes. Car ils en ont bel et bien une, ces jeunes Allemands excommuniés par leur histoire récente, déboussolés par l'effondrement du nazisme, ses promesses de panthéon germanique. Les oreilles encore pleines des hurlements du Belzébuth à casquette plate et manteau de cuir éructant sur les podiums de Nuremberg. Du galvaniseur de foules en partance pour la conquête sanglante de l'Europe et comment, au milieu d'eux, m'y reconnaître ? Me reconnaître pour ce que je suis. Étrangère à leur délire de puissance encore à peine dompté, mais, solidaire de leur jeunesse porteuse, comme la mienne, du meilleur et du pire. Et Krügel, où est Krügel ? Se serait-il désisté ? Se fait-il un malin plaisir d'assister de loin à mon isolement de petite Française inconsciente, venue se jeter dans la gueule du loup et dont il pourra se vanter de l'avoir fait marcher.

« Begin, the biguin »...

Dès les premières mesures, je l'ai eu là, devant moi. Sa maigreur hautaine de garçon mal nourri aux cheveux d'un blond si pâle qu'ils paraissaient gris, à face lisse, crâne en forme de tête d'obus, bouche batracienne de long poisson arraché aux ténèbres des fonds marins, à regard opaque, presque pierreux d'aveugle alors qu'à mon arrivée, il m'avait tout de suite repérée, ciblée, moi, mon isolement, mon immobilité de fille crispée, égarée dans la foule larvaire, pauvre, désabusée, d'un bal allemand placé sous le signe du cataclysme européen d'après-guerre. Où, par respect de la parole donnée, j'étais venue volontairement me tenir à sa merci.

Il m'a dit en français « Voulez-vous me faire l'honneur de danser avec moi, s'il vous plaît » et sa voix, parfaitement posée, maîtrisée, avait eu quelque chose non seulement de courtois mais d'intime et j'avais répondu « *gern* » : volontiers, sur le même ton.

Et c'est alors qu'un sourire, le premier qu'il m'ait jamais accordé, illuminant d'un bref soleil son dur visage émacié de mutilé de guerre de vingt-deux ans, sa main droite, rapide et sèche avait saisi la mienne et que d'instinct, puisque le bras gauche lui manquait, je m'étais accrochée de l'autre, au-dessus de sa manche vide, à l'arête de son épaule pour lui permettre de me guider sur la piste comme s'il avait pu s'emparer de ma taille, me serrer contre lui. Ce geste fait, tout m'était apparu soudainement simple, limpide, quasiment allant de soi ; m'avait convaincue à l'évidence qu'il s'agissait entre Krügel et moi d'un tel rapprochement souhaité, d'un tel rendez-vous hors du temps, d'un tel besoin mutuel de liquidation d'un contentieux dont l'ambiguïté des termes ne concernerait jamais personne d'autre que nous, en effet, que de cette danse, nous n'aurions à rendre compte à quiconque. Ni lui, de son côté, ni moi, du mien. Pas même à Rodstein.

Et surtout, ne pas tricher. Ne pas chercher à prolonger le plaisir, l'émotion même. Car c'en avait été bel et bien une, que d'obéir ensemble au rythme de la biguine, à son appel d'abandon caressant, luxurieux, fugace. La danse terminée, nous dire au revoir, nous séparer. Tenir le marché. Celui d'une réconciliation organisée à l'avance de façon liturgique. Dans un espace et un instant donnés. Dans un lieu (son cercle sacré) prévu à cet usage. La cérémonie ayant duré finalement moins d'une demi-heure. Ensuite c'est le retour à la vacuité d'avenues sombres me ramenant à la rue Beethoven, à mon chapelet, à cette prière du soir qu'Ewald Rodstein m'a fait promettre de ne jamais oublier de dire avant de m'endormir par amour pour lui.

Postée à l'heure qu'il est sur le trottoir, à l'angle de la Zeppelin et de la Neufferstrasse, devant la façade de ce qui fut l'Aufbauschule, je cherche encore à comprendre. À nous comprendre, Wolfgang Krügel et moi. À ce qu'au-delà d'un parti pris d'apaisement entre nous, il avait peut-être espéré, de nous, de nos vingt ans, et que j'avais décidé de feindre d'ignorer ; au jeu duquel je m'étais pourtant prêtée, quitte à me mentir à moi-même et qui ferait de ce bref passage à l'Ali Baba, de cette biguine dansée avec le garçon le plus rétif à ma présence dans sa classe, en même temps l'un des plus frappés dans sa chair par la guerre, quelque chose que je n'oublierais pas. Non plus que cette façon désormais détachée, mais devenue indulgente, un peu comme on peut l'être avec un enfant, assis de biais, la stalactite de sa manche flottante pendant le long de son buste trop mince, il me regardait m'agiter pendant les cours ; me lever pour écrire au tableau, essayer d'inventer une méthode d'acquisition de vocabulaire en procédant par famille de mots ; à les faire utiliser en les insérant dans des phrases à trous dont je puisais les exemples dans, amené en Allemagne avec moi, mon propre livre de lecture et d'initiation à la grammaire française, de cours élémentaire seconde année, à l'école d'Aulaines dans les années trente.

Drôle d'existence que la mienne, à cette époque ! Conduite au flair, au jugé, un pied dans la communauté française, un pied dans la communauté allemande se tenant bouche cousue et faisant le gros dos devant cette dernière, sur laquelle, un an plus tôt, elle avait encore eu droit de vie et de mort. Le fameux renversement de rapports de force, de peuple à peuple, de tribu à tribu. Le coup de boomerang. Pour moi, avec mes pareilles, le cul entre deux chaises, l'abonnement aux délices du ragoût-brouet et de la cantine-lavabo et l'interdiction d'accès aux magnificences d'une salle à manger où la demi-douzaine de jeunes militaires mal élevés prend ses aises en continuant à nous tenir pour quantité négligeable. Car des épouses de fonctionnaires en poste en territoire occupé, de celles des officiers de métier, ayant fait campagne de l'Afrique jusqu'à Berlin et qui tiennent le haut du pavé, circulent élégamment vêtues, chaussées, coiffées de frais chaque samedi, qui dînent le soir avec leur époux, sur fond de musique de brasserie à la cour des Wittelsbach, le Wittelsbachhof, l'hôtel-restaurant le plus prestigieux de la ville, devenu le mess des gradés de la place, nous ne sommes que les ombres. D'elles, par Katia dont elles fréquentent la bibliothèque, viennent s'y procurer des billets de théâtre quand des troupes de Paris en tournée en Allemagne donnent *Le Malade imaginaire* ou *L'Avare*, *Le Fil à la patte* de Feydeau ou *Le Chapeau de paille d'Italie* de Labiche, ou bien, et c'est alors un grand sujet de discussions métaphysiques entre ces dames, le *Caligula* de Camus ou *Les Mouches* de Sartre, nous parviennent toutes sortes de rumeurs. De bruits courant sur les péripéties de leur ménage, parfois de leur liaison extraconjugale nouée dans le cercle restreint et cancanier de la garnison. Quant à ces messieurs, eux-mêmes, on dit volontiers d'eux, quand ils ont maîtresses en ville, qu'ils sont des amants heureux. Que cela tient, non seulement aux cadeaux de bouche dont ils gratifient leurs amies allemandes, mais aux égards, à la française, dont ils les entourent sur l'oreiller, à l'inverse de leurs Teutons de maris, incapables, se plaignent-elles, de leur demander leur café-ersatz ou une chemise propre sans aboyer sur un ton de feldwebel. Ce qui fait qu'elles se mettent en quatre pour eux, multiplient, en leur honneur, les caresses inventives.

À ce monde-là, en marge duquel je vis, en passant par les hautains officiers de cavalerie, récemment arrivés et qui jouissent du privilège de pouvoir imposer, là où ils sont, à tous les corps d'armée, le port de guêtres et de gants blancs, le dimanche, ce qui, paraît-il, a le don de mettre en boule l'équipe des sapeurs, à ces hommes et femmes, ces femmes surtout, menant grand train, se faisant conduire à Strasbourg en voiture militaire pour en rapporter des chaussures, de la maroquinerie, des étoffes dans lesquelles tailleurs et couturières leur confectionnent des robes de ville ou de gala (puisqu'il y a des soirées de gala depuis qu'elles sont là, qu'on y danse et festoie, au cours des bals donnés par le colonel-gouverneur de la place) il m'arrive d'avoir envie, ne fût-ce que pour échapper au grand isolement intérieur devenu mon lot depuis ma rencontre avec Ewald Rodstein, de ressembler. D'ailleurs, à tout prendre, je leur ressemble. Comme elles, deux jeudis par mois, le jour de l'ouverture du magasin-coopérative de la Hauptstrasse, réservé exclusivement à la clientèle française, je fais la queue pour obtenir, à bas prix, toutes sortes d'articles de nature et de provenance diverses dont on ignore par quels circuits, diligentés par l'intendance militaire, ils ont abouti là. Le plus fantastique c'est que, des sacs de voyage aux valises en cuir de veau pleine fleur, des services à café aux corbeilles à pain, aux cuillères à sauce, aux théières en métal argenté, ornées d'un edelweiss ou d'un cœur, des lourdes cotonnades d'ameublement aux voilages de tulle fin en passant par les corsages en batiste, brodés à la main, de motifs floraux genre austro-hongrois, aux casquettes à oreillettes de montagnards de la Hardt ou de Thuringe, aux couteaux de chasse à manche de corne de Solingen, aux nappes de lin brut, rustiquement tissées du côté de Baden-Baden, de Munich, il faut savoir sauter sur l'occasion car il n'y en a quand même pas forcément pour tout le monde. Il faut se trouver là, si on peut, le matin dès l'ouverture. Autrement, après avoir longtemps piétiné sur place avec, devant soi, le dos d'une femme de sergent, de gendarme, de capitaine devenu un dos ennemi parce qu'il vous barre le passage, vous empêche de vous précipiter sur ce sac à main, ce col de fourrure, ce napperon en dentelle au fuseau qui ferait si bien votre affaire, vous risquez de rentrer chez vous plus ou moins bredouille.

Oublieux d'avoir récemment encore, de la Vistule à l'Atlantique, mis l'Europe à sac, les bruits courent que les Allemands de Spire ont baptisé ces jeudis-là, « le jour des fauves ». Tant il est vrai qu'il est de bonne guerre, à chacun son tour, de traiter l'autre, de prédateur patenté.

Reste que ce que les Schleus en disent, entre Français, on s'en fout. L'important c'est le plaisir d'avoir pu rafler à la coopérative, de la vaisselle, des bibelots, du linge à si bon compte, que c'est comme si on était allé à la foire et qu'on avait gagné à la loterie. J'acquiers pour ma part, à la chance, aussi, à la mesure de mon modeste budget de quatre cents marks, un assez joli petit sous-main en cuir que j'ai encore à l'heure qu'il est sur ma table-bureau, du tissu pour une robe d'été et deux corsages, un lot de mouchoirs fantaisie, une écharpe rouge à franges, deux cols de dentelle, un parapluie et autres menus accessoires susceptibles de donner un peu de punch à mes tenues d'étudiante peu argentée errant les dimanches après-midi sur les bords du Rhin, traînant, suspendu à mon bras, outre Rose-Marie, le fardeau de sa fragilité claudicante, le poids d'un amour, comme le mien, inavouable.

Hiver de mes vingt ans ! De leurs interminables promenades dans les brouillards et dans le froid. En moi, autour de moi, tout est silence. Le paysage se désagrège, m'entraîne dans le sillage de son propre fantôme. Devant moi, il y a le Rhin. Sa beauté de fleuve ne débouchant apparemment sur rien, comme empêché d'avancer par les tonnes de grisaille qui lui pèsent dessus, lui font barrage, le contraignent à la stagnation. Je m'y égare, m'y dissous. Un fleuve tout à coup, de nulle part, sans source, sans estuaire et dont on arpente, faute de mieux, un tronçon de rive exsangue dans le but de tromper on ne sait quelle douloureuse, interminable attente. Peut-être celle qu'un voile se déchire et alors on aurait la réponse. Alors Rodstein et moi pourrions enfin gagner la haute mer. Devenir des oiseaux. Laisser derrière nous une terre, l'abandonner pour toujours à son inertie séculaire de poids mort englué dans les sanies des rituels meurtriers à répétition qui la souillent.

Quarante-cinq ans plus tard, à Paris où j'habite alors et partage ma vie avec celle d'Emil, mon mari, le juif de Budapest ayant par miracle échappé au génocide de ses pareils, perpétré en Hongrie, Emil l'exilé, le revenu de tous et de tout, sinon finalement de moi peut-être, Emil le tendre amant dont j'ai touché le cœur, qui m'a choisie, que j'ai choisi comme garde-fou, je vais, par une nuit de fièvre, de bronchite aiguë, rêver que je tiens la réponse. La scène qui s'offre à moi occupe toute l'étendue du mur qui limite l'un des côtés du lit. Tout s'y passe, s'y inscrit comme sur un écran. Rodstein est là, jeune, inchangé, dans la vigueur de ses vingt-deux ans dont les épreuves de la guerre, de la captivité n'ont pas réussi à venir à bout et qui m'aime. Cheveux bruns fournis, front dégagé, lèvres charnues, il occupe de profil, l'angle du tableau. Il me désigne de la main, gorgée d'eau calme, lumineuse et stagnante, une embouchure de fleuve en train de se laisser submerger par la marée montante. Il dit qu'il ne faut pas avoir peur. Qu'au-delà, ce sera la paix. Pour lui, pour moi, pour tous ceux qui ont existé depuis que le monde est monde, existeront après nous, descendront à leur tour le cours du fleuve, nageront jusqu'à épuisement. Je me réveille en sueur avec la conviction que je viens de recevoir l'annonce de sa mort. Que maintenant qu'il est allé au bout de son destin terrestre : une vie de famille avec une épouse de Souabe-Franconie, trois fils qui leur sont nés, trente-cinq ans de fonction de secrétaire-comptable à l'évêché de sa ville natale, des balades à pied à travers la montagne, le dimanche après la messe, l'achat d'une voiture, etc. et que, c'est maintenant à cause de cette mort lui rendant la virginité du premier regard qu'il avait naguère posé sur moi, quelque part dans une forêt, qu'il m'est revenu. À cause aussi, de ce devoir que seuls les morts, libérés de toute entrave, peuvent accomplir vis-à-vis des vivants avec lesquels ils sont restés en dette d'amour ou d'honneur et qui consiste, devenus leur gardien, l'ombre qui les talonne ou les précède, selon les nécessités de l'heure, à les prendre en charge, moins pour le meilleur qui leur sera peut-être encore donné de vivre, mais à coup sûr, pour ce qui sera le pire. Le pire qui m'attend, plus exactement son renouvellement. Ce pire qui vous fait la peau par cycles et qui sera, pour l'avenir, la mort d'Emil.

La scène se passe cette fois, un après-midi de dimanche, à l'hôpital du Mans. Je suis assise aux urgences à son chevet de mourant. La jeune interne de service et les deux infirmières qui l'ont secondée ont quitté la place parce qu'il n'y a plus rien à faire et qu'après un an de transfusion sanguine toutes les deux semaines, il est en train de succomber à ce que les médecins baptisent une anémie pernicieuse, c'est-à-dire à une leucémie qui a fini par atteindre la moelle osseuse. Après lui avoir administré de la morphine pour qu'il souffre moins, car il est en train d'étouffer, de devenir violet, on est allé s'occuper de quelqu'un d'autre et seule, en face de lui après qu'il m'a, juste avant d'entrer dans le coma, pour la dernière fois, appelée par mon prénom, Annie, et cela d'une voix que je ne lui avais jamais connue, une voix à peine audible de petit enfant qu'on embrasse au front, aux paupières pour le rassurer, qu'il sache qu'on l'aime et que parce qu'on l'aime, il va forcément guérir, je l'ai regardé s'en aller, prendre du champ, m'abandonner sur la rive, s'enfoncer dans le fleuve après l'adieu, qu'à travers moi, il avait donné à tout ce qu'il avait vécu d'heureux quelquefois, ici-bas, mais d'effroyable, surtout, pendant la dernière guerre. L'adieu à ses deux frères liquidés par les tueurs hongrois au service du nazisme, à cette fiancée de ses vingt ans à lui, qui s'était pendue après avoir vécu l'enfer du siège de Budapest avant sa reddition à l'Armée rouge, aux jeunes femmes rencontrées plus tard dans Paris dont il avait été parfois amoureux mais dont, parce que devenu irréconciliable avec l'espèce humaine, il avait toujours fini par fuir leur appel à croire avec elles à un avenir, l'adieu à la musique, à la littérature qui lui servaient de refuge, aussi à des façons de vivre, de sentir, inconnues de moi et qui avaient constitué, hasardeuse, chaotique, la trame de son existence arrimée trente-deux ans à la mienne, par ce qu'il appelait parfois, en riant, « les chaînes d'un malentendu heureux ».

Les derniers moments d'Emil ! Sa fin, comme toutes les fins, une planète qui meurt. La sienne. La mienne qui du même coup vacille, quitte sa trajectoire, s'égare hors du circuit orbital qui l'avait jusqu'ici maintenue en rotation autour de son propre noyau et c'est la dégringolade de tout l'être dans le vide d'un puits noir, d'un trou sans fond tandis qu'en même temps, au cœur du cercle maudit qui se referme sur moi, refait surface sous les yeux de Rodstein qui me la montre, la vision magistrale, fulgurante, de l'embouchure d'un fleuve en train de s'abandonner à l'avancée de la haute mer. Si calme Rodstein, si fraternel, si serein. À l'image de la vie et de la mort, de leur commun mystère. À l'image de l'amour qui naît, puis meurt pour mieux renaître de ses cendres. Et c'est alors que les deux silhouettes se confondent, celle du premier amour et du dernier. Celle du prisonnier allemand acculé aux rigueurs de la captivité, celle du juif hongrois pourchassé, condamné au pire si on s'empare de lui. Confondues parce que désormais décantées de toutes scories, ramenées miraculeusement à moi qui vais continuer encore un moment jusqu'à ce que ce soit mon tour d'être passée au crible, purifiée, à poursuivre le vieux songe éveillé des bords du Rhin. Continuer, déraisonnablement, d'avoir vingt ans, de rêver mon existence plutôt que la gouverner, faire semblant d'accepter de vieillir au lieu de persévérer à miser avec ferveur sur un avenir sans avenir.

Le 22 décembre 1946, quand, crevée par le voyage de nuit qui a duré comme le premier près de douze heures, avec, toujours devenue chez moi une seconde nature, la sensation de me tenir, pour avancer, où que je sois, quoi que je fasse, en équilibre précaire sur une corde raide, d'être toujours à la limite du vertige, je traverse le hall de la gare de l'Est, la pendule, sous les verrières, marque dix heures du matin à mon arrivée à Paris. Cette fois, j'ai fait le trajet en sens inverse. Je suis venue passer les dix jours de vacances scolaires de fin d'année avec Auguste et Marthe, les revoir, les entendre, les toucher, m'assurer que je suis toujours leur enfant et que je peux, quoi qu'il arrive, compter sur eux pour continuer à m'aimer. Sur eux et sur Rodstein ! J'ai remis pour voyager mon pantalon de bure et ma canadienne, aussi mes souliers cloutés. Outre la valise qui me charge lourdement du côté gauche, je porte sur l'épaule droite, fraîchement coupé depuis l'avant-veille et qui embaume la résine, le jeune sapin des collines de la Hardt que je me suis procuré par l'intermédiaire des Fürkünst qui me sont reconnaissants de ce que je fais pour Wolfi, l'enfant aux yeux sauriens, globuleux, aux mains rongées par l'avitaminose. Chaque jour ou presque, à l'heure du goûter, je lui donne, gardés en réserve à son intention le matin, une tranche de pain, de la confiture et du beurre. Il attend ce moment-là toute la journée et quand il me voit rentrer de la ville, il se met à danser sur place, à frétiller d'aise en m'appelant sa demoiselle Annili, sa petite tante à lui, sa Lili.

Ce sapin c'est ma surprise, mon cadeau de Noël pour Ewald. Rien, je le sais, ne pourra lui parler davantage au cœur que ce petit épicéa suintant de sève, coiffé de sa tiare d'aiguilles vertes, ayant passé une frontière dont le franchissement lui est encore interdit, pour renouer le dialogue avec ses racines d'Allemand des pays de Bade, de marcheur de nuit comme de jour dans les noires forêts du Jura souabe. De randonneur infatigable, aimanté par les variations de l'ombre et de la lumière sous leurs feuillages. Celle de la chute torrentielle des eaux sous leurs couverts. Une marche en avant jusqu'à épuisement ou presque et dont il m'a promis, quand nous vivrons ensemble, de me faire partager les merveilleuses sauvageries de bête migrante lancée à la poursuite de son propre retour aux sources dans la nuit des temps. Ewald, mon Ewe ! Dont les baisers de nuit continuent à m'arriver dans les messages confiés à Marthe qui me les fait parvenir à l'intérieur de ses lettres à elle.

Après m'être engouffrée, saoule de fatigue et la faim au ventre, dans les puanteurs du métro, j'ai rejoint la gare Montparnasse, somnolé là, une grande heure, assise, valise et sapin entre les jambes sur un dur banc de salle d'attente, pris, vers midi, l'omnibus Paris-Le Mans, me ramenant à mon terroir, à son monde agreste, vivrier, lubrifié par les vents de mer, à ses boqueteaux, à ses haies réduites, en cette saison à l'ossature. À une calligraphie noire et ligneuse, zébrant en long et en large, en travers, l'étendue des champs, leur mise à plat et à nu de parchemin opaque. Avant, il y avait eu Versailles. Les monotonies majestueuses aperçues entre les arbres, de son palais à l'antique, d'enfilade de galeries d'apparat qui, à des centaines de pauvres tâcherons préposés au creusement de ses fondations dans les marécages et sacrifiés à la mégalomanie d'un roi de France, avaient coûté la vie et dont on transportait, de nuit, par charrettes pleines les cadavres, vers les charniers d'alors, pour dissimuler le scandale de leur mort. Ensuite, Chartres, la fameuse. Sa cathédrale gothique construite sur les lieux mêmes de l'ancien culte druidique des Carnutes devenue haut lieu de carrefour mystique chrétien sur les chemins de Jacques-de-Compostelle, et puis l'entrée en rase campagne. Au-dessus des nuages bas, de leur course cahotante de grosses larves aériennes, empêtrées les unes dans les autres, le paysage bée à n'en plus finir, ponctué, par endroits, des opulents domaines ruraux, gouvernés par les orgueilleux céréaliers beaucerons. Une traversée de grandes plaines à la hongroise, à la russe, où l'œil ne peut s'ancrer nulle part, ni le corps s'inventer un point de chute, un refuge, derrière le bastion d'une haie, dans le giron d'un bosquet et, jusqu'ici, toujours pour moi, sans attrait. Mais cette fois, la jubilation m'a prise, je rentre chez moi, je rentre chez moi ! Bientôt ce sera le Perche. La Petite Suisse, comme on l'appelle. Un déploiement, à flanc de collines, de luxuriance sylvestre, et cette cambrure des pâturages, leur montée, par paliers, à l'assaut d'un horizon curviligne, sur lequel se détache, dans un foisonnement d'herbe grasse, la silhouette trapue d'un cheval de labour, de l'infatigable herculéen percheron et celle des bâtiments d'une ferme, encastrée, avec ses granges, ses écuries, dans les argiles, dans les marnes. La Ferté-Bernard enfin. L'ancienne cité forte, naguère ralliée au catholicisme des Guises, à leur haine des Bourbons passés à la religion réformée, à leur ambition de monter sur le trône de France et refusant, longtemps, retranchée derrière ses murailles, l'ouverture de ses portes à Henri IV, le monarque parpaillot.

C'est là, à une vingtaine de kilomètres d'Aulaines, qu'Auguste, avec sa Mona 4 Renault d'avant-guerre, m'attend. Comme toujours guêtré et chaussé de brodequins increvables, en culotte de cheval de solide sergé beige, veste de tweed gris moucheté de noir, casquette de même, pardessus court de loden, écharpe de laine vert foncé tricotée par Marthe, alors que le cœur me cogne dans la poitrine à grands coups de marteau, que j'en ai failli, en descendant du train, rater une des marches, m'abattre sur les graviers du quai, que je sais que, de son côté, l'émotion l'étrangle, nous marchons à la rencontre l'un de l'autre comme si de rien n'était ou presque. Qu'il ne s'agisse entre lui et moi que de banales et tranquilles retrouvailles comme il y en a chaque jour des milliers, entre gens qui se sont quittés depuis peu pour affaire de travail ou de famille, se retrouvent avec plaisir mais sans raison particulière d'en avoir la gorge serrée, d'en éclater en sanglots, tant ils auraient craint de ne plus se revoir jamais. Et pourtant. Qu'est-ce donc que ce retour, le mien ? Sinon celui de l'enfant prodigue, de la folle fille en cavale qui revient à son parentage, pleine d'amour mais le cœur toujours aussi tumultueux, indompté. D'ailleurs, père, tu as fini par t'en accommoder. Tu dis, après m'avoir débarrassée de ma valise et de l'épicéa, l'avoir précautionneusement couché sur le siège arrière de la Mona « je suppose que Rodstein sera content que tu lui aies apporté ce sapin d'Allemagne ». Oui c'est cela, en effet, père, il sera content et puisque nous sommes d'accord là-dessus, que tout à l'heure nous nous sommes embrassés en nous riant au visage, nous mangeant des yeux (une approche, un mouvement de l'âme et du corps qui ont toujours participé d'un bonheur inexprimable) nous pouvons démarrer.

Nom de Dieu, Auguste, quelle merveilleuse fin de voyage ! Je suis assise auprès de toi comme lorsque j'étais enfant. Que nous rentrions à la belle saison d'une de ces petites balades à trois qui nous avaient conduits en auto, si nous avions roulé vers le nord, jusqu'aux lisières des fastueuses forêts du Perche, vers le sud, jusqu'aux villages troglodytiques encastrés dans la craie des falaises dominant les rives du Loir, aux frontières de l'Anjou. C'était, ce que toi et moi appelions, non sans gravité, sortir Marthe pour la distraire. Car elle en avait besoin de distraction en effet, Marthe, notre chère Marthe, notre précieuse épouse et mère que le travail qu'elle fournissait pour tenir une classe de quarante-cinq élèves, si souvent épuisait. Empêchée, à son grand dam, par un excès d'opulence qui aurait gêné son mari pour conduire, de rouler à ses côtés, nous la faisions trôner derrière nous sur la banquette arrière, avec révérence, avec fierté ! Car ce n'était pas rien pour Auguste et moi, plaisante à voir comme elle était malgré l'obésité qui l'alourdissait, l'obligeait au port de vêtements sombres, mais qu'elle éclairait d'un jabot de dentelle blanche, que de la promener comme une reine installée sur son char d'apparat, sa belle tête aux yeux verts, pleine de charme sous des chapeaux qu'en feutre souple, en panne de velours elle choisissait quasi fastueux, à calotte enrubannée de satin brillant, de plumes mordorées chez une modiste, au Mans. Que de l'écouter, primesautière et florale en même temps : une grosse et belle rose, un hortensia, un dahlia qui parlait, commenter avec une alacrité qui n'appartenait qu'à elle, les particularités du paysage, ceux des villages que nous traversions ; s'enthousiasmer pour un rosier grimpant éclaboussant de pourpre la façade d'une austère et solide maison bourgeoise. De temps en temps, elle ouvrait son petit sac à main de box-calf orné de ses initiales. Elle en sortait délicatement un mouchoir qu'elle avait imprégné à l'eau de Cologne avant de partir, ainsi que le mien et celui d'Auguste et la Mona 4 se mettait à sentir tellement bon quand elle se mouchait qu'on avait l'impression de pouvoir admirer le monde à travers ses vitres comme de l'intérieur d'un carrosse capitonné de soie et délicieusement parfumé.

Auguste, Auguste, quelle félicité !

En cette fin d'après-midi proche de l'avènement du solstice d'hiver, je suis, à l'heure où le soleil bascule devant nous à l'horizon comme un roulier ivre, s'empêtre en tombant devant le fouillis de ses propres hardes, leurs loques rutilantes, la petite fille que tu reconduis à la maison, ramènes au ventre de Marthe. Dès que je l'ai vue sur le seuil de la porte qui nous attendait dans sa blouse de satinette noire, ses chaussons de feutre, avec son chignon relevé à la japonaise, lui ouvrant, au-dessus de la tête, un éventail gris, je me suis mise à courir. Comment ai-je pu me passer d'Auguste et d'elle pendant si longtemps ? De cette mère sourcilleuse mais aimante, capable de me juger mais aussi de me comprendre, qui ne m'a jamais demandé, au fond, que d'être vraie, d'aller jusqu'au bout de moi-même, de m'y tenir en suspens comme au-dessus d'un gouffre quitte à l'ébranler elle-même, d'autant, sur ses propres assises. Comment ai-je pu, des mois durant, m'accommoder d'un pareil manque ? À cause de Rodstein, bien sûr. Oui, mais alors, comment ai-je pu me passer de Rodstein lui-même ? Comment ai-je pu, à ce point-là, me priver d'amour ? Si ce n'est par amour, justement ?

Le temps de me réorienter dans les grandes pièces froides de la maison où je suis née, de tourner en rond dans la salle de classe où j'ai appris à lire, à écrire, d'y humer les odeurs de craie et d'encre, de cendres refroidies de l'énorme Godin éteint depuis la veille, d'aller et venir entre les rangées de tables d'écolier, leur parallélisme parfait, intimidant et la solennité en face d'elles, de la chaire de Marthe et que dire de la fascination exercée par les tableaux noirs suspendus aux murs chaulés, de leur surface rigide et lisse, offerte à la multiplication des signes, sans cesse effacés, sans cesse renouvelés, à la demande, à l'infini ! Le temps de refaire mon trou dans ces lieux qui m'ont servi si longtemps de fruste royaume, de port d'attache, de tremplin, de retrouver les saveurs ineffables des bourguignons, des sautés de veau Marengo d'Auguste, l'ancien cuisinier de métier d'avant 1914, d'avant son entrée dans la gendarmerie, capable de faire d'une simple omelette un chef-d'œuvre, celui de réintégrer ma chambre inconfortable de jeune fille, sans feu, sans eau courante, et puis mon lit, son édredon pléthorique, douillet et flasque, ses draps rugueux entre lesquels il aura fallu, chaque soir, glisser deux briques chaudes pour m'éviter de prendre froid et il est là. Ewald, mon cher Ewald est enfin là.

On est au matin du 25 décembre. Au nom de l'espèce de familiarité aigre et douce qui a fini, les jours passant, par s'établir entre la population et la poignée de Schleus qui rempierrent les rues, jardinent, terrassent, taillent les haies à la demande, on lui a donné congé pour tout le jour de Noël. Pour que nous ayons moins froid à l'étage, j'ai allumé très tôt le matin un feu dans la cheminée. Auguste m'a aidée à porter le bois là-haut. Marthe avait prévu pour le sapin de la Hardt deux étoiles filantes en carton, saupoudrées de poussière brillante et des fils d'ange. Une telle paix, un tel accord entre nous trois, ce matin-là. Un tel bonheur d'être ensemble ! À genoux sur le carreau, je l'ai dressé comme j'ai pu, moignons de racines enfoncées dans un saloir de grès rempli de terre. J'ai déposé à son pied le pull-over de laine grise que j'ai tricoté, le soir, à Spire, avant de m'endormir dans ma chambre, chez les Fürkünst, les tablettes de chocolat qui m'ont été attribuées par l'intendance, les deux paires de chaussettes achetées à la coopérative de la Hauptstrasse, un lot de mouchoirs, du savon. Il est onze heures. Tumultueux, précipités, ses pas ébranlent l'escalier. La veille, il m'a fait parvenir un court message. « Noël, Noël. Je vais le passer avec toi. » Comme le soleil, celui de ce solstice d'hiver qui s'est levé, ardent, au-dessus des vapeurs glaciales de l'aube, il entre dans la pièce. Grand Dieu, je l'aime tellement que j'en avais oublié à quel point il était beau. Immobile devant le feu qui me brûle le dos, je le regarde venir à moi, de toute mon âme, de tout mon désir. Il m'appelle à lui, par mon prénom, Annie, d'une voix rauque, étouffée, j'en fais autant pour le sien.

Maintenant nous voilà collés l'un à l'autre, nous encerclant, créant le vide autour de nous comme sur une île et la chambre devient la mer et bien sûr, puisqu'elle le devient, elle se met à bouger, entraîne avec elle, dans son roulis, les solives du plafond et nous voguons sur la crête d'une houle qui nous isole du reste du monde, empêchera quiconque de nous aborder, de s'emparer de nous, de nous séparer, de porter sur cette étreinte qui nous conduit, soudés, de la poitrine au ventre, d'un angle de la chambre à l'autre (car nous nous sommes mis à tourbillonner, vibrante toupie de chair bicéphale, émettant en tournant, des sons inarticulés, de doux feulements de lions, de chats-tigres à peine nés) un jugement quelconque ! Vigueur, chaleur électrisante de ses vingt-deux ans, ayant retrouvé, malgré les travaux durs, à cause de la nourriture grossière mais suffisante du camp, leur vitalité presque montagnarde, pour m'embrasser à pleine bouche il me soulève de terre comme si j'étais pour de bon légère, comme si j'étais un lampion, un étendard et mes mains plongées dans sa chevelure, dans ses épaisseurs d'herbe drue de fourrure, de duvet d'oiseau, n'en finissent plus de la fouir.

Ne pas aller pourtant au bout de la fougue, de la jubilation pour autant. Continuer à tenir la promesse faite à Auguste et Marthe, être à la hauteur de l'honneur qu'ils nous font en se refusant à surveiller nos rencontres et celle-là encore moins qu'une autre, là-haut, dans cette chambre après des mois de séparation. Ewald Rodstein et moi ne sommes pas amants. Encore qu'est-ce donc qu'être amants, sinon d'être, comme nous le sommes, transportés par la présence de l'autre, de faire de nos doigts joints, de nos regards, de nos bouches, une jouissance, de ces longues stations assis sur le vieux canapé de Marthe, de leur alternance de conversation et de silence, le repos d'après les effervescences des corps, leurs coups de fièvre ? Que ces merveilleux tumultes aient eu lieu ou non. À un moment nous nous arrêtons de danser. Parce que nous n'en pouvons plus, que nous ne savons plus où nous sommes, comment c'est possible que nous nous trouvions là ensemble. Je dis : « Regarde le sapin. Regarde-le. Je l'ai apporté pour toi d'Allemagne. » Traversé d'un haut-le-corps, il crie « Mein Gott », mon Dieu, en m'entraînant vers la cheminée. Nous voici accroupis devant l'arbre, son triangle végétal vert sombre enrobé de fils brillants. Derrière lui, il y a le feu. Sa fascination. Les doigts de Rodstein effleurent le sapin, en font plusieurs fois le tour avec dévotion. C'est une caresse lente, précautionneuse, religieuse même, infiniment. Ensuite, il me reprend contre lui, me fait accroupir à ses côtés sur le pavé où nous restons longtemps, enfants subjugués par tant de féerie qu'ils en ignorent le froid autour d'eux. J'ai demandé : « Es-tu content ? » Et c'est alors qu'il me fait relever en même temps que lui, m'empoigne des deux mains à hauteur de nuque, me courbe la tête en l'attirant contre sa poitrine, là où le cœur, enfin la vie, bat son plein, en compte les points, un par un, au rythme d'horlogerie du sang et je l'entends, cette vie, palpiter, fragile et secrète contre ma bouche qui s'ouvre d'instinct pour la recevoir en cadeau et les paroles qu'il prononce me rentrent dans l'âme.

Il n'y a que toi pour avoir songé avec ce sapin à me donner un tel bonheur. Il n'y a que toi pour me comprendre. Comprendre ton Ewe. Comprendre qu'il aime l'Allemagne même si l'Allemagne ne peut qu'avoir honte de ce qu'elle a été, ces dernières années. Nous sommes devenus si proches, toi et moi, alors que pourtant ce devrait être le contraire. Annie tu es mon ange et moi je suis à toi. Mon ange courageux qui terrasse le démon. Je vais maintenant te dire quelque chose que je ne t'ai jamais dit. Dans les derniers jours de la campagne de Normandie, après l'enfer des combats autour d'Argentan, de Falaise, en battant en retraite avec ma division, je suis passé par ici au volant de mon char, et quand, cinq mois plus tard, j'ai été fait comme un rat avec des centaines d'autres en Lorraine, refoulé par étapes, vers l'ouest jusqu'à Thorée où nous avions des morts, chaque semaine, à cause de la famine, où nous faisions les poubelles des gardiens, rongions les os, léchions le fond de boîtes de conserve qu'ils y avaient jetées, lorsque j'ai eu la chance d'être désigné, avec une vingtaine d'autres pour faire partie d'un kommando de travail à Bonnétable, je me suis tout à coup reconnu dans cette forêt. Ça a été un sacré choc. Brusquement je me suis souvenu de tout. Des quatre jours que j'avais passés là, presque au calme, avec nos blindés. Aussi avec les gars de l'artillerie, des services de transmission chargés d'assurer la liaison avec l'état-major de la septième armée, installée au Mans. Avez-vous su, vous autres Français, que Hitler avait donné l'ordre de regrouper, Wehrmacht et troupes de choc de la Waffen SS confondues, sous le commandement de Paul Hauser, général SS. Pour nous, de la Wehrmacht, ce n'était pas le rêve, mais bien sûr, au point où nous en étions, nous n'avions pas le choix. Nous avons attendu ici les ordres de repli ou de combat, la décision de Hauser d'abandonner ou non Le Mans aux Américains. Je crois me souvenir, consigne donnée de quitter la place, de continuer le recul vers la Brie, Reims, les Ardennes, que nous avons levé le camp le 2 août. Une chance pour vous tous. Autrement nous nous serions battus. Nous aurions essayé de stopper encore l'avancée américaine. Non seulement au Mans, mais dans toutes les campagnes environnantes, ç'aurait été le chaos, la destruction. Beaucoup de gens, tes parents, toi, mon Annie, seriez peut-être morts et Nadia, ta chère amie juive qui avait échappé jusque-là à la Gestapo et à votre milice. Annie, Annie, je t'aurais peut-être tuée sans le savoir, à la veille de tes dix-huit ans et de mes vingt ans. Pendant les quelques jours où nous avons bivouaqué dans la forêt de Bonnétable, un soir, après les heures de service, de remise en état de nos chars, je me suis éloigné du cantonnement qui se trouvait précisément au carrefour des quatre grandes allées qui la traversent, là où il reste encore, du hameau d'ouvriers potiers, qui y travaillaient autrefois l'argile, deux maisons où douze mois plus tard, fait prisonnier, je me suis retrouvé parqué pour faire le bûcheron. Comme je te l'ai dit, un sacré choc ! L'année d'avant, je m'étais promené là, librement et seul, sous les arbres. Le soleil se couchait très loin au bout du chemin que j'avais pris et crevé comme j'étais, bourré d'idées noires, je m'étais senti heureux, protégé comme lorsque je marchais dans le Schwarzwald au milieu des sapins et que j'avais devant moi, à l'extrémité au bout de leur tunnel, une grande flaque de lumière. Il faut croire au destin, puisque après en avoir bavé à devenir fou je me suis retrouvé un soir devant ce même soleil qui se couchait de la même façon, au bout de la même allée et qui m'attirait après la dure journée d'abattage des arbres comme il m'avait attiré après une dure journée de soldat. Et puis il y a eu ce dimanche où tu m'es apparue, par cette même allée toujours, pour la première fois. Je t'ai trouvée merveilleuse dans ta petite robe bleu foncé à fleurettes blanches, tes petites lunettes de demoiselle sérieuse, ton teint clair, tes beaux cheveux châtains enrubannés et il fallait te voir pédaler, les sourcils froncés, en lâchant, quand ta jupe se relevait au-dessus de tes genoux, le guidon de la main gauche pour la rabattre. Et cette façon que tu as eue quand j'ai eu moi l'effronterie de venir vers toi, de te barrer le passage, de me souhaiter le bonsoir en allemand, de me parler ensuite, calmement, gravement, en me regardant bien en face. De ne pas décider que forcément, j'étais un sale Boche, un nazi, un tortionnaire. Et maintenant, je te tiens ici dans mes bras, dans cette chambre, devant ce fabuleux sapin qui nous parle d'amour et plus je le regarde, plus j'ai l'impression que tout sera possible entre nous, un de ces jours. Depuis que nous sommes séparés, quand je rentre le soir au kommando, crevé par le travail, que j'ai cent ans, il m'arrive, quand je me mets à prier de t'entendre respirer. Dis-moi si, là-bas, à Spire, c'est la même chose pour toi quand tu pries. Si tu m'entends respirer ? Je réponds que oui, en fermant les yeux et c'est moi cette fois qui attire sa tête contre mon cœur, qui lui fais don de ma jeune vie. Moments précieux. Leur ferveur. Ne jamais les oublier par la suite quoi qu'il arrive. Ne jamais cesser quoi qu'il arrive de les porter en soi, de s'émerveiller, même au milieu des larmes, de les avoir vécus. Instants parfaits. L'amour vous a pris sous son aile. Vous planez avec lui au-dessus des fleuves, des montagnes, des mers. Au-dessus de tout ce qui naît pour être détruit, renaître dans la violence, obéir pour survivre, aux lois de la jungle. À ces géhennes. Ce qu'on appelle le monde a perdu sa raison d'être. Il est devenu sans objet. Dépouille inutile de bête rampante après la mue.

La journée passe, ses enchantements. Le déjeuner de Noël avec Auguste et Marthe. Le partage, à midi, à leur table de fête, non seulement du pain et du sel mais de leur consentement à ce que nous y occupions sous leurs yeux, notre place d'enfants, de fils et de fille. Car maintenant que Rodstein a fait des progrès en français, qu'il a pu acquérir un vocabulaire lui permettant de mieux se faire connaître, une familiarité simple et bonne a pu s'installer entre eux et c'est pour moi le bonheur. Enfin, sur nous quatre, le pardon des péchés ! La paix de Noël, justement.

Le jour de l'an, nous avons pu nous revoir quelques heures à la maison. Baisers ardents. Adieux fiévreux et tristes. Recommandations de toutes sortes d'Ewald au sujet de la visite que je dois faire à sa famille à Villingen. Car enfin, c'est décidé, il me faut maintenant rencontrer son père et sa mère, et Marianne sa sœur, faire connaissance avec eux. Il leur a écrit dans ce sens, chanté mes louanges, préparé le terrain. La nuit tombe tôt en janvier et la règle veut que les prisonniers aient regagné le kommando au plus tard à dix-sept heures. Debout, l'un contre l'autre, sur le seuil de la cuisine nous regardons la lune se lever sur nous, sur la colline d'en face. Il ne voudrait pas s'en aller. Je ne voudrais pas qu'il parte. Une fringale nous saisit. Une faim dévorante d'emporter l'autre avec soi, en soi. De le cacher dans son ventre pour l'y nourrir secrètement comme le fœtus jusqu'au temps qui sera sa libération, à lui Ewald, aussi la mienne.

Il s'en va. Je le regarde s'éloigner sous un ciel cendreux d'hiver. Il se met à marcher vite, très vite. Il a retrouvé son pas régulier, hâtif, de militaire, de soldat. Un rythme qu'il s'impose, je le sais, pour ne pas se retourner. Je remonte précipitamment dans ma chambre et dans l'ombre, recroquevillée sur le canapé, je me mets à pleurer. Pourquoi cet après-midi n'avons-nous pas osé passer outre à nos scrupules, arraché nos vêtements pour nous donner l'un à l'autre. Au-delà de la promesse faite à Auguste et Marthe, qu'est-ce que nous craignons ? Sinon peut-être nous-mêmes ? Que les impatiences de la chair nous trahissent, ne soient pas à la hauteur des liens qui nous unissent, nous tiennent en haleine depuis des mois.

Tout à coup, ce retour en Allemagne me fait peur, comme si, cette fois, le pire m'y attendait.

Le 3 janvier, en gare de l'Est, je reprends le train à destination de Spire. Par peur de l'abîmer, qui sait même de le perdre pendant le voyage, j'ai confié à Marthe le cadeau que j'ai reçu d'Ewald, le jour de Noël. Il s'agit, patiemment gravée par lui au couteau à mon intention, le soir, au kommando, d'une petite pièce de bois, une chute de planche sans doute qu'il a dénichée dans une décharge. La gravure représente le chalet de montagne que possède sa famille à une grande heure de marche de Villingen. Il s'appelle le Spechtloch, le Trou du pivert. Sa porte, son auvent, l'escalier pour atteindre l'étage, sa galerie couverte, l'enfilade de ses minuscules fenêtres, la végétation qui l'entoure, graminées, gentianes et les deux sapins qui l'encadrent, hantés par deux écureuils et la présence d'un gros oiseau à bec taraudeur, témoignent du travail minutieux, passionné de l'homme en manque de foyer, de patrie et dont chaque geste concentré, délicat, d'imagier, l'aide à savoir qui il est, d'où il vient. À se reconstruire. Il paraît que nous irons ensemble un de ces jours au Spechtloch. Que nous y serons heureux. Qu'en mai, nous y entendrons le coucou chanter, en juin bourdonner les abeilles en quête de nectar dans les deux tilleuls de la courette limitée par une palissade qui la sépare de la forêt ; qu'en juillet ce seront les fraises sauvages qui feront nos délices, qu'il n'y aura, de toute manière, aucun lieu plus doux, plus propice à nos élans d'amour que le chalet du Pivert, aussi à ceux de la prière, reconnaissante envers Dieu, après les affres de la guerre. Donc, pour le moment, retourner à Spire. Reprendre bon an mal an le collier. Continuer à baliser le terrain. À tenir le coup en le faisant moitié au charme, moitié à l'estomac, devant les gars de l'Aufbauschule, devant Walter, devant le sous-lieutenant manchot Wolfgang Krügel, depuis que le souvenir de cette fameuse biguine que nous avons dansée ensemble, un soir, dans la confusion et la fumée d'une cave-dancing à l'enseigne d'Ali Baba, nous a si singulièrement rendus indulgents vis-à-vis l'un de l'autre. Par la même occasion, retrouver le chemin de la popote, la poignée de filles abonnées au goulasch, aux patates bouillies, à la muflerie des lieutenants de la salle à manger d'à côté. De cela et de tout le reste faire semblant de m'accommoder. En prendre et en laisser d'avec les copines de gargote. De leurs grands ou petits travers (après tout j'ai les miens), des raideurs de leur comportement ou, à l'inverse, du laisser-aller de leur caractère, de leur désordre névrotique. Du besoin maladif, à peine supportable, de Sonia de mensonge ludique. Exemple : le capitaine Gallois (deuxième division blindée) plutôt beau garçon et joli cœur selon elle, qui fréquente la bibliothèque du cercle de l'Alliance française, consomme, avec un égal appétit, du Balzac et du roman policier, lui a raconté que lors d'un voyage en Jeep à Strasbourg où il avait été envoyé en mission, il y avait fortuitement rencontré, place Kléber, l'épouse du gouverneur de la place, venue faire, par le train, des emplettes en vue du prochain bal des officiers de la garnison, prévu pour la mi-carême, et que lui ayant proposé, par courtoisie, de lui faciliter le retour en la ramenant directement en voiture militaire, elle avait accepté. Jolie brune pulpeuse, d'excellentes manières, mais volontiers souriante et simple de façons, avec, de petite noblesse ariégeoise, quelque chose d'espagnol dans l'éclat noir des yeux, des cheveux, il paraît que madame la colonelle avait été charmante avec le capitaine Gallois. Qu'elle lui avait confié pendant le voyage de retour à travers forêts et vignobles du très rhénanique Palatinat, qu'elle ne supportait dans les concerts que la musique de chambre, adorait Schubert mais s'ennuyait comme un rat mort à l'opéra.

Que son époux s'en offusquait, la traitait de béotienne et lui interdisait de convenir en public de son manque d'appétit pour *Le Vaisseau fantôme*, *Tannhäuser* et tutti quanti. Si bien que non sans candeur, après qu'elle lui eut avoué par-dessus le marché qu'elle résistait par contre très mal à Jean Lumière, à Tino Rossi, il lui avait sifflé pour égayer un peu les mélancolies de l'hiver germanique à travers bois et champs, villes mornes, léchant leurs plaies au pied de collines réduites à l'ossature de leurs ceps de vignes, l'air de « la chapelle au clair de lune, de Marinella, du plus beau tango du monde », de sorte que ce retour à Spire, placé sous le signe de la chanson de charme pour élégante dame sensitive et galant militaire avait pris des allures extraordinaires de prémices amoureuses. Lui, résolu à la séduire. Elle, à se laisser faire. Du moins c'est là le diagnostic de notre pipelette de service. De son récit minutieusement circonstancié, ponctué d'exclamations, d'effets de voix, aussi de silences lourds de sous-entendus explosifs. Car enfin, que le gouverneur de la place soit cocu, quel sujet inépuisable de conversation dans les chaumières de la garnison ! Et Sonia, devant notre auditoire de filles rameutées, excitées comme des moustiques par les perspectives de l'orage, de l'ampleur du scandale qui se prépare, d'éclater d'un rire gras. Son fameux rire gras de fabulatrice chevronnée qui, roucoulante femelle, provocante et sournoise, lui gonfle un cou laiteux, palpitant, d'hyperthyroïdienne, pour nous jeter à la figure qu'elle nous a bien eues, avec cette histoire de rencontre à Strasbourg entre le Gallois et la belle colonelle au manteau de loutre, au sac à main en lézard et qui reçoit à goûter, une fois la semaine, les épouses des gradés de la garnison. Une idée qu'elle a eue, une de plus, de monter le scénario de toutes pièces, pour le plaisir de pimenter la conversation, de constater que la mayonnaise prend, que le maître du jeu, la finaude, c'est bel et bien elle, et pas nous.

Enfin, de quoi la gifler, lui jeter la carafe d'eau à la figure et, pourquoi non ? de lui botter le cul qu'elle a potelé en diable sous la stricte jupe de serge marine qui en sangle les rondeurs. Dans une semaine ou deux, davantage peut-être, le temps qu'il faut pour nous faire oublier ou presque, qu'elle est une professionnelle de la menterie, longuement, savamment préméditée, trompetée par elle avec fièvre, nous aurons droit à la fausse nouvelle du départ imminent du bataillon des sapeurs pour Coblence et de son remplacement par une équipe d'artilleurs en provenance de Stuttgart. Avec, cela va de soi, tout ce qu'il entraîne de transfert, non seulement de matériel militaire mais de population civile : épouses, enfants d'officiers, sous-officiers soumis avec eux à la condition nomade du soldat de métier. Bref, avec elle, l'habituel train-train de la fabulation hautement peaufinée qui lui tient apparemment lieu de psychotrope, l'entretient dans un état d'euphorie, lui permettant de venir à bout d'on ne sait quel vide en elle, quelle anxiété qui la transforme en mythomane avérée pour exister.

Février 47, il neige. C'est arrivé la nuit de la Chandeleur. Momifiée par surprise dans un suaire glacé, la cité de Spire, recroquevillée sous des épaisseurs de silence, a fait la morte une semaine durant. Aulaines, la maison m'ont manqué. La fine odeur de fleur d'oranger des crêpes d'Auguste. Sa sûreté d'homme de métier pour les faire sauter, blondes et souples comme des gants, au-dessus de la poêle noire, d'en gouverner la retombée, après les avoir une seconde, lancées en l'air, astrales, lunaires en signe de culte rendu à la fête de la lumière. Sept jours de marche, d'allées et venues un peu hagardes avec tout ce blanc autour de soi. Il faut affronter cette neige, sa terrifiante capacité d'ensevelissement d'une ville, d'ordinaire, structurée, polychrome, capable de donner des signes de vie. On l'a vidée de ses entrailles de ville. De même pour les forêts, les champs, les collines, pour le Rhin.

Février ! Les promenades le long du fleuve avec Rose-Marie, bonne marcheuse malgré sa boiterie et qui, en bonnet et gros bas de laine des moutons de sa mère, claudique vaillamment à mes côtés. Elle et moi aimons le Rhin. L'errance sur ses bords dans un décor d'aulnes et de saules aux allures, en cette période, de carcasses de bêtes mortes rongées par les corbeaux, de machines rouillées, hors d'usage, abandonnées là pour s'en débarrasser, pouvoir continuer le chemin sans elles, en direction du gouffre de la mer du Nord. Il paraît qu'au-delà d'où nous sommes, il coule, farouche, imperturbable le long des ruines de Cologne, de Düsseldorf, des cités de la Ruhr réduites, comme ici, les aulnes et les saules, à leur ossature. Qu'on peut, si par hasard on a survécu aux bombardements qui les ont incendiées, hachées menu, transformées en cimetières, en déchetteries, décider, à force de misère, d'excès de deuil, d'isolement, de se pendre au premier clou venu, enfin celui qui tient encore à l'embrasure d'une porte ne donnant plus que sur le vide de ce qui fut un hall d'entrée, un couloir conduisant à des appartements, des salles de spectacle, de concerts, des magasins, des brasseries dont il ne reste plus rien sinon parfois un tronçon de tuyau de canalisation d'eau ou de gaz, une chaudière démantelée, une accumulation de gravats mêlés aux débris de vaisselle, de sièges éventrés, de mobilier carbonisé. Décider d'en finir, sans plus attendre avec une aventure, celle de l'Allemagne nazie, ayant mis l'Europe à feu et à sang avec obligation pour elle, à charge de revanche, d'en payer le prix.

Du Saint-Gothard à Rotterdam, le Rhin ! Ses mille

trois cents kilomètres d'avancée inexorable de maître fleuve, d'hydre fabuleuse, tricéphale à son embouchure, vomissant au cœur d'un delta avec ses trains de péniches bourrées à craquer de minerais, de pétrole brut, avec ses alluvions, la boue des haines séculaires. Parce que c'est là sa vocation de fleuve, d'être au service, amis ou ennemis du moment, des vivants et des morts qui n'ont cessé, ne cessent de faire confiance à son pouvoir. De s'en remettre à lui (et c'est alors du ressort de Dieu) pour les purifier tous de force, et rouillées, couvertes d'excréments de toutes sortes, conduire, malgré elles, leurs âmes jusqu'à bon port. Les plonger dans le baptistère de la mer.

Reste que Rose-Marie et moi, au-delà de ces promenades en apparence sans but sur les berges du Rhin, du besoin de nous repaître de leur morbidité hivernale et qui nous jette par tous les temps, dos tourné à la ville, en rase campagne, sur le tracé d'un chemin de halage, depuis longtemps désaffecté, nous avons quelque part un but, un point de chute. Il s'agit d'une ferme. Vayerhoff, tenue par les Müller. Comment sa solitude d'étudiante pauvre mais bien douée pour la langue allemande l'a-t-elle conduite à se lier avec eux ? Tout simplement par hasard. Un jour de promenade poussée jusque-là, en broyant du noir, l'apparition d'une femme, Gertrud Müller, la cinquantaine bien sonnée, la robustesse de la paysanne rompue au travail à l'écurie et aux champs, le visage rond, sérieux, à nez retroussé presque slave, le tablier de toile écrue lui ceignant la taille par-dessus la vieille jupe de lainage gris, les cheveux rassemblés en chignon à hauteur de nuque, en bottes de caoutchouc et qui se tient à la lisière de la piste de halage dans un champ où elle est venue récupérer ce qui pourrait rester de chaume après la récolte du seigle, pour servir de litière à ses poules, ses lapins. Pliée en deux, elle le ramasse et l'enfourne dans un sac de jute qu'elle portera tout à l'heure comme un ballot sur l'épaule droite. À un moment, elle se redresse, lève la tête et l'on découvre qu'elle a un air de bonté extraordinaire. Que le regard qu'elle jette sur Rose-Marie qui la contemple, sur son isolement, sa démarche mal assurée de jeune fille égarée par un après-midi d'automne cafardeux, le long d'un fleuve pris dans la glue des brouillards et qui n'a plus l'air de mener nulle part, est comme celui d'une mère. Et puisque Rose-Marie est malheureuse, qu'elle pâtit, depuis des mois, d'un manque d'affection, que Gertrud Müller s'en rend compte, qu'elle est ainsi faite qu'elle est incapable d'en refuser à qui en souffre, le contact qui s'établit entre elles immédiatement, dès les premières banalités échangées en allemand et qui consistent, pour l'une à s'inquiéter si le sac, une fois plein, ne sera pas trop lourd à ramener jusqu'à la ferme, l'autre, à demander si malgré la grisaille, la promenade est agréable au bord du Rhin, est tout de suite un merveilleux contact, un merveilleux mouvement de rapprochement humain. De sorte que les voici, quelques minutes plus tard, marchant de concert à travers les chaumes en direction de la ferme, la douce et fragile Franc-Comtoise aidant de son mieux la Rhénane à porter son fardeau et qui l'invite à entrer chez elle, à y prendre place devant la table rustique en bois blond d'ormeau de la salle commune, à y boire un bol de lait chaud, trait du matin, qu'elle fera tiédir sur l'antique fourneau habillé de carreaux de céramique verte, occupant l'angle de la pièce située à l'étage, au-dessus des granges, d'une porcherie, du piétinement des vaches laitières devant leur mangeoire, dans la pénombre de leur antre. Moi aussi, j'ai aimé Vayerhoff, aimé les Müller, marché par tous les temps, avec Rose-Marie, à la rencontre de leur chaleur, de cette façon qu'ils avaient, répondant à la nôtre, de faire table rase de tout ce qui aurait dû, en principe, dresser un mur entre eux et nous. D'abord il y a la cour avec Jeannot, enfin Hänseli, pour vous accueillir. Hänseli, c'est le chien-loup. L'ange gardien de Vayerhoff. Que ses maîtres lui enjoignent de vous laisser passer la barrière, il obtempère, cesse d'aboyer, vous assiège en douceur, au flair, à l'ouïe, à l'infaillibilité de l'instinct. Il faut se tenir coi, le laisser faire à son rythme car le cercle qu'il dessine autour de vous est signe à la fois d'allégeance et de possession. Ce rituel accompli, il vous permettra volontiers de grimper l'escalier qui, d'en bas, au niveau des écuries, conduit aux pièces à vivre. Là-haut, dans le demi-jour d'un après-midi de dimanche sans soleil, entre la table qui s'en vient buter contre la fenêtre orientée à l'est et le fourneau, se tient, assis dans un fauteuil sans âge au dosseret raide adouci par des coussins également sans âge, Rudolph Müller, l'époux de Gertrud. À moins de soixante ans, Rudi a déjà perdu presque totalement la vue et comme c'est dimanche, en chemise propre et rasé de frais par Eva, sa fille qui vit à Vayerhoff avec Friedrich son mari, il s'offre le plaisir d'un modeste cigare que, paupières violacées rabattues sur la proéminence opaque de ses yeux morts, il savoure silencieusement dans le repliement sur soi de sa nuit d'aveugle. Autour de lui, on va, on vient. On ouvre et referme toutes sortes de portes donnant sur des couloirs, des chambres, des souillardes, sur toutes sortes de précieuses denrées serrées dans les placards à l'abri des fourmis, des charançons, des rats ; sur toutes sortes d'ustensiles à faire les soupes, les bouillies d'avoine, les tisanes à la menthe sauvage des bords du Rhin, à faire cuire les pommes de terre dans leur peau servies avec des échalotes confites, des grains de cumin et du caillé qui constituent, avec la portion de foie de bœuf ou de porc haché, relevé d'herbes aromatiques et revenue à la poêle dans du saindoux, le régal familial, une fois la semaine, des Müller. Rudi parle peu mais il est tout ouïe, toute attention reconnaissante quand on se soucie de lui et comme je me tiens, car il m'émeut, volontiers en sa compagnie, qu'il m'arrive, assise à ses côtés, de passer mon bras sous le sien, avec moi, il s'accommode de tout. De mon vocabulaire allemand parfois fantaisiste, de la façon dont je m'en tire pour me faire comprendre en m'emparant de la racine d'un mot pour en fabriquer un autre de mon cru me permettant d'exprimer à la diable des sentiments, des points de vue, d'avoir avec lui des conversations ne consistant pas seulement à déplorer le temps qu'il fait, à m'inquiéter du nombre de litres de lait fournis quotidiennement par une vache, ceux-ci toujours moins élevés en hiver, etc. De ce que je suis française, il s'accommode aussi. Non seulement parce qu'il ne peut pas faire autrement mais parce que je suis devenue, à l'entendre, sa cantatrice préférée depuis que pour le distraire je lui chante, a capella, des mélodies de Schubert, en particulier, écrite sur un poème de Goethe, l'air de la Marguerite au rouet, abandonnée par Faust après s'en être crue aimée, et dont le chagrin qui la conduira au suicide lui arrache de grosses larmes qu'il essaie de retenir comme il peut, sous ses paupières tuméfiées. Parfois, je réussis à le faire rire en entonnant, devenu une scie en Allemagne en 1946, le très stupide tango *Bella, Bella Marie* dont le propos du refrain consiste à demander à l'héroïne en question de faire l'effort de rester fidèle au moins vingt-quatre heures à l'amant contraint de s'éloigner d'elle jusqu'au lendemain. Alors, dans un visage rond mais durement marqué, il ouvre une bouche édentée de vieil enfant ravi qu'on prenne la peine de l'amuser, de l'arracher pour un instant aux ténèbres du trou de basse-fosse auquel sa cécité le condamne. Heureusement que pour lui donner le sentiment d'être encore utile, de ne pas être totalement banni de la chaleur de la vie, il y a les vaches. Deux fois le jour, sur le coup de six heures du matin et de cinq heures du soir, il se rend aux écuries avec Gertrud pour les traire. Après vingt-cinq ans de mise en valeur et d'élevage sur les terres de Vayerhoff, il en connaît les lieux par cœur, au-dedans comme au-dehors et le nombre de marches qu'il lui faut descendre et remonter pour accéder aux écuries, ainsi que la place occupée par chaque bête dans les stalles, n'ont pour lui aucun secret. Elles s'appellent Rosa – Gretchen – Nelke – Lilie – Gänseblümchen – Rotkopf ou Schwalbe, c'est-à-dire Rose – Marguerite – Œillet – Pâquerette – Tête rousse – Hirondelle. Il y a aussi Taube, la colombe. Opulentes divinités animales parées de noms de femmes-fleurs ou d'oiseaux, innocentes et lourdes Ios que la concupiscence d'un Jupiter sans scrupule aurait, après les avoir fécondées, transformées en génisses pour leur ôter toute mémoire d'avoir jamais été humaines, elles ne sont plus que pesantes entités mammifères, vouées au culte du lait, de la reproduction, du vêlage. Leur candeur est désormais totale, leur confiance de même en Rudolph, en Gertrud. Instants sacrés pour Müller et sa bête ! Assis sur un trépied en bois fruitier avec le seau entre ses jambes écartées, la joue appuyée contre le flanc de la vache, à hauteur de vie, hauteur du cœur, au fur et à mesure que de ses doigts virils, habiles, impérieux, il la délivre du trop-plein de sève qui transforme ses mamelles en outres pleines à craquer, elle le libère de lui-même. Gicle le lait, crémeux et chaud, contre la paroi du seau avec un bruit menu de mince chute d'eau de ruisseau contre les pierres après avoir été longtemps contenue derrière un barrage et c'est dans l'écurie, comme si quelqu'un, caché dans l'ombre, enfin un ange, un berger enfant, tirait de sa flûte de roseau, aussi longtemps que le miracle dure, qui soustrait Rudi Müller à son état de mort-vivant, toujours la même note, voilée, mystérieuse, le même son répétitif et chuintant célébrant, à mi-chemin de la voix humaine et du soupir de la bête, un pacte d'alliance. Comment oublier Vayerhoff ? Comment oublier Gertrud et Rudolph Müller ? La gravité devenue presque sereine à l'heure de la traite de son visage d'aveugle et cette bonté, leur ayant fait courir le risque de se retrouver, sous le nazisme, en prison pour avoir, par pitié pour eux, pour leur épouvantable condition de prisonniers-esclaves, jeté à des Russes, travaillant sous la menace du fouet à l'entretien de la voie de chemin de fer longeant l'un de leurs champs, du pain, des pommes de terre quand le garde avait le dos tourné. Et cette familiarité devenue sans ombre entre nous, depuis qu'Erika, leur petite-fille, ayant failli mourir ce même hiver-là, d'une pneumonie sévère, après avoir, à l'insu de sa mère, longtemps couru les pieds nus dans la chambre non chauffée, avait été sauvée par la pénicilline que Rose-Marie, grâce à l'aumônier toujours (ah ces rapports entre eux, redevenus platoniques, mais toujours chargés d'un contenu émotionnel douloureux) qui, par l'intermédiaire de son collègue curé américain en poste à Mannheim, avait réussi à en obtenir, des services sanitaires yankees. Comment oublier tout cela et ce retour tardif, un dimanche soir, après avoir passé l'après-midi à Vayerhoff et que, dans la journée, il a beaucoup neigé ? La nuit n'en est pas encore à son plein de nuit quand nous quittons les Müller. Mais on la sent autour de soi, occupée à se rendre maîtresse de la place. Sournoisement. Par phagocytose. Pour nous ouvrir la marche, la neige, justement, sa blancheur crue, jouant sous la lune par réverbération, le rôle de falot qu'on tiendrait, à ras de sol, pour se guider.

Nous sommes trois à patauger dans son épaisseur crissante, Rose-Marie, Friedrich Klopfer et moi. Car, par crainte que nous glissions dans la semi-obscurité sur une plaque de verglas, que nous perdions l'équilibre, Rose-Marie, surtout, à cause de sa boiterie, que nous nous cassions une jambe, les Müller ont décidé que leur gendre nous raccompagnerait jusqu'au pied de la cathédrale. Là où la ville commence, s'oriente au point de départ et d'arrivée de son chevet de colossale rose des vents.

L'agent de police municipale Friedrich Klopfer n'est pas sans charme. Dans un visage aux traits fins, équilibrés, il a, sous la chevelure d'un blond pâle, deux yeux gris, froids et brillants en même temps dont il arrive que la traversée d'ondes de chaleur les fasse virer au bleu de Prusse. Grand et bien taillé, on lui devine sous la placidité qu'il affecte quand il n'est pas de service, qu'assis à la maison auprès de ses beaux-parents, de sa femme, il fait sauter sur ses genoux sa petite Erika en lui chantant « *Morgen Kommt der Weihnachtmann* », demain vient le père Noël ou « *Nachtigall wach auf* », réveille-toi rossignol, d'une belle voix de basse, des nerfs d'acier. C'est un homme taillé pour le métier qu'il fait, qu'il a repris depuis que, prisonnier des Américains, du côté de Düsseldorf, parqué six mois dans un camp, il a été assez vite libéré dès la fin de 1945. Chez lui, le geste est rapide, l'acuité du regard, celle d'un bon tireur, les jambes musclées et longues de coureur de fond visiblement capable de poursuivre le voleur, le délinquant dans le dédale des rues ou en rase campagne, de l'avoir, au bout du compte, à l'exténuement. Il paraît qu'il était sergent d'artillerie pendant la guerre et qu'Erika a été conçue en 1943 lors d'une permission à Vayerhoff, alors qu'il était en stationnement en Belgique, le long de la mer du Nord dont il lui arrive d'évoquer, sur arrière-fond de dunes, les plages à n'en plus finir, l'enfilade des villas aux façades rongées par le sel sur les digues flagellées par le vent, des hôtels désertés par les touristes en temps de guerre, sinon par des soldats comme lui, chargés de surveiller les côtes en face de l'Angleterre. Ce qu'il pense exactement de la défaite de l'Allemagne, de la présence française, ici, le long du Rhin est un sujet qu'il évite, du moins devant nous, d'autant qu'il sait gré à Rose-Marie d'avoir contribué à sauver la vie d'Erika. Mais je le soupçonne d'assez mal supporter la situation, de ronger son frein comme Krügel et c'est pour cela qu'il m'intéresse. Pour les impatiences, les accès d'irritation qu'il ne contrôle pas toujours quand nous sommes là, à cause de cette façon que nous avons de nous comporter presque en filles de la maison, en belles-sœurs, en tantines d'Erika, n'arrivant jamais les mains, les poches vides de morceaux de sucre, de chocolat. Une irritation qui lui fait quitter la pièce, à croire qu'il manque d'air. Un état de malaise qui me le rend proche parce que j'y retrouve le mien quand la France devait endurer l'occupation allemande. Il arrive qu'il disparaisse on ne sait où, dans les greniers, dans les granges et c'est seulement quand il a réussi à s'imposer le port d'un masque de placidité apparente qu'il refait surface. À ce masque nous sourions, comme il sourit au nôtre. À notre parti pris de feindre d'ignorer ce qu'il ressent. Au demeurant, notre côté bonnes filles finit toujours par le désarmer et c'est volontiers, nous le savons, qu'à cette heure glaciale et tardive, il a accepté de barboter avec nous dans la neige, le long du Rhin, pour nous éviter quelque accident. Incroyable concours de circonstances de l'Histoire plus ou moins sanglante des hommes entre eux, de la violence de leurs appétits, de leurs rivalités désespérantes, parfois aussi de leurs rapprochements provoqués par leurs inimitiés mêmes, il y a peu, nous ne savions rien les uns des autres, pas même que nous existions et maintenant, nos deux silhouettes de jeunes femmes, empaquetées dans de lourds manteaux démodés, dans des châles, d'étudiantes françaises passablement pauvres, vivant à l'écart des fastes de la vie de garnison, Klopfer, l'ancien sergent d'artillerie de l'armée de Von Ruhdstedt, en vieux pardessus étriqué à martingale maintenue dans le dos par des boutons de cuivre, emprunté à son beau-père, la casquette de laine grise à oreillettes enfoncée jusqu'au nez de sorte qu'on ne voit que le bas de son visage au menton acéré, nous progressons lentement et de concert le long d'un chemin de halage dont les courbes, les traîtrises collent à celles du fleuve, sous un ciel ayant, après les brouillards persistants des dernières quarante-huit heures, miraculeusement viré au noir le plus pur. Un noir qui vibre, que le chatoiement continu des étoiles, leur palpitation incessante de méduses célestes, électrisées par les phosphorescences d'une lune d'albâtre, fait palpiter.

Au-dessous d'elle, la neige toujours. D'un blanc pur, décanté, implacable. Il me souvient si ma mémoire est bonne de m'être à un moment écriée pour faire diversion en riant, cacher que cette progression en terrain glissant sous un ciel de jais, dans un univers pris de gel, comateux, me terrifie, que jamais je n'ai eu le plaisir de marcher dans une neige aussi belle, aussi blanche et c'est alors que Klopfer qui nous devance pour nous ouvrir la voie s'arrête net et me fait face. *Vous savez,* déclare-t-il sans élever le ton, *je l'ai souvent vue bien plus belle, bien plus blanche que ce soir. Mais comment est-ce possible ?* ai-je demandé, à l'étourdie, et j'ai de nouveau ri croyant à une plaisanterie de sa part qui nous détendrait. *Devinez, Annie*, m'a-t-il dit. *Ou plutôt, si vous permettez, je vais vous faire une confidence. La neige était plus belle et plus blanche avant l'arrivée des Français*. Il a parlé très calmement, sans agressivité particulière. Il s'agit là, pour lui, visiblement d'une constatation dont il me fait part, ne m'en déplaise, d'une mise au point entre nous. Quelque chose comme un rappel à l'ordre. À l'énormité séculaire du fossé qui nous sépare.

Derrière nous, un peu en retrait, Rose-Marie se tait, mais elle a été prise dans mon dos d'une bizarre petite toux sèche, éprouvante et moi, j'ai tout à coup insupportablement froid. L'ancien sous-officier de la Wehrmacht Friedrich Klopfer vient de m'arracher à un songe absurde. Je suis de trop, ici, en Allemagne, comme il était de trop en France, en Belgique, en Hollande, ces dernières années et c'est rêver debout de croire que l'amour entre Ewald Rodstein et moi pourra jamais avoir droit de cité.

Plus rien à gagner, plus rien à perdre. Vider la plaie. Elle fait mal, elle brûle. Tant pis. Il faut y aller au fer rouge, cautériser. *Je suppose, Friedrich, qu'au fond, Rose-Marie et moi, vous nous détestez. Que nos visites à Vayerhoff vous sont insupportables. Que nous devons les cesser.*

Est-ce que j'ai dit cela ? Il a presque crié à son tour et le mouvement d'irritation qui lui a fait hausser les épaules était porté cette fois contre lui-même. *Tout le monde vous aime à Vayerhoff. Même moi. Vous êtes aussi épatantes l'une que l'autre et notre Erika doit la vie à Rose-Marie. Seulement, essayez de comprendre. Même si cette guerre a été une saloperie comme vous nous le reprochez, à croire que nous, les Allemands, sommes les seuls au monde qui aient jamais commis des crimes de guerre, des génocides, été racistes, esclavagistes, ce qui nous vaut d'être devenus la bête noire de la planète, nous aimerions qu'un jour la situation change. Que ceux qui nous jugent s'aperçoivent que nous avons aussi nos innocents, nos braves gens. Que nous ne sommes pas tous bons à jeter aux chiens. Voilà surtout ce que je voulais dire avec cette histoire de neige qui ne tient pas debout, évidemment. De toute manière, la guerre m'a appris à croire à la fatalité, au destin. La preuve. Rose-Marie, vous et nous, nous sommes rencontrés et c'est finalement une bonne chose. Allez, on continue. Tant pis si la neige n'est pas aussi belle et blanche qu'il le faudrait. Ce n'est pas de votre faute. D'ailleurs il vaudrait mieux qu'elle fonde. Comme ça on n'en parlerait plus. Encore que ça m'ôterait le plaisir de vous reconduire la prochaine fois pour vous éviter de vous casser une jambe. D'accord ?*

Oui, c'est ça, d'accord.

On y va, a-t-il encore dit. *Il y a toute la butte à remonter jusqu'à la cathédrale. Surtout, tâchez de ne pas glisser. Surveillez bien où vous mettez les pieds.*

Nous repartons en file indienne. Devant nous, il siffle. Il siffle la *Bella, Bella Marie*, le fameux tango du jour. Celui qui fait fureur dans une Allemagne battue à plate couture. Et voilà que Rose-Marie et moi (mimétisme, dérision) nous nous mettons à bêler le même air sirupeux, langoureux, à y aller en chœur avec lui du trémolo italo-argentin à la sauce teutonne. Du tango à faire danser sur leurs jambes flageolantes de nouveaux crève-la-faim, les survivants du national-socialisme, d'après les hécatombes de Stalingrad, de Normandie, les bombardements dévastateurs des villes de la Ruhr, de Dresde, de Hambourg et de dizaines d'autres. Parce que maintenant que nous avons réglé nos comptes, Klopfer et nous, nous pouvons bouffonner de concert, nous foutre tel qu'il est, pitoyable et repoussant, du monde. En rigoler. Rigoler de ce monde-là, réduit en charpie de l'Oural à Cherbourg, de Brême à Tobrouk. De tous ces cadavres qui pourrissent dans les fosses communes, de tous ces corps disparus en fumée dans les chambres à gaz, asphyxiés, laminés, déchiquetés sous les bombes. Et dans la foulée, faire bon marché de ces hommes, de ces femmes, de ces enfants, ces vieillards qui vendraient leur âme pour un verre de lait, pour un œuf, pour un rat s'ils pouvaient en piéger un, le faire rôtir en plein vent avec les débris d'armoires, de chaises, de bois de lit de leurs maisons détruites.

Vu de dos, sa silhouette se détachant sur fond de clair de lune en ombre chinoise, je regarde Friedrich progresser à grandes enjambées entre les arbres en direction de la cathédrale. Finalement, je l'aime bien. Il a de l'énergie, du caractère. Il n'est pas couard, n'a pas craint, quitte à nous outrer, à remettre entre lui et nous les pendules à l'heure. C'est de bonne guerre. Et puisque justement le bourdon de la cathédrale que nous venons d'atteindre, son lourd trépan sonore creuse le silence, le fait voler en éclats au-dessus de la ville engourdie, anesthésiée, nous nous quittons bons amis, c'est-à-dire en gens qui viennent de vivre ensemble, masque ôté, quelque chose de tout à fait à part, qui ne concerne qu'eux, qu'ils garderont pour eux dans le cercle fermé d'une étroite franc-maçonnerie née, tout à l'heure, inopinément, sur les bords du Rhin, par un soir de neige. Tout va bien. Je n'ai plus peur, je n'ai plus froid. Je viens de retrouver ma foi en l'amour de Rodstein et ce que nous mangerons à la popote, pour en finir avec cette journée, quelle soupe, quel rata, quelle bouillie en guise de dessert, royalement m'indiffère. Après le dîner, devenu presque un rituel, je raccompagnerai Rose-Marie chez les Haüptmann, y resterai un moment avant de rentrer rue Beethoven. Nous prendrons place dans la petite salle à manger-salon attenante à la cuisine où Greta s'affaire autour d'une décoction de thym, de tilleul à servir à chacun avec un fragile gâteau sec, parfumé au gingembre ou à la cannelle et nous parlerons à bâtons rompus avec monsieur le pasteur.

Car à Noël dernier, pendant que nous séjournions en

France, Ulrich Haüptmann, sa peine étant finalement purgée, a regagné ses foyers et, par affection pour Gerda, pour Walter et même par égard pour l'assez redoutable mais courageuse Eva, levée, depuis des mois, au chant du coq, pour se rendre par le train et par tous les temps à son travail à Kaiserslautern, en revenir exténuée, affamée, nous avons décidé de jouer avec eux le jeu qui permet dans une famille frappée, d'une manière ou d'une autre, par le déshonneur, de sauver peu ou prou la face en évitant une fois pour toutes d'aborder les sujets brûlants. Ceux qui marquent au fer rouge le ou les coupables du sceau de l'infamie. Mieux même, de feindre de les ignorer totalement. À savoir que monsieur le pasteur qui, la première fois où je le vis, s'était levé de son siège pour me saluer, m'exprimer son contentement de faire ma connaissance, n'était pas ce ministre du culte réformé, déchu de ses fonctions pour antisémitisme notoire, frappé d'interdiction de prêche, de monter en chaire pour avoir applaudi à l'incendie de la synagogue de Spire et qui essayait, pour l'heure, de se faire oublier entre les quatre murs du beau et patriarcal presbytère où il vivait encore, au milieu de ses livres de mysticisme, de théologie, de psaumes, mais un de ces hommes de Dieu, de charité intense et toute chrétienne, venu enfin reprendre souffle au milieu des siens, après les fatigues d'un long, très long voyage, qui ne pouvait avoir été motivé que par un besoin d'aventure spirituelle l'ayant conduit, à l'écart de toute vie mondaine, à endurer toutes sortes d'épreuves dont, par pure discrétion, il tenait à se taire.

Résolues à prendre sur nous, alors qu'il va sans dire que nous ne le portons guère dans notre cœur, nous nous obligeons à converser avec lui, à le traiter en homme de bonne compagnie par considération pour son fils et sa fille, pour son épouse, la bonne, la dévouée Greta qui l'aime, l'entoure, désormais, comme un enfant auquel on doit, s'il a peut-être commis quelque erreur grave, ne pas refuser une seconde chance ; s'ôte le pain de la bouche pour lui en donner, le nourrit, pour lui faire reprendre du poids et des forces car il a bien évidemment pâti en prison, de riz sucré, de pâtes, de bouillie au lait concentré, aux œufs en poudre qu'elle reçoit donc par chance de son père, la plupart du temps par l'intermédiaire d'un matelot suisse de la marine marchande qui, profitant de l'escale de son bateau dans le port de Spire, lors de la remontée vers Rotterdam, fait, chargé d'un sac à dos bourré de vivres, un saut jusqu'à la Johannestrasse. Nous avons eu par deux fois l'occasion de le rencontrer. De nous trouver fortuitement assises en face de lui chez les Haüptmann. Pendant le temps que nous avons été là, il n'a guère cessé, renfrogné, bouche cousue, de nous regarder de travers, sous la galette bleu foncé de son béret de marin helvétique. Visiblement il nous a trouvées de trop dans le paysage et c'est sans doute là les effets de la propagande menée, dans les années trente, par les nazis, dans les grandes villes suisses alémaniques pour tenter de les rallier au national-socialisme pur et dur. Les inciter à peser de tout leur poids sur l'ensemble de la Confédération helvétique pour qu'elle cessât de rester neutre, devînt une alliée. Et si l'opération a finalement raté, elle n'en a pas moins, chez quelques-uns (et il en est) laissé des traces. Mais puisque dans cette Allemagne, à son tour réduite à l'impuissance, assommée par la défaite, écartelée, placée sous la domination des armées étrangères, personne n'est plus, à l'occasion, ni l'occupé, ni l'occupant, à une situation fausse près, nous avons continué à sourire, à plaisanter comme si chez ses cousins Haüptmann (il est le neveu de Greta) notre présence était, à l'évidence, la chose la plus naturelle du monde.

Fausse la situation entre nous et le clan des Haüptmann mais aussi entre eux. Fausse et même délirante entre le père et le fils surtout. Ainsi de ces matins dominicaux où le premier, seul avec lui-même dans la pièce jouxtant la cuisine et le jardin intérieur, sombrement vêtu et cravaté de noir, médite, bible ouverte, interrompt, de temps en temps, le dialogue muet qu'il entretient, sourcils froncés, avec les Saintes Écritures, pour prendre place à l'harmonium qui se trouve là, à sa portée, entonner à mi-voix quelque psaume choisi en fonction de ce qui aurait dû être, sous forme de louange, de foi en Dieu, le prolongement de la prédication du jour. Où le second, dans le vaste salon d'à côté, assis devant son Bösendorfer, sa belle tête aux cheveux dorés enfoncée dans les épaules, joue en sourdine, mais joue, tout ce qui lui passe par la tête de profane, de voluptueux, d'incandescent, lui permettant d'exorciser un peu (et moi qui viens l'écouter à ces heures-là, l'écouter et danser autour du Bösendorfer, je le sais et il sait que je le sais) ce qu'il éprouve d'ambigu, de douloureux au sujet de ce père qu'il ne peut s'empêcher d'aimer et même de plaindre, mais devenu en même temps son épine du pied, un empêchement d'aller et venir sans souffrance, de respirer à fond, de ne pas se sentir coupable à travers lui. Alors que faire en pareil cas, sinon feindre d'être à peine concerné. Penser à autre chose. Aux airs langoureux qui agissent comme du vin, comme de la drogue. Aux rythmes-opiums qui saoulent, ensorcellent, vident le cerveau, le passent au filtre de l'oubli, endorment les consciences les plus tourmentées, les plus chargées, les ramènent à la virginité de l'enfance, sa sauvagerie à l'état pur. À son *Carpe diem* exempt de souvenirs honteux, ankylosants, aussi d'effroi, en face de l'avenir,

Jouer *Amor Amor*, *Good Night Sweet Heart*, une thérapie ! Tourner en dansant autour du Bösendorfer, une thérapie ! Chanter à deux pas de là, de l'autre côté d'une porte vitrée que le Seigneur est votre berger, qu'il vous entraîne dans les vertes prairies, là où votre âme ne manquera de rien, une thérapie ! Les Haüptmann ! La bande des Haüptmann !

Il m'arrive, pour faire plaisir à Greta, aussi parce que cela m'intéresse, me trouvant seule avec Ulrich, de lui donner l'occasion, sinon de briller en public, ce qui lui est interdit, par ses commentaires des Évangiles, mais du moins de les exprimer devant moi. Ainsi de cette allégorie de la vigne dans Saint Jean : *« Je suis la vraie vigne et mon père est le vigneron. Tout sarment, en moi, qui ne porte pas de fruit, il l'enlève et tout sarment qui porte du fruit, il le purifie afin qu'il en porte davantage. »* Alors, front barré par deux rides profondes, regard tourné vers l'intérieur pour essayer d'y voir un peu plus clair en soi, les mots lui venant lentement, sourdement, avec effort, à croire qu'il les extrait de lui, de sa propre chair comme le casseur de pierres les arrache avec peine à la carrière, il m'aura répondu, que les années passant, il y voyait le rappel à son propre état de pécheur et de celui des autres. À la nécessité de l'humilité devant Dieu. De la soumission au mystère de sa grâce. Celle qui contraint chacun, quel qu'en soit le prix, et il avait insisté sur ce quel qu'en soit le prix, et qui avait peut-être été l'allusion à son séjour en prison, à devenir un jour, meilleur ; à porter du fruit. Tout à coup, l'affleurement d'un remords, la révélation d'une conscience troublée. Quelque chose d'étouffant, un lien qui le tient serré qui se dénoue devant moi.

Dans moins d'un quart d'heure je serai chez les Fürkünst et Wolfram qui guette désormais mes retours surgira en pyjama pour venir me rejoindre dans ma chambre. Maintenant l'habitude est prise, sa mère faisant semblant de le retenir par un *Wolfi, tu n'as pas honte de déranger notre demoiselle,* qu'il saute effrontément sur mes genoux, se creuse dans mon giron, son intime chaleur, à coups de reins nerveux, d'épaules, de crâne-butoir, de mains tuméfiées, un nid douillet pour s'en faire un petit paradis bien à lui où, une fois installé, il me réclame du sucre et une histoire. Plus exactement l'histoire du loup, c'est-à-dire la sienne puisqu'il se prénomme Wolfi, louveteau, loupiot, petit loup. Surtout ne pas hésiter sur les attraits d'un anthropomorphisme irrésistible. Petit loup a un père loup qui, déguisé en monsieur bien élevé et sérieux répondant au nom de Karl Gustav Fürkünst part chaque matin diriger une petite manufacture de tissage dont il revient, chaque soir, fatigué et soucieux, une maman loup déguisée, elle, en maîtresse de maison parfaite, sachant tirer parti de tout, tricoter des pull-overs extraordinaires avec des bouts de laine, fabriquer des chaussons avec des chutes d'étoffe, leur tresser des semelles en paille de seigle. Il a un grand frère loup qui joue du piano le soir après être rentré du gymnase ; une sœur louve, Rosel, qui va sur ses douze ans, fréquente l'école supérieure de filles de Spire, apprend à ses heures libres à coudre, cuisiner, tirer parti de tout, comme sa mère. Et notre Wolfi que lui arrive-t-il ? Eh bien, justement, il lui arrive de se conduire en vrai loup. De partir dans la forêt sans prévenir personne, d'y vagabonder seul dans la neige au risque de se perdre, d'être tué par les chasseurs. Ce qui plongerait ses parents loups dans le désespoir. Ajoutons qu'au cours de ces escapades, la neige fait preuve d'une extraordinaire fantaisie. Qu'elle change de couleur. Que résolument blanche le dimanche (la fameuse neige blanche de Friedrich Klopfer) elle est, le lundi, franchement noire au point de se confondre avec la nuit.

Que bleue le mardi, le mercredi verte, elle est rose le jeudi. Rose du contentement que ce soit jour de congé pour vos deux loups aînés qui peuvent alors courir l'aventure avec vous, à travers bois. Ne pas oublier le vendredi. Où elle commence à fondre ; le samedi tout à fait. Si bien que ce jour-là il ne vous reste plus que le plaisir d'être plus longtemps sur les genoux d'Annili avant de les quitter pour aller au lit avec deux morceaux de sucre, un carré de chocolat et la promesse pour demain matin d'une tranche de pain avec du beurre dessus et même il y aura certainement du lait et un joli reste de confiture sur le plateau... Bonne nuit, Wolfi. Je n'oublierai jamais, ignorant que tu étais alors de ce qu'est une guerre, de ses ressources inépuisables de haine, d'infernale violence, ta façon hardie, viscérale d'essayer de te tailler une place au soleil à même la planète de mon corps, à faire ton trou dans la citadelle de ma chair pour mieux retourner au ventre de la terre. À son creuset de déesse mère. Une manière que tu avais eue de m'aider à forer le mien de trou dans cette ville où je vivrais deux ans de suite, m'y taillerais, au bout du compte, des chemins bien à moi, où le meilleur mais aussi le pire, m'attendrait au tournant.

En l'attendant, ce pire, prendre le temps comme il vient, les gens comme ils sont. Jeunes ou vieux. Vaincus ou glorieux d'avoir eu le dessus. Heureux, malheureux, innocents ou coupables. Allemands ou non. Pour tous, si bref, si sujet à toutes sortes d'erreurs gravissimes, irréparables, un passage sur la terre placé sous menace de jugement de Dieu. Patienter. Jusqu'au printemps, jusqu'à l'été, aux retrouvailles avec Auguste et Marthe. Jusqu'à la libération de Rodstein. Jusqu'au bonheur ! Continuer à entretenir des rapports insolites avec ceux ou celles qui vous entourent, qui vous sont étrangers. Auxquels vous êtes étrangère. Faire semblant, pour que ce soit vivable, d'évoluer avec eux sur un sol ferme. Emprunter, pour se rendre à ses affaires, en revenir, un itinéraire devenu pour vous si familier qu'il a fini par se confondre avec le leur, prendre visage de vos propres chemins d'enfance. Spire, une mémoire, un bien commun à partager avec eux. En particulier, désormais, avec Günther Blumensteiff.

Blumensteiff est un ami d'enfance d'Ewa, la sœur de Walter. Blessé au genou droit à la fin de la guerre à Bastogne au Luxembourg, en décembre 44, lors d'une des dernières contre-offensives allemandes menées dans l'espoir d'arrêter l'avancée des troupes américaines, il entre en claudiquant dans le petit salon où les Haüptmann se tiennent la plupart du temps, s'assied auprès d'elle sur le vieux canapé de velours vert qui fait face à l'harmonium, l'embrasse en lui passant un de ses bras autour des épaules. Elle et lui se connaissent depuis toujours. Ils se tutoient, ont des tas de souvenirs communs d'adolescence, de meetings nationaux-socialistes où l'on agitait des petits drapeaux à croix gammée, en criant Heil Hitler, ne fût-ce que pour faire comme tout le monde, être dans le coup de la grande renaissance allemande. Des souvenirs de pique-niques dans les collines boisées de la Hardt, de bals et de festins de vendanges en costume du pays. Les filles, les femmes, la jupe rouge ou verte galonnée de noir, le corsage de lin brodé, à manches bouffantes, le corselet de velours noir lacé sur la poitrine ; pour les hommes, la culotte courte de cuir, les chaussettes de laine à pompons, le chapeau de chasse orné d'une touffe de poils de blaireau ou d'une plume de coq de bruyère ; de fêtes païennes du vin, de culte rendu, en menant la farandole autour d'eux, à d'énormes tonneaux cerclés de métal ciselé, datant de la domination des Habsbourgs celle des Wittelsbach sur le Palatinat ; de parties de plaisir dans les auberges, de chansons à boire sous leurs tonnelles quand le déferlement d'or des vignobles, à flanc de coteau, se confond avec la mise à feu des soleils couchants. Rose-Marie prétend qu'il est amoureux d'Ewa, voudrait sans doute l'épouser, bâtir un avenir avec elle, malgré les circonstances difficiles de l'heure. Cependant, aussi proche qu'on la sente de lui, elle ne répond guère à ses avances, pour autant. De ses yeux brûlants et froids en même temps d'oiseau de nuit, elle jette sur son profil émacié par les souffrances de sa blessure, sur ses joues creusées par les privations, le manque de nourriture, aussi d'argent (il a repris son travail d'architecte, mais faute de matériaux et de moyens financiers convenables, la construction est au point mort) un regard d'amitié profonde mais dénuée, me semble-t-il, de complicité amoureuse, et s'il en souffre, il reste très discret là-dessus. Même avec moi. Qu'il a pourtant, jetant par-dessus bord tout respect humain, le mien, le sien, délibérément prise pour confidente de ce qu'il ressent, après cette guerre qu'il juge pour sa part avoir été une entreprise inutilement monstrueuse. Quelque chose, comme l'énorme poussée de fièvre collective d'un peuple électrisé par les slogans ravageurs d'une propagande diabolique l'ayant transformé collectivement en exécuteur de basses œuvres. Ce sont d'ailleurs ses formules à lui pour en parler et quand je lui fais observer, sans pour autant élever la voix, sans parti pris de provocation à son endroit, qu'une guerre, en particulier cette dernière-ci, il faut précisément l'avoir perdue pour que le masque tombe, que ceux qui s'y sont investis, de fond en comble, soient pris en flagrant délit, à la fois de bêtise et de cruauté, il en convient. J'apprécie Günther, sa capacité de retour sur lui-même, son humour triste et surtout, surtout, l'anticonformisme qui a sans doute toujours été sa vraie nature et qui l'aura poussé à rechercher ma compagnie.

En février dernier, il y a peu, j'allais quitter la maison Haüptmann, avec elle Rose-Marie, après que nous avions écouté Walter nous jouer du Chopin, enfin une de ces valses passionnées, tumultueuses, magiques, capables de créer autour d'elles assez de griserie pour faire oublier où l'on est, qui on est, une fois de plus (car la musique, sa montée par vagues d'eau sonore, vous polissant jusqu'à l'âme, vous n'êtes plus qu'un coquillage lustré par les vents de mer), à l'instant où j'allais partir et lui de même, ce fut dans la pénombre du long vestibule pastoral où nous nous étions croisés que, claquant raidement des talons, mais avec ce fin sourire qui donnait à son maigre visage racé un charme subtil, à la mesure d'une sensibilité à coup sûr, extrêmement vive, sans cesse prête à se laisser aller à elle-même, sans cesse tenue en respect, il m'avait demandé, tout à trac, de lui faire l'honneur et l'amitié « die Ehre und die Freundschaft », de l'autoriser à me rendre visite rue Beethoven à des moments qui me conviendraient. Pour cette raison qu'il se sentait à l'aise avec moi. Qu'il lui semblait que je me refusais, parce qu'il était allemand, à le soupçonner systématiquement du pire en regard de cette saloperie de guerre dont il fallait bien reconnaître que l'Allemagne avait été la championne désastreuse. Courageux Günther. Intelligent Günther. Günther le douloureux aussi. Se tenant devant moi, en vieux pardessus de loden couleur de muraille dans lequel il flottait, en train de me demander de l'aider à se sentir moins seul.

Donc, nous nous voyons désormais une fois la semaine, les samedis après-midi. Il sonne chez les Fürkünst, on lui ouvre. Il salue poliment avant de frapper chez moi. Je crie « herein », *entrez*, et il entre. Je suis généralement à mon bureau, devant mes livres, mes cahiers, mon dictionnaire bilingue, les paperasses sur lesquelles je griffonne des embryons de poèmes que je jette ensuite au panier. Et puis il y a les lettres d'Auguste et de Marthe, celles d'Ewald que j'accumule dans une boîte à chaussures. Celles de quelques copines du lycée, les corrigés de thèmes ou de versions allemands qui me parviennent de l'École universelle avec laquelle je me suis mise à suivre des cours par correspondance. Parfois, mon visiteur me trouve tout bonnement occupée à tricoter ou à m'exercer à recoudre proprement un bouton de robe ou de corsage, un ourlet de jupe ou de manteau. Il me baise la main avant de s'asseoir et nous parlons.

Nous parlons de Paris. Il se trouve en effet que l'ancien lieutenant de la Wehrmacht Blumensteiff affecté en 1940 à l'hôtel Crillon dans les services du général von Stuppnagel, gouverneur de la place après la cuisante défaite de l'armée française, en a gardé la plus secrète, la plus vivace des nostalgies.

Celle des couchers de soleil découverts en fin d'été et début d'automne des fenêtres de l'une des suites du second étage convertie en bureaux où il assurait, de nuit comme de jour, par roulement, la liaison avec Berlin. Au-dessus de lui, la place de la Concorde. Son ampleur d'esplanade limitée aux angles par des balustres. Son forum. Au-delà, les perspectives de la rue Royale, le néoclassicisme de l'église de la Madeleine. Son allure de temple à l'antique. Et puis encore, les fontaines. La montée en flèche des groupes équestres. Tout cela, vastitude et silence, lignes épurées, à cause, par la force des choses, de l'absence presque totale de trafic automobile, si ce n'était celui des Allemands eux-mêmes, peu à peu recouvert par un glacis lumineux, exaltant les variations de la lumière ; fardant d'ocre rose la croupe des chevaux cabrés. Un gigantesque tableau à la Hubert Robert où la place, assignée à chaque colonne, chaque statue, chaque volume, au déploiement de leurs lignes en ronde-bosse s'incluait dans un espace calculé d'avance ; constituait un tel équilibre des masses entre elles qu'elles se répondaient les unes aux autres, que le décor en devenait parlant. Ce qui, du moins à chaque fois qu'il était libre, le jetait dehors, avide d'harmonie, fasciné, renvoyant la voiture qui aurait pu le conduire jusqu'aux Tuileries, jusqu'au Louvre, jusqu'à l'île de la Cité. Il était bon marcheur en ce temps-là. Il dit avoir, pour le plaisir, l'enchantement, souvent parcouru à pied et d'un bout à l'autre, l'interminable rue de Rivoli. Emprunté, pour atteindre Notre-Dame, au départ du Crillon, la voie ancestrale, plébéienne et princière des quais de Seine, son chemin de halage le long d'un fleuve unissant les beaux quartiers au Marais, le Paris médiéval de Philippe le Bel à celui des monarques épris de logis à la romaine après avoir mené campagne en Italie, celui bourgeoisement cossu de Haussmann, aussi du modern style d'avant la guerre 1914-18. À sa gauche, l'enfilade de hauts murs de maisons de rapport imposantes et vétustes, de piliers trapus soutenant des arcades formant passage couvert sous lequel on pouvait s'attarder devant une vitrine de libraire, de marchand de tableaux, d'antiquaire exposant un fauteuil Régence, une table de monastère, une pendule second Empire, un sombre berceau en bois fruitier d'enfant paysan, un rouet. À sa droite, charrieur de reflets de façades d'immeubles à étages, d'arbres, de rambardes, de cargaisons de sable, de pierrailles, de charbon, en attente le long des quais, les entraînant, cul par-dessus tête, avec lui, dans sa fuite en avant, un cours d'eau en route pour la mer. Avec, ici et là, le long du trajet, des points de ralliement, des étapes qui s'appelaient les Tuileries, le Louvre, Saint-Germain-l'Auxerrois, le Châtelet, la tour Saint-Jacques et pour finir, derrière Notre-Dame, cette île Saint-Louis où, bottes luisantes et noires de jeune gradé de la Wehrmacht, en surplomb au-dessus de l'eau, il arrivait qu'il s'assît, à même le pavage du quai, là où il a la forme d'une étrave, de sorte qu'elle donne à croire qu'elle va se mettre à bouger, qu'on lèvera l'ancre, et qu'il suffira de la laisser faire pour connaître le bonheur de s'abandonner, yeux fermés, au pouvoir libérateur d'une formidable dérive faisant alors cesser le sentiment d'inconfort qu'il éprouvait chaque fois que son regard rencontrait celui d'un passant, y lisait qu'il était de trop dans cette ville en deuil d'elle-même et qui commençait, il le savait, à souffrir de la faim, du froid, à hiberner toute l'année. Encore que le feu couvât sous la cendre. Cela aussi, il le savait. Que chemin faisant il se pouvait que, se frayant un passage au milieu de ces hommes d'âge (la plupart des autres étaient prisonniers dans les stalags), de ces adolescents en costume étriqué qu'il croisait, de ces femmes en robes et manteaux parfois usés jusqu'à la trame, les jambes dans des bas reprisés, certaines tenant la main d'un enfant, un peu trop mince, un peu trop pâle et qui semblait les suivre dans un rêve, un rêve rien qu'à lui, dans lequel il s'était réfugié et qui lui permettait non seulement de se couper du monde, de le refuser pour ce qu'il était, mais d'oublier ou presque qu'il avait faim, que son avenir était durement cadenassé, de derrière le bastion d'un pilier, à l'angle d'un croisement de rue, l'atteignant de dos, ou en pleine poitrine, le coup de feu partît qui le tuerait, l'empêcherait aussi de rejoindre chez elle, une ou deux fois la semaine, quand il avait quartier libre, cette jeune femme de la rue Rambuteau dont, par chance, enfin par un de ces hasards heureux sur lequel, étant donné les circonstances, il avait pensé ne jamais pouvoir compter, il avait réussi à faire la conquête depuis peu.

Et surtout ne pas croire que ç'avait été aisé dans un premier temps d'approcher puis de se faire aimer de Marie-Louise, enfin de Lili. De cette jeune choriste du palais Garnier qui venait de perdre sa mère, autrefois comptable dans une épicerie en gros. Dont elle avait été l'enfant unique et celui d'un père ouvrier ébéniste dans le quartier Saint-Antoine, tué au champ d'honneur comme on le disait, en mai 1918, après l'avoir conçue l'automne précédent, lors de sa dernière permission de pauvre poilu pris dans l'enfer des querelles séculaires franco-allemandes.

En cet après-midi de dimanche de fin avril 1941 où, le long des avenues, des quais, dans les squares, l'éclatement des bourgeons multipliait l'inflorescence de la végétation la plus tendre, coiffait chaque arbre rencontré d'une résille couleur d'anis, si bien qu'elle créait l'illusion, qu'à cause de l'irruption entre ses mailles d'un vent léger, le bleu du ciel, pailleté d'or, palpitait au travers, parti de la rue Cambon à pied, ç'avait été au bout d'une grande heure de marche, qu'il l'avait découverte assise sur un banc dans les jardins du Palais-Royal. Leur merveilleux atrium de plein air, enclos en pleine ville, derrière un rempart de logis mi-patriciens, mi-bourgeois édifiés sous le règne des derniers Bourbons, sur le mystère de galeries marchandes vouées à la numismatique, aux livres anciens, à la tapisserie ; sur celui du Théâtre-Français, de son univers fascinant d'acteurs et d'actrices, de leur corps constitué, voué depuis près de quatre siècles à y jouer officiellement la comédie. Celle de la vie, de la mort, de l'amour, de la haine, de la vertu et du vice, de la médiocrité ou du sublime à la mode française. Enfin, de tout ce qui fait rire ou pleurer, frissonner d'horreur ou d'enchantement, rougir d'orgueil ou de honte, une foule assoiffée à la fois de se reconnaître et de se renier, de tirer volupté ou de fuir la découverte de son propre reflet dans le jeu de miroirs d'une scène.

Habillée de noir, même son béret l'était qui n'arrivait pas à cacher entièrement la chevelure lisse et sombre qu'elle rassemblait en chignon à hauteur de nuque, son manteau de deuil réchauffé par un modeste col de fourrure et une écharpe grise, son sac à main suspendu à son coude gauche et serré contre elle, raidement appuyée contre le dossier du banc dont la peinture s'écaillait, elle contemplait, qui se trouvait en face d'elle, le bassin vide de son eau autour duquel s'ébattaient avec les moineaux, l'équipe des galopins du quartier, venus jouer au gendarme et au voleur, à saute-mouton, chat perché, de banc en banc, en arcade, avec, pour point de ralliement et de dispersion, sa vasque encombrée par des brindilles de bois mort, des feuilles pourries. Mal vêtus, mal nourris, mais le sang aux joues sous le béret basque enfoncé à la diable jusqu'aux oreilles, ils jouaient avec passion, avec fougue et quand par excès d'impétuosité, ils venaient se heurter ou presque à ses genoux, à ses jambes, à son immobilité songeuse, comme de statue, elle leur souriait avec tristesse, avec gravité. Du moins est-ce la description que me fait d'elle et de cette scène dans les jardins du Palais-Royal, sous l'occupation allemande, Günther Blumensteiff dont il semble que de ces détails, et de tous ceux qui suivront, après cinq années de guerre, l'ayant éloigné de Paris, fin 42, catapulté à Varsovie, à Prague, Amsterdam, dans le sillage de l'énorme machinerie administrative hitlérienne dont il aura été jusqu'au débarquement des Alliés en Normandie, l'un des rouages, avant de connaître, muté en catastrophe dans les rangs de la septième armée de l'Ouest, les péripéties d'une vraie campagne militaire, celle des combats d'arrière-garde, avec blessure et capture par les Américains, qu'il n'ait rien oublié ; n'oubliera jamais, si amoureux qu'il puisse tomber d'une autre femme dans l'avenir. Rien oublié non plus du mouvement de recul qu'elle avait eu, quand, à ce point ému par cette immobilité, cette gravité, par ce halo de solitude qui la cernait, endeuillait sa fraîcheur de belle plante, lui conférait quelque chose de presque sacré, il avait pris le risque de s'asseoir sur le même siège qu'elle. De sa part à lui, après cette marche depuis le Crillon, dans la seule compagnie de ses pensées, de ses incertitudes depuis quelques mois sur le bien-fondé de l'attitude de l'Allemagne envers le reste du monde, un mouvement, plus exactement une tentative de se rapprocher de son mystère à elle, qu'il savait déplacée mais n'avait pas pu contrôler. Car il sautait aux yeux que cette jeune femme n'était nullement une grue et que c'était, par conséquent, lui manquer de respect que de s'imposer à ses côtés. Cependant, sur le moment, comme dépassée par l'événement, elle ne s'était pas levée pour s'en aller. Se contentant de maintenir la distance entre elle et lui et de regarder fixement le bassin vide dont il semblait qu'elle attendît que, par miracle, il se remplît. Ce qui aurait pu lui fournir un prétexte pour quitter la place, en faire le tour en faisant mine de s'absorber dans la contemplation de l'eau, des miroitements de sa surface, jaspée, sous un ciel gris, de teintes sourdes, et par la même occasion de le fuir, lui, Blumensteiff. Mais sans agressivité particulière, animosité avérée à son endroit. En traitant sa présence de la même façon que celle d'un promeneur quelconque dont on n'a aucune raison ni de rechercher la compagnie ni de l'éviter à tout prix. Et ç'avait été cette attention crispée de Marie-Louise au spectacle d'un bassin désespérément vide qui, rassemblant les quelques notions de français qu'à titre personnel, depuis qu'il était à Paris, il s'efforçait d'approfondir, cédant une seconde fois, même si la partie était perdue d'avance, à un mouvement de nouveau incontrôlable, l'avait décidé à lui demander la permission de rester assis un moment là, où il se trouvait, ajoutant que si sa présence la dérangeait, il s'éloignerait aussitôt. En même temps, persuadé que l'attirance éprouvée par lui pour sa beauté sérieuse, exempte d'artifice, de coquetterie ostentatoire, pour son isolement sur ce banc, était absolument déraisonnable, qu'il ne viendrait jamais à bout, non plus, du mutisme sauvage qu'elle opposerait forcément à sa galanterie, qu'elle ne voudrait bien évidemment jamais rien savoir de lui, prenant les devants, il s'était levé, casquette ôtée, en signe de respect, pour prendre congé, sans un mot de plus.

Or, ce mouvement, à la fois calculé et douloureux qui l'avait mis debout, à moins d'un mètre d'elle, ce retour instinctif de sa part à la verticalité du corps, à la tension des muscles presque d'un garde-à-vous, ce silence ombrageux de militaire cabré, d'homme sur le point de quitter la place en obéissant à un ordre intérieur le sommant de n'y revenir jamais, l'avait, semble-t-il, atteinte de plein fouet. Suscité en elle et malgré elle, la crainte que ce foudroyant départ qui la rendrait à sa solitude de promeneuse mélancolique, échouée sur un banc, un dimanche après-midi de début de printemps dans les jardins du Palais-Royal, le soit peut-être pour toujours. Beaucoup plus tard, elle lui avouerait que ç'avait été là, ce qu'absurdement et non sans honte, mais avec la dernière violence, elle avait éprouvé, redouté, « peut-être pour toujours ». Rassemblant à son tour les notions d'allemand qu'elle avait pu acquérir, les années précédentes au lycée Hélène-Boucher, tournée subitement vers lui, vers son charme racé, ce qu'il en émanait à la fois de timidité, d'inquiétude, mais aussi de détermination à tenter de lui faire deviner, qu'au-delà des apparences, de sa position d'intrus, d'envahisseur, il y avait en lui le besoin humain, seulement humain, de conversation avec elle, dans un espace privilégié, celui de ces jardins, plus exigu encore, de ce banc, devenu, si jamais elle y consentait, un terrain neutre, un lieu de partage de l'instant qui passe, de sa miraculeuse innocence de ce jour-là, lentement, en cherchant ses mots, elle avait déclaré qu'il ne la dérangeait pas. Ajoutant même, à croire qu'elle désirait le retenir, que de toute manière, ce banc était suffisamment large pour deux, puis elle s'était tue, se tenant à nouveau très raide, profil tendu, visage détourné du sien, regard fixé dans le vide, visiblement effarée par ce qu'elle venait d'exprimer et lui, Günther Blumensteiff, s'était rassis, cœur battant, oreilles bourdonnantes. Il se souvient, également, d'avoir laissé s'installer entre eux deux ce qu'il fallait de silence pour, de son côté à lui, reprendre souffle, du sien à elle, juguler le raz-de-marée de confusion qui l'ayant submergée, l'avait fait rougir jusqu'à la racine des cheveux.

Quant à l'absurde bonheur qu'il ressentait à ce qu'elle l'eût autorisé à demeurer là où il était, malgré cette gêne extrême qu'elle en éprouvait, qu'il comprenait, il m'avoue avoir, cet après-midi-là, décidé de tout faire pour ne pas le perdre. Pour que cette sensation de malaise qui ne l'avait pratiquement pas quitté de l'hiver dans cette ville devenue le fantôme d'elle-même à cause de la présence d'hommes comme lui, de son décor spectral, dans lequel ils se mouvaient, avec une assurance qui, pour sa part, n'était pas la sienne, cesse. Du moins, à travers elle. Car voilà donc, ce qu'en dépit de tout bon sens et dont il ne pouvait s'ouvrir à personne, il m'assure, avant toute chose, avoir espéré d'elle. Qu'elle ne confondît pas l'attrait presque douloureux, fraternel qu'il éprouvait pour cette expression à la fois énigmatique et sérieuse, encore qu'en mal de tendresse, de consolation, qui la nimbait sous son délicat petit béret de velours noir, avec, de sa part, de vulgaires travaux d'approche. Ceux du soudard germain en quête d'aventure avec l'une de ces Parisiennes, de ces « mademoiselles françaises » réputées par les tenants du national-socialisme, forcément vénales et légères à l'inverse des vertueuses femmes allemandes. Enfin quelqu'un qu'on s'envoie pour le prix d'un dîner un peu arrosé et copieux, servi dans un restaurant où le patron se fournit en victuailles au marché noir. Donc, il avait attendu que le calme lui revînt sur le visage, qu'elle eût, en quelque sorte, repris ses sens, pour lui demander, et bien entendu il s'était gardé d'aucun mouvement qui eût diminué la distance qui les séparait, s'il pouvait se permettre de lui poser deux questions. La première, comment il se faisait qu'elle parlât un peu allemand, la seconde, de qui elle portait le deuil, espérant sans y croire qu'au lieu de quitter, une bonne fois, résolument la place, elle répondrait. Ce que, laborieusement, en cherchant ses mots, elle avait fait. Disant que ses études au lycée l'avaient amenée à celle de deux langues vivantes, l'allemand et l'anglais et qu'elle était en deuil, en effet. Qu'elle venait de perdre sa mère, morte en janvier à l'hôpital Saint-Louis d'une pneumonie. Il observa qu'elle s'était remise encore à contempler obstinément le bassin vide, à en attendre, visiblement, quelque chose. Peut-être qu'il se remplît. Mieux même, qu'il se transformât (à moins que ce ne fût plutôt son rêve à lui, sa folie à lui) en un de ces fabuleux geysers riches d'eau guérisseuse qui, jaillissant du ventre de la terre, la libérant du trop-plein d'elle-même, éclaboussent au passage ceux qui l'entourent, les purifient, les délivrent du mal, du chagrin qui est en eux et alors, peut-être qu'avec lui, elle aurait ri, applaudi comme une petite fille à ce ruissellement de vie qui les inondait, les aurait lavés de toute souillure et elle l'aurait laissé lui prendre la main, regarder de près cette bague ancienne, un simple anneau orné d'une perle minuscule encadrée de deux éclats de diamant qu'elle tenait sans doute de famille, avec le mince bracelet qui, dépassant de la manche de son manteau noir, lui faisait un poignet d'une féminité délicieuse.

Il avait exprimé, tout haut, le souhait qu'elle ait un frère, une sœur, un fiancé, enfin quelqu'un de très proche qui l'aidât à supporter sa peine. Eh bien non. Si ce n'était une tante et une amie de lycée qui s'efforçaient de l'entourer un peu, elle n'avait personne. Tous ces détails, lancés très vite, d'un seul jet, comme si elle n'en pouvait plus de les garder pour elle toute seule, au point d'en oublier avec lui, tout devoir de réserve ; sans s'inquiéter non plus d'appliquer correctement les bonnes règles de la syntaxe dans une langue qu'elle ne maîtrisait pas vraiment. À croire qu'elle venait de découvrir que l'essentiel de cet invraisemblable dialogue échangé entre eux, moitié en français, moitié en allemand, sur un rythme hésitant de musique tourmentée, de musique nègre américaine, d'éructation, de hoquets, avait bel et bien pour enjeu de leur arracher leurs entraves et par conséquent, en dépit de tout ce qui aurait dû les maintenir à sévère distance l'un de l'autre, de les rapprocher. Et quand elle avait ajouté qu'elle n'avait pour consolation que la musique, que sa mère s'était beaucoup privée pour lui faire donner des leçons de piano et de chant, à partir de son âge de dix ans, ce qui lui avait permis à la longue d'interpréter convenablement, en s'accompagnant elle-même, du Schubert, du Schumann, Brahms, Debussy et puis Grieg dont les airs de musique de scène écrits pour *Peer Gynt*, le drame lyrique d'Ibsen la fascinait, en particulier cette Chanson de Solveig dont elle ne se lassait jamais, qu'elle avait pu, à force de travail, atteindre une connaissance du solfège et un niveau vocal suffisant pour être admise comme choriste à l'Opéra, il avait su que quelque chose en elle venait de se dénouer qui lui donnerait peut-être, à lui, une chance de mieux respirer à travers elle. Qu'il se pourrait qu'un jour elle le laissât ménager pour eux deux, à l'écart des misères, des humiliations, des cruautés de cette guerre, un espace invisible aux yeux de qui que ce fût, sinon des leurs. Évidemment, ce ne serait pas facile de lui faire admettre qu'ils se ressemblaient. Que lui aussi, Grieg le fascinait. Qu'écouter *Peer Gynt* c'était rompre les amarres, courir le risque des espaces infinis, de la quête de soi, au-delà de soi, et bien sûr la mort vous guette, aussi pressante, exigeante, angoissante qu'un désir d'amour. Non, ce ne serait pas facile, voire impossible, ayant, comme il l'avait, tout contre lui, d'entrer un jour en elle comme le nageur dans la mer. Simplement. Naturellement. Parce que ce serait devenu pour eux deux l'évidence qu'il était le nageur, qu'elle était la mer. Car après cet aveu qu'elle lui avait fait de ce que représentait pour elle la musique et plus encore, lui avoir, à sa prière, après qu'il se fut présenté lui-même, dit son nom : Marie-Louise Leboucher, elle s'était brusquement levée avec une expression hagarde, un air désemparé, anxieux d'animal piégé, et il s'était levé à son tour, mais sans la suivre. Juste le temps pour lui, en la regardant partir, de formuler le souhait que l'occasion lui soit donnée de la revoir et de découvrir, la voyant debout pour la première fois, trébuchant presque dans sa hâte à quitter les jardins, qu'elle était un peu plus grande encore, plus imposante qu'il ne l'avait cru. Alors, qu'à l'inverse, la façon dont elle marchait, nuque penchée, la jambe droite légèrement tournée vers l'intérieur, trahissait chez elle une fragilité, un certain déséquilibre du squelette qui devait aller de pair avec une sensibilité d'écorchée vive et il s'était demandé si jamais, jusqu'à ce jour, le spectacle d'une femme, d'une jeune fille, dont il avait été un moment amoureux, s'éloignant de lui après un rendez-vous, visage caché, dos aveugle, hanches fluctuantes, l'avait si violemment ému, avait suscité en lui un tel désir en même temps qu'un tel respect ; une telle aspiration à être pour elle un ami, autant qu'un amant.

Voici donc, m'explique-t-il, ce qu'il avait décidé, ignorant son adresse qu'il s'était gardé de solliciter et qu'elle lui eût à coup sûr refusée. De lui faire parvenir, quelques jours plus tard, le temps pour elle (du moins il ne pouvait s'empêcher de l'espérer) qu'elle se fît à l'idée que consentir à le revoir, ne serait pas forcément un crime, que cette rencontre, la leur, dans les jardins du Palais-Royal, n'appartenait pas seulement au monde de ces rêves absurdes, dérangeants, qui vous submergent dans le sommeil et qu'au matin on se hâte de jeter au panier, un court message, sous enveloppe cachetée, libellée comme suit : MADEMOISELLE MARIE-LOUISE LEBOUCHER, CHORISTE AU PALAIS-GARNIER, 1, PLACE DE L'OPÉRA, PARIS 9e. À l'intérieur, sur une feuille blanche, il y avait écrit en français : *Je serai dimanche prochain, après-midi, à quinze heures là où vous savez, devant le bassin. Viendrez-vous ? Votre respectueux Günther Blumensteiff.*

Il avait plu ce dimanche-là. Une sorte de retour aux morosités des fins d'hiver qui font douter qu'un jour quelque douceur de temps vous rende la vie plus supportable. Sanglé dans le lourd imperméable sombre qui lui battait les chevilles, dos, épaules, fouettés par des giclées d'averse acérée, il avait attendu plus d'une heure, prenant refuge de temps en temps sous une arcade, pour souffler un peu, fumer une cigarette, mais sans jamais perdre de vue, ni le banc, ni le bassin. Naturellement, elle n'était pas venue. Et ce n'était sans doute pas la pluie qui l'en avait empêchée mais sa décision de l'envoyer au diable, puisqu'il était le diable, justement. À moins, qui pouvait savoir, que par négligence, par oubli, son billet fût resté en souffrance au secrétariat du Palais-Garnier ou chez le concierge, ou qu'elle ait été souffrante. Qu'elle ait pris froid pour s'être attardée trop longtemps sans bouger, la semaine précédente, sur ce banc, car il avait encore fait passablement frais ce jour-là. Ne pas abandonner la partie. Ne pas renoncer au rêve, à l'enchantement. Renouveler par une seconde lettre (même brièveté, même civilité) la proposition de rendez-vous pour le dimanche suivant. Rentré au Crillon, à pied, comme toujours, malgré la pluie qui ne l'avait pas lâché, après avoir ôté sa casquette humide, suspendu son imperméable saturé d'eau au vestiaire, il avait, pour prévenir un rhume, pris place au bar situé dans le hall, commandé un schnaps, enfin un alcool brûlant qui, avalé d'un coup, l'avait incendié de la tête aux talons, plaisanté avec deux collègues qui comme lui n'étant pas de service, tuaient le temps en buvant de la bière. Mais quand ils lui avaient proposé de venir souper en ville avec eux, du côté de Montmartre, dans un établissement de plaisir, moitié restaurant, moitié boîte de nuit où il y avait un petit orchestre et un parquet où l'on pouvait faire danser les filles, certaines presque jolies, assuraient-ils, et venues là pour y faire gentiment commerce de leur corps, il avait refusé, disant en riant qu'il n'était pas d'humeur ce soir-là à s'en envoyer une. Qu'il préférait, pour cette fois, avant de reprendre le collier, le lendemain dès six heures, lire au calme dans sa chambre et écrire à sa famille après avoir soupé au mess, écouter les nouvelles, à la radio allemande. Elle n'était pas venue non plus le dimanche d'après. Alors il avait décidé autre chose. À cause du couvre-feu qui interdisait aux Français de circuler après la tombée de la nuit, sinon avec un laissez-passer, justifiant pour urgence, leur présence dans la rue, les spectacles n'avaient pratiquement plus lieu, qu'en matinée. Quand les jours devenaient plus longs ils pouvaient commencer un peu plus tard en soirée pour se terminer à vingt-deux heures. Les affiches du Palais-Garnier annonçaient *Aïda* pour quatre représentations successives prévues à dix-neuf heures trente la semaine suivante. Il s'était débrouillé pour obtenir du capitaine responsable du service des dépêches Berlin-Paris, sous les ordres duquel il travaillait et qui était mélomane, l'autorisation de quitter, une fois, les bureaux du Crillon à dix-huit heures trente pour être à temps à l'Opéra après s'être engagé en échange à se tenir à sa disposition le lendemain, douze heures d'affilée. Cette fois, il s'était fait conduire en voiture à destination par le caporal chargé d'assurer les allées et venues des officiers de son grade, dans Paris. En haut des marches du Palais-Garnier, dans le hall, des gens faisaient la queue pour obtenir un billet d'entrée, au dernier moment. Volontairement, il avait pris la file d'attente, patienté, pour obtenir une place au parterre, au tout dernier rang, de sorte que sa présence insolite d'officier de la Wehrmacht faisant cavalier seul pour écouter du Verdi au milieu d'un public français, fût remarquée le moins possible, alors qu'à l'habitude, dans les salles de spectacle, quand ils s'y rendaient, les militaires allemands occupaient au balcon les loges qui leur étaient réservées, s'y tenaient à plusieurs par souci de sécurité au-dessus d'une foule dont ils se défiaient, qui se défiait d'eux. Une absence volontaire de précaution de sa part. La même que lorsqu'il faisait à pied des kilomètres dans les rues à travers Paris et qui maintenant, il se l'avouait, me l'avouait, avait toujours été chez lui, bien moins de l'inconscience qu'il courait un danger qu'une volonté de se démarquer. De prendre ses distances en risquant sa propre vie avec l'aventure guerrière dans laquelle il se trouvait entraîné sur fond de nazisme ravageur, de liquidation de tout ce qui, en Europe, pouvait encore manifester des velléités de civilisation. Vainement, à distance, dans le groupe serré des choristes, leur masse tentaculaire de grosse pieuvre hominienne bisexuée, aux centaines de bras rétractiles, centaines de bouches chantantes, de monstre soulevé, animé par la sauvagerie d'une pulsion vocale collective qui le faisait dériver en fond de scène à la façon d'un poulpe énorme, échoué sur un banc de sable, drapée, encapuchonnée avec les autres dans des étoffes bigarrées, il avait essayé de reconnaître Marie-Louise. Mais il avait su qu'elle était là, emportée par l'élan des accents de la musique de Verdi, de leur somptueux déploiement incantatoire. Une montée en flèche et à pleins poumons vers un ailleurs, baptisé, faute de mieux, l'infini. L'explosion, la délivrance. Pas seulement de ses chagrins à elle mais de tout ce qui pouvait l'empêcher de venir à lui, de se laisser aimer de lui. Car il l'aimait. Elle était la plus captivante, la plus à plaindre, la plus désirable femme en deuil qu'il eût jamais rencontrée. Cette fois, il avait décidé, non pas de se présenter directement à la sortie des artistes, ce qui aurait été, surtout si elle se trouvait en compagnie de collègues, la mettre, en la saluant, dans une situation intenable, mais de se tenir à distance respectueuse encore de manière à ce qu'elle le vît sur le trottoir d'en face ; allant et venant d'une porte d'immeuble à une autre, avec l'air absorbé de quelqu'un (ici un Allemand qui en attend vraisemblablement un autre qui tarde à le rejoindre) et qu'on évite de regarder parce que décidément il est de trop, là où il est. Ainsi lui laisserait-il la possibilité, si elle l'apercevait, de l'ignorer, de continuer son chemin avec les autres comme si de rien n'était. Auquel cas, il lui écrirait une dernière fois et dans les mêmes termes qu'auparavant et s'il s'était trompé à son sujet, sur sa capacité de le regarder avec d'autres yeux que ceux dans lesquels il avait coutume de lire sa condamnation, si elle ne revenait décidément jamais dans les jardins du Palais-Royal, il jetterait le manche après la cognée, en finirait avec cette crise de romantisme, que cette sombre fille altière assise sur un banc, devant un bassin vide, avait fait stupidement naître en lui, un dimanche après-midi d'avril.

Par groupes d'affinités, à moins que ce ne fût au hasard de leur rencontre dans les escaliers, les coulisses, des hommes, des femmes, d'âge, de corpulence, de maintien différents, mais tous et toutes, chanteurs, musiciens, régisseurs, machinistes, le visage marqué par la fatigue de l'effort qu'ils venaient de fournir, pour, mal nourris et dans le froid, trouver en eux assez d'énergie, de passion pour la vie, non pas telle qu'elle est, mais du rêve éveillé qu'on fait d'elle, qui permet de la transformer en œuvre d'art, étaient sortis, tous, ayant visiblement hâte de ne pas rater un dernier métro. De retrouver, quelque part, derrière des volets clos, refermés sur des vitres passées au bleu, ou des rideaux doublés d'étoffe noire, ne laissant filtrer aucune lumière qui aurait facilité aux bombardiers anglais, de nuit, le repérage des grandes villes, leur existence à eux. Partagée avec une personne aimée, une famille ; parfois, seulement, avec un oiseau dans une cage, avec l'amitié silencieuse, sourcilleuse d'un chat, sa merveilleuse complicité distante. Certains, après avoir échangé quelques mots, une poignée de main, une bourrade, les femmes entre elles, un baiser, se séparaient dès la sortie. D'autres s'éloignaient par groupes, au contraire, comme pour se tenir chaud et puisque le temps passait, qu'il ne voyait toujours pas Marie-Louise (après tout était-elle malade en effet) le découragement l'avait pris de persévérer dans une entreprise vouée dès les premières secondes à l'échec et dans laquelle il s'était jeté tête baissée avec une naïveté de gamin.

À ce moment précis de son récit, entrecoupé comme pour lui seul de toutes sortes de détails, d'images colorées et précises, d'émotions si fortement éprouvées, qu'aujourd'hui encore, elles le submergent, pour évoquer maintenant, devant moi, inespéré, miraculeux, l'instant de l'apparition, dans toute sa splendeur austère de lys noir, de Marie-Louise Leboucher, de l'autre côté de la rue, Günther Blumensteiff se lève, quitte le siège qu'il occupe chez moi, près du meuble-vitrine où sont exposés deux couples de bergers en porcelaine de Saxe, un service à dessert et à café en porcelaine de Meissen pour venir se poster devant la porte-fenêtre donnant de ma chambre sur le jardin et la rue Beethoven. C'était il y a cinq ans. C'est aujourd'hui. Marie-Louise est là, derrière cette vitre et moi aussi, je me suis levée, pour mieux la voir. À moins que par un fantastique phénomène de transfert qui fait s'installer quelques secondes entre nous un extraordinaire silence, je ne sois devenue, debout devant lui, la jeune fille en deuil des jardins du Palais-Royal de ce temps-là. Elle tient contre elle, en ce tout début de mois de mai le bouquet de muguet qu'après une halte chez un fleuriste, le long du trajet le conduisant au palais Garnier, il a fait livrer à son nom, sans préciser qui le lui envoie. Mais sans doute l'a-t-elle parfaitement deviné, puisque lui faisant face, la rue les séparant à la manière d'un fleuve, immobile et grave, elle le regarde. Car, et c'est cela, en effet, le miracle, le prodige, elle ne fuit pas. Au contraire, elle attend. Elle attend de lui qu'il trouve un gué, une passerelle, un moyen enfin, qui leur permettrait de se rejoindre. Et voici qu'il l'a trouvé. Qu'il se met à siffler, très doucement à distance d'abord, puis en marchant vers elle, l'air sublime, éthéré, de la Chanson de Solveig. Celle de la fiancée qui ne cesse, au-delà des saisons qui se succèdent, de l'usure du temps, de maintenir en elle, toujours aussi haute, la flamme brûlante et pure d'un amour, toujours intact, renouvelé, triomphant. Grieg, la musique de Grieg ! Dont elle lui a confessé, il y a trois semaines, le pouvoir qu'elle a de lui ôter toute prudence, tout respect humain, de l'entraîner vers un ailleurs lui permettant de poser sur toute chose et sur elle-même un regard vierge. Or c'est bien de cela qu'il s'agit entre eux deux. D'un regard vierge. D'un partage de la nudité originelle. Ce qui fait qu'arrivé devant elle, à la toucher, le bouquet de muguet blanc, odorant et rond comme un bouquet de noces serré contre elle, il continuera, la bouche contre son oreille à siffler aussi longtemps qu'il le faudra pour les conduire ensemble et à leurs risques et périls d'amants marqués d'avance par la séparation, par l'opprobre, là où ils doivent d'abord aller pour être heureux et qu'importe quand il la prend dans ses bras, si l'avenir est sombre, si ceux qui les découvrent enlacés, rivés l'un à l'autre en pleine rue, sourds à tout ce qui n'est pas le battement de leurs deux cœurs, se détourneront d'eux, les fuiront comme un spectacle obscène, ils sont en train de rompre leurs chaînes, de gagner le large. Et quand notre sang-froid repris, d'un ton volontairement uni, je lui demande combien de jours, de mois, cette folie a duré, cet enchantement, il répond qu'il n'a duré, hélas, qu'une année. Jusqu'à ce que, pour cause de réorganisation sur l'ensemble des territoires occupés en Europe, par les forces militaires allemandes après leur défaite à Stalingrad, il ait été muté à Cracovie, ensuite à Amsterdam puis La Haye, versé en fin de parcours, dans une unité combattante, blessé à Bastogne, fait prisonnier, libéré un an plus tard, ait retrouvé Spire, sa famille pour, dit-il, apprendre à y renaître de ses cendres.

Pour revenir à Marie-Louise, entre 1942 et 1944, chaque fois qu'il l'avait pu, par l'entremise d'un collègue ou d'un autre, envoyé de Pologne, de Hollande en mission à Paris, enfin quelqu'un qui était sur sa longueur d'onde, qui était de mèche avec lui, il lui expédiait des messages auxquels, par le même moyen, elle répondait, après arrangement, rendez-vous en ville aussi discret que possible, avec l'intermédiaire du moment. Généralement un jeune sous-lieutenant, un lieutenant dont il était sûr. Il y joignait un bibelot, une bague ancienne, dénichée au hasard des errances à pied dans la désolation des vieux quartiers d'Europe centrale, des pays flamands, qu'il avait reprises, chez quelque antiquaire désargenté et sans âge, quelque échoppe où l'on vendait des livres anciens, des aquarelles mélancoliques représentant des paysages sous la neige, des barques abandonnées le long des côtes, un visage émacié de femme au regard éteint, signés par des peintres anonymes ; de la bijouterie : colliers, bracelets, anneaux ciselés présentés dans des écrins de cuir terni. Dans sa dernière lettre, il lui redisait combien, quoi qu'il arrivât désormais, du moins aussi longtemps qu'il vivrait, elle lui resterait chère, pour ce bonheur qu'en dépit de toutes les raisons qu'elle aurait eues de le lui refuser, il avait reçu d'elle. Que si tout le portait à croire qu'ils ne se reverraient jamais, elle n'en occuperait pas moins et pour toujours une place dans son cœur. C'était peu avant la libération de Paris et bien sûr, par la suite, il n'avait plus rien su d'elle, ni elle de lui, et ce qui le tourmente encore à cette heure c'est que, dans le feu des règlements de comptes qui avaient suivi, de leurs violences perpétrées par des éléments incontrôlables, dont il a entendu parler par la suite par des Allemands faits prisonniers dans Paris, elle ait été malmenée, accusée d'avoir été complice à travers lui des crimes nazis, d'avoir cyniquement souhaité la victoire de l'Allemagne. Qu'exhibée toute nue et crâne rasé, une croix gammée peinte au goudron sur le ventre, les fesses, elle ait dû marcher sous les huées et les crachats d'une foule hystérique, chauffée à blanc par des justiciers de raccroc, certains non seulement résistants de la dernière heure mais pire encore, hier, authentiques collabos, la livrant, ses pareilles et elle, à la vindicte populaire pour se blanchir eux-mêmes, se refaire une seconde peau.

Marie-Louise ! Sa merveilleuse capacité d'abandon, en même temps que sa fermeté d'âme vis-à-vis de lui, du mal que, volontairement ou non, il incarnait par son appartenance à un système inhumain, dégradant. Marie-Louise dont il avait été le premier amant mais qui avait trouvé en elle avant de s'abandonner à l'espèce de passion charnelle et mystique qu'ils avaient éprouvée l'un pour l'autre, le courage de lui dire, au risque qu'il la rudoyât, qui sait, finît par la faire jeter en prison, qu'elle souhaitait la défaite de l'Allemagne. Marie-Louise auprès de laquelle, après l'amour, il avait dormi comme un enfant.

La concierge de l'immeuble, une forte femme renfermée, indéchiffrable, où Marie-Louise continuait d'occuper, rue Rambuteau, après y avoir vécu avec sa mère, un logement de trois pièces donnant sur une cour, d'où, par les fenêtres, il apercevait, au petit matin, quand il la quittait, un rectangle de ciel peint à fresque de nuages volatils sur fond bleu, les voisins de palier, s'étaient-ils tus sur sa liaison avec lui, par pitié pour ce qui l'attendait si on se saisissait d'elle, Marie-Louise Leboucher, choriste à l'Opéra. Une fille qu'on avait connue si convenable, si bien élevée, absorbée par ses études, ses leçons de chant, de piano, avant qu'elle ne tombât dans les bras d'un lieutenant allemand ! Ou, au contraire, avaient-ils dénoncé, passées chez elle, le scandale de leurs soirées d'amants fuyant les lieux de plaisir, les restaurants, pour mieux savourer à deux, entre quatre murs où le temps leur était compté, les bribes d'un bonheur condamné. Celui de ses allées et venues furtives à lui, s'essayant, pour venir la rejoindre, quand il avait la nuit libre, à faire grincer le moins possible sous ses bottes les marches d'escalier.

Elle ne lui demandait jamais rien, ni argent, ni cadeaux, ni vivres, mais il savait qu'elle avait faim et n'arrivait pour dîner chez elle jamais les mains vides. Il se débrouillait pour acheter sous le manteau, à l'un des sergents fourriers responsables du ravitaillement au Crillon, des œufs, de la charcuterie, du saindoux, des harengs fumés de la Baltique. Aussi du pain. Parfois du vin, des pâtisseries sèches parfumées au pavot, au cumin, du pain d'épice. Elle avait appris comme tous les gens à cette époque à tirer parti de tout. De la moindre poignée de haricots secs, de parcelle de graisse, du moindre tronçon d'os à moelle qui lui servait à enrichir les potages aux carottes ligneuses, au rutabaga dont elle devait se contenter, faute de mieux.

Au cours des repas simples mais nourrissants qu'ils faisaient : souvent une omelette au lard suivie d'une purée de pommes de terre dont elle avait une petite réserve grâce à lui, ou bien encore des boulettes de viande hachée, mêlée à du riz, elle se mettait à rougir, à prendre des couleurs, à cause du bien-être qu'elle éprouvait à manger enfin à sa faim. S'animait alors sa beauté grave. Et le plaisir qu'il en tirait, à la voir joyeuse, détendue, primesautière (une petite fille) avait été pour lui, sans prix. Il avait aussi beaucoup aimé la voix de soprano dramatique, si bien en accord avec ses traits puissants et doux, avec laquelle, s'accompagnant au piano dans la petite salle à manger-salon jouxtant sa chambre, elle avait chanté pour lui, sur des poèmes de Goethe, de Heine, de Wilhelm Müller, du Schubert, du Schumann. Des extraits de la *Passion selon saint Matthieu* de Mendelssohn. Ç'avait toujours été d'extraordinaires moments. Non qu'elle eût possédé les qualités vocales exceptionnelles d'une grande cantatrice, mais parce que son timbre de voix naturellement ample et chaud qu'elle avait su cultiver assez pour lui faire atteindre une belle qualité instrumentale, lui permettait d'accéder, à la fois d'instinct et de façon maîtrisée, au romantisme fiévreux des lieder, à leur sensibilité d'écorchés vifs, leurs accès de tristesse violente, inversement d'euphorie amoureuse sur fond de panthéisme sublime, de communion religieuse avec la nature. Fascination, extase ! Voilà ce qu'il éprouvait en l'écoutant, la regardant s'abandonner à lui par avance en chantant. Cependant, la terre tremble sous les pieds des amants volant l'un vers l'autre. Déjà tout les sépare, les trahit. Déjà, ils sont en deuil l'un de l'autre.

J'ai, quant à moi, pris goût, dès leur commencement à ces conversations pour le moins insolites avec un lieutenant de la Wehrmacht de trente ans, ayant fait quasiment le tour de l'Europe dans le sillage des menées d'un national-socialisme hitlérien avec lequel il s'était rapidement assez distancé pour en éprouver quelque honte et en souffrir. À ces séances d'introspection conduites, délibérément, à haute voix, devant témoin, par un homme m'ayant, à l'intuition, choisie pour lui tenir, non seulement d'exutoire mais d'interlocuteur valable. Car c'est, et je l'ai vite compris, ce qu'il attend de moi. Qu'à l'évocation minutieuse des heures passées par lui avec Marie-Louise Leboucher, à Paris, rue Rambuteau, je contribue, par mes questions devenues elles aussi de plus en plus minutieuses, volontairement indiscrètes, à les faire renaître, telles qu'elles furent, vibrantes, périlleuses, pétries d'amour mutuel incontrôlable, incontrôlé et vouées au déchirement. Dialogue exorciseur. D'autant plus salvateur et confondant qu'au fur et à mesure de son déroulement, à cause de ce qui se passe de mon côté entre Ewald Rodstein et moi et que je tais à Günther Blumensteiff, entre, non plus la jeune fille française sans défense et le soldat vainqueur, l'occupant allemand, mais à l'inverse la jeune fille qui n'a plus rien à craindre du soldat vaincu, du prisonnier allemand, à son tour sans défense, autrement dit de toute manière, entre la jeune fille et l'amour, par conséquent la jeune fille et la mort, j'y trouve mon compte. Que lorsqu'il ajoute encore : *Marie-Louise, j'ai tant aimé dormir avec elle, vous comprenez ?* Que oui, bien sûr, je comprends, moi qui ne cesse de rêver de ce sommeil à deux. De ce formidable enfouissement à même l'épuisement heureux de l'autre, son terreau et sans avoir, là-dessus, à en rendre compte à personne. Continuer à recevoir Günther, à le laisser parler, à le trouver beau, émouvant. Devenir à la barbe de tout le monde son amie intime. Sa seconde Marie-Louise Leboucher mais cette fois, pour de bon, inatteignable. Complice, compatissante mais inatteignable parce qu'elle en aime un autre qui en quelque sorte lui ressemble, mais un autre.

Comme nous en avions convenu à Noël, Ewald et moi, au pied du sapin ramené pour lui à Aulaines, des forêts de la Hardt, prétextant, à la cantonade, d'une envie de prendre un peu l'air au-delà du Palatinat, je m'embarque, une fin de semaine, en mars, pour Villingen en Forêt-Noire. De ce voyage me conduisant vers les Rodstein, de la traversée des pays de Bade-Wurtemberg, de leur succession de sauvagerie rocheuse en surplomb de vallées où coulaient des rivières dont j'ignorais le nom, de trouées de montagnes basaltiques par des tunnels éventreurs, d'horizon barré par le hérissement de tiares noires de hauts conifères pyramidaux, je garde encore, à l'heure qu'il est, la fantastique et fugace vision d'un film déroulant à travers une vitre de train, la succession, en alternance, de sombres paysages wagnériens et à l'inverse de bourgades villageoises gentiment proprettes, rassurantes, avec sur la cucurbitacée rose de leurs clochers d'églises catholiques, la douce lueur, en cette fin d'hiver, d'un rai de soleil coulé dans l'ambre, les surmontant d'un gai fanion jaune citron. Ténébreuses, inquiétantes forêts allemandes ! Coquetterie fleur bleue des chalets allemands, de leurs volets percés de cœurs ! Violence des contrastes, à la mesure de l'âme allemande. À eux, j'allais devoir me faire puisque j'aimais Ewald Rodstein. Comme j'allais devoir me faire à Hildegarde, sa mère. À ses bondieuseries de maîtresse de maison diligente et austère, multipliant sur les murs de chaque pièce, de la cuisine à la salle à manger, aux chambres, toute une iconographie consacrée au culte des saints, sans compter, sur les serviettes, les torchons, les formules de prières brodées au point de croix, du « *pardonnez-nous nos offenses* » au « *donnez-nous aujourd'hui notre pain quotidien* », etc. Grande femme à chignon tiré, passablement renfermée et triste d'avoir perdu à la guerre un fils aîné dont elle vantait les mérites et le sérieux et qui ferait peser sur moi, durant les deux jours où je vivrais sous son toit le regard soupçonneux qu'on réserve à une graine d'aventurière, une Française par-dessus le marché, visiblement décidée à mettre le grappin sur le second de ses fils, réduit pour l'heure à la captivité en France et déstabilisé au point de se croire amoureux d'elle. Encore qu'elle ait sur le moment joué le jeu en serrant les dents, fait semblant d'y croire. Froidement mais correctement, j'avais été nourrie par ses soins d'excellents bouillons enrichis (un luxe à cette époque dans les ménages allemands) de petits pâtés à la viande, de chou farci à la purée de pommes de terre, de confiture de résiné, de lait sucré parfumé à la menthe. Elle m'avait fait dormir, cerné d'images pieuses montant quasiment jusqu'au plafond, dans le lit de Heinrich, le pauvre Heinrich mort à Stalingrad. Mais elle ne m'avait pas ouvert la porte de la chambre d'Ewald et j'étais repartie sans l'avoir vue. Me faire à Marianne, sa sœur. Une assez gentille blonde charnue et frisée mais pareillement confite en dévotion et qui, sans doute pour mettre à l'épreuve ma ferveur catholique et par conséquent ma moralité, m'avait imposé la visite minutieuse de la cathédrale avec génuflexions profondes devant chaque autel et signes de croix réitérés. Et puis encore à Ernst le père, petit homme trapu et sombre aux dents irrégulières, aux yeux globuleux, tailleur en chambre de son état, œuvrant à longueur de journée dans la pièce qui lui servait d'atelier, assis, jambes croisées sur sa table de travail au milieu des vestes usagées à retourner, des rares pièces d'étoffe neuves qui lui restassent du temps des splendeurs hitlériennes, des bobines de fils à bâtir, à coudre, à rapetasser et qui m'avait rappelé, tout Wurtembourgeois de souche qu'il fût, ces artisans juifs rescapés des camps de la mort ayant repris du service dans le Marais à Paris, maniant assidûment l'aiguille, les ciseaux, visage tourmenté, traversé de tics avec un air, à la fois de concentration et d'absence qui faisait peine à voir. Or c'était aussi le cas d'Ernst qui tenait sans doute, outre le chagrin qu'il éprouvait de la disparition de son fils aîné, à ce qu'il avait toujours finalement vécu sous le national-socialisme dans un état d'insécurité, de malaise, pour avoir, je le savais par Ewald, refusé d'adhérer au parti, avoir été en 1938 à deux doigts d'être arrêté pour s'être insurgé en public, contre la politique raciale, avoir déploré la chute de la République de Weimar. Au demeurant, je l'avais senti beaucoup moins prévenu à mon égard que les deux femmes de sa maison. Le lendemain de mon arrivée à Villingen, j'étais restée un assez long moment seule avec lui dans son atelier. M'avait hypnotisée la précision de ses gestes de manieur de ciseaux, au millimètre près dans le vif d'un précieux morceau de draperie pour y ouvrir la fente étroite d'une boutonnière, échancrer une encolure, un dessous de bras. De tireur d'aiguille rompu à la finition minutieuse d'un vêtement sur mesure, à la rectification impeccable d'un tomber de dos de jaquette, de revers. La conversation entre lui et moi s'était déroulée calmement et sans heurt. Ç'avait été d'un ton uni qu'il m'avait posé des questions sur l'état de santé d'Ewald qui l'inquiétait après les dures privations endurées au camp de Thorée, sur sa vie de prisonnier-tâcheron à Bonnétable, sur les circonstances de notre rencontre, sur mon père et ma mère qu'il m'avait priée de remercier en son nom d'avoir traité son fils avec charité, accueilli le dimanche à leur table ; sur ce qu'il appelait notre amitié et finalement je lui avais su gré de cet euphémisme délibéré de sa part, de cette volonté de nous tenir en terrain neutre. Alors que chacun, quand nos regards se croisaient, pouvait parfaitement lire dans celui de l'autre de quoi il en retournait. Qu'il s'agissait d'un amour à haut risque. D'un de ces attachements déraisonnables, perturbateurs dont il conviendrait à chaque fois qu'il vient bousculer l'ordre établi, de tout faire pour le tuer dans l'œuf, en prévenir les malentendus graves, les mises à ban cruelles, à tout le moins les inévitables déchirements qui le guettent au tournant. Reste que pour autant il ne m'avait pas détestée, Ernst, une seule seconde. Qu'il m'avait semblé qu'avec lui, j'aurais mes chances d'être peu ou prou agréée. Qu'il finirait, un de ces jours, par s'accommoder de cette insolite belle-fille française, dont le vocabulaire allemand loin d'être suffisamment étendu, l'obligeait souvent à se faire comprendre par gestes, de cette bru étrangère, assez entière, assez fonceuse pour s'être lancée, au mépris des tabous de l'heure, dans une très déraisonnable histoire d'amour avec son inconséquent de fils que les hasards de la défaite, de la captivité avaient placé sur son chemin. Que ma bonne volonté à entrer dans le moule de la bonne petite épouse et ménagère badoise, de ne pas rater ma messe du dimanche, de m'adonner à la préparation des boulettes à la farine et à la viande, aux petits gâteaux à la cannelle, au cumin, à la lessive, au repassage, aux soins à donner aux enfants, le toucherait. Un modus vivendi à établir, chacun y mettant du sien, avec un voyage en France et en famille, une fois l'an, pour y retrouver la mienne. Et surtout, ne pas me laisser démonter par les réticences des Rodstein à mon égard. Elles étaient naturelles après tout. Aussi naturelles que l'avaient été celles des Roulette vis-à-vis de leur propre fils.

Après le retour à Spire, reprendre vaillamment le train-train popote, Aufbauschule. L'après-midi potasser l'allemand toujours. Préparer pour le lendemain des phrases modèles, des exercices à trous en français à l'intention de mes gaillards de la rue Zeppelin. Continuer les visites chez les Müller, chez les Haüptmann. À recevoir celles de Günther. À lui offrir à goûter le samedi en parlant avec lui de Paris, de Marie-Louise. Parfois aussi, en sa présence, ouvrir un recueil de poèmes. Lire à haute voix du Goethe, de l'Eichendorff, du Heine surtout. Fredonner avec lui, mis en musique, celui qui dit : « Tu as des diamants, des perles, tout ce qu'un être humain peut désirer. Tu as les plus beaux yeux du monde. Ma bien-aimée, que veux-tu de plus ? » Rose-Marie se trompe sur son compte. Il est moins amoureux d'Ewa qu'elle ne l'imagine. En tout cas, s'il l'est, il n'oubliera jamais Marie-Louise. Lorsque dix-huit mois plus tard je quitterai l'Allemagne, seule et pour toujours, par un matin de juillet, à la pointe de l'aube je le verrai surgir sur le quai de la gare de Spire, me faire de loin un grand signe auquel je répondrai. Le dernier signe d'adieu à l'amour pour Marie-Louise Leboucher, choriste à l'Opéra, de l'ancien lieutenant Blumensteiff, des services du gouvernement militaire de Paris sous l'occupation allemande. Sa mise en dépôt en lieu invisible et sûr entre mes mains.

Entre-temps, à l'automne 1947, j'avais repris le chemin de la Forêt-Noire pour la seconde fois. On est en novembre. Ewald vient d'être libéré. Sa lettre en provenance de Villingen m'est parvenue directement chez les Fürkünst. Il m'y donne rendez-vous à Fribourg-en-Brisgau pour une rencontre seul à seule à quelques kilomètres de Bâle, de la frontière suisse. L'été d'avant, lors des vacances scolaires passées à Aulaines, nous avions pu nous revoir, engranger une dizaine de fois, par les après-midi du dimanche, le trésor des baisers, entrecoupés de grandes plages de silence pour reprendre souffle, d'accès de timidité brusquement inquiète nous tenant immobiles et muets, assis l'un contre l'autre et comme saisis par la gravité de la réalisation de nos projets encore sujets à toutes sortes d'obstacles, d'empêchements de vie commune.

Prétextant, une nouvelle fois, d'une envie de bouger hors Palatinat, dans les limites de la zone d'occupation française, nantie d'un permis de voyage gratuit et d'un bon de logement pour passer la nuit à Fribourg dans un hôtel réquisitionné pour le personnel militaire et civil en poste en Allemagne, le 8 novembre 1947, je m'embarque un samedi, en fin de matinée, pour l'extrême sud du Bade-Wurtemberg. Périple lent à la mesure de l'époque avec des stationnements interminables dans des gares ravagées par les bombardements. Il m'aura fallu pour atteindre Fribourg-en-Brisgau, près de cinq heures, avec outre un changement à Karlsruhe y entraînant une heure d'attente, de fastidieux arrêts sous des verrières éclatées à Rastatt, Offenburg, le long de l'épiderme froid, momifié de mornes quais encadrés par le parallélisme sinistre des rails, leur invitation à l'errance, à la fuite en avant suicidaire. Qu'importe. Bientôt, je serai dans les bras d'Ewald. Il les refermera sur moi et ç'aura été le plus radieux, le plus extraordinaire voyage de ma vie.

Enfin, il est là. Ewald, mon Ewe. Celui dont le prénom signifie l'homme de la forêt, l'homme aux baisers de nuit. En piétinant sur place une demi-heure dans le brouillard du soir, aussi en faisant les cent pas pour éviter de prendre froid, parce que mon train avait de l'avance sur le sien, j'ai attendu qu'il surgisse sur le quai II comme nous en avons convenu. Qu'il vienne à moi, enfin libre, enfin heureux, avec ses yeux ardents, son nez busqué, sa belle tignasse frisée, sa voix toujours un peu rauque, enfiévrée pour me répéter qu'il m'aime, que nous avons atteint le port et ce sera enfin notre nuit de noces et nous dormirons ensemble n'importe où dans n'importe quel hôtel de cette ville et de son choix, dans n'importe quelle chambre privée de chauffage après avoir mangé dans n'importe quelle auberge une écuelle de soupe de gruau avec du pain noir relevé de graines de pavot. Le paradis sur terre. Le comble du bonheur ! Et je pourrai déchirer mon bon de logement à l'hôtel de la Domplatz, la place de la Cathédrale, le jeter aux orties.

Oui, mais alors qu'arrive-t-il ? Que peut, hâtivement posé sur une de mes joues, ce baiser qui n'en est pas un, vouloir me signifier et la pondération de cette voix sans frémissement, sans chaleur, pour me demander, comme il se doit, question de stricte courtoisie ou presque, de politesse convenue si j'ai fait bon voyage, si je vais bien ? Me remercier d'être venue jusqu'ici pour que nous nous rencontrions comme s'il ne s'agissait là que d'un rendez-vous d'affaires.

Non, Ewald Rodstein, non je ne vais pas bien. Voilà ce que j'ai envie de hurler sur ce quai de gare glacial, mortifère, où il est en train de se passer quelque chose d'impensable, de terrifiant, d'intolérable, d'inhumain ! Où je viens, sans que tu aies pourtant esquissé contre moi le moindre geste, d'essuyer, de ta part, un coup d'une telle violence en pleine poitrine que j'en suis prise d'éblouissement, pendant que tu m'entraînes vers les ténèbres de la ville après t'être emparé de mon sac de voyage et de mon bras, m'avoir fait monter un escalier de fer débouchant sur une esplanade d'où l'on domine les voies de chemin de fer, obligée à marcher à tes côtés sans savoir où je vais, ne plus rien voir autour de moi, pas même toi, devenu seulement une force implacable, anonyme qui me contraint d'avancer. Marche aveugle, somnambulique, la même à peu de chose près qu'on peut, non sans effroi, observer sur un de ces tableaux antiques peints par des artistes de seconde main, relégués dans l'ombre des bas-côtés d'église, où le martyr chrétien devenu une mécanique de chair sanglante, après avoir eu la tête tranchée, obéissant encore aux ultimes consignes de ses centres nerveux, la porte entre ses mains jusqu'à écroulement. À moins qu'il ne s'agisse encore d'un de ces parcours imposés à pied aux condamnés à mort, jusqu'à la guillotine, jusqu'au gibet, accompagnés par leurs geôliers avec lesquels ils étaient parfois entrés en familiarité au cours de leur emprisonnement et qu'ils aient encore échangé avec eux, sur le chemin les menant à leur fin, quelques-unes de ces banalités rassurantes qui consistent à observer qu'il fait beau ou qu'il pleut, qu'il y a peu ou beaucoup de monde dans les rues aujourd'hui, ce qui signifie que la vie va continuer, machinalement, ponctuellement et comme si de rien n'était, après qu'on aura interrompu le cours de la leur. De cette montée au calvaire à la nuit tombante, à travers l'obscurité des faubourgs, jusqu'au pied d'une montagne avec Ewald Rodstein, je garde l'impression insupportable, absurde, d'avoir été conduite sur les lieux d'une exécution quand le chargé de la mise à mort qui n'est, pour autant, pas forcément un monstre, se fait un devoir, moitié par pitié, moitié pour se donner bonne conscience, de converser presque à cœur ouvert avec la victime, avant le coup fatal.

En effet, c'était lui, c'était Rodstein qui durant le trajet avait beaucoup parlé. Un monologue consistant à me rendre compte de son retour à la vie de famille, du bonheur de ses parents, de sa sœur, du sien. Bien sûr il allait lui falloir se battre pour se reconstruire un avenir en Allemagne en pleine crise économique et morale. Reprendre ses études de comptable interrompues par sa mobilisation en 1943 dans les blindés. Il n'avait alors que dix-neuf ans. Il se donne un an pour se remettre en selle, décrocher un emploi, si possible à Villingen, dans les services administratifs de l'hôpital par exemple, ou ceux de l'évêché ou d'une scierie. Il y a d'importantes scieries en Forêt-Noire qui commencent à reprendre leur activité. L'essentiel sera de cesser d'être à la charge de son père et de sa mère, le plus vite possible, avant de projeter quoi que ce soit d'autre. J'ai dû alors murmurer que je comprends. Que je peux attendre. Continuer à vivre à Spire de mon côté aussi longtemps qu'il le faudra. Economiser des marks sur ma solde, approfondir mes connaissances en allemand, obtenir d'Auguste et de Marthe, pour aider à notre établissement, un peu d'argent, enfin quelque chose qui ressemble à une dot. C'est à cet instant-là, juste celui-là, et pas un autre, qu'il s'arrête de marcher net comme si nous avions atteint l'endroit où, bourreau improvisé, mais bourreau, qu'il m'ait bandé les yeux ou non, enchaînée par les poignets ou non, mis les fers ou non, il lui faudra, pour en finir, dans le noir et à tâtons car il fait maintenant complètement nuit, lever cette fois mortellement le bras sur moi. Pour ce faire, il lâche mon sac de voyage qui s'affaisse à mes pieds, comme une bête molle, une grosse larve incommode, inutile, abandonne mon coude, m'oblige en m'empoignant à bras-le-corps à lui faire face et quand il me soulève presque de terre, ce qu'il a fait tant de fois pour le plaisir de me faire tournoyer autour de son propre pivot, de sa vigoureuse hampe de chair (alors j'étais le drapeau, l'oriflamme qu'il brandissait au-dessus de sa tête en signe d'allégeance à notre amour, de défi à la face de toutes les armées, de leurs levées de boucliers) c'est pour me contraindre à prendre appui de dos contre un dur affleurement de roc qui se trouve là et qui fera office de poteau.

Avant l'exécution, le verdict tombe : *Annie, tu es la fille la plus extraordinaire, la meilleure, que j'aie jamais rencontrée. Je te dois la vérité. Tu as déplu à ma famille. À ma mère et ma sœur surtout. Elles t'ont trouvée trop française, trop indépendante d'esprit, de caractère et pas assez pieuse. Il paraît qu'à table les prières d'action de grâces visiblement t'ennuyaient et tu as choqué Marianne en lui déclarant, quand elle t'a fait visiter la cathédrale, que l'habitude que nous avons ici de séparer les hommes des femmes pendant les cérémonies religieuses était de ton point de vue ridicule, inacceptable, aussi inacceptable que de les tenir séparés dans les synagogues et les mosquées. Elles sont également toutes deux persuadées que tu n'as pas les qualités ménagères qui font une bonne maîtresse de maison et par conséquent une bonne épouse. Bien entendu, ce n'est pas à elles d'en décider à ma place. Il s'agit de ma vie, pas de la leur. J'en arrive à ce qui ne regarde que nous deux, et personne d'autre, à cause de ce que nous avons vécu ensemble, là-bas, en France, pendant ma captivité. Annie, aussi chère que tu sois à mon cœur et que tu vas le rester, il se trouve que j'ai découvert, contrairement à ce que j'avais cru, que je ne t'aime quand même pas assez pour prendre la route avec toi, ici en Allemagne. Pas assez pour passer par-dessus les obstacles et par conséquent t'épouser.*

Voilà, le couperet est tombé. On vient de m'annoncer que j'ai été une erreur d'aiguillage. Que compte tenu des inévitables accidents de parcours, et qui seront très évidemment incontournables, je ne suis pas le bon locomoteur, la bonne machine à remorquer les wagons, à les hisser en altitude au-dessus des précipices, à leur frayer un chemin sous les tunnels à travers les entrailles de la montagne, sur les ponts au-dessus des fleuves. Maintenant, c'est le silence. Celui de la mort justement. La victime, parce qu'on l'a décapitée, ne peut plus proférer aucun son, ni plus comprendre quoi que ce soit à ce que l'exécuteur, comme étourdi lui-même par le coup qu'il vient de lui porter, éprouve le besoin d'ajouter encore et même, il s'est mis à serrer ardemment contre le sien, à la façon d'autrefois quand elle était vivante, son corps de guillotinée, à croire qu'il ne peut plus tout à coup supporter de l'avoir tuée. Bizarrement, en même temps, pareillement à ce qui se passe dans les contes fantastiques, leurs délires, il est resté à la suppliciée, comme si ses yeux ayant échappé au massacre se tenaient miraculeusement en suspens dans le vide au-dessus de ses épaules, la faculté, malgré la décollation, de voir encore quelque chose autour d'elle. Ce qu'elle voit, derrière le jeune homme en robuste costume de laine bourrue et grise orné de passementerie verte de randonneur, au chapeau de chasse rehaussé d'une plume de geai qui après lui avoir ôté la vie, l'entoure de ses bras, la soutient, la traite en objet précieux, qu'il n'aurait jamais cessé de craindre par-dessus tout de perdre, un jeune homme, enfin, qui lui est devenu totalement incompréhensible, étranger, inconnu d'elle et qui prononce des paroles absurdes, dérisoires où il est question d'amitié indéfectible, et même de tendresse, c'est de l'endroit élevé, obscur, isolé où elle se trouve avec, dans son dos, toute la sauvagerie nocturne d'un énorme pan de forêt dont elle sent la présence, comme un sanglier à l'arrêt, une menace (à la vérité un lieu complètement perdu, ne figurant sur aucune carte où personne, ceux qui la connaissent, lui prêtent une âme, s'ils partaient à sa recherche n'ayant plus de nouvelles d'elle, ne pourrait la trouver, ramener ses restes au milieu d'eux, les entourer de compassion) ce sont les lumières de Fribourg-en-Brisgau.

Frémissantes, astrales, couronnant, à distance, d'un chapelet d'or en suspens, la masse confuse de la ville vautrée dans sa bauge d'amer silence et dont on pourrait égrener les dizaines, en se recommandant à l'attention de Dieu, elles la ceinturent d'une prière de feu. Prière lointaine, inaudible et pourtant ! Chaque lueur est un signe, une promesse de retour, sinon aux douceurs, mais qui sait, aux banalités reposantes de la condition humaine. Il suffit de s'y accrocher. De s'abandonner à la volonté viscérale de survie, fût-ce après avoir subi le pire. De croire à la résurrection des morts. D'autant que celui qui vient de vous l'infliger, la besogne faite, propose lui aussi à sa manière de vous y aider. Qu'après s'être en quelque sorte obligé à vous faire mal, à vous mutiler, il tient à ce que vous sachiez qu'il ne vous veut que du bien, au-delà du coup qu'il vous a porté. Que par conséquent il attend de vous, pour sa propre tranquillité, que vous lui apportiez la preuve que, boiteuse à vie désormais, ou manchote et même réduite par ses soins à une colonne tronquée, vous pouvez encore, au mépris de toute vraisemblance, comme sur les tableaux, toujours, illustrant le martyre des saints, vous tenir debout sans vous évanouir. Mieux encore, puisqu'il vous a reprise par le bras, a empoigné votre sac, vous laisser guider par lui pour redescendre vers la ville, vous y orienter avec son secours jusqu'à l'adresse de l'hôtellerie réservée aux ressortissants français de la zone d'occupation à Fribourg. L'une des plus cossues, face à la cathédrale gothique. Seulement séparée d'elle par la coulée de vacuité sombre d'une place oblongue, et dans laquelle, après avoir franchi un perron, il vous faudra entrer, demander une chambre et même à dîner.

Car après tout pourquoi ne pas dîner en pareilles circonstances ? Dans la salle à manger il y aura de la lumière, des nappes blanches, un ébouriffement de plantes vertes sur les crédences, leur retombée de chevelure torrentielle hors de cache-pots de cuivre martelé. Il y aura des convives. Des tablées d'officiers français, seuls ou accompagnés de leur femme, de leur maîtresse du moment, soigneusement habillées, fardées, coiffées de frais et vous pourrez peut-être, qui sait, vous intéresser à leur allure, à leur façon de boire et de manger, de se tenir devant leur verre, leur assiette, de plaisanter ou de se taire, de sortir, à l'instant du café, un cigare et de se mettre, après le rituel de mise à feu, à téter, tête renversée en arrière et yeux fermés, cet encombrant rouleau de feuilles de tabac qui les défigure. Une espèce de crayon énorme leur donnant, alors qu'il s'agit pour eux d'un grand moment de jouissance, des airs de suppliciés subissant par la bouche, l'empalement. Cesser de ne voir en eux, en elles, que des fantômes. Des fantômes de lieutenants, de capitaines, de commandants flanqués de leurs dames de cœur, parfumées, briquées, sur leur trente et un. Vous pourrez peut-être oublier cette chambre qui vous attend là-haut à l'étage, son anonymat confortable, désespérant alors qu'éperdument, vous aviez espéré autre chose. Les heures d'amour que depuis deux ans vous attendiez, passées dans quelque auberge de la basse ville dans le secret d'une pièce rustiquement lambrissée jusqu'au plafond où, dans de sévères lits jumeaux en occupant presque tout l'espace, on s'enroule dans d'énormes couettes de duvet d'oie. L'endroit pauvre, farouchement refermé sur lui-même, vide d'ornements mais pourtant quel havre, quel éden !

À l'heure où j'écris ces lignes, il me semble dans l'existence n'avoir jamais souffert aussi cruellement du froid qu'en cette nuit du 7 novembre 1947 passée à l'hôtel réservé aux ressortissants français de la place de Fribourg. Malgré la tiédeur des lieux, celle des couvertures, de l'édredon, la sensation d'être couchée sur l'étendue d'une mare, d'un étang pris de glace, de n'être plus qu'un bloc de chair rigide, une pièce de boucherie statufiée par le gel après qu'on l'a férocement, au couteau, vidée de ses viscères.

Le voyage de retour, le lendemain ne me laisserait aucun souvenir. Cette fois, j'ai devant les yeux une taie. Elle me coupe totalement du monde, m'en bouche la vue, m'empêche de distinguer jusqu'à mes mains qui se saisissent à tâtons de mon manteau, de mon bagage et que je tiens, pour le reste du temps, constamment refermées sur elles-mêmes contre mon ventre qui me fait mal depuis des heures. Ce qu'il faut c'est rejoindre Spire, faire confiance, celle de l'aveugle justement, au train m'y ramenant. Peut-être qu'à cette heure tardive du dimanche, jour de repos pour les Fürkünst, Wienfried, le fils aîné, sera au piano et que lorsque j'ouvrirai la porte d'entrée, j'entendrai venir à moi les notes allègres, perlées d'une sonate de Mozart ou d'un morceau du *Clavecin bien tempéré* de Bach, enfin, quelque chose qui joue pour moi le même rôle que le scintillement lointain des lumières de Fribourg vues d'en haut de la montagne la veille au soir. Peut-être que Wolfram se jettera dans mes jambes en riant et que cette merveilleuse absence de respect humain d'enfant mendigotant auprès de moi, l'étrangère, l'occupante, un morceau de sucre, de chocolat autant qu'une caresse, cette coquetterie sans vergogne de chaton, se roulant en boule à l'heure du coucher sur mon lit pour obtenir une dernière gâterie, réussira à m'arracher à ma demi-cécité, à mon désert. Peut-être que je vais tout simplement réussir à me conduire normalement, autrement qu'en somnambule, en schizoïde détachée de soi et de ce qui l'entoure, en plante déracinée, en feuille morte. Que je vais trouver la force de répondre à Gerda qui me le demande, que je suis contente de mon séjour à Fribourg ; de cette virée en train à travers les pays de Bade. Trouver la force encore, parce qu'à jeun depuis le matin, le besoin animal a fini par m'empoigner d'une soupe chaude, d'un morceau de viande bouillie à dévorer férocement pour avoir enfin un peu moins froid, de me traîner jusqu'à la popote de la Hauptstrasse et même d'y brosser à Rose-Marie et les autres, saisie à mon tour, comme Sonia, du délire fiévreux des mythomanes travaillés par l'impuissance à se réconcilier avec eux-mêmes, un tableau de la salle à manger du mess des officiers de Fribourg, qui leur mette l'eau à la bouche. Des chasseurs alpins aux artilleurs, en passant par les cavaliers, les sapeurs, un tas de beaux militaires, tous plus ou moins des cœurs à prendre, ne fût-ce que pour une nuit, pour un jour. À preuve ce joli petit sous-lieutenant, yeux en amande, peau de pêche, fossette au menton, ayant profité d'être mon voisin de table pour me faire du plat, entrer en conversation avec moi, entre la poire et le fromage, m'offrir un alcool de prune qui avait bel et bien failli me saouler et sa compagnie que j'avais dû, faute de temps, et par prudence aussi, refuser, pour me faire visiter, le lendemain, en Jeep et en coup de vent, la montagne et me conduire jusqu'au Feldberg, son point culminant. Oui, peut-être que je vais trouver la force de sauver la face. De me vanter de mes succès d'appétissante fille de vingt ans, de studieuse demoiselle en cavale pour quarante-huit heures hors Palatinat, histoire de humer un autre air, celui de l'Alsace, de Suisse, d'Autriche. Celui de Fribourg-en-Brisgau à deux pas de la plaque tournante de Bâle. Trouver la force de mentir, l'énergie du désespoir. Eh bien je la trouve ! Parce que, pour faire bonne mesure, je vais en remettre avec cette histoire de sous-lieutenant qui après m'avoir confié qu'il était de Nevers (Nevers, ses faïences, ses papeteries. Nevers, patrie de Chaumette, procureur, syndic de la Commune de Paris sous la Convention et l'un des fondateurs avec Robespierre du culte de la Raison. Celle de Ducrot. Général Ducrot Auguste pour les dames, qui se sera particulièrement illustré en 1870, lors du siège de Paris, par l'armée prussienne) ne trouvera rien de mieux, enfin de plus astucieux pour s'introduire dans mon lit que de venir gratter à la porte de ma chambre sous prétexte de me prêter un album consacré aux beautés du Feldberg, afin de me faire regretter mon refus d'y grimper en bagnole increvable tout-terrain en sa très galante compagnie. Ah oui, un fameux lascar, mon effronté de sous-lieutenant d'artillerie de Fribourg qui dépité que, muette comme une carpe sous mon polochon, j'aie fait la sourde oreille à son appel du pied, en sera pour ses frais avec son album illustré en couleurs.

Continuer à fabuler. À faire un tabac. Après la dernière pintée de rire à la popote, celle qui plie les copines en deux et vous avec, après la dégringolade des escaliers, l'atterrissage en trombe dans la Hauptstrasse, son grand vide nocturne de voie tracée au cordeau d'est en ouest, suivi de celui de la Bahnhofstrasse et comme ça jusqu'à la rue Beethoven, il y aura l'écroulement dans un lit faisant office de coffre à rassembler vos restes. De cercueil. Comme un chien qu'on noie la pierre au cou, tomber d'un seul jet, dans le gouffre du sommeil. En émerger par moments, hagarde, en sueur, avec des souvenirs de voyages entrepris à travers des déserts ou sous des épaisseurs étouffantes d'algues et d'eau dans des trains bondés, pour des destinations inconnues où vous devrez rester debout, morte de fatigue, dans l'indifférence la plus totale de ceux qui vous entourent. Retomber dans le gouffre. S'y enliser. Au petit matin remonter à la surface. S'étonner d'être encore en vie. Bras ballants de chaque côté du corps, tête couchée sur une épaule à la façon d'un gros fruit mûr détaché de la branche, échoué sur un sol mou, faire le vide en soi. Ce qui permettra de redevenir un système d'horlogerie, une mécanique conçue pour coller au rythme du temps, à son mouvement perpétuel de giration, avec ses cycles de basse tension, presque de néant, ses redémarrages. Ici celui de l'aube. Son coup de gong qui vous jette dehors en direction de l'Aufbauschule, là où, braquée sur vous, la trentaine de paires d'yeux des jeunes hommes mal vêtus, mal nourris, initiés déjà aux violences d'une guerre sordide conduite par un dément dont ils porteront, visibles ou non, les stigmates jusqu'à la fin de leurs jours, auxquels je suis censée enseigner les rudiments d'une langue porteuse d'humanisme guérisseur, me tiendra bel et bien sous son feu. Les yeux de Walter. Ceux de Krügel, surtout. Son regard aigu, concentré de manchot accroché au mien et qui cherche en moi, quelque part, la fêlure. Regard en même temps resté sur sa faim, à cause, entre lui et moi, de cette biguine. Cette biguine dansée pour rien, qui ne nous a menés, ne nous mènera, elle aussi, nulle part.

Car si c'est vrai qu'au fond ces rescapés, à vingt ans, de la bataille de Normandie, des Ardennes, des derniers combats d'avant la chute de Berlin, n'en ont rien à cirer de mes perpétuels exercices à trous, de mes phrases modèles, de mes listes de familles de mots : nourrir – nourricier, nourriture, nourrice, nourrisson, sinon que justement ils voudraient bien bouffer à leur guise un de ces jours et nous envoyer, nous les Français, nous faire foutre, il se trouve que de mon côté, depuis mon voyage à Fribourg, l'approfondissement de l'étude de la langue allemande a cessé pour de bon de m'intéresser. Qu'il me semble que moi aussi je n'en ai plus rien à foutre. Ce qu'il faut c'est, sans gesticulation, sans cri et dans la plus cruelle solitude de l'âme et du corps, apprendre à tourner en rond dans le vide de soi, à s'y mesurer avec la mort. Essayer de ruser avec elle, de l'avoir à la fatigue. D'avenues en avenues, certaines s'étirant jusqu'à un premier champ, une première prairie et alors on se met à marcher sous le vent et les pluies comme un vagabond, un trimard, à la recherche en rase campagne, d'une grange, d'une cabane où rouler sa misère en boule, s'y retrancher, de ruelles en ruelles tournant court à l'angle d'une autre, s'adonner à l'errance devenue pour vous une manière de sport, de salut. Compter sur les effets de multiplication d'une topographie sournoise pour que la camarde s'y perde. Et puis il y a le Rhin. Les kilomètres à tirer le long de ses berges gluantes. Une avancée machinale en lui collant au flanc en direction du nord. Par désir de s'abîmer, un jour ou l'autre, dans la mer, d'être une épave qu'il aura charriée sous un ciel bas encrassé de débris noirs, ferrugineux de ports fluviaux, de cités minières réduites à l'ossature. Un décor en trompe-l'œil comme au théâtre. Une mise en scène calamiteuse, surplombée encore, parfois, par ce qui peut rester d'élan au squelette mis à nu d'une tour, d'un clocher de temple, d'église. Ensuite ce serait la percée au travers du Massif schisteux rhénan. Un enchevêtrement de forêts déboulant en chute raide pour aller donner dans le gouffre des eaux violentes. Le Rhin. Son aval ! Avec lui, le consentement, mon consentement, au dernier voyage.

Autre ressource encore, la cathédrale. Celle d'ici. Celle de Spire. Franchir l'allée couverte de sa nef, obliquer à droite, à hauteur de son transept, descendre quelques marches, atteindre sous le chœur, les enfers. Une crypte c'est toujours le lieu le plus sacré des églises. C'est là qu'elles ont fait souche, que l'arbre a pris racine, gagné en hauteur, en puissance à force de dialogue constant entretenu par lui et en lui, avec les vivants et les morts.

Ici, ils ont nom Conrad II fait roi en Germanie en 1024, mort en 1039. Heinrich II empereur d'Occident, décédé lui en 1056, suivi de Heinrich IV puis de Heinrich V. Tous des Saliens, issus de pères en fils, de la tribu franque des rives de l'Ijssel. Des Flamands en somme. Monarques de fraîche date, ceints de la fruste couronne de fer, tout leur effort a porté, pendant que la deuxième race des Francs, la carolingienne, s'incrustait en Neustrie, de la Manche à l'Espagne, à faire la conquête des pays rhénans. À en remonter le cours du fleuve jusqu'à Bâle avec, au-delà, des vues sur le Danube, sur Ratisbonne. Avec leurs épouses, leurs enfants morts avant eux, avec leurs successeurs, Philippe de Souabe, fils de Frédéric Barberousse, avec Rodolphe Ier de Habsbourg, Adolphe de Nassau, avec les sarcophages des premiers grands évêques de Spire, on les a ici rassemblés dans les entrailles d'une cathédrale où ils occupent à eux tous, dans l'attente de leur jugement dernier, à peine vingt mètres carrés. Leur vie sur terre a souvent été courte et brutalement guerrière. Alternant beuveries, massacres et prières, querelles avec leurs évêques et réconciliations. Avec leurs papes romains dont ils supportaient mal, Germains qu'ils étaient, le joug spirituel encombrant assorti du souci de puissance temporelle.

Si j'avais vécu de leur temps, en territoire tudesque, j'aurais sans doute été une de leurs serves, de leurs esclaves fileuses, bergères ou gardiennes de pourceaux, de leurs souillons. Tôt morte à la suite de mauvaises couches ou victime du glaive des soldats, d'un mal des poumons ou de la peste et jetée avec mes pareils dans le charnier d'une fosse commune, son creuset d'engloutissement d'une tourbe anonyme dont il y a fort à parier que leur orgueil de margraves se fût refusé à l'idée qu'elle ait sérieusement droit un jour à la résurrection des morts.

Quelque neuf cents ans plus tard, avec entre eux et moi, non seulement le fossé de ce qu'on baptise la naissance mais aussi celui des violences de leur siècle et de tous ceux qui ont suivi, ce qui m'amène devant eux, alors qu'ils ont de leur vivant, sans doute, toujours compté, avec une naïveté d'enfant, à la fois confiant et barbare, que leurs fautes leur seraient, à coup sûr, par Dieu, pardonnées, même les crimes de sang, ce qui me les rend proches c'est, au-delà de la leçon d'humilité qui les condamne, emmurés qu'ils sont, dans leur cercueil de pierre, à ne pouvoir me fournir aucune réponse, aucun apaisement, aucune raison valable justifiant mes tourments de vivante, la fascination qu'exerce sur moi leur silence. Et c'est pourquoi je tourne autour d'eux. Après, celle à n'en plus finir de rue en rue, une déambulation souterraine en circuit fermé, visant à force d'usure de mes énergies, à me faire oublier que je souffre. Que je souffre plus encore, après qu'il m'a laissée quasiment pour morte sur le perron de l'hôtel de l'Ours brun à Fribourg, des lettres que je continue à recevoir de Rodstein. À croire que l'habitude de m'avoir tant écrit pendant les dix-huit mois de sa captivité à Bonnétable lui manque. Aussi le besoin de savoir où j'en suis, après le coup qu'il m'a porté. Pour ce qui est de m'aider à lécher les plaies qu'il m'a faites, il me recommande la prière. La fameuse prière à partager avec lui comme s'il était encore à m'aimer. Parce qu'en lisant la première, la colère m'étouffe, je la jette au panier, la laisse sans réponse. La seconde assortie de toutes sortes d'assurances d'amitié profonde et constante avec en prime le souhait que je rencontre bientôt quelqu'un qui soit capable de me rendre heureuse, je la réduis en fumée dans mon cendrier. Car je me suis mise à fumer. Ça passe le temps, tient compagnie, aide à s'endormir le soir, à partir au charbon le matin.

Me parviennent parallèlement, devenues plus fréquentes encore, depuis que j'ai mis mes parents au courant de la rupture entre lui et moi, les lettres de Marthe qu'Auguste contresigne.

Marthe, Auguste, ma planche de salut. Des lettres qui m'incitent à prendre ma distance avec la brutalité de l'événement, à ne pas le laisser m'avoir la peau. Comble de droiture de jugement, de générosité sans faille, d'humanisme à l'état pur, elles sont sans hargne vis-à-vis de celui dans l'amour duquel j'avais tellement cru que je leur avais, à eux, imposé d'y croire. En termes simples et clairs mais longuement médités, Marthe m'exhorte à prendre conscience qu'étant donné ce qu'ont été l'ampleur, la durée, les misères, les cruautés inimaginables de cette guerre dont l'Europe n'est pas près de se remettre, avec pour conséquence le brassage violent des peuples entre eux, le renversement de leurs rapports de force, je ne suis pas la seule dans mon cas à être confrontée au déchirement. À souffrir. Ainsi, plus d'une Allemande de son côté, ayant aimé un prisonnier français, sous le nazisme. Un homme pas forcément seulement venu à elle pour avoir moins faim, moins froid, mais parce qu'elle lui avait donné durant les années noires de l'exil, quelque chose de doux, de chaud qui ressemblait au bonheur, l'avait aidé à croire en lui, à l'avenir. Ç'avait aussi été le cas de Rodstein, quand, la situation cette fois s'étant renversée, par le plus grand, le plus imprévisible des hasards, nous nous étions rencontrés. Fallait-il me rappeler que lui et moi avions été tellement soulevés par les élans de notre jeunesse, tellement persuadés que Dieu en personne nous avait mis en présence, donné le feu vert, qu'il avait été impossible, à l'époque, ou alors il aurait fallu nous faire violence, de nous parler raison. À preuve, mon départ pour l'Allemagne et sa détermination à lui de m'y pousser. Cette façon avec laquelle il avait déclaré fermement, lentement, en cherchant ses mots, lors d'une discussion qu'il avait eue avec Auguste et elle, dans les débuts de mon arrivée à Spire (et Marthe me dit qu'elle l'entend encore, qu'elle le voit encore se tenant debout devant eux à la cuisine dans ses hardes de tâcheron) en train de scander : *Madame, monsieur Roulette, que ça vous plaise ou non, que ça plaise à ma famille ou non, c'est Annie et moi qui décidons. Qui continuerons à décider parce que nous nous aimons*. Oui mais voilà, cet amour, car c'en fut bel et bien un et qui nous aura tous si fortement ébranlés, restera sans suite. Et puisque c'est Ewald Rodstein, l'homme sur qui j'avais tant compté qui a tourné la page, à moi de refermer le livre, de tourner le dos au passé. Surtout me garder de la rancune, de son poison. Et Marthe de me rappeler que c'est tellement précieux une vie, qu'il faut absolument renouveler le contrat avec elle. Surtout quand on l'a encore et pour longtemps devant soi, prête à la remise sur rails après une première erreur d'aiguillage. Une vie qui ne peut compter que sur vous pour répondre d'elle. Avec ou sans Rodstein, justement.

Sans doute qu'ils ont raison Auguste et Marthe. Que la seule façon de m'en tirer c'est d'entreprendre l'apprentissage du pardon. Qu'à force de faire semblant d'avoir vaillamment passé le cap des regrets amers, j'y gagnerai, un de ces jours, la guérison. Qu'il suffit de s'y mettre. Je décide de répondre à la troisième lettre de Rodstein. De lui faire quartier en le rassurant sur mon compte. Il pourra désormais dormir tranquille sur ses deux oreilles. Au placard, mes souvenirs d'amour fou avec lui, incontrôlable ! Moi aussi j'ai retrouvé mes marques, rebalisé le terrain. Je suis devenue, enfin, vieille, pondérée, raisonnable. Quelqu'un avec qui, même quand on l'a trahi, on peut espérer entretenir sporadiquement des rapports cordiaux, faire la part du feu, passer l'éponge pour la commodité.

Bientôt Noël, de nouveau. Aujourd'hui, premier dimanche de l'Avent, Wolfram, enfin Wolfi, a reçu, comme c'est la tradition en Allemagne, la visite de Santa Claus, de saint Nicolas. Côté salle à manger des Fürkünst, seulement séparée de ma chambre-bureau par une porte vitrée, il y a eu, tout à coup, en fin d'après-midi, une montée de fièvre joyeuse, de cris d'allégresse, d'allées et venues trépidantes sur fond de voix d'adultes entonnant, accompagnés au piano par Wienfried, des hymnes consacrées à la nuit sainte entre toutes. Celle de la naissance dans une étable de l'enfant Dieu, sauveur du monde. Pour honorer le passage, une fois l'an, du très vénérable et pieux Nicolas de Licie, natif d'Asie Mineure, évêque de Xantos au IVe siècle sous le règne des Constantins, patron de toutes les Russies et des enfants sages, saint Nicolas le bienheureux, descendu avec la permission de Dieu sur la terre, avec sa hotte bourrée de cadeaux, barbe blanche et brillante de givre, houppelande et mitre rouge, on a beaucoup chanté, célébré le sapin toujours radieusement vert, symbole de toute vie, bu du sirop de groseille, du vin chaud. Bien sûr, en ces temps de vaches maigres, il faudra se contenter de recevoir de lui, seulement quelques gâteaux secs, parfumés au gingembre, un minuscule pain d'épice rond, un petit cheval taillé à la gouge dans un morceau de bois blanc passé au vernis, une poupée de chiffon à chevelure de copeaux qui dégoulinent de chaque côté d'un faciès plat, presque larvaire, mais qu'importe ! Ce sont là merveilles et plaisirs de bouche qui vous tombent du ciel. Ils ont, pour venir jusqu'à vous, traversé le champ des étoiles, frôlé la lune en l'honneur de laquelle les anges avec leurs flûtes, leurs cithares s'étaient joints à la musique des astres. Le bon Dieu en ouvrant les mains en a rempli la hotte de Santa Claus avant de lui donner des ailes pour accomplir au-dessus des montagnes et des mers le voyage qui le conduirait jusqu'ici. Et voici qu'il est là devant vous. Qu'il dépose au creux de vos paumes tremblantes, les cadeaux du Seigneur et comme il vous a pris sur ses genoux, a bu avec votre papa une coupe de vin brûlant, la montée de chaleur qui vous inonde, vous empourpre jusqu'à la racine des cheveux est celle du bonheur que ce ne soit pas un rêve. Ensuite on aura la permission, sous la surveillance de Wienfried ou de Rosel de faire, à la demande, en en tournant la manivelle, jaillir d'une boîte ronde à caisse de résonance ornée de gentianes, d'edelweiss et de cœurs, une merveilleuse musique aigrelette qui permet de sautiller en mesure autour de la table, de se donner du bon temps ; de regarder derrière leur globe de verre hissé sur un socle de bois sculpté, virevolter raidement sur elles-mêmes les deux petites ballerines en tutu blanc, amenées de Leipzig avec la boîte à musique par maman qui est saxonne et qu'elle ne consent à sortir de l'armoire aux trésors du grenier où elles sont rangées tout le reste de l'année, qu'à la période de Noël.

Noël, Noël, en effet ! Pour Rodstein et moi à marquer, comme il se doit, d'une pierre blanche mais cette fois, chacun pour soi. Redevenir étrangers ! Oublier qu'à genoux, à même le pavé froid de ma chambre d'Aulaines, devant un sapin rapporté pour lui d'Allemagne, nous nous sommes embrassés en tremblant, émerveillés, reconnaissants d'être ensemble, de pouvoir partager quelques heures le pain et le sel à la table d'Auguste et de Marthe, l'année d'avant.

Ce qu'il faut c'est repartir, coûte que coûte, de zéro. Prendre appui sur de nouvelles bases. Bientôt j'aurai rejoint les Roulette pour une dizaine de jours de congé et ce sera la reprise à trois de nos veillées d'autrefois. Dehors il y aura l'hiver, il y aura la nuit et je la reconnaîtrai. Silencieuse, insondable. Ma nuit à moi. Telle que je l'ai toujours connue, depuis ma venue au monde. Au seuil de la porte, chaque soir, refermée sur elle, dragon taciturne et noir, elle se tient à croupetons à l'écoute de son propre silence. Elle est là, pelage glacé, reins d'ébène piquetés d'étoiles, se tenant, si l'on n'y prend garde, prête à bondir, à s'engouffrer dans la pièce chaude, à bousculer l'ordre des choses, leur tiédeur, pour peu qu'on ait eu l'imprudence, par goût de courir des risques en se portant à la rencontre de ses enchantements, de lui ouvrir. Comment ai-je pu me passer d'elle ? Me passer des sortilèges de ma nuit d'enfance ? De cette présence d'animal fabuleux, étendu, dos rond, au seuil d'une maison, d'un jardin, à portée de main, de souffle, de voix. De bête domestiquée encore que redoutable qu'il faut tenir en laisse parce que pourvoyeuse de rêves colorés, traversés d'envol d'oiseaux blancs au-dessus de paysages merveilleux, de forêts somptueuses, elle l'est, aussi, de songes terrifiants. À quoi bon voyager désormais ! Courir l'aventure des trains de nuit, d'un forage hasardeux de locomotive haletante dans l'épaisseur d'une obscurité qui ne vous est pas familière, ne vous permettra jamais d'y creuser votre trou, d'en faire votre tanière ! Alors qu'ici, dans les lieux où vous êtes née, dans la riche odeur de soupe aux légumes frais servie sur le coup de sept heures du soir par Auguste sur la table recouverte d'une toile cirée beige ornée d'arabesques bleues, vertes et garance, sa luisance de mosaïque orientale, l'abat-jour de porcelaine laiteuse, enluminée, à sa base, d'une guirlande de chameliers traversant, sur fond de dunes, un désert de sable, multiplie, autour de son halo, les féeries d'une frange de fines perles scintillantes. Que la conversation, évitant d'un accord tacite, tout sujet qui pourrait en troubler la sérénité apparente, roule entre Auguste, Marthe et vous comme autrefois. Se nourrissant des potins du jour, des inévitables contingences du jour, des soucis qu'ils occasionnent, du projet d'aller en voiture au Mans, déjeuner chez mon oncle, le frère de Marthe qui habite boulevard Carnot et d'en profiter, une fois n'est pas coutume, pour s'offrir le cinéma, parce qu'il paraît qu'on donne, place de la République, au Pathé, en cette période de fêtes, une fantastique comédie musicale américaine à grand spectacle et en couleurs avec des danseurs de claquettes qui tourbillonnent sous la pluie avec une légèreté, une souplesse incroyables, une élégance à vous couper le souffle et comme dit Auguste, en veine de taquinerie, en repoussant sa casquette en arrière du crâne *de quoi vous en mettre, mesdames, plein la vue, pour douze mois*. Et alors, tout à coup, quelle merveilleuse partie de rigolade à trois, la même, elle aussi, qu'autrefois. Quelle complicité, quelle levée de bien-être !

Cet énorme saut dans l'inconnu hors de mon clan, ce défi jeté si résolument par moi, hier, au droit coutumier de la chefferie, celui qui vous a modelé, dès le premier souffle, a organisé vos rapports avec le monde à l'aune de ses traditions, de leurs rituels de vie et de mort, de travail et de repos, de façons de se nourrir, de se vêtir, de faire souche, de se forger une identité à travers un langage, une communauté de mœurs, de conventions, d'interdits, de relation avec Dieu ou de son absence et puis encore avec le paysage qui vous cerne, vous impose ses formes, ses couleurs, ses odeurs, ses rythmes de fécondité, vous a d'autant façonné à son image, tenu lieu de miroir de sorte que vous aviez fini, insensiblement, par vous y fondre, devenir son double, quelle bévue de ma part ç'aura donc été ! Quel pas de clerc que ce départ pour l'Allemagne !

Mais puisque le vin qu'on a tiré, fût-il devenu vinaigre, il faut le boire, que je dois pour le moment continuer à satisfaire aux obligations du contrat qui me lie encore, contre le vivre et le couvert, aux services académiques dont je dépends, à Mayence, il me faudra, sous quelques jours, retrouver mon poste d'assistante d'enseignement du français à l'Aufbauschule de Spire, ma belle chambre d'emprunt de la rue Beethoven, la maison Haüptmann, et puis encore, passés, eux, avec grand plaisir, les après-midi à Vayerhoff chez les Müller. Les retours de chez eux, dans les brouillards et les boues le long du Rhin, avec Rose-Marie, après avoir bu le bol de lait tiède et crémeux de Gertrud, avoir chanté pour Rudolph Müller, un air des *Amours d'une femme* ou du *Voyage d'hiver*, enfin quelque chose de nostalgique, d'heureux, de malheureux qui le bouleverse, le fasse pleurer, comme si, déchirant une nouvelle fois les ténèbres de sa nuit, la fulgurance d'un éclair, l'avait cruellement ébloui au point de lui tirer des larmes. Retrouver le chemin de la popote. Encore que j'aie décidé, n'ayant désormais plus rien à gagner mais encore moins à perdre de ce séjour en Rhénanie, devenu pour moi presque vide de sens, de n'avoir plus aucune raison de m'en accommoder. Ni de ses repas désolants servis dans une atmosphère d'hospice, pour un prix aussi élevé que si nous faisions bonne chère à la table des lieutenants, ni de leur muflerie de jeunes hommes enivrés par leur grade. D'y créer le scandale, l'incident. La seule façon, après ces dix jours vécus auprès d'Auguste et Marthe qui m'auront protégée, rendue à moi-même à travers eux, arrachée à cette espèce d'anémie mentale, cette désespérance du corps et du cœur qui m'avaient rongée depuis des mois, de ne pas retomber là-bas à l'arrivée, de continuer à exister en me jetant dans la bataille. Refuser la relégation pour jeunes filles bas-bleus coincées et impécunieuses, le maintien à distance dans la mouvance de la bonne société de la garnison. Lutter pour le droit de cité.

Multiplier à dessein au cours des repas qui se succèdent les éclats de voix qui traversent les murs, offenseront les oreilles de l'adversaire potentiel, s'étant, jusque-là, contenté d'ignorer la capacité de révolte que peut susciter à la longue, le manque de considération de sa part pour le petit peuple. Provoquer l'ennemi à mes risques et périls. Me faire des alliés. Les travailler au corps. Rose-Marie, bien sûr, mais la sévère Alice Schmidt et cette dingue de Sonia qui continue à ne plus savoir quoi inventer pour tromper son propre ennui d'être parquée près des lavabos devant son écuelle et même, la belle, la dédaigneuse Marie-Geneviève de..., avec laquelle, après avoir eu des mots qui consistaient à lui avoir fait observer, la première fois où elle m'avait reproché que se soucier du contenu de son assiette, était franchement vulgaire, en lui rétorquant que je n'avais aucune leçon sur le chapitre à recevoir d'elle au prétexte qu'elle était fille de commandant et moi de sous-officier de gendarmerie, j'entretiens désormais des rapports cordiaux. Les mettre dans le bain. Faire que non seulement l'orage gronde, mais qu'il éclate.

Un certain dimanche de février où je me suis sentie sur le chemin me conduisant à la Hauptstrasse pour le déjeuner, à nouveau cafardeuse, démunie, par la grisaille, le silence pesant de cette ville recroquevillée sur elle-même, en attente comme partout en Allemagne que la punition cesse, celle du coupable démasqué réduit au pain sec et au discrédit, où ma propre présence m'y paraît d'autant sans objet, pire encore, une incongruité, l'arrivée de l'inévitable marmitée de viande caoutchoutée, mal cuite, mal braisée, censée constituer, avec un plat de pâtes grossières, notre régal du dimanche, côté basse-cour, alors qu'à deux pas de nous, briqué de frais du talon au képi, on pavoise après la messe ou la promenade à cheval dans les bois de Spire devant un excellent rôti accompagné, lui, d'une montagne de frites littéralement dorées à l'or fin, j'ouvre les hostilités.

Dressée sur mes ergots, la fourchette menaçante, je déclare à la cantonade de façon à être entendue à l'est comme à l'ouest, au nord comme au sud, jusque sur le palier, jusqu'aux cuisines, que je n'aurais finalement rien contre les ragoûts de queue de singe à la sauce m'étouffe qui constituent le plat de roi à table d'hôte, à l'auberge des mal-lotis ; que je pourrais même à la rigueur m'en accommoder, ayant connu bien pire dans les réfectoires de mon lycée du temps de l'occupation allemande, si je ne devais pas payer aussi cher, moi et mes pareilles d'infortune, que si nous faisions bonne chère à la salle à manger d'à côté dans une ambiance trois étoiles. Et justement, à propos d'ambiance, je me suis laissé dire qu'au mess des officiers cantonnés à la périphérie de Spire, dans les anciennes casernes de la Wehrmacht, des hommes de terrain, ceux-là, ayant fait le coup de feu de la Méditerranée jusqu'à Coblence, des baroudeurs, des vrais, ayant risqué leur peau dans l'aventure, pas des fonctionnaires des services civils déguisés en militaires d'active, on mènerait aussi plutôt joyeuse vie. Qu'à l'hôtel du Wittelsbachhof, situé

Ludwigstrasse, près de la place du marché que je traverse chaque matin pour me rendre à l'Aufbauschule, on peut, pour le même prix toujours, non seulement déjeuner et dîner à bonne table, mais en musique, le soir, tous lampadaires allumés. Voilà qui nous changerait de cette cantine-gynécée dans laquelle on a, jusqu'ici, trouvé bon de nous enterrer sous prétexte de ménager notre respectabilité. Faut-il ajouter (les bruits en courent) que le gratin de cette ville, j'ai nommé ces dames qui constituent la fine fleur de la garnison, aurait l'intention de créer, à l'initiative de l'une d'entre elles, ayant avant son mariage fréquenté le cours Simon et flirté avec les planches, l'événement culturel de la saison en donnant *L'Aiglon* devant un parterre d'uniformes et qu'il va de soi que notre situation de citoyennes de seconde zone, nous mettra à l'écart de cette ambitieuse entreprise et du plaisir, qui sait ? de faire valoir notre talent de comédiennes improvisées sur une scène. Encore qu'il s'agisse, selon moi, qui ai lu et relu le théâtre de Rostand pas loin d'une dizaine de fois, l'un des fleurons, je le signale, de la bibliothèque de ma mère, publié dans l'édition de 1910 par la librairie Laffite, d'un bien gros morceau que ce drame en six actes, créé en 1900 par Sarah Bernhardt. Que c'est de toute manière avoir les yeux plus grands que le ventre que de vouloir reprendre, avec les moyens du bord, quelques-uns de ces messieurs de la garnison compris, en veine de troquer leur uniforme de braves soldats de la deuxième division blindée contre celui des armées autrichiennes, au lendemain du congrès de Vienne, une pièce émouvante certes, mais outrancière selon moi, dans son parti pris d'exaltation d'un culte napoléonien qui n'est pas le mien. Tout simplement parce que j'ai toujours détesté, sous prétexte de grandeur nationale, les hécatombes, d'où qu'elles viennent. Celles perpétrées par Napoléon comprises.

Virulence, provocation ! Surtout, puisque je suis lancée, ne pas m'arrêter. Continuer à jouer ma vie sur un coup de dés. Celle d'hier, du temps de Rodstein, quand il m'avait promis qu'à nous deux nous referions le monde, celle d'aujourd'hui, sans lui, délivrée de lui. Continuer à marteler les mots, à en faire des instruments de combat, des massues, des projectiles, même si j'ai les mains qui tremblent, si la sueur me roule sur la figure, que la porte de la salle à manger s'ouvre brutalement, que le sous-lieutenant R. qui travaille dans les services de police où il fignole les enquêtes sur le passé politique plus ou moins chargé de certains habitants de cette ville en particulier et du Palatinat en général, un joli brun, au profil délié, mais qui a toujours eu l'assez insupportable défaut de nous traiter en potiches quand il traverse notre gargote pour aller festoyer avec ses pairs, me foudroie du regard. Donnant donnant. Je le foudroie du mien à mon tour. Une sacrée montée au créneau, avec personne pour me couvrir. À moins que tout à coup les autres se déclenchent. Alors je pourrais continuer à foncer en gardant mes chances d'enlever le morceau et d'en sortir indemne.

Peut-on savoir, me jette le sous-lieutenant R., du ton sec de l'homme excédé par les criailleries sans objet d'une pétroleuse ayant le culot, sous prétexte de se faire valoir, de hausser le ton, au point de troubler l'agrément d'un repas et d'une conversation entre messieurs jouissant bourgeoisement de leur repas du dimanche avec petit verre de cognac et cigare à la clef, *quelle mouche vous pique, qu'est-ce qui vous prend ? D'ailleurs ici, depuis un certain temps, on n'entend plus que vous, si je ne m'abuse. Figurez-vous que mes collègues et moi* (il a un grand geste péremptoire, côté salle à manger de maître) *nous aimerions manger en paix si ce n'est pas trop vous demander.*

– *Ce qui me prend, lieutenant* (et me voilà debout

en position d'affrontement), *plus exactement ce qui nous prend, même si jusqu'ici personne n'a osé le dire tout haut, sinon moi, eh bien devinez. Devinez ce qui nous chiffonne ? Eh bien ça par exemple. De payer aussi cher pour être nourries à la cantine du soldat que si nous étions à aussi belle et bonne table que vous. Il se trouve qu'à la longue, si vous aimeriez déjeuner en paix, nous aimerions nous, côté antichambre, meublée somptueusement par des planches montées sur tréteaux et des carcasses de lavabos, éclairer le mystère, sinon avec vous mais avec le popotier, du devoir qu'il se fait de vous gâter et nous, de nous plumer.*

La porte s'est refermée sur le lieutenant R. avec violence. Je l'ai eu. J'en ai les jambes coupées, mais je l'ai eu. Je me rassieds. Les oreilles me tintent, le cœur me bat. Il me semble que pour le calmer je devrais me fendre la poitrine en deux, pour l'empoigner à pleines mains, l'obliger à cesser l'énorme bruit de trépan, de pompe aspirante et foulante occasionné par l'effort qu'il fournit pour venir à bout du désordre de l'arrivée et du reflux du sang. Mon sang de tête brûlée, de bouillante.

Bas sur pattes, petit bulldozer rond et fonceur, le gargotier surgit des cuisines où il était venu, comme à son habitude, vérifier le bon ordre de la stratégie culinaire à deux vitesses qu'il a mise au point pour faire sa pelote, à nos frais. Apparemment il a tout entendu. Je l'ai mis hors de lui. Tant mieux.

Dans ses yeux brillants et fureteurs de putois, de mulot, de prédateur, je lis que s'il pouvait à l'instant me faire la peau, sans crainte de poursuites pour homicide volontaire, je serais déjà morte. Faute de pouvoir m'assommer il aboie : Je suis tout bonnement de mauvaise foi. Une graine de fêtarde qu'il a depuis longtemps repérée, qui cherche à nuire à sa réputation d'honnêteté parce que mon rêve c'est de pouvoir aller coqueter au mess du Wittelsbachhof, de m'y faire des p'tits copains, de boire le coup avec eux, au lieu d'observer la retenue qui convient à une étudiante française chargée de cours dans les collèges allemands. D'avoir à cœur de donner l'exemple de la discrétion, de la bonne tenue. Cessons de tourner autour du pot. J'ai le feu quelque part et une grande gueule qui va avec.

Me revoilà debout et cette fois ma cuillère vole à travers la pièce dans sa direction.

La grande gueule a le feu quelque part eh bien soit. Ça ne regarde qu'elle et ça n'explique pas pour autant qu'elle et ses pareilles soient condamnées par ses soins à manger de la queue de singe à prix d'or.

À prix d'or et quoi encore, éructe-t-il. D'ailleurs je suis la seule à me plaindre, à faire des histoires. Après tout, si je ne suis pas contente je n'ai qu'à rentrer chez moi en France. Ça fera une mauvaise langue de moins ici, une de plus, là-bas.

Eh bien non, gargotier, le dernier mot tu ne l'auras pas ! Miracle en effet, Marie-Geneviève de..., sanglée, comme toujours, dans son uniforme d'auxiliaire féminine des armées de terre, son joli chignon de blonde lui modelant comme toujours aussi, un profil impeccable, vient de se lever à son tour. Elle déclare, d'un ton pète-sec qu'outre que les propos qu'elle vient d'entendre à mon sujet lui paraissent diffamatoires, qu'il est par contre bel et bien vrai qu'on abuse de nous. Que nous en avons assez. Que nous porterons l'affaire devant le colonel-gouverneur, le mettrons au courant du tort qui nous est fait, à son insu. Et voilà les autres, cette mythomane de métier de Sonia et puis Rose-Marie bien sûr qui ose enfin s'exprimer et nos deux austères agrégatives, celle de Wissembourg et celle de Nancy et cette angélique de Juliette Beaudot qui se mettent à donner de la voix à leur tour, à scander en chœur : des frites, du rôti, de la tarte de Linz à la crème fouettée, de la musique au souper. Wittelsbachhof ! Vive le Wittelsbach ! Le tout en frappant leur verre à eau avec la lame de leur couteau et en tapant du pied. Une scène de rébellion femelle indescriptible se terminant au milieu du désarroi des cuisinières allemandes venues apporter le plat de côtes graillonnant qui nous est réservé avec les carottes fibreuses et les patates cuites à l'eau, par la fuite du popotier et bizarrement, le silence de ces messieurs d'à côté. Celui qu'on observe quand on est dépassé par l'événement.

Ce jour-là, sur le coup de quatorze heures, nous remontons la Hauptstrasse bras dessus dessous en chantant *C'est nous les gars de la marine* et *Boire un petit coup c'est agréable* à la stupeur de ceux qui nous croisent. Celle des Allemands dans leur vieux loden vert olive, taillé à l'autrichienne, avec femmes et enfants en bas de laine, manteaux réchauffés par des châles. Celle des officiers français en uniforme de sortie promenant leurs épouses en jaquette de mouton doré, cape de renard argenté, sans compter les recrues qui ont quartier libre. Des gaillards de notre âge en uniforme de bure de l'appelé sous les drapeaux de base, le calot, son mini-toit à deux pans, planté droit sur le pignon du front et dont l'œil s'allume au passage de notre peloton de demoiselles énervées, censées ne s'adonner qu'à leurs très savantes études, en train de jeter ostensiblement leur bonnet par-dessus les moulins en pleine rue au mépris de leur réputation d'esprits distingués et de vertu intraitable !

Bon Dieu, quel beau dimanche ! Enfin nous voilà soudées, complices les unes des autres au point d'en danser presque le rigodon sur le trottoir. Enfin nous voilà toutes moins seules, moins refermées sur nous-mêmes dans un chacun pour soi plus ou moins fou, plus ou moins douloureux. Enfin, aujourd'hui, j'ai moins froid ! L'impression d'être en train de retrouver un sens à ma présence en Allemagne. Naturellement, demain, ce sera le scandale. Mais le scandale je m'en balance. La vie est tellement belle, intéressante quand on a failli toucher le fond et qu'on émerge.

Il va de soi que les échos de l'affaire des petites assistantes de français parties en guerre contre l'intendant de la popote de la Hauptstrasse et réclamant le droit d'accès au mess des officiers de l'armée De Lattre au Wittelsbachhof auront retenti jusqu'aux casernes. Que remontée en haut lieu, jusque chez le colonel, d'autant que l'intendant aura, pour sauver la situation, pris les devants, sollicité une audience, brossé le tableau d'une bande d'excitées, chauffées à blanc par une manipulatrice enfiévrée, une calomniatrice avérée, doublée d'une aventurière en puissance, aura fait sensation. Pour en avoir le cœur net, le gouverneur de la place convoquera, non point la meneuse, la représentante d'un tiers état dont il est pourtant disposé à entendre les doléances mais Marie-Geneviève de ..., une personne de son monde sur laquelle il compte pour lui faire un rapport exempt de cette véhémence (la mienne) dont les éclats défraient la chronique de la garnison. Après leur entrevue, suivie d'une enquête discrète mais approfondie, la popote sera dissoute, l'intendant prié d'aller faire fortune ailleurs et le colonel, en honnête homme, donnera des ordres pour que nous soyons admises à prendre nos repas au mess du Wittelsbachhof. La sortie du ghetto. La victoire ! Au plein de l'hiver rhénan, de l'épaisseur de ses couches de brouillard en stagnation au-dessus des eaux squameuses d'un fleuve, à la surface sans cesse tourmentée d'un frémissement dorsal de bête rampante, pleine de surprises, d'agréments, une nouvelle vie commence.

Nourriture variée, servie sur nappe blanche, soupers sur fond d'agréables flonflons et de bourdonnements de voix humaines. Nouvelles connaissances. Nouvelles têtes. Dans un cadre privilégié bien délimité, avec ses rites mondains, ses règles de hiérarchie militaire, mais aussi ses camaraderies entre compagnons ayant mené les mêmes combats, à la table qui nous est désormais réservée, proche de l'entrée, ce qui nous permet de ne rien perdre des allées et venues des uns et des autres, celles des hommes de la deuxième division blindée, du douzième bataillon du génie, s'ils en ont une, de leurs épouses qui font toilette pour venir dîner, nous nous tenons comme au théâtre et c'est drôlement chouette, drôlement grisant. Au milieu des uniformes kaki rehaussés d'épaulettes noires galonnées d'or, les femmes pavoisent dans des deux-pièces de fine draperie claire ou sombre dont les revers de jaquette ornés de passementerie ou de velours font valoir, dans l'échancrure, le blanc crémeux d'un corsage qui les cravate de soie ; ou bien encore, dans le flou vaporeux de robes d'après-midi taillées dans du souple crêpe de laine, du satin mat et luisant les transformant en iris, en rose épanouie, en tubéreuse somptueusement florifère. Avec, par moments, quelque chose de l'anémone de mer, de son pouvoir d'absorption impitoyable de la proie qui passe. Sans doute, à cause de leur bouche qu'elles soulignent d'un rouge ardent. De sa fringale animale devant la tranche de rosbif, l'escalope viennoise, la tranche de porc. De sa volubilité carnassière. Aux dernières nouvelles, sage résolution, elles ont renoncé à monter *L'Aiglon*. Non seulement faute de moyens matériels : costumes, décors, nombre insuffisant de militaires disposés à courir l'aventure de monter sur une scène, mais à cause de rivalités entre elles pour incarner les rôles de prestige : l'impératrice Marie-Louise, la comtesse de Camerata, l'Aiglon lui-même. Il paraît qu'elles auraient pensé à moi pour le tenir. Qu'elles me trouvent altière. Altière et sûre de moi, à cause de ce culot d'avoir rué dans les brancards, demandé la dissolution de la popote de la Hauptstrasse. Ce culot dont je suis seule à savoir qu'il fut celui du désespoir, après le voyage à Fribourg, la seule façon de me sentir à nouveau, bêtement, stupidement vivante ; occupée, à mon tour, au milieu de leur essaim chamarré de belles créatures, profitant des plaisirs que leur offre ici l'existence, à jouir de l'instant qui passe. Car finalement, à tout prendre, je me sens bien à la frontière de leur élégance, de leur coquetterie, de leur parfum, d'autant que certaines d'entre elles sont pour de bon charmantes avec nous. Sans condescendance marquée pour notre tablée d'étudiantes en petites jupes austères, robes étriquées de pensionnaires montées en graine, avec, le dimanche un col Claudine en piqué blanc, en dentelle mécanique, un corsage taillé dans les étoffes de la coopérative par les petites couturières de Spire, contentes de travailler pour nous, pour du pain, du sucre, du tabac.

Et puis il y a Bernard. Bernard natif de Sabres. Un Landais qui nous est récemment tombé du ciel. Plus exactement de Coblence dont il a été partiellement détaché par les services académiques pour donner des cours de français en fin de semaine au gymnasium de garçons de Spire. Du vendredi au dimanche midi, il déjeune et dîne avec nous au Wittelsbach. Avec l'accent des pays d'oc, son espèce de roulis latin qui fait que la voix se balade d'un bout de la phrase à l'autre entre deux modulations, deux variations presque androgynes de chant occitan, il nous parle des pins maritimes, de l'élancement longiligne, au-dessus des sols meubles, qu'ils stabilisent, de leurs troncs violacés, gorgés de térébenthine. Il nous parle de tauromachie, là-bas du côté de Bayonne, de Dax, de

Mont-de-Marsan. De mise à mort de somptueuses bêtes innocentes, de crimes rituels perpétrés dans des arènes pleines à craquer de braves gens possédés, brutalement, par la soif du sang, celui de la tuerie. Car, après tout, l'Espagne n'est pas loin, son mysticisme fiévreux, son goût pour la cruauté, mise en scène ; pour le déploiement spectaculaire d'une liturgie de la violence, solennellement réglée, orchestrée, avec l'assentiment sauvage de la communauté. Celle du clan. Il parle élevage d'oies, de canards, condamnés à l'immobilité dans le noir. Que des femmes pieuses qui n'oublient jamais d'aller à la messe, à confesse parce qu'elles craignent pour le salut de leur âme, gavent d'un brouet qu'elles leur enfournent dans l'estomac en leur écartelant le bec à l'aide d'entonnoirs, les réduisant, pour obtenir le foie gras, régal du réveillon chrétien et de la Saint-Sylvestre à l'état de suppliciés.

Clair de peau et d'yeux, de taille tout à fait moyenne mais avec quelque chose de hautain dans les intonations, les manières, non dénué d'attachement à un catholicisme ambigu à la limite d'un païanisme ancestral, pratiqué dans des églises dégoulinantes d'or, d'insolente richesse, à croire que le Dieu qu'on y révère, ne serait rien d'autre qu'un vulgaire parvenu ; tenant conjointement ses distances avec les conformismes religieux ou sociaux, ce qu'il appelle leur puérilité, c'est un garçon singulier, à la fois désinvolte et pieux et par conséquent inclassable. Ayant, de surcroît, cela de particulier, que jusqu'à la hauteur de la seconde phalange, deux de ses doigts, l'annulaire et le majeur, tiennent l'un à l'autre par une membrane, que chacune de ses mains est à demi palmée. La surprise passée, on se fait finalement très vite à ce quelque chose qui les apparente à un monde mystérieux, aquatique de plantes, de bêtes flottantes, d'oiseaux longcoursiers amphibies, échoués en cale sèche sur la blancheur d'une nappe de la salle à manger du mess des officiers de la garnison de Spire. Apparemment d'ailleurs, il s'en arrange, n'en fait pas un plat, d'autant que cela ne l'empêche aucunement d'écrire. Or, il écrit justement. Des poèmes en français, en occitan dont il me fait lecture quand nous nous promenons ensemble, car il aime chez moi, et c'est l'une de ses formules brillantes dont il a le secret, ce qu'il appelle « une marginalité périlleuse pour mon avenir d'honnête femme, comme la sienne l'est, pour son avenir d'honnête homme ».

Nous baguenaudons de concert le long du Rhin quand il fait soleil, hantons les ruelles du vieux Spire, lui, en costume de ville un peu usé mais bien coupé, chemise blanche et cravate nouée serré, le béret basque enfoncé à la diable sur le crâne. Moi en manteau de ratine bleu marine, retapé sous l'occupation allemande, hiver après hiver, avec des empiècements au dos, de nouvelles manches, de nouveaux revers, et fidèle comme toujours à mes nœuds de ruban à pois dans les cheveux. Couple de jeunes toqués, que le hasard a mis sur la même longueur d'onde, en quête de trajets mystérieux, de promenades entre des murs aveugles et proches à se toucher sur le tracé d'anciens remparts, nous obligeant à nous faufiler d'un point à un autre comme des voleurs, pour aboutir à quelque placette, cernée par d'antiques logis aux fenêtres à meneaux avec, ici ou là, tassée sur elle-même, sur le silence de sa salle de café, une auberge quasi vide de chalands, faute de pitance et de boisson à leur offrir, nous rions, chantons, récitons ce qui nous passe par la tête. Les poèmes de Bernard Manciet, natif de Sabres, le poète franco-occitan (un demi-siècle plus tard il sera invité à les dire à la Maison de la poésie, dans le Marais, et ils lui vaudront, une demi-page de louange dans *Le Monde*) parlent d'amour charnel et de péché, de repentir et de rédemption, de passions interdites, mais assumées. Il règne dans les vers que, dressé de toute sa hauteur et sa main droite palmée désignant les nuages, c'est-à-dire l'inaccessible, il psalmodie, un climat d'autoflagellation sur fond d'incantation monarchique qui me fascine et que je rejette en même temps. Car si, en cas de blessure infligée, la capacité de souffrance est et restera toujours chez moi illimitée, je resterai toujours à cent lieues d'un masochisme en quête de jouissance douloureuse, de sévices consentis et même souhaités ; d'autopunition sanctionnant les plaisirs minutieux et cruels dont il s'alimente. Qu'importe. Et c'est sans doute, la conséquence d'une éducation toute chrétienne quand elle est basée sur la culpabilité originelle de l'être humain et qu'elle est, en même temps, battue en brèche par le besoin naturel de jouissance et de domination qui donne à la parole de Bernard toute la violence de celle de son verbe. Quand le verbe se fait chair, devient pouvoir sur les esprits et les corps, se transforme en bâton de commandement, en fouet, en serpent, en sceptre du Jugement dernier.

Il nous arrive quand nous sommes quittes d'exaltation et pour en finir avec toute cette fièvre qui nous aiguillonne autant l'un que l'autre, de nous mettre à danser en plein air, là où nous nous trouvons. Nous valsons rue de la Mare-aux-lièvres, rue des Ours, du quai aux Ânes, devant les murs du couvent Sainte-Magdalena et de son collège de jeunes filles catholiques. Nous dansons comme on le fait partout, en somme, sur les cadavres parce que c'est toujours à un moment donné la loi du genre de les utiliser comme tremplin, comme marchepied pour s'élancer vers ce qu'on baptise férocement l'avenir. Notre avenir ! Rivetés l'un à l'autre par le crochet d'une main, la saillie d'unc épaule comme s'il s'agissait pour nous d'une opération de vie ou de mort, que lâcher prise, rater le un deux trois du tempo serait nous perdre, interrompre le développement d'une dynamique nous permettant de fabriquer à deux l'énergie nécessaire pour survivre, nous tourbillonnons. Parfois la scène se passe sur le petit pont enjambant le Speyerbach, le ruisseau de Spire qui finit après avoir traversé ce qui reste de la cité médiévale par se jeter dans le gouffre du Rhin. Au-dessus de cet affluent minuscule au lit étroit, tapissé de faux cresson, hanté par les poules d'eau, soucieux de maintenir notre mouvement orbital de double planète de chair, nous virevoltons, avec délices, avec obstination.

Chantez, ma belle, me dit-il, *sans cela, nous allons perdre le rythme, or, il faut que nous le tenions au moins cinq minutes d'affilée, histoire de nous prouver pendant ces cinq minutes-là, non seulement que nous avons du souffle mais que nous sommes heureux.*

Bernard a raison. Le jeu en vaut la peine. Je m'exécute donc. D'une voix hardie et cuivrée, ma voix de paysanne, d'instrument à vent marquant le tempo dans les bals de noces quand on se met à tourner en rond pour que le cercle décrit par chaque couple donne à ceux qui l'observent une impression d'euphorie, de système bien huilé de rotation à deux, j'entonne un air de valse de Strauss, de Lehar, d'Offenbach, enveloppant, irrésistible où il s'agit de célébrer les plaisirs de la vie, et par conséquent, les griseries du vin, de l'amour, des nuits de volupté au bord des lacs, au cœur des forêts, sur la mer, à l'usage des amants sans défense contre la passion qui les brûle.

Continuez, ordonne Bernard. *Vous êtes aussi ensorcelante que la Lorelei. Il ne vous manque dans les cheveux que son peigne d'or. Il va falloir que je me débrouille pour vous en offrir un.*

Nous rigolons. Parfois des gens passent. Des Allemands sombres, silencieux, raseurs de murs, porteurs de sacs à dos chargés de bois de chauffage, d'une échelle, d'une ou deux planches, d'un tronçon de poutre. Ils vont à leurs affaires : un pignon à réparer, un banc à remettre en état, une nappe du trousseau de leur femme, brodée par elle au temps heureux des fiançailles, à échanger dans une ferme contre des pommes de terre, des œufs, du saindoux. Le poids de la défaite et de l'indigence pèse lourdement sur eux, les rapetisse, les rend bossus. Leur démarche est lente, incertaine et leur regard quand il croise le vôtre est celui qu'on jette, à qui fait impunément injure à votre deuil. Ni arrogants pourtant ni cruels de nature, aussi peu enclins à prendre un malin plaisir, à les narguer, Bernard et moi continuons à danser pourtant, parce que chacun de nous pour des raisons qui lui sont propres et qu'il se garde de révéler à l'autre, a besoin d'exorciser ses tourments, et que valser est un moyen d'y parvenir en faisant confiance à l'horlogerie des corps.

Autre exutoire pour lui et moi, Heinrich Heine dont je connais par cœur un certain nombre de poèmes mis en musique par Schumann. Assise sur le parapet du pont de pierre du Speyerbach, je les lui chante a capella et il arrive, comme Günther, qu'il les siffle en même temps. Leurs paroles, en particulier celles des amours du poète sont, la plupart du temps, d'une simplicité merveilleuse et déchirante. Elles disent la passion contrariée. Le chagrin qui n'en finit pas de faire mal et qui mène insensiblement au tombeau. J'ai payé quatre marks trente pfennigs, l'anthologie de cent onze pages de poèmes, récits de voyage, extraits de réflexions sur les autres et lui-même, de Heine. Sous couverture cartonnée de teinte grise ornée de minces guirlandes florales, elle vient d'être publiée, malgré toutes sortes de difficultés : pénuries de papier, morosité des acheteurs potentiels, par les Éditions Oswald Dobbeck, sises à Spire même, qui ont eu le mérite de la faire paraître sous contrôle du gouvernement militaire de la zone d'occupation française, visa Éducation publique 1251, autorisation 1015 émanant de la direction des services de censure. Parfaitement inconnu de moi, mais d'une grande rigueur d'écriture (s'il n'est d'ici, est-il rhénan ?), Ernst Johan docteur en belles-lettres, a rédigé une préface du plus total anticonformisme, au sujet de la portée de l'œuvre de Heinrich Heine, occultée, sinon honnie, sous le national-socialisme parce que, né von Geldern par sa mère allemande, sœur d'un conseiller aulique, membre du tribunal suprême du Saint-Empire, il était d'origine juive par son père et par conséquent accusé de n'avoir jamais aimé l'Allemagne. De l'avoir tournée en dérision partout où il allait, avec la malignité des gens de sa race, de l'avoir trahie en se refusant à cultiver la francophobie de rigueur sous l'impulsion de la Prusse, d'avoir longtemps vécu puis d'être mort à Paris. C'était en 1856. À la veille, ou presque, des hostilités franco-allemandes de 1870 avec, pour enjeu, le retour de l'Alsace-Lorraine dans le giron germanique, après que le traité de Nimègue, cent ans auparavant, l'eut rattachée à la France. Une reprise de chaque côté du Rhin de la guerre des clans, datant, après la mort de Charlemagne et de Louis le Pieux son fils, des luttes fratricides entre leurs descendants ayant entraîné le dépècement du Saint-Empire et fait de la Lotharingie un objet de querelle séculaire entre eux. Être européen et pacifiste a toujours été depuis plus de mille ans une position passablement inconfortable. Heine l'était justement qui, de Paris, où il avait pris le parti de se fixer, rêva pour la France et pour l'Allemagne dont il avait gardé une poignante nostalgie (celle du pays d'origine, de la culture d'origine, des liens du sang) d'un monde apaisé, capable de venir à bout de ses vieux démons increvables, de leurs querelles meurtrières entre cousins ennemis.

M'auront passionnée en 1947, même si après le retour de Fribourg, j'en aurai désormais fini avec l'ambition de parler la langue d'Ewald Rodstein, parfaitement, ou presque, de m'y glisser comme dans une seconde peau, tout en maintenant intacte la première, ma langue maternelle, ces textes en prose et en vers de Heinrich Heine, l'homme déchiré entre son pays d'origine et son pays d'adoption. Ayant finalement opté pour l'exil à Paris, après, enfant, avoir fréquenté l'école primaire chez les franciscains de Düsseldorf, fait ses humanités au gymnasium de cette même ville, poursuivi des études à Bonn, à Berlin, obtenu, pour finir, le grade de docteur en droit de la faculté de Göttingen, avoir tenté toutes sortes d'établissements sur le sol natal, y avoir vécu ce qu'il appelle « toutes sortes d'amour et de maladies » et puis quitté, la mort dans l'âme, faute de s'y être jamais senti pour de bon heureux. Cet inclassable de Heine. Plus préoccupé d'humanisme, de belles-lettres que de faire honneur à son milieu. Un frère, officier de dragons au service de l'empereur d'Autriche, un autre, médecin militaire dans l'armée russe, une sœur, Charlotte von Geldern mariée selon son rang. Hostile aux jésuites, favorable au luthéranisme dans lequel il avait été baptisé. Considérant que la Réforme avait été un facteur décisif et civilisateur de la révolution des idées en Allemagne et du rapport avec Dieu, mais, parallèlement, à cause de son amour viscéral de la nature, accusé d'athéisme par les pisse-froid du protestantisme pur et dur. Heine, l'imprévisible, l'ulcéré. S'en tirant en se moquant, non point seulement des autres, mais plus encore de lui-même.

« Madame, les tartes aux pommes en effet, ont été

autrefois ma passion. Maintenant, c'est l'Amour, la Vérité, la Liberté et la bisque d'écrevisse. »

L'écartelé entre deux peuples pataugeant à la limite de la haine et de l'amour dans les bourbiers de leurs rancunes mutuelles et dont il se sentirait, jusqu'à sa mort, le carrefour obligé, le point de réfraction douloureux.

Livre en main, col relevé pour éviter de prendre froid, juchée, jambes ballantes, sur le parapet du pont du Speyerbach, de son lit de ruisseau charriant, au milieu des cailloux et des mousses une eau trouble et verte, je lis à haute voix toujours et directement dans le texte pour Bernard un poème de Heine, écrit par lui après douze ans d'absence, lors d'un voyage en Allemagne et qui dit ceci : « Depuis que j'ai remis le pied sur la terre allemande, je suis traversé par des énergies prodigieuses. Je me sens merveilleusement fort. Je pourrais arracher les chênes. » Et puis encore, découverts dans un extrait de ses notes personnelles, rédigées à Paris, révélateurs de son impossibilité à résoudre les contradictions qui le tourmentent, les propos suivants : « Je ne me suis jamais fait naturaliser de crainte de me mettre alors à moins aimer la France comme cela arrive avec une maîtresse pour laquelle on se met à éprouver des sentiments plus froids, quand on a contracté mariage avec elle. Je continuerai donc à vivre avec la France, en union libre. »

Heine, mon cher Heine. L'arracheur de masques. Jamais remis de la sauvagerie des âmes, de leur mesquinerie. En lui, un précurseur de Günter Grass, en somme. De son nain au tambour, s'étant, enfant, volontairement condamné à ne jamais grandir par dégoût de lui-même et des gens de son entourage. De leur acceptation, après les horreurs d'une guerre les ayant, après la défaite réduits à la seule satisfaction de leurs besoins élémentaires et sexuels et mis leur conscience en bouillie, d'être dépouillés, à force d'humiliation et de misère, de dignité. Heine. Son regard acéré sur les travers du monde. Le monde français dans lequel, il a pourtant choisi de vivre. Le monde allemand qui lui tient au ventre mais qu'il a quitté. Mais encore et par-dessus tout et qui lui tient lieu d'exutoire, de patrie, son génie poétique de desservant des mots. De ceux, et quoi qu'il en ait contre le militarisme prussien en train de rompre le cou à l'idéal libéral de Weimar, de sa langue maternelle, justement. Fidèle à eux comme à une terre, même par soi, désertée. À ses formes, ses couleurs, à l'organisation de ses paysages, la façon de vivre et de mourir, de travailler, de se reposer, d'aimer et de haïr de ceux qui les hantent. Fidèle à l'idiome originel. Dont le fœtus s'est déjà nourri dans le ventre de la mère. Le seul qui lui permette d'exprimer l'inexprimable. Le mystère qu'il porte en lui. La poésie donc ! La seule façon d'approcher le mystère de l'autre, de le toucher du doigt. De faire que la révélation ait une chance d'avoir lieu ; avec elle, le miracle du partage de la parole entre les hommes, frappés à la longue de mutisme à force d'incontinence verbale, vide de sens. Et c'est alors que joies et chagrins, paix de l'âme et tumulte, amour et trahison, se font entre eux, merveilleuse monnaie d'échange. Heine. Mon cher Heine, devenu ma bible en ce temps-là. Mon compagnon de déchirement. L'amant heureux ou floué selon l'état de grâce ou de disgrâce du moment. Attaché à l'Allemagne ainsi qu'à une femme chérie, mais décevante, à la France de même. Elle aussi chérie et décevante.

Bernard prétend qu'à cause de ma voix pour réciter des poèmes de Heine, de son contralto sauvage, abyssal de sirène attirant pour le noyer, le pêcheur, le matelot dans les tourbillons du Rhin, aussi, de ma luxuriante tignasse de faunesse que je discipline comme je peux avec des barrettes et des nœuds de ruban de gamine, je mérite doublement ce fameux peigne d'or avec lequel la Lorelei fait ruisseler sa chevelure de démone au-dessus des eaux. Qu'il se déclare prêt à le lui voler s'il le faut et que tant pis si elle porte plainte et s'il termine en prison, du moment qu'au nom du droit de visite, nous obtiendrons celui de nous réciter des vers à travers les barreaux. Lui, les siens. Moi ceux de Heine. En un mot, devenir, outre ceux par qui le scandale éclate, la fable de la garnison.

Au demeurant, on nous soupçonne, nous affichant comme nous le faisons le long du Rhin, dans la vieille ville, en y polissonnant au gré de nos humeurs d'énergumènes insoucieux du qu'en-dira-t-on, d'être cul et chemise et même, on nous marie pour de bon depuis, délirante, insolente, l'entrée fracassante que nous avons osé faire, au bal de fin d'hiver donné par le colonel-gouverneur, au beau monde de la garnison.

Car surprise, ô surprise ! Nous avons, mes pareilles et moi (j'ai nommé Rose-Marie, Alice Schmidt et consorts) reçu une invitation officielle pour nous y rendre. À la vérité, nous devons cet honneur à l'équipe des lieutenants du douzième bataillon du génie. À l'inverse des snobinards de la popote de la Hauptstrasse, ils sont non seulement polis, mais cordiaux avec nous, s'intéressent à notre existence, s'attardent volontiers après dîner à notre table, autour d'un verre, d'un café. Certains nous courtisent en douceur, ce qui n'est pas seulement flatteur mais de bonne guerre. Car la guerre, celle qui consiste à maintenir ou reconquérir dans un pays, le leur, le nôtre, le droit à la reprise en main de sa liberté, de son destin, ils en connaissent le prix. Ils ont l'habitude que leur vie, celle des autres qu'ils combattent, qui les combattent, ne tiennent qu'à un fil. Ils savent, qu'indifféremment, jusqu'à la dernière seconde d'une bataille gagnée ou perdue, la mort est sur eux et sur l'adversaire. Cette mort qui remet toutes les pendules à l'heure. Cette mort qui se fout de ceux qu'elle tue. De leur histoire, de leurs amours, de leurs rêves, du bien ou du mal qu'ils ont fait, de leur survie pour le meilleur ou pour le pire d'eux-mêmes, de ce qui les habite, anges ou démons, de ce qui aurait pu les rendre dignes ou indignes d'avoir un avenir vraiment humain. Ils savent qu'avec elle, cette garce de mort c'est à la chance, à l'injustice, à l'humeur. Et c'est pourquoi, ils sont bons camarades avec nous au-delà des critères mondains. Parmi ces jeunes hommes de l'armée Leclerc que nous verrons quelques mois plus tard quitter Spire, retourner au casse-pipe en Indochine, soldats de carrière rompus, même au repos, à se tenir sur le pied de guerre, j'apprécie particulièrement le lieutenant Georges Seigneur. J'aime le comportement de Georges. L'intérêt qu'il porte à la personne d'autrui. Né dans une famille de militaires de carrière, lui-même engagé en 1938 dans le corps du génie, à Besançon, il a gagné l'Algérie après la défaite de 1940, y a fait, à Cherchell, l'école d'officiers, servi en Afrique noire, après la création par de Gaulle et Giraud, du Comité français de libération nationale. Ensuite, ce fut le débarquement en Provence, la remontée du Rhône, celle du Danube et du Rhin sous le commandement de De Lattre. Bien élevé, galant par principe avec les femmes, il a, ce qu'on appelle, de la conversation. L'échange avec lui, de considérations de toutes sortes sur l'existence ou la non-existence de Dieu, sur les rapports ambigus que nous, les Français, devenus occupants après avoir été occupés, entretenons dans cette ville avec une communauté allemande ou, dégrisée par la défaite ou, n'ayant jamais osé par crainte de l'internement, désapprouver les menées du nazisme, ses jugements nuancés en la matière, font de ce jeune officier instructeur particulièrement compétent en matière d'explosifs, un garçon très agréable à fréquenter, auquel je n'ai pas hésité à infliger un soir, rue Beethoven, la lecture de ma pièce sur le racisme, bien entendu.

Georges a une fiancée dont il a fait la connaissance à Spire quand elle y travaillait à la SDEC, les services chargés d'enquêter sur le passé nazi assorti de persécutions raciales avérées de certains Allemands. Alsacienne de souche elle est non seulement parfaitement bilingue mais en état de maîtriser le dialecte parlé dans le Palatinat. Elle a fait connaissance de Georges un samedi soir, au cabaret de la Vieille Porte, un lieu de distraction et de rencontre, réservé aux ressortissants français de la place. Entraîné là, le jour même de son arrivée à Spire, par son capitaine qui ne lui avait pas même laissé le temps d'échanger son treillis contre sa tenue de sortie, Georges qui ne savait pas danser, enfin guère, s'est retrouvé catapulté au dancing, a invité pour un tango Catherine qui ne savait pas mieux danser que lui et c'est en s'essayant à s'ajuster au rythme voluptueux d'une sorte de habanera qu'ils ont éprouvé le coup de foudre. Depuis, elle a été mutée à Mursbach près de Neudstadt et elle vient, chaque fin de semaine le rejoindre à Spire. Prête à se lier avec lui pour le meilleur et pour le pire, à nomadiser courageusement dans son sillage de garnison en garnison, s'il le faut, de continent à continent, après le départ précipité de son bataillon en 47 pour l'Indochine, elle renouvellera son engagement dans les services féminins de l'armée pour le rejoindre à Saigon où ils se marieront littéralement au son du canon, elle, comme lui, en uniforme, mais, de par la diligence de la femme d'un adjudant chef du bataillon, porteuse d'un voile blanc court enjolivé aux tempes par des fleurs odorantes du pays, genre gardénias, orchidées, lui faisant un visage de radieuse jeune épousée florifère.

Bien sûr, Spire n'ayant été dans nos existences qu'un entracte, quelque chose comme un accident de terrain taillé en creux dans lequel nous avions bivouaqué, entre deux versants de vie plus ou moins chahutée, nous allions nous perdre de vue. Ignorer les uns des autres, si nous étions morts ou vivants, malades ou bien portants, heureux ou restés sur une faim de bonheur jamais assouvie. Vingt ans plus tard, m'arrivera par l'intermédiaire des Éditions Denoël une lettre de Georges en poste au Sahara. On est en 1966. Il est devenu commandant et moi, la germaniste au petit pied, je viens de recevoir le prix des Libraires de France pour mon cinquième roman, *Les Feux de la chandeleur* dont un film sera tiré avec Annie Girardot et Jean Rochefort. Le commandant Seigneur, en feuilletant pour se distraire les magazines qu'on envoie de France aux militaires stationnés dans le désert vient de découvrir ma photographie dans le magazine *Elle* et l'annonce de la parution de mon livre en feuilleton.

Miracle du temps aboli, laminé ! Le dialogue va reprendre et cette fois sans jamais cesser tout à fait, même si pas mal d'eau va continuer à passer sous les ponts avant que, fixé à Strasbourg avec Catherine et les deux fils qui leur sont nés, quand, venue présenter un autre livre à la télévision d'Alsace je sois accueillie chez eux rue d'Arras. Retrouvailles, retrouvailles ! Remontée à la surface d'un patrimoine de souvenirs communs que nous avions rangés, par la force des choses, au placard. Spire par conséquent. Spire. Speyer am Rhein ! L'air qu'on y respire quand on est en transit. Une façon de vivre en état second sur fond de dépaysement doré certes, mais de dépaysement ; d'inconfort moral inavoué sur fond de misère allemande ambiante. Spire ! Mon apparition lors d'une matinée récréative organisée pour les Français, au théâtre de la ville en tailleur marine rayé de blanc, boutonnière ornée d'une rose en soie artificielle, pour, devant ces messieurs de l'état-major et leurs dames, ceux de la cavalerie, du génie, chanter a capella en détachant chaque syllabe et en le faisant à la Marie Dubas : « Parlez-moi d'amour, redites-moi des choses tendres » ; à la Yvonne Printemps : « Je passais aux Tuileries, quand dans une allée fleurie » et pour corser le tout, à la gaillarde vivandière : « Boire un petit coup c'est agréable », repris par l'ensemble de la salle. Un vrai succès ! Spire. Ses rires homériques. Ses larmes cachées. Ses dîners au Wittelsbach où il arrivait qu'à l'heure du café ou du petit alcool de derrière les fagots, on fît entrer dans la salle à manger où il batifolait de table en table comme un chien fou, humant les bas de pantalon, les ourlets de robe, en grognant pour la forme, mendigotant un reste de patate, un croûton de pain, le marcassin ramené par les sapeurs lors d'une partie de chasse au sanglier dans les bois d'alentour et qui, apprivoisé par les cuisinières, dûment engraissé avec les reliefs de nos repas, vivait pour l'ordinaire, dans leurs jupons, en attendant, le pauvre, de terminer comme sa mère dans nos assiettes de carnivores impénitents, donnant de la fourchette et des crocs dans leur côtelette, leur jarret de veau à la crème au son de la *Valse de l'Empereur* et autres envolées langoureuses à faire perdre la tête à la plus convenable et la mieux née des jeunes filles viennoises, à son premier bal.

Le bal justement. Le fameux bal dans les salons du palais du gouverneur !

Pendant un mois, l'effervescence. Pas seulement chez les femmes des officiers de la place mais, dans leur sillage, chez nous, les assistantes d'enseignement s'évertuant pour quatre cents marks à prodiguer les rudiments de la langue française dans les écoles allemandes. Comment allions-nous nous débrouiller pour faire le moins triste figure possible, au milieu des toilettes des épouses des capitaines, des commandants de la base qui multipliaient les voyages à Strasbourg, en revenaient avec de la moire, du velours, de la dentelle mécanique, des plumes d'autruche, des petits sacs en faux cuir doré et qui arboreraient dans l'échancrure de leurs décolletés, leurs bijoux de famille, aux oreilles, leurs diamants navettes, leurs pendentifs en argent ciselé, incrustés de grenat ou d'améthyste ? Oui, comment allions-nous nous en tirer, d'autant que la rumeur se précisait que la colonelle, pulpeuse Languedocienne, à chevelure d'ébène, de Mauresque, avait annoncé son intention d'arborer pour la circonstance et qu'elle ferait venir de son Roussillon natal, la robe de satin blanc ornée de dentelle, au point d'esprit qu'elle tenait de son arrière-grand-mère qui l'avait portée sous le second Empire dans les bals qui avaient lieu alors à Perpignan chez le préfet et qui donnaient à toutes celles qui y étaient conviées, paraît-il, des airs d'impératrice.

Bernard a reçu lui aussi une invitation.

Vous êtes une formidable valseuse, m'a-t-il dit. *Soyez ma cavalière. Arrangez-vous, ma valse, ma Lorelei, pour concocter une toilette qui ressemble à une robe du soir, même en cotonnade, en toile de chanvre, en papier. Puisque nous sommes des petits intellectuels fauchés et que ce sera le grand tralala dans les chaumières, il faut que nous fassions une entrée mémorable. De toute façon, vous et moi, ne sommes pas à une provocation près. Voici ce que je vous propose. Que vous décrochiez, pour apparaître à mon bras, quelque chose qui s'apparente à une tenue de bal. Moi, je loue un smoking mais j'aurai, pour vous faire virevolter sous les lustres, mes souliers de football. Je pratique le football à Coblence, deux fois la semaine. Vous verrez, tourbillonner avec moi sur un grand air de Strauss ne sera pas sans panache et puis enfin, je vous connais, quitte à y laisser des plumes, vous tiendrez le pari.*

Je vais le tenir.

Pendant que Rose-Marie, Alice, Sonia et compagnie décident raisonnablement d'opter pour la jupe longue noire (certaines d'ailleurs, l'emprunteront, quand elle est à peu près à leur taille, à leur logeuse qui la portait avec un corsage de velours, de dentelle pour aller au théâtre, au concert, du temps du national-socialisme, pour y écouter du Wagner après avoir entendu, comme au festival de Bayreuth, un discours sur le génie du plus grand compositeur de tous les temps, au service de la célébration de la suprématie de la race aryenne, car, après tout, si les temps changent, une robe de gala c'est comme l'argent, ça n'a pas d'odeur), qu'elles assiègent la coopérative pour y dénicher de quoi se faire tailler en ville un corsage un peu vaporeux, je demande à Marthe de m'expédier, séance tenante, la robe de cortège que j'ai portée à l'occasion des noces de Georgina, la fille aînée du neveu de Georges Brossier, son premier époux, tué en juillet 1918, lors des combats livrés en Champagne, cinq mois après leur mariage. Soigneusement conservée depuis 1943 dans l'armoire de ma chambre, à Aulaines, elle devrait faire l'affaire. En pleine crise du textile, en l'absence de soie, de satin, de crêpe de Chine, devenus introuvables à l'époque, confectionnée à Bonnétable par une habile couturière, dans un tissu de synthèse, raide et cassant, difficile à travailler, à porter, glacial sur la peau, ma toilette d'acétate jaune paille, taillée forme princesse, avec décolleté rond et manches-ballons, chaque panneau de jupe (il y en a six) agrémenté d'un nœud de velours marron, m'aura pourtant permis, à l'église comme à la mairie, au défilé à travers les rues conduisant à la salle des fêtes de Bonnétable pour le déjeuner, le souper et la sauterie, autorisée exceptionnellement par les autorités allemandes uniquement en cas d'épousailles, de remporter une manière de triomphe. Et c'est vrai que mon cavalier, un costaud pétant de santé, sans façon, certes, mais vif du regard, le sourire avenant, cousin du marié, de son état, commis-boucher dans l'Eure-et-Loir et qui, visiblement s'y connaissait, comme pas un, dans l'art de vous détailler un bœuf sans en perdre une miette, du mufle, à la queue, du poitrail au jarret, après l'avoir guillotiné, puis ouvert en deux, de la gorge aux amourettes, avait été assez fier de me donner le bras. De parader en ma compagnie. De profiter de l'occasion de ces réjouissances nuptiales, pour faire tournoyer mes dix-sept ans de jeune créature épanouie, d'une poigne solide qui nous entraînait d'un bout de salle à l'autre, aux accents, distillés avec le concours de deux clarinettes et d'un saxophone, de l'allègre *Rose-Marie Polka*, de la scottish écossaise, du tango d'avant-guerre et de la valse viennoise bien entendu. À l'étonnement de mon entourage, pris de court par l'explosion soudaine, dès l'âge de quatorze ans, d'une maturité physique et mentale qui m'avait projetée, dès les débuts de la puberté, dans l'âge adulte, avait aiguisé chez moi, le sens critique, la capacité de jugement, hanches bondissantes et taille bien prise dans ma robe d'acétate jaune paille, sa luisance de pacotille qui m'avait, pour un jour de frairie villageoise volée à la dureté des temps, donné des airs de jeune déesse lunaire, pulpeuse et sérieuse en même temps, j'avais, paraît-il, beaucoup plu au commis-boucher dont il me fut, par la suite, rapporté qu'il aurait déclaré que si j'avais été moins instruite, il eût aimé tenter sa chance de faire de moi une bouchère. De m'installer à la caisse après avoir appris sous sa direction, pendant qu'il sacrifierait bovins et moutons, coltinerait les pièces de viande jusqu'aux chambres froides, à débiter proprement, sur un étal, filet, faux-filet, jumeau, tranche et basse-côte, escalope et bifteck, côtelettes et collier d'agneau, filet mignon, jarret de veau. Une de ces femmes avec laquelle on a envie de s'établir, de fonder une famille, de partager avec elle du bon et solide plaisir à table comme au lit, et de pouvoir compter sur elle pour réussir dans le commerce.

Minutieusement pliée puis glissée par précaution à l'intérieur d'un sac de jute, le tout emballé dans du fort papier gris, pour la mettre à l'abri des manipulations qui pourraient la malmener au cours du voyage, la merveille des merveilles, je veux parler des féeriques atours, grâce auxquels, trois ans plus tôt j'avais tapé dans l'œil du commis-boucher d'Eure-et-Loir est arrivée à bon port, deux semaines avant le jour J. Auguste et Marthe avaient apporté le plus grand soin à la confection d'un colis devant affronter toutes sortes de manipulations ferroviaires et franchir une frontière, aussi à rédiger l'adresse du destinataire, à l'encre rouge. Mademoiselle Annie Roulette – Boîte postale militaire 415 secteur postal 1640. Ouvrir le précieux paquet, en sortir avec toutes les précautions requises, la robe de cérémonie, jaune paille, la mettre sur un cintre, l'exposer à l'air frais du dehors sous le toit de ma terrasse pour en effacer les mauvais plis m'avait tiré des larmes. Je savais tout ce que les Roulette espéraient de ce bal. Qu'il soit le prélude d'une nouvelle vie et, qui sait, d'une nouvelle rencontre débouchant sur des perspectives solides d'avenir qui me feraient totalement oublier le désarroi absolu dans lequel m'avait plongée l'abandon de Rodstein.

S'ensuit, deux jours plus tard, rue Beethoven, une conférence, réunissant autour de moi Rose-Marie et cette brillante germaniste, cette graine d'universitaire d'Alice, pour une fois saisie d'envie de réjouissances mondaines et qui parallèlement à ses études menées en Alsace pendant la guerre, a suivi des cours de couture à Colmar, où il est décidé de concert, après essayage de la fabuleuse toilette d'acétate qui a franchi, pour rejoindre Spire, des centaines de kilomètres de plaines, de montagnes, qu'il ne faut pas hésiter à en élargir le décolleté, à le draper de tulle marron assorti aux nœuds de la jupe ce qui lui donnera un cachet particulièrement irrésistible. Travail dont Alice se sera chargée, épingles entre les dents, ciseaux brandis à hauteur de corsage avec le même sérieux qu'elle apporte en toutes choses.

Pari tenu. C'est déguisée en princesse de pacotille, accrochée au bras d'un cavalier en tenue de gentleman, presque de dandy, mais confondant ostensiblement l'usage d'une piste de danse avec celui qu'on fait d'un terrain de football que Bernard et moi aurons fait notre entrée à la soirée du gouverneur. Et puisque le colonel n'ayant manqué ce jour-là, ni de sang-froid, ni d'humour, n'aura pas donné la consigne au service d'ordre pour qu'après notre arrivée de doux dingues, venus effrontément le saluer, lui et son épouse en effet merveilleusement habillée, parée, dans la toilette de bal second Empire de son arrière-grand-mère, on nous sommât de quitter la place, d'aller nous faire pendre ailleurs, pourquoi pas, à quelques centaines de mètres de là, sur l'échine complaisante du pont de pierre du Speyerbach, dans la rue aux Ânes où nous pourrions y jouer furieusement de la gambette avec la bénédiction du clair de lune, ç'a été une belle, une formidable soirée ! Le clou de nos chorégraphies de plein air improvisées à deux pas des murs du couvent des dominicaines. Avec petits-fours et champagne, brillant orchestre de genre, tournoiement de jupes, frôlant dans leur élan, tendus et nerveux sous l'étoffe de fin drap kaki soulignée d'une large bande noire, les jarrets des officiers de la place, un spectacle à ne pas rater. Une féerie !

Et cette fièvre qui s'empare de vous. Qui vous tient. Parce que pour quelques heures, la vie a tout à coup choisi de vous faire fête, de venir à la rencontre de vos rêves, d'être généreuse avec vous. Danser. Danser avec la vie, justement. La prendre au mot. Avec Bernard, avec Bizot, lieutenant de sapeur, Charrier capitaine qui me propose de m'apprendre à monter à cheval. Grand Dieu, pourquoi non ? Il suffit de se laisser aller. Au beau milieu d'un paso-doble, de son rythme sauvage, « à deux quatre » : piétinements, ruades, et le couple s'ébranle, progresse par saccades, excité comme une paire de chevaux, le monde qui bascule, change d'orbite. C'est le redépart de zéro. La seconde naissance. Tant et si bien que si quelqu'un s'avisait, aussi invraisemblable que cela puisse paraître, entre une rumba et un slow, de vous demander si dans l'existence vous avez eu l'occasion de rencontrer quelqu'un répondant au nom d'Ewald Rodstein, vous déclareriez qu'il est inconnu de vous et même, vous vous étonneriez que votre interlocuteur vous ait posé une question aussi saugrenue, absurde, hors sujet.

Haut les cœurs, Annie Roulette et *Carpe diem*. Demain sera ce qu'il sera. Laisser filer le temps entre les doigts. S'installer avec lui dans l'éphémère. Continuer à chalouper d'un lieu à l'autre, d'une communauté à l'autre, l'allemande, la française. Les prendre comme elles sont, sans crise de conscience particulière, inconfortable état d'âme. Avec les lascars de l'Aufbauschule, les militaires de la deuxième division blindée, avec les Müller, Les Haüptmann, avec Günther Blumensteiff, avec Walter, qui continue lui à me faire danser la biguine autour de son Bösendorfer, avec ce diable de pasteur presque constamment plongé dans les épîtres de Saint Paul pour essayer d'apaiser, qui sait ? ses scrupules de conscience de nazi repenti. Avec Wolfi, toujours aussi friand de mes histoires de loup et de mes tartines de beurre. Avec Bernard. Nos vagabondages, nos loufoqueries de rue en rue dont tout le monde persiste à croire qu'elles finiront, un de ces jours, par nous mener à convoler en justes noces. Alors qu'il n'en est rien. Que notre but commun c'est de nous étourdir. D'attendre de l'autre, comme on noierait à deux son drame dans l'alcool, mais sans jamais exiger de lui des confidences, qu'il vous aide à oublier ce qui vous tourmente. Quelque part, en lui, en moi, cette fêlure, cette déchirure inavouable sous le masque de l'absolue désinvolture. Chacun veillant à n'en rien trahir. De sa part à lui, une seule fois, cette allusion d'être brouillé avec son père sans pour autant en donner les raisons et inscrite sur la page de garde du roman de Camus, *La Peste* qu'il m'a offert, cette dédicace intriguante, ambiguë, « Pour Annie, ma peste. Celle qui, si je savais, serait mon meilleur ami ».

Et puis, pour corser le tout, il y a Fernand. Deux fois par semaine, depuis mai, les soirées passées après souper sur la terrasse de la maison des Fürkünst avec Fernand. Fernand Tissandier originaire de la Saintonge, agriculteur, éleveur de son état dans la ferme paternelle, actuellement soldat de deuxième classe, accomplissant son service militaire dans la ville de garnison de Spire dont, bilan fait, à l'heure qu'il est, je me demande si j'aurai jamais connu, dans la vie, quelqu'un d'aussi naïf et par conséquent d'aussi culotté que lui !

Car Fernand ne doute de rien. Il est comme ça Fernand. Il n'y va pas par quatre chemins quand une fille lui tape dans l'œil et je lui ai tapé dans l'œil, justement ! On est à la veille de la Pentecôte. La chaleur s'est abattue sur les pays rhénans dès fin avril. Une explosion, sans crier gare, de bourgeons qui fait suer l'arbre, la plante par excès de sève. Je décide de me rendre à la piscine du vieux port où l'on peut barboter le long du Rhin, à l'abri de la violence de ses courants dévastateurs. J'étrenne pour la circonstance, un maillot en jersey de coton d'un rouge foncé, agrémenté d'un liseré crème, avec un bonnet de caoutchouc blanc, le tout, dégotté comme il se doit, au bazar-providence et fourre-tout de la coopérative. J'ai gardé mes lunettes pour y voir plus clair, ne pas me laisser entraîner d'un bout de piscine à l'autre, dans une sorte de brouillard d'eau, délicieuse mais sournoise. Le brouillard des myopes quand ils les ôtent. Juste le temps pour moi de sentir mes pieds ne plus toucher le fond, mes bras chercher à prendre le relais des jambes pour maintenir en surface le fardeau du corps, le métamorphoser en barque, en radeau et j'ai, devant les miens, deux yeux, hardis, translucides, couleur d'anis, d'argile verte, qui dans un visage abrupt, basané, presque mauresque, de tout leur éclat sauvage, batracien me fixent, m'obligent, prise de court dans mon élan, à revenir immédiatement à la position verticale, à m'arrêter.

Merde, a juré le nageur, immobilisé à son tour, me barrant le passage, buste ruisselant dressé hors de l'eau, *merde, je suis content de vous trouver là. Je vais tout de suite, tout vous dire. Je suis le gars qui vous siffle le matin de l'étage de la boulangerie militaire quand vous passez devant par la rue du Prince-Louis-Léopold pour aller apprendre le français aux Schleus de la rue Zeppelin. Vous voyez, je suis au courant. J'ai pris mes renseignements. Vous savez ce qui me plairait ? C'est qu'on quitte la piscine et que vous me laissiez vous reconduire jusque chez vous, rue Beethoven. Je sais où vous habitez. C'est au 4. La maison avec une terrasse donnant sur un jardin. Je l'ai repérée. C'est une belle maison. Vous êtes bien tombée. Avec le vieux cimetière en face, ce n'est pas les arbres qui vous manquent. C'est plaisant.*

Ici, il marque un temps comme épaté lui-même par ce qu'il vient d'avoir eu le front de me dire, avant, puisqu'il est lancé, de continuer à foncer devant cette fille muette comme une carpe, qui n'en revient pas de pareil culot. Non mais quel numéro, celui-là. Quelle tête à claques !

Je me présente. Je m'appelle Fernand. Fernand Tissandier, classe 1946. Ils ont décidé, ici, au bataillon quand ils ont découvert que je sais faire le pain que j'allais bosser à la boulangerie avec deux autres. D'ailleurs c'est plutôt le filon. Ça m'épargne les engueulades du sergent instructeur à la caserne. Pour lui, on est tous des cons, parce qu'on arrive de la campagne ou de l'usine, tandis que lui, c'est un caïd. Tu parles. Comme si on ne valait pas autant que lui. Je suis agriculteur-éleveur dans le civil, chez mes parents. C'est mon père qui m'a appris à boulanger, pendant la guerre. Comme ça chez nous on n'a jamais manqué de pain. Mon coin c'est du côté de Gémonzac-en-Saintonge. Entre les Charentes et la mer. La mer, elle n'est pas loin et Cognac non plus. Vous aimez le cognac ? Et le voilà qui se met à rire comme un gamin. Un de ces frustes, très joyeux gamins, un peu voyou sur les bords, désarmant de vulgarité bon enfant, décidé à se montrer tel qu'il est : à prendre ou à laisser, à courir la chance d'emporter le morceau.

Comment, une demi-heure plus tard, je me retrouve dans la rue avec Tissandier Fernand classe 46, originaire des pays de Saintonge, Charente-Inférieure, robuste paysan, un tantinet farceur et pour lequel, siffler, pour lui signifier qu'elle lui plaît, la fille qui lui passe sous le nez sur le coup de huit heures du matin, quand il a envie de se dégourdir le corps, de s'autoriser une petite pause, après qu'il a trimé, depuis minuit, dans les fournils au point d'en avoir de la farine qui lui colle à la toison des pectoraux, dans les sourcils, sous les ongles, ne pose à l'évidence aucun problème. Pourquoi, je le laisse me reconduire jusqu'à la rue Beethoven, me crois obligée, au lieu de l'envoyer paître, de répondre à ses questions : quel est mon prénom, mon nom, d'où je viens, de quel coin de France, si j'ai des frères et sœurs, si j'aime non seulement le cognac mais les huîtres, enfin ce qu'il y a de meilleur du côté de Marennes et les chevaux, les vaches, enfin la campagne, est-ce que j'aime la campagne ? je n'en sais ma foi plus rien. Sinon, que prise de court, par cette façon qu'il avait eue de me signifier, sans ambages, que c'était lui, qui du haut de son perchoir de mitron se payait le luxe, en bon mâle, en bon chasseur, sûr de son coup, de me traiter, en biche, en faisane, bref en gibier, j'avais été dépassée par la soudaineté époustouflante de l'événement. Son incongruité.

Depuis, en ce début d'été prématuré 1947, où sur les bords du Rhin, les filles de Spire ont sorti pour se promener le dimanche, le costume du pays, la jupe de cotonnade verte ou rouge à petites fleurs, le corselet de velours noir, le corsage de lin blanc à larges manches bouffantes, le tablier garni de dentelle, où les militaires de la place circulent en tenue d'été : en pantalon de toile et en bras de chemise, la situation entre Tissandier Fernand et moi est la suivante. De sa part, deux fois la semaine, quand il a campo, qu'il n'est pas de corvée à la boulangerie, une cour pressante dans laquelle, malgré mes objurgations, il persévère en tenant ses quartiers sur la terrasse des Fürkünst, après dîner, à nuit tombante, en répétant qu'il m'aime, que je suis la plus belle, la plus fameuse, la plus plaisante à voir et à fréquenter qui soit. De la mienne, le refus, également obstiné, de me laisser approcher de trop près, de lui donner des espérances pour l'avenir. Car il en a pour lui et moi. J'essaie de parler raison. Je dis, voyons Fernand vous vous trompez. Je ne suis pas la femme qu'il vous faut. Je suis trop compliquée et par conséquent insupportable à vivre vous savez. Insupportable, qu'il s'esclaffe. Comment que vous pouvez me soutenir ça puisque vous me supportez. Et sûr d'avoir fait mouche, manches retroussées au-dessus du coude, cravate desserrée à cause de la chaleur, le calot de troufion rabattu jusqu'au nez, ses extraordinaires yeux verts de saurien me tenant sous leur regard, empestant le tabac de troupe qu'il fumaille en sirotant le petit verre de cognac dont il m'a apporté une bouteille la semaine d'avant, il se renverse sur sa chaise cannée avec l'air détendu de celui qui n'est pas pressé d'avoir le dernier mot mais qui l'aura.

Il paraît en effet que la situation est simple entre lui et moi. Claire comme de l'eau de source même, mais que je ne veux pas le reconnaître. Que, comme toutes les filles un peu instruites, j'ai le travers de m'imaginer que la vie à deux c'est quelque chose de compliqué. Que c'est les grands discours, les heures passées le nez enfoui dans les bouquins, les grandes théories sur ci et ça, les conversations qui sont des casse-tête chinois. Alors que c'est la vie de famille, les enfants qui polissonnent et batifolent autour de vous, réclament encore de la soupe, de la saucisse, du gâteau, sautent sur vos genoux, se font embrasser ou talocher quand ils vous ont mis à bout. La vie. La vraie. Celle qui vous prend à bras-le-corps ne vous fait pas quartier. Se fout de vos coquetteries, exige de vous, force, endurance et que vous vous colletiez avec elle. C'est-à-dire avec la terre, les saisons, avec bêtes et gens dont vous êtes solidaires, qui en constituent le microcosme et dont vous répondez. La vie c'est la rentrée des foins, les moissons, l'élevage et la traite des vaches, le battage du beurre, en automne, la chasse au gibier d'eau ; l'hiver, la tuerie du cochon, au printemps les labours et le pépé qui a pris froid et qu'il faut frictionner à l'eau-de-vie et la mémé qu'il faut aider à s'habiller et à se déshabiller à cause de son lumbago. Et puis bien sûr, après la journée, une sacrée journée, le sommeil à deux, sous l'édredon avec, de temps en temps, de bons moments, des parties de bons gros baisers ici ou là, à pleine bouche, au hasard ou à la chance de la chemise retroussée. Alors dans ces grands moments-là, on vous appelle ma poule, ma cocotte, ma minette, mon pigeon et vous, vous gloussez : *Fernand, mon Nannan* et c'est bien le diable si l'un comme l'autre, chacun n'y trouve pas son content. Voilà ce qu'on peut lire dans le regard imperturbable et vorace de Fernand Tissandier qui estime en connaître sur la question un plus grand bout que moi et qui, s'il veut bien faire semblant par galanterie, et pour ne pas me vexer, de n'avoir rien précisément contre mon souci d'approfondir mes connaissances de ce qu'il appelle le baragouin schleu, n'en pense pas moins. À savoir qu'elles ne nous seront d'aucune utilité pour faire valoir les vingt-cinq hectares du domaine familial de Gémonzac où il s'entête à vouloir m'investir maîtresse des lieux quand il m'aura, en son honneur, décidée à jeter mes bouquins aux orties. Le plus incroyable c'est qu'au fond, il n'aurait même pas tout à fait tort, derrière mes façons de bas-bleu qui ostensiblement accumule, ces derniers temps, pour le décourager, les allusions aux œuvres des bons auteurs, récite des tirades du *Cid*, d'*Andromaque* et puis des poèmes auxquels il répond, en me régalant des monologues patriotiques qu'il tient de sa grand-mère, où il est question de soudards teutons de la guerre de 1870, faisant irruption en terrain conquis, levant leur verre à la victoire en titubant dans les chaumières (d'ailleurs il dit, *tibulant*, Fernand, et j'ai beau le reprendre là-dessus, il s'en fout) de flairer en moi quelque chose de la fille des champs. Hier encore, viscéralement attachée à un terroir, à ses vertus nourricières, ses paysages agrestes charriant, inondés de soleil ou gorgés d'eau, dans le secret de leurs humus, le trésor des sèves ; à ses bêtes de ferme, à l'odeur qu'elles dégagent de lait, de crottin, d'âcre acide urique, tant il est vrai que je n'ai jamais méprisé, bien au contraire, ce que les imbéciles baptisent le travail des bouseux. Mais tout de même puisque Auguste et Marthe ont tenu à me mettre au lycée à douze ans, mes études secondaires aidant, suivies par un début d'études universitaires, m'ont ouvert d'autres fenêtres sur le monde. Comment faire entendre à Fernand et à mon tour, sans le vexer, que pour avoir pris mes distances avec le sien, de monde, même si par amour (à supposer que j'en éprouverais) pour ses beaux yeux verts de faune laboureur je pourrais, sans complexe me mettre à la traite des vaches, tenir une basse-cour, tremper la soupe chaque soir, pour une maisonnée, je ne réussirais pas pour autant à me détacher de ce qui chez moi dès l'enfance aura contribué à me faire supporter, mieux même, assumer, l'inévitable prosaïsme de ma condition humaine. À la transcender. Au-delà de tous les arts, de la contemplation d'une toile, d'une statue, de l'écoute d'une sonate, d'une symphonie et mieux encore de celle d'une voix ayant atteint ou plutôt retrouvé, sa qualité orchestrale originelle, la pureté de sa nature, la lecture avant tout, la lecture. Faire mon deuil, non seulement de cette fièvre, mais de cette jubilation qui m'a toujours saisie en face d'un vrai beau texte. Celui où la forme et le fond ont réussi à faire corps. Et c'est alors qu'au-delà de ce qu'elle exprime ou plus habilement encore, suggère, la musique des mots fait chanter la page qu'on lit, donne envie de la psalmodier pour soi, d'en célébrer le pouvoir d'exorcisme. Le texte. La magie du texte.

Son silence sonore qui ramène à la source ancestrale du verbe. Au pouvoir guérisseur de l'oralité. Gamine, j'ai débité tout haut, d'instinct et sans qu'on m'y ait forcée, en me balançant d'une jambe sur l'autre, pour mieux marquer le tempo, en ménageant mon souffle pour le tenir en lisière jusqu'au bout de la phrase, comme le musicien réglant les nuances de son instrument sur les exigences de la partition, des pages entières de textes choisis à l'usage des écoliers de l'enseignement primaire de mon manuel de lecture, de vocabulaire et d'orthographe. Et depuis, je n'ai jamais cessé d'attendre à l'ouverture d'un livre, la découverte d'un poème, le même enchantement. Le même envol pour un ailleurs à la fois étranger et reconnaissable où le mystère de celui qui écrit, le mystère de celui qui le lit, message reçu, se rejoignent.

Impossible de compter sur Fernand pour l'entraîner avec moi, entre deux corvées aux écuries, deux battages des grains, deux moissons, dans ce genre d'ivresse. D'ailleurs pour lui, le problème n'est pas là et même c'est le contraire, il n'y a pas de problème. *Je reconnais,* concède-t-il, *que je ne suis pas bien instruit mais, justement, puisque vous l'êtes et que je sais lire et écrire, y a un moyen de nous entendre. C'est que je vous lise le journal le dimanche et que vous m'expliquiez de quoi il en retourne. Après on pourra en discuter puisque vous aimez discuter.* De quoi en rester sans voix et plus encore, quand il insinue, fâché à la fin, que je ne veuille pas me laisser embrasser, ni croire à son amour, que c'est parce qu'il n'est pas un de ces gradés du Wittelsbachhof avec lesquels je festoie au son d'un orchestre schleu où l'on racle, selon lui, du violon, en se prenant, ah oui déjà pour qui ? Paganini. Il dit *Panicoli*, Fernand, comme il dit *tibulant* et là, aussi, quand je le reprends, il continue à s'en foutre, Fernand !

Il arrive que Rose-Marie, venue en voisine, terminer la soirée chez moi, sur la terrasse de la rue Beethoven, à l'heure où la lune de mai prend ses quartiers au-dessus des ombrages du cimetière d'en face (alors, on a devant soi le spectacle de la fascinante absence de relief de sa face cuivrée) assiste, médusée, à cet invraisemblable dialogue de sourds qui contre tout bon sens, perdure entre Fernand Tissandier et moi.

Elle me demande souvent, quand mon soupirant a le dos tourné, comment je compte me sortir de ce guêpier dans lequel, à l'étourdie, mais par gentillesse aussi, je me suis fourrée ; en finir, pour autant sans l'humilier, avec ces inénarrables soirées où le malentendu ne cesse de se creuser. Car c'est vrai, pourtant, que Fernand est amoureux de moi, que je lui botte comme il dit, que je suis devenue son idée fixe, son ambition, son rêve, sa déesse de la rue Beethoven qu'il régale pour la mettre en humeur de lui chanter avec sentiment *Le Temps des cerises*, « Reviens veux-tu, ton absence a brisé ma vie » et le clou : l'*Ave Maria* de Gounod, de brioche qu'il a fauchée pour elle à la boulangerie militaire. Quitte, s'il était surpris la main dans le sac, à subir les arrêts de rigueur. Oui comment s'en sortir sans blesser Fernand ? Fernand qui ressemble tant aux gars de mon village avec lesquels, sous la férule de Marthe, j'ai appris à lire, à tracer des signes sur une ardoise, puis sur un cahier d'écriture, au crayon à papier d'abord puis à la plume Bagnol et Fargeon. À compter par unités, ensuite, par dizaines, demi-douzaines avec des bûchettes taillées dans des branchettes de coudrier, joué aux cannettes, à chat perché. À la noce, en nous tenant par le bras et défilant en cortège d'un air important, d'un bout de la cour de récréation à l'autre, en campant sous le tilleul devenu transept d'église où, à genoux à même le sol, après avoir ôté nos sabots, nous, les filles, en chapeau pointu de papier journal pour faire endimanché, nos cavaliers ayant, eux, ôté leur béret basque par respect pour les lieux saints, nous débitions à pleine voix, au mépris de tout souci de laïcité ombrageuse, de séparation radicale de l'Église et de l'État, des dizaines de chapelets ponctués d'Amen et d'Alléluia en pagaille, en échangeant des anneaux de rideau en guise d'alliances pendant que le bedeau de service, particulièrement porté sur l'art de la mise en scène, des génuflexions et des signes de croix sonorisés, coassait d'époustouflants *ding ding dong* en faisant mine de sonner les cloches à toute volée, pour célébrer l'événement. Suivait le banquet. Chacun assis par terre devant un carré de papier d'aluminium en guise de plat d'argent sur lequel ont été disposés un morceau de chocolat Meunier, deux berlingots et une pomme. Pour finir, le bal. Une levée en spirale de poussière autour des ébats de chaque couple, s'évertuant du jarret et du coup de reins, sur l'air des lampions joué par trois musiciens surdoués, tenant devant leur bouche leurs mains en porte-voix et en usant comme de clarinettes à vocation de note glapissante répétitive. Une merveille de musique nègre, revue et corrigée, à l'usage des parties de campagne dans les pays de bocage.

Fernand que j'entends, en s'en allant de chez moi sans avoir eu son content de baisers, siffler avec une telle douceur l'*Ave Maria* de Gounod que je viens de lui fredonner, justement, qu'il m'en arrive d'en éprouver pour lui un pincement au cœur, un regret de ne pouvoir lui donner du bonheur ! Fernand, après avoir longé la rue Beethoven dans l'odeur balsamique, entêtante, presque d'encens, des buissons de seringa parfumant les tombes du vieux cimetière où reposent depuis des siècles des familles patriciennes de bourgmestres, d'échevins palatins, s'engouffrant, faisant contre mauvaise fortune bon cœur, dans celle du

Prince-Louis-Léopold là où se trouve la boulangerie militaire. Où l'attendent, à la force de ses solides bras de laboureur, le brassage de la pâte à pain, pour les recrues, la mise en forme des miches, leur enfournage, la surveillance de leur cuisson, la perspective d'un grand morceau de nuit blanche à tirer dans la moiteur du fournil, avec le paquet de cigarettes qu'on grille par énervement, par fatigue en échangeant avec les copains de corvée des plaisanteries parfaitement grossières sur le cul des femmes et la capacité qu'on a d'en faire ses choux gras quand il vous en passe un par chance à portée de braguette. Tout ça pour se remonter le moral, se donner du cœur à l'ouvrage et aussi parce que la trivialité est, plus souvent qu'on le croit chez les jeunes hommes, l'expression maladroite, voire douloureuse, de leur timidité, et pas seulement vis-à-vis d'eux-mêmes, de leur virilité mais des sentiments qu'ils redoutent d'éprouver lors du rapprochement fiévreux, intime et serré auquel ils aspirent avec une partenaire dont ils ne sont pas sûrs d'être payés en retour. Fernand qui pour ne pas perdre la face doit raconter à la cantonade qu'il couche avec moi, qu'il a gagné le gros lot.

C'est sa mutation soudaine à Kaiserslautern, mettant entre nous la trentaine de kilomètres qui va, moi, me sortir de l'auberge et lui, sans doute, le dégriser. Encore que de là-bas il m'enverra des lettres bourrées de fautes d'orthographe et de syntaxe pour me dire qu'il ne m'oublie pas, auxquelles je répondrai par quelques lignes banalement aimables où je lui souhaiterai de bien s'habituer à Kaiserslautern, d'y faire de nouvelles connaissances en attendant la quille et un heureux retour à Gémonzac.

Du temps passera. Avec son arsenal de coups fourrés, de coups de théâtre ou de chance débouchant sur des dénouements plus ou moins déprimants ou qui permettent au contraire de reprendre du poil de la bête.

Enfin la vie quoi. Cette folle, cette garce, cette dingue de vie ! Aux alentours des années cinquante, je recevrai de Fernand Tissandier, rentré dans ses foyers en 1948, avec l'annonce de son mariage avec une demoiselle couturière de Saintonge, la nouvelle de son changement d'état. Qu'il est devenu douanier à La Rochelle et compte s'y fixer. Fernand, mon mal-élevé, mon effronté de Fernand, mon mitron amoureux de Fernand qui, un quart de siècle plus tard, pour m'avoir reconnue en découvrant ma photo dans un magazine acheté par sa femme, prendra la plume pour m'écrire une longue lettre me racontant sa vie et qui commence comme suit : « Annie, quand je pense à l'Allemagne, c'est à vous que je pense parce que jamais je n'ai eu de plus grande amie que vous. Et de vous voir comme ça en photo dans un journal, d'apprendre que vous écrivez des livres, ça m'a donné un coup. »

Mon chevalier servant encombrant, mais mon chevalier servant de Fernand, des mois de mai et juin 1947, avec, en intermède, les promenades avec Bernard au clair de lune qui perdurent et les lectures de poèmes, etc. L'essentiel pour le moment étant qu'il fasse beau et chaud, que l'ambiance au mess soit toujours aussi plaisante, que Rudolph le marcassin, avant de passer un de ces jours à la marmite, continue à être l'attraction de la salle à manger du Wittelsbachhof. Que je continue, pour ma part, à être celle des gars de l'Aufbauschule. Leur marcassin à eux. Leur « Mademoiselle est par-dessus le toit » dont on gardera, même après sa disparition, un souvenir impérissable. Ça permet d'écrire à ma famille que nous projetons Rose-Marie et les autres, une fois obtenue l'autorisation de circuler en zone américaine, un voyage en bateau sur le Neckar avec visite du château de Heidelberg. Que tout va bien dans le meilleur des mondes. Pour moi, par conséquent.

Début juillet, un dimanche soir de plein été, ayant, dès l'aube, gorgé la ville de soleil, cuivré les façades, les parvis d'églises, l'arène des places, multiplié à la surface du Rhin les flaques de lumière, le lieutenant Paul Galsk du douzième bataillon de génie de l'armée De Lattre en stationnement à Spire, fait pour la première fois son entrée, au mess, à l'heure du souper. Il a un beau visage viril, impérieux encore que totalement dénué de suffisance et de sauvagerie. Rejetés en arrière, ses cheveux châtains et lisses lui dégagent l'abrupt du front. Le profil est légèrement prognathe mais non sans douceur à hauteur des lèvres charnues, du modelé agréable du menton. Il boite. Ses yeux ont la couleur et la luisance des châtaignes quand, fraîchement tombées de l'arbre après qu'il a plu, on les débusque dans l'échancrure laiteuse de leur bogue éclatée. Le regard qu'il jette rapidement sur notre tablée de demoiselles plus ou moins diplômées, occupées à savourer leur dîner en papotant, avant de rejoindre le groupe des sapeurs qui l'invitent du geste à se joindre à eux, à l'autre bout de la salle, pas loin de l'orchestre, est discret, mais vif, mais percutant. Posé sur moi une seconde, je le lui rends et du même coup, m'envahit, absurde, incontrôlable l'idée que cet échange de regards aussi fugitif et fortuit qu'il ait été, pourrait avoir un sens. Qu'il s'agirait là du passage entre nous d'un courant fulgurant, d'un message détonant, nous ayant fait nous détourner d'autant plus précipitamment l'un de l'autre que nous l'avons capté et que la décence impose de l'ignorer.

En attendant, se tenir coi. Ou plus exactement entamer une conversation sur la conjugaison des verbes forts et des verbes faibles en allemand avec Alice qui s'y connaît comme pas une. Jeter au panier la levée de ce trouble subit. Le traiter en fantasme dérangeant à expédier manu militari à la poubelle de l'inconscient. Passera alors, la semaine. Ce sera de nouveau dimanche et puisqu'il fait toujours aussi torride, la lecture, le sommeil sous les arbres avec Rose-Marie, sur la rive du Rhin. Souliers ôtés, jambes nues, l'impression, à cause du corps enfoui dans un cocon d'herbes tièdes, d'une merveilleuse ankylose de l'esprit et des sens, et qu'aussi, une fois de plus, le temps, son implacable système de mouvement centrifuge, a enfin cessé de creuser son cratère dans le vif des imaginations et des chairs. De les fouir, par rotation inlassable. D'en exacerber indéfiniment les tourments. Alors, on ose respirer, se fondre dans la torpeur des graminées et c'est l'apaisement, le sommeil végétal et sans rêve, dont on sortirait, vierge, purifié, comme d'un coma bienfaisant.

Est-ce que c'est parce que, tout à l'heure, j'ai fait la sieste sous les aulnes à la lisière d'un fleuve, de son déploiement d'hydre colossale, obéissant, en silence, aux lois inéluctables qui l'entraînent à la rencontre des gouffres de la mer, qu'assise ce même soir, seule, à ma table désertée par mes habituelles compagnes qui ont regagné leurs pénates, alors qu'il fait déjà nuit noire, que l'orchestre s'est tu, que la plupart des officiers ont quitté la place avec leurs épouses, que je m'attarde devant un café, histoire de faire durer l'état de grâce ? Car enfin, depuis combien de mois me suis-je sentie, pour de bon, si profondément, si sereinement calme ? Le lieutenant Galsk, de son côté, est le seul qui soit resté assis devant une bière après le départ de l'équipe des sapeurs avec lesquels il a dîné. Gorgées après gorgées absorbées sans hâte, il vide lentement sa chope pour, visiblement, faire durer le plaisir. Une manière sans doute de savourer son état de grâce à lui. De le prolonger. Sans ombre au tableau. Sans souffrance surtout. Car il souffre. J'ai appris par Seigneur qu'il est amputé d'une jambe. À gauche, au-dessus du genou. Que c'est la raison pour laquelle il boite.

Maintenant, il faut en finir. En finir avec cette confrontation muette et sans objet entre un homme installé devant une bière, une fille devant un café, séparés par l'étendue d'une grande salle à manger déserte. Ne pas se laisser engourdir par la tiédeur des lieux, leurs relents de chaudes nourritures mêlés, âcres, excitants, à ceux de la fumée de tabac. Il faut partir. Question de bon sens. De dignité même !

C'est lui, c'est le lieutenant Galsk qui m'aura devancée. Que j'aurai, hypnotisée, regardé se lever, prendre son élan, tronc rejeté en arrière et prenant appui sur le dossier de sa chaise, sortir de dessous la table, en lui faisant opérer une giration laborieuse et raide, sa jambe équipée d'une prothèse ; empoigner son calot, son paquet de cigarettes et de cette démarche lente, obstinée, qui est la sienne, le fait tanguer comme une barque à la dérive, non pas traverser la salle, pour la quitter, mais pour venir vers moi, s'arrêter.

Bonsoir, a-t-il dit, *est-ce que je peux m'asseoir et vous parler ? Je ne vous cacherai pas que j'en ai envie depuis un petit bout de temps. Alors tant pis, je me jette à l'eau. Annie Roulette, vous me plaisez. Naturellement vous pouvez m'envoyer paître. Moi et mon manque de tact et bien entendu ma patte en moins qui me met dans l'impossibilité de vous faire valser, si j'en crois la rumeur publique, comme une reine au bal du colonel, plus exactement comme une star. Je réitère ma demande. Est-ce que je peux m'asseoir, oui ou non ? Je croise les doigts. Ne dites pas non.*

Bon Dieu, qu'arrive-t-il ? Au fur et à mesure qu'il parle, que son beau visage romain aux traits marqués résolument tourné vers le mien, m'oblige à ne pas tricher, à le lui livrer tel qu'il est dans sa nudité fragile et sauvage, je me sens, ce que j'avais cessé d'être depuis que j'étais allée à Fribourg, redevenir une femme, une plage, une terre d'accueil.

Havre gorgé de soleil, d'humeurs iodées, entre la fourche de mes jambes, leur échancrure qui me tient lieu de promontoire, de barrage, mon ventre se creuse, prend des allures de baie, de lieu d'ancrage et c'est d'une voix étonnamment nette, maîtrisée, comme si l'affaire allait de soi, qu'il a suffi que l'occasion se présente pour la mettre au clair, que je m'entends prononcer les paroles suivantes : *Asseyez-vous, lieutenant Galsk, vous aussi vous me plaisez.*

Nom d'un chien, a-t-il juré, *je vous plais, vous me plaisez. Quelle belle soirée. À propos je m'appelle Paul* et il se met à rire en douceur, en même temps qu'il prend place en face de moi après avoir fait d'abord tournoyer la chaise à sa portée avant de s'y asseoir, l'avoir brandie comme un fanion et je suis prise alors d'une telle envie de me confondre avec elle, oui, d'être cette chaise, cette météorite virevoltant à la force de son poignet que la tête m'en tourne, que je suis en train de changer d'orbe, de galaxie.

Voilà donc ce qui m'attendait en Allemagne. Cet homme-là et pas un autre. En train de me dire maintenant qu'il est au courant sur mon compte d'un tas de choses intéressantes. Que j'ai écrit une pièce de théâtre sur les méfaits du racisme, que j'en fais lecture à ses heureux petits copains qui ont la bonne fortune d'être conviés aux charmantes soirées que j'organise en leur honneur dans ma chambre-salon de la rue Beethoven. Que je suis très populaire chez les sapeurs. Que c'est par eux qu'il a appris que je m'étais battue pour obtenir la dissolution de la popote de la Hauptstrasse où nous nous ennuyions toutes comme des rats morts et étions nourries uniquement au ragoût de singe et à la compote de pommes en boîte pour le même prix que si c'était du poulet et de la tarte de Linz à la crème fouettée. Que je me suis fait la réputation d'être une sacrée fille, en même temps, d'agréable compagnie. Ne pas oublier non plus, que de l'avis général, on me trouve attractive. Ce qui est, bien sûr, son avis. Mais qu'il va de soi que je peux, encore une fois, l'envoyer paître. Qu'il est à mes ordres.

Oui, cet homme-là. Et non pas celui pour lequel j'étais pourtant venue jusqu'ici, vers lequel j'étais allée, yeux bandés et qui m'avait laissée pantelante sur le chemin. Cet homme que j'ai là, devant moi. Son surgissement. Son apparition subite au carrefour de routes où depuis des mois, je tourne en rond. Avec elle et qui s'empare de moi, une levée formidable d'énergie, la sienne, celle d'une volonté, aussi réfléchie sans nul doute que viscérale, de renouveler coûte que coûte, le contrat avec la vie. Telle qu'en elle-même, grande pourvoyeuse de plaies ouvertes, de souvenirs amers. Capable des pires coups bas. De vous scier une patte en deux par exemple et après, à Dieu vat.

Né le 4 août 1916 à Béthune et par conséquent, jour pour jour, mon aîné de dix ans, placés l'un et l'autre sous le signe impétueux du Lion, ce que nous allons découvrir ce même soir, au cours de la conversation que nous allons mener, tambour battant, à nos risques et périls d'interlocuteurs de même race, même langage et qui mettent, dès le premier contact, leur point d'honneur à jeter cartes sur table, fils d'ouvrier de filatures du Nord et d'une employée d'épicerie, seulement titulaire du certificat d'études primaires, mais ayant acquis à partir de quatorze ans, sur le tas, juste avant la dernière guerre, de bonnes connaissances techniques comme manœuvre dans les débuts, puis ouvrier et chef de chantier dans une entreprise de ponts et chaussées, le lieutenant Paul Galsk est un soldat sorti du rang. Mobilisé dans l'infanterie en 1939, fait prisonnier en juin 40, lors de la retraite de son régiment aux environs de Saumur, retenu en captivité dans un stalag d'Allemagne du Sud jusqu'en 1942, évadé, peu avant Noël avec la complicité de Gerda, la fille du patron de la scierie chez lequel on le faisait, avec quelques autres, débiter en planches les grumes de sapin pour la fabrication de coffres pour l'armée, aussi de cercueils (Gerda, une gentille fille, généreuse de corps et de cœur avec lui, au point de lui avoir donné des remords d'avoir fait semblant de l'aimer pour de bon et dont, au milieu des odeurs excitantes de sciure fraîche, de leur fine poussière leur servant de matelas, il avait parfois été l'amant quand le père s'absentait pour affaires), il a failli, de peu, mourir de faim et de froid dans les neiges de décembre en cherchant à franchir par Bâle la frontière helvétique. Sauvé par des passeurs suisses, des montagnards jurassiens ardents francophiles, rompus à l'escalade et à la descente des abrupts, en cheville avec les mouvements de résistance du Lyonnais, pris en charge par eux en territoire français du côté d'Annecy, embarqué clandestinement à La Ciotat pour le Maghreb, il avait, en Algérie, repris du service dans le cadre de la reconstitution en Afrique d'une armée de libération nationale dont le général Giraud, lui-même évadé d'Allemagne, par la Suisse toujours, avait à l'époque tenu les rênes avec de Gaulle jusqu'à ce que le rapport des forces politiques découlant des accords laborieusement conclus entre une droite et une gauche françaises anticollaborationnistes mais entretenant entre elles, des rapports tendus, ayant joué en sa défaveur, l'ait contraint à s'effacer devant l'homme de Londres.

Entré, parce que dépourvu de diplôme supérieur, par la petite porte dans le génie, débarqué en Provence en 44, il a fait campagne jusqu'au Danube, jusqu'au Rhin, sous le commandement de De Lattre. Plus âgé que

Georges et que les autres lieutenants, il est monté en grade plus tardivement qu'eux, après avoir gagné ses galons surtout au baroud. Je suis renseignée là-dessus. Les potins vont si vite en cercle fermé de garnison.

Pour le reste, côté fatalité, malheur irréversible, il y a eu, sur la route de Cologne, dans le feu de l'avancée le long du Rhin, ce dérapage de la moto qu'il conduisait. Cette chute d'une violence inouïe, jambe écrasée sous le poids de la machine retournée et qui, carburateur éventré, pissant l'essence, avait pris feu, après qu'on avait pu, de justesse, l'extirper de dessous la masse brûlante des ferrailles ; cette jambe qu'il a fallu tronçonner, traiter en grume, pire, en pièce de boucherie, parce que autrement, ç'aurait été la gangrène. À Cologne, donc, sur un lit de douleur, le purgatoire des chairs à vif, des ligaments rompus, de la rotule en bouillie, avec au bout du compte, l'adieu à la liberté. Car le corps n'aura plus d'ailes. Il a cessé d'être un allié, de vous aider à prendre vol, à vous soustraire aux lois de la pesanteur. Il ne sera plus un complice d'évasion mais votre geôlier. Vous serez non seulement son détenu, mais son souffre-douleur. Vous devrez, coûte que coûte, subir ses brimades pour avoir la vie sauve. Dans ces cas-là, il faut, pour ne pas devenir fou, chien enragé, réviser votre ancien système de fonctionnement. Repartir sur de nouvelles bases. Se réinventer.

Le lieutenant Galsk m'explique que depuis qu'il ne peut plus jouer au rugby, sauter à la perche, pratiquer la course à pied, il est, par contre, devenu meilleur tireur au 215 mm Beretta qu'il n'était. Qu'il rate désormais rarement sa cible, qu'il a pu rester nageur à la brasse acceptable, après s'être imposé en piscine, pour compenser, du moins en partie, le manque de symétrie du mouvement d'impulsion, en milieu liquide, d'un corps ne disposant plus que de trois membres et demi, un assez gros travail de musculation des bras et de maîtrise du souffle. Autre chose encore. Il a redécouvert les vertus de la patience et du silence qu'exige la pêche à la ligne et mieux encore, ce qui risque avec un peu de chance d'être un bon point en sa faveur vis-à-vis de moi, enfin si Dieu veut, et pourquoi pas le diable avec lui (et de nouveau il rit et c'est un vrai bonheur que ce rire qui de la bouche, aux yeux, à la racine du front lui monte au visage, l'épanouit comme une fleur) eh bien, les charmes de la lecture. Balzac qu'il n'avait jusqu'ici eu l'occasion d'approcher qu'à travers quelques extraits du *Père Goriot*, d'*Eugénie Grandet* à l'école primaire et puis Maupassant et Flaubert. Il précise que *Madame Bovary*, il a adoré ça, cette histoire de bourgeoise adultère qui prend feu pour des amants qui la flouent après l'avoir étourdie de caresses, de serments et chez Maupassant, ces équipées de fêtards en goguette dans les bals, les guinguettes avec les grisettes, les filles de joie, ces promenades en barque où, à l'accostage, elles se laissent renverser dans l'herbe par des galants qui le lendemain n'y penseront plus. Enfin de ces gaillards auxquels il ressemble, et qui par conséquent ne valent pas la corde pour les pendre et si c'est mon avis, surtout, ne pas me gêner pour le dire. Il est de taille à supporter le choc.

Cette fois, le ton a changé. Provocateur, délibérément. Un ton qui, comme le regard si rassurant, si chaleureux, tout à l'heure, cherche la bagarre. Les traits se sont durcis et le menton, projeté en avant, a pris l'allure d'un projectile, d'une sagaie. Seule la bouche, si je ne m'abuse, à cause sans doute d'un afflux violent du sang qu'il ne peut contrôler et qui lui gonfle les lèvres à les faire éclater, est restée humaine, car elle s'est mise à trembler. Ainsi voilà donc déjà où nous en sommes au bout de moins d'une demi-heure de face-à-face explosif. Lieutenant Galsk, vous venez à la fois de m'en avoir trop dit sur votre compte et pas assez. C'est à moi maintenant de jouer. D'entrer dans le vif du sujet, faute de quoi, ce dialogue, entamé tout à trac par deux fonceurs, décidés à mettre cartes sur table, risque de ne plus avoir aucun sens. Je déclare que de mon côté ces histoires me fascinent parce qu'elles sont des histoires tragiques, des histoires de solitude et j'insiste sur ce mot-là, ce mot-clef qu'il n'a pas voulu lâcher. Pas seulement la solitude d'Emma Bovary ou de l'une de ces pauvres créatures vénales qui hantent les romans de Maupassant, de Balzac, celle de leurs amants, de leurs maris quand elles en ont un, qu'elles se morfondent avec eux sous le même toit, mais celle qui sous-entend la sienne, que j'ai devinée, comme, à coup sûr, je sais qu'il devine la mienne. Quelque part chez lui et moi, derrière le masque d'assurance du va-t-en-guerre, de gaieté forcée, un manque, une souffrance, une infirmité. Oui, de pathétiques, de tristes histoires de solitude. De gens qui courent désespérément après leur âme, orgasme après orgasme.

Il a sursauté et ses beaux yeux couleur d'acajou, redevenus amicaux, ardents, braqués sur moi, il a juré encore une fois : *Merde, ma petite, comme vous y allez. Répétez-moi ça. Des histoires pathétiques de gens qui courent désespérément après leur âme, orgasme après orgasme. On avait eu raison de me prévenir que vous aviez le sens des formules. Permettez quand même à un modeste autodidacte, moitié casseur de pierres de son état, moitié spécialiste du calcul de résistance des matériaux aux explosifs en temps de guerre, de vous faire observer, qu'en pareil cas, pour courir après son âme, il faut encore en avoir une. Ce qui est peut-être d'ailleurs moins courant qu'on ne croit. On peut de toute façon traduire les choses plus simplement : des histoires de sexe où le cœur n'y est pas. Êtes-vous d'accord ?*

Je réponds qu'en effet, oui, je suis d'accord, mais seulement compte tenu de mon expérience livresque, parce que je suis vierge. Après cela, aussi suffoqués l'un que l'autre par ce que je viens de dire, nous nous taisons un moment à cause de l'air qui nous manque à l'un et à l'autre, ce qui fait que nous étouffons. Que c'est comme si je venais de me mettre nue devant lui, sans qu'il m'en ait priée, en ait eu envie.

Où ai-je déjà eu dans ma vie cette impression-là ? Ah oui, dans une forêt. Lors de la première rencontre avec Rodstein. Alors il ne me reste plus qu'à fuir. Fuir ce passé qui se renouvelle. Je dois me défier, reprendre mes distances. Refuser, si je n'y prends garde, ce qui m'attend, la même course, yeux bandés, de celui qui va donner dans le mur. Je bredouille, « excusez-moi » et je me lève pour m'en aller.

Ne partez pas, a-t-il intimé. C'est un ordre. Je ne veux pas que vous partiez et à travers la table il se saisit de mes poignets, me force à me rasseoir et je reste là, piégée et c'est un tel bonheur, un tel soulagement que ce cercle de chair impérieuse et chaude refermé sur la mienne à hauteur de pouls, de battement d'artère.

Est-ce que vous vous sentez bien ? interroge-t-il. *Moi je me sens tellement bien que je crois rêver. J'insiste, je ne veux pas que vous partiez parce que l'incroyable pour un vieux routier de mon acabit c'est qu'avec vos vingt ans et ce que vous appelez votre expérience uniquement livresque des malentendus entre les sexes, alors que des femmes, ces dernières années, entre Tombouctou et Stuttgart en passant par la Provence et la vallée du Rhône, j'en ai plus ou moins approché de toutes sortes, vous êtes sans doute la première avec laquelle j'aie pu avoir une vraie conversation. Maintenant, dites-moi si vous êtes partante pour que nous la continuions même si elle risque pour vous et moi, à un moment donné, de devenir difficile. Êtes-vous partante ?* Je fais oui de la tête et même je souris. Je souris au lieutenant Galsk alors que, sachant ce qu'il va devoir me confesser, faute de quoi il y aurait escroquerie de sa part, l'appréhension me pétrifie, que souffle suspendu, poignets toujours captifs entre ses mains devenues presque de fer, j'attends, lèvres sèches, corps douloureux qu'il prenne son élan, aborde le sujet brûlant sur lequel jusqu'à maintenant il s'est tu. Qui nous entraînera sur un terrain, le sien, par avance semé d'embûches et qui soit le seul qu'il puisse m'offrir.

Annie, et cette façon qu'il a de prononcer mon prénom tient cette fois de l'appel à l'aide et de la sommation, *est-ce que vous êtes au courant que je suis marié, mal marié, mais marié, que j'ai deux enfants ? J'ajoute, pour mettre les choses au clair tout de suite, que ces derniers mois, tout est allé tellement de travers entre ma femme et moi que j'avais fait venir à Spire, l'hiver dernier, pour reprendre avec elle, après les années de guerre, un semblant d'existence normale que nous n'avons pratiquement d'ailleurs jamais eue, qu'elle est retournée à Béthune avec nos fillettes pour un temps indéterminé. Ce qui explique que je prends mes repas au mess en célibataire. Voilà la situation. Elle n'est ni confortable ni brillante. Est-ce que vous la connaissiez ?*

Je fais oui de la tête encore. En effet les bruits courent au mess que Madame Galsk, une assez belle fille du Nord au demeurant, vendeuse il y a dix ans de cela dans une boulangerie, mise enceinte à dix-huit ans, par le jeune ouvrier des services des ponts et chaussées Paul Galsk qui en comptait à peine vingt, épousée par lui dans la précipitation pour sauver l'honneur, en dehors de quelques qualités naturelles ayant d'ailleurs leur prix, celle d'être bonne mère, bonne cuisinière dans la tradition de gastronomie généreuse des pays flamands qui en l'absence fréquente de soleil, y tient lieu de joie de vivre, est malheureusement restée ce qu'elle a toujours été, un esprit très ordinaire. Très borné surtout. Que si l'ignorance n'est pas forcément une tare, la stupidité l'est, elle. Qu'entêtement de sa part (c'est du moins l'opinion de Georges avec lequel j'ai eu l'occasion d'en parler entre quat'z'yeux en faisant mine de ne m'y intéresser que pour la forme) elle s'accroche à sa volonté d'inculture rageusement et comme à une bouée en face d'un mari ayant vécu cinq ans hors de sa vue, connu les misères de la captivité, les dangers de l'évasion, fait son chemin dans l'armée, y être monté en grade, au cours d'une campagne de guerre l'ayant durement frappé dans son intégrité physique, un homme ayant nécessairement mûri, élargi le champ de ses connaissances, affiné son jugement et devenu d'autant plus indéchiffrable à ses yeux à elle, plus hors de portée. Que ce serait sa façon négative, presque suicidaire, d'exister devant lui, en le contrant. Consommatrice boulimique de romans-photos qu'elle reçoit de France par l'intermédiaire de sa sœur qui se régale comme elle des baisers de happy end échangés entre un fils de famille gominé et une jeune fille pauvre mais belle et d'un cœur si tendre qu'elle a fait fondre le sien et qu'il la conduira à l'autel en dépit de la désapprobation de ses parents millionnaires, elle refuse, ce qui met son mari en boule, lui fait claquer les portes, pousser des coups de gueule dont les échos atteignent les logements mitoyens du leur, réservés, à proximité de la caserne, à l'usage des familles des officiers et sous-officiers de la place, de tenter de s'intéresser à quoi que ce soit d'autre qu'aux histoires à l'eau de rose dont elle fait ses choux gras, et qui pourrait, à la longue, permettre un dialogue entre eux. Favoriser une certaine qualité d'échange, susceptible de donner un sens à la reprise de leur vie commune, à leurs étreintes. Qu'entre Paul Galsk, ancien chef de chantier dans les services de ponts et chaussées dans le civil, promu lieutenant au douzième bataillon de génie de l'armée De Lattre, enfin quelqu'un qui s'est fait par lui-même et son épouse qui n'a pas suivi, décidément rien ne va plus, n'est un secret pour personne et par conséquent, pour moi non plus.

Je le lui dis sans élever la voix, prendre des airs effarouchés de jeune fille découvrant qu'on voudrait l'entraîner dans les bourbiers et les mensonges de l'adultère et qui s'en indigne comme il se doit. Alors qu'à l'évidence, il s'agit d'autre chose. D'un jaillissement d'étincelle. De la remise en marche, de deux feux, le sien, le mien, n'ayant jamais cessé, si mal nourris qu'ils aient été depuis longtemps, de couver ardemment sous la cendre. Que n'en déplaise aux règles de bonne vie et mœurs, le ciel vient de nous tomber sur la tête. Qu'il y a fort à parier que nous n'aurons pas le choix. Que tout laisse présager que nous n'allons pas nous en tirer à bon compte, moi en lui débitant quelque ânerie, dans le genre *décidément il est tard, je dois me retirer. J'ai été ravie de vous connaître et il me sera toujours agréable de vous rencontrer*, lui, résigné pour les besoins de la cause, à noyer le poisson dans les mêmes termes.

Et pourtant, en effet et raisonnablement, que dire d'autre et que faire d'autre que de m'obliger à couper les ponts, à gagner la porte.

Allons, n'essayez pas, a-t-il grondé presque, en refusant de libérer mes poignets, leur imprimant une secousse qui m'ébranle jusqu'aux épaules, *de me faire oublier tout à fait ce que nous nous sommes l'un à l'autre avoué. Que nous nous plaisons. Qu'entre vous et moi c'est le coup de foudre et que, naturellement, même si ce n'est pas notre genre de jouer à cache-cache avec ce que nous éprouvons, ça ne nous empêche pas d'avoir peur. Alors voilà ce que je vous propose dans l'immédiat et sans arrière-pensée de ma part, simplement, parce que ça m'embête de vous quitter déjà, de vous laisser filer aussi sec que si nous avions épuisé le sujet. Je suppose que vous savez aussi que je circule en moto, que j'en ai une à disposition pour mes allées et venues depuis que la moitié d'une de mes pattes m'a tiré sa révérence. Faites-moi l'honneur de vous ramener chez vous, au lieu de vous abandonner à onze heures du soir dans les rues de cette sacrée ville. Honneur et plaisir. Mademoiselle Roulette, qu'est-ce que vous décidez ?*

La moto de Paul Galsk. Sa machine à broyer l'espace. À l'enfoncer, à faire sauter les verrous ! Accrochée à lui, à la paroi de son dos, un départ brusque, trépidant et, pour s'ouvrir la voie, l'éclat d'un phare, sa fixité ronde, inhumaine, d'œil de gros oiseau nocturne. À peine le temps de m'y faire. De m'en remettre ! Au long des avenues, des boulevards que j'ai arpentés quatre fois par jour à pied, de ce voyage si bref, si inconcevable quelques heures plus tôt avec, ici ou là, derrière une fenêtre sans volet, derrière la vitre d'une lucarne ouverte dans le noir d'un toit, l'émergence d'une flaque de lumière, je vais garder en moi, et à jamais, la trace. Il me dira plus tard en riant : *Quelle équipée ton premier baptême de l'air grâce à moi, ma petite enfant !*

Car il y eut ce même soir, cette résolution parfaitement folle que nous prîmes alors de concert, devant la maison des Fürkünst, que cette virée improvisée à deux, une heure avant minuit, n'ayant de toute manière, pas assez duré, nous devions, sans nous soucier de rien d'autre, la prolonger pour le plaisir d'être ensemble, de bouger ensemble, de rouler hors la ville et cela pendant un temps indéterminé, sur un parcours indéterminé, le seul qui puisse convenir en pareil cas.

En route donc. À traverser à pleins gaz en sens inverse et en terrain conquis, dissimulant dans ses zones d'ombre, au cœur de ses églises, derrière ses murs, l'orgueil de ses triomphes, les stigmates de ses défaites, Spire la silencieuse, la royale de souche, en direction du Rhin. Le Rhin encore et toujours. Monstrueux, fascinant comme tous les fleuves majeurs. Dispensateur de guerre ou de paix, de dialogue ou de massacre d'une rive à l'autre, le Rhin, dispensateur quand on le longe, de fantasmes, de griserie. Son invitation au voyage sans retour. Et sans doute, c'est de ce voyage-là dont Paul Galsk et moi, avons espéré, pendant le temps, je ne sais plus, une heure, deux heures, où nous aurons roulé droit devant nous en direction du nord, comme si le nord nous aimantait, allait nous conduire, au bout du compte et à l'insu de tous, en un lieu où nous obtiendrions la réponse qui donnerait un sens à notre fuite en avant.

À cette heure de repliement sur soi de l'homme et de la bête, avec eux, des objets qui les cernent et qui, privés de parole et de mouvement, à cause de cela même, leur survivront peut-être, nous traversons des villages endormis, contournons des places qui en sont le centre, le cœur nocturne battant au ralenti, sous le couvert de tilleuls que la lune, à son zénith, éclaire comme en plein jour, avec, en leur milieu, l'émergence d'une fontaine de grès tronconique, de son chapiteau baroque surmonté d'un griffon à plumage écailleux, d'un mufle de lionceau accroché, toutes griffes dehors, à son sommet. À cheval sur le siège arrière, les anses de mon sac à main passées autour du cou, pour ne pas le perdre, mains rivées à la ceinture du conducteur, continuer le voyage yeux fermés, à l'enchantement, à la folie ! Quand on les rouvre, c'est pour s'assurer que tout cela existe. Cette moto militaire, celui qui la dirige et que cette fille, cette complice d'évasion, eh bien c'est vous et pas une autre. Qu'il ne s'agit pas d'une de ces scènes de fiction où ceux qui la regardent et ceux qui la jouent seraient les mêmes, navigueraient d'un état à un autre sans parvenir jamais à s'y reconnaître. Qu'il ne s'agit pas non plus d'un décor, mais de vraies forêts de gigantesques résineux que la route a fendues en deux et dont le ronron de chat-tigre de votre machine viole au passage le silence. Que ce sont là, de vrais ponts, que vous enjambez au-dessus de vraies rivières. Qu'il suffirait par conséquent d'une perte de contrôle de votre engin, d'un accident mécanique imprévisible pour que l'aventure tourne à la catastrophe, que ce soit pour vous la fin. Que ces façades à triple étage d'auberges palatines, sévères et accueillantes ensemble, construites en début de XIXe siècle romantique, du temps de Goethe, d'Eichendorff, de Schubert, sont celles de vraies auberges, à l'enseigne du lion d'or, de l'ours brun, du cheval noir ou blanc, des trois cavaliers, de la sirène. Que l'on pourrait même, si on l'osait, y entrer. Exiger malgré l'heure tardive qu'on vous ouvre la lourde porte à chevrons donnant sur un vestibule à plafond bas pavé de blocs de pierre grise débouchant sur une salle voûtée où l'on peut s'attabler devant une bière, une soupe aux fèves ou aux pois ; fumer assis sur des bancs d'angle fixés au mur, avec un verre de vin blanc ou d'alcool de prune à sa portée. Dans la foulée, se risquer à demander une chambre là où, farouchement recroquevillé sur soi dans le cocon matriciel d'une couette de duvet de canard ou d'oie, on pourrait, à la façon de la rive droite du Rhin, de la Vistule et au-delà, dormir dans de grands lits jumeaux-cercueils, rigidement taillés dans le noisetier, l'érable, le mélèze de la forêt d'à côté, au milieu d'une pièce lambrissée jusqu'au plafond, enfilade de petites fenêtres à espagnolettes de cuivre, habillées d'un soupçon de tulle blanc. Mais accord tacite, c'est décidé, nous ne frapperons nulle part pour y finir sous le même toit, dans la même chambre refermée sur nous comme un coffre, une boîte à secrets, cette nuit de périple au hasard des routes ouvertes devant nous, des chemins, qu'à un moment, il faudra bien rebrousser même si nous aurions voulu n'en terminer jamais avec eux. Au demeurant, pareille précipitation de notre part, sans avoir, entre nous, défriché à fond le terrain, quelle trivialité, quelle erreur ! Et c'est sans doute ce que de son côté, de sa part et de la mienne, redoute le lieutenant Galsk qui, après la traversée encore d'une autre bourgade, la dernière, au lieu de continuer à foncer dans l'étroit couloir noir d'une route encaissée entre deux pans de colline, vient de faire brusquement demi-tour. Il a raison. Ce qu'il nous faut, du moins maintenant, c'est en finir avec cette exaltation, ce vertige. Regagner Spire absolument. Après avoir fait la belle, y rentrer pour se re-constituer prisonnier. Y retrouver nos marques chacun pour soi. Faire confiance à l'adage que la nuit porte conseil, alors qu'elle sera courte, que dans moins de six heures il fera clair. À peine le temps, une fois au lit, de s'y terrer, une fois de plus. D'en faire sa bauge. D'y tomber dans le sommeil comme dans une basse-fosse. Oui, c'est cela. Compter sur le lendemain, une fois de plus. Sur la levée du jour. Sa corde de lumière tendue de haut en bas d'une vitre, son harpon, pour une remontée hors du trou à la surface de l'ordinaire et ce sera comme si rien ne s'était passé la veille au soir. Qu'aucune conversation détonante, aucun échange précipité d'aveux impulsifs, de prise de possession de l'émoi de l'autre, à travers ses mains fiévreuses n'ait eu lieu. Et c'est alors qu'on pourra se remettre à marcher tranquillement à côté de ses pompes, retrouver l'art de survivre en ne respirant qu'à l'économie. Déjà au loin le surgissement de la cathédrale, l'élancement, en ombres chinoises, de ses deux tours sur fond de clarté lunaire, annonce que dans moins d'un quart d'heure tout sera rentré dans l'ordre.

Pourtant, c'est le contraire qui arrive. Galsk vient de ralentir, de passer au point mort et quand il se tourne vers moi, c'est pour me demander si, là où nous en sommes, à plus d'une heure du matin, je suis, pour la passer encore un peu en sa compagnie, à une nuit blanche ou presque, près. Parce que c'est peut-être idiot de sa part mais il croit décidément que nous avons encore des tas de choses à mettre au clair, que nous pourrions faire halte par ici dans un coin de bois tranquille pour y reprendre la conversation, là où nous l'avions laissée au Wittelsbachhof. À la lueur crue du phare, il me regarde et ce que je découvre, scrutant le mien, ce n'est pas le visage banal d'un suborneur en train de tenter sa chance de m'encanailler dans les fourrés, mais un visage grave, un peu anxieux. D'homme qui attend d'une femme qu'elle lui fasse l'honneur et de l'écouter et d'avoir confiance en lui et quand d'une voix anormalement voilée, je déclare que je ne suis pas contre l'idée que nous nous arrêtions là où il voudra, pour continuer à nous parler, il murmure, je suis content, et il redémarre, pour une douce flânerie nocturne à deux, en lisière de futaie.

C'est quelques centaines de mètres plus loin, que la moto roulant au ralenti, nous nous sommes enfoncés dans le sentier qui s'ouvrait là à notre portée et qu'alors, moteur arrêté, phare éteint, nous avons pris place, presque à tâtons, sur un tronc d'arbre abattu, dans son odeur de sève fraîche, de tanin, d'épicéa, se mourant, après décapitation, hémorragie inexorable et lente, de victime sacrifiée au milieu des vapeurs d'encens. Qu'assis l'un contre l'autre, dans la tiédeur retrouvée de nos doigts mêlés (et cette présence d'un de ses bras à lui, passé sous le mien, pesant contre mon sein, lui imposant, sans bouger, une caresse délicieuse), couple retiré à l'abri du regard des autres, de leur jugement et que l'émerveillement d'être ensemble, rideaux de ténèbres refermés sur eux, frappe d'insomnie heureuse, nous nous tenons comme dans une alcôve.

Pourtant ce ne sont pas des paroles d'amour que nous échangeons, du moins en apparence. D'un ton presque détaché, sinon des choses de ce monde, mais de lui-même, Galsk revient sur ce purgatoire qu'ils vivent à deux, sa femme et lui, et même à quatre, puisque leurs deux fillettes en souffrent, cela va de soi. Qu'elles leur reprochent, l'aînée surtout, qui a neuf ans, leur incompatibilité d'humeur en pleurant. Selon les jours, elles s'en prennent à l'un ou à l'autre, les accusent de ne plus s'aimer pour des raisons qui leur paraissent irrecevables. Qu'au cours de leurs disputes, Lucienne (elle s'appelle Lucienne) lui reproche sa montée en grade, lui jette à la figure « qu'il se croit », que lui, la traite de bécasse, tempête contre ses lectures à l'eau de rose, la façon dont elle s'en gave autant que des berlingots à la menthe que lui expédie sa sœur (il éclate : toi et tes bêtises de Cambrai ça ne fait qu'un) qu'à bout d'arguments Lucienne d'une voix sifflante l'accuse d'être coureur, elle ajoute, comme tous les militaires de son espèce, qu'il parte en claquant la porte, remonte sur sa moto pour ne rentrer que tard dans la nuit, les bouleverse. En résumé l'impasse, le naufrage. Pour en finir avec un climat conflictuel quasi permanent, le retour des petites avec leur mère, à Béthune. De sa part à lui, l'engagement de visites régulières dans le Nord. Une manière de séparation de corps se refusant à dire son nom, pour sauver les meubles, du moins les enfants. Parce qu'être un couple en guerre, quand on est parents c'est les trahir, les condamner au déchirement.

Ô merveilleuse désespérante nuit ! Jusqu'à présent,

les confidences à cœur ouvert du lieutenant Galsk, je les ai écoutées et me suis tue mais c'est à moi maintenant. C'est à mon tour de le charger, lui, de mon histoire, comme il vient de me charger de la sienne. De lui parler de Rodstein. Et s'il ne la supporte pas, cette histoire, qu'elle lui fasse retirer son bras de dessous le mien, c'en sera fait de ce rapprochement, de cet extraordinaire aparté nocturne ayant eu lieu dans le secret d'un bois entre une jeune fille fragilisée par un chagrin amoureux et un homme fait qui en a vu, lui, de toutes les couleurs, et qui, attirés, au premier regard si fortement l'un par l'autre qu'ils ont cru, quelques heures durant, que rien, aussi différente qu'ait pu être jusque-là, leur trajectoire, parce qu'ils étaient taillés du même bois, et comme issus de la fulgurante conjonction des mêmes gènes, ne pourrait les rendre étrangers.

Cartes sur table donc et pour le reste à Dieu vat. Au lieutenant Galsk, ayant bravement combattu dans les Forces françaises libres pour contribuer à la délivrance de son pays, le mien, du joug hitlérien, je révèle quelles sont les vraies raisons qui m'ont amenée en Allemagne, juste un an après la fin de la guerre. Long monologue libérateur. La parole, haletante, flue et quelle que soit la manière dont elle sera reçue, il se peut qu'elle soit guérisseuse. Tout y passe. Les circonstances de la rencontre avec Rodstein, l'emballement, l'impression d'avoir des ailes, d'être en état de pouvoir passer pardessus tous les tabous. Les projets d'avenir, de mariage. Auguste et Marthe. Son indignation à elle. Un jour sa gifle à lui. En définitive, par amour pour moi, leur acceptation. Un consentement à nous accorder le droit d'échapper au carcan de l'histoire, d'oser respirer autrement. Et cette résolution de ma part, de rompre avec mes racines à dix-neuf ans, pour courir aux côtés d'Ewald Rodstein qui me l'a promis, l'aventure d'un bonheur à inventer de toutes pièces, sur fond de ruines fumantes d'une nation décriée, de grondements d'apocalypse, de Jugement dernier, de verdict rendu dans les larmes et dans le sang. Oui, tout y passe. Sa libération. La rupture entre nous à Fribourg, suivie pour moi de la marche dans le désert. Les jours qui se succèdent. Qui pour avoir perdu leur sens ont ôté tout bien-fondé à mon existence. Apprendre à donner le change. À faire semblant de s'intéresser à ce qu'on fait, à qui l'on est. Les cours à l'Aufbauschule, la bataille livrée contre le gérant de la popote de la Hauptstrasse, les soirées organisées rue Beethoven en compagnie des sapeurs avec lectures de poèmes à la clef, les joyeusetés à l'esbroufe, les excentricités au bal du gouverneur avec Bernard, le chevalier servant, les parties de danse avec lui, sur le pont de la vieille ville, tout ça, du bidon ! De l'absolu désenchantement à affubler des oripeaux de l'insolente, provocante, insouciante joie de vivre. Cette fronde, cette mascarade, jusqu'à quand ? Eh bien jusqu'à ce que son regard à lui, Paul Galsk, posé sur le mien m'ait libérée de celui de Rodstein. Et maintenant que nous voilà quittes de confidences, je lui demande de me ramener rue Beethoven. Pour le reste, je comprends très bien qu'il n'ait plus envie de me revoir.

Du temps passe. Chargé d'un tel silence que c'en est à se mettre à crier et c'est seulement à présent, que je m'aperçois que la tête me tourne. Que pareille à l'athlète, au coureur de fond, décidé à exiger l'impossible de son propre corps, à le traiter sans pitié, je suis à bout de forces. Est-ce que je respire encore ? Est-ce que je suis encore vivante, capable de tenir encore debout quand il faudra me lever, enfourcher de nouveau cette moto, m'y tenir arrimée à l'appui destiné au passager arrière, pour éviter au lieutenant Galsk, ce qui lui serait désormais un déplaisir, de me sentir peser de mon poids de chair le long de son dos, de ses reins ? Sans doute un retour en trombe. Une hâte, après avoir tant fait reculer le moment de la séparation, à se débarrasser de ma présence devenue encombrante, à me larguer en pleine nuit devant une barrière. Celle d'un jardinet qu'il me faudra traverser avec des jambes en coton, avant d'ouvrir à tâtons, avec ma clef, une porte d'entrée, de m'engouffrer dans un couloir à pas de loup dans le but illusoire de ne réveiller personne et comme on perd connaissance de m'écrouler tout habillée sur mon lit, pour, alors qu'il fait chaud, y mourir de froid comme à Fribourg ! Exactement comme à Fribourg ! Finalement aucune différence. Après Rodstein, Galsk ! Le même scénario qui recommence. Mais alors, pourquoi le bras de cet homme auquel j'en ai tant dit qu'il doit considérer qu'entre nous, l'affaire est close, non seulement close mais enterrée, est-il resté passé sous le mien ? Pourquoi, cette présence fraternelle et tiède qui dès que je l'avais eue contre moi, m'avait donné envie de pleurer, est-elle demeurée collée à mon flanc droit, le tenant miraculeusement en état de vie, tandis que l'autre frappé d'inertie, d'ankylose, est glacé ?

Je vais vous dire ce que je trouve dommage, me fait à un moment observer le lieutenant Galsk, *c'est que ce soir au mess, vous m'ayez bel et bien menti, en prétendant que vous n'aviez, des tribulations de l'amour, qu'une expérience livresque et que vous ayez cru nécessaire, pour faire bonne mesure, ne mâchons pas les mots, pour vous foutre de moi, d'ajouter que vous étiez vierge. Est-ce que vous comprenez que ça me déçoit ? Ça vous ressemble quand même si peu ce genre de comédie. Ce besoin de mener pareillement les gens en bateau, c'est bon pour Sonia, non ? Annie Roulette, répondez. N'essayez pas de vous défiler. N'essayez pas de vous en tirer avec moi par une pirouette. Êtes-vous consciente que si vous persistez à me prendre pour un imbécile, je peux, moi, en représailles, par exemple, décider de vous planter là au milieu des épicéas et de la fougère, avec, pour rejoindre vos foyers, la seule perspective d'une grande marche à pied au clair de lune qui ne vous épargnera pas forcément, les mauvaises rencontres. Pourquoi m'avez-vous menti, comme ça, sur toute la ligne ?*

Le ton est sans méchanceté, mais sans complaisance aussi et la poigne de fer qui m'enserre le coude, le paralyse presque, en dit long sur la détermination de Galsk à m'obliger à faire amende honorable, à dire la vérité, toute la vérité, à lâcher pour de bon le morceau. Ce ton-là, c'est celui d'Auguste mon père, qu'il prenait quand il en avait assez, par indulgence parentale, de fermer les yeux sur mes frasques, mes ruses de gamine, s'essayant au culot ou par la cajolerie à le rouler un peu. Alors, il fallait avouer la faute, le manquement, accepter la sanction. La privation de promenade à vélo, de partie de dominos le soir avant d'aller se coucher. Tout cela de bonne guerre. Entre gens du même clan qui finissent toujours par se rallier aux lois de l'honneur. Roulette, Galsk, même voix, même sommation et pour moi, même soulagement. Même volonté de soutenir le choc à la loyale sur terrain ferme. Je réponds donc et sans hésiter à la mise en demeure de Paul Galsk de m'expliquer sur un comportement qu'il juge avoir été, pour le moins équivoque, au mess, vis-à-vis de lui, qu'en effet je lui ai menti mais seulement en partie. Que j'ai bel et bien aimé, donné mon cœur, fait confiance à celui du jeune caporal Ewald Rodstein, ancien servant mitrailleur dans les blindés de Guderian, capturé en Lorraine lors de la déconfiture de sa division, ramené en France pour y être parqué dans un camp de prisonniers pas loin de chez moi, pleurant un frère tué devant Stalingrad, élevé dans la foi catholique dans le civil par une famille un peu bigote, lui-même très sincèrement dévot, la conscience tourmentée par les crimes perpétrés par le nazisme et qui m'avait promis qu'à nous deux nous décrocherions la lune, plus exactement que nous réussirions à l'atteindre, à l'arracher à son coma de planète exsangue pour la transformer en nouvel éden de l'innocence. Par contre je n'ai pas menti sur un point. Pas plus que, lui, Galsk, ne m'a menti, du moins que je sache, sur ses rapports plus que tendus avec sa femme. Je suis bel et bien vierge. Si peu crédible que cela puisse lui paraître. Je n'ai, pour parler crûment, jamais couché avec le caporal Rodstein parce que lui et moi avons cru, un moment, que nous aurions devant nous toute la vie pour le faire. Cette fois, j'ai dû élever la voix et quand je me suis tue je n'ai plus su comment venir à bout de ce bourdonnement d'oreilles qui m'a reprise, m'assourdit, me donne l'impression d'avoir tenu, sous l'empire de l'alcool, des propos extravagants d'ivrogne qui maintenant, à bout de discours exalté, va s'écrouler sur le pavé après s'être donné en spectacle. D'ailleurs tout m'est égal. Galsk peut penser de moi ce qu'il voudra et je le lui dis. Je ne suis plus, qu'on le sache, à un coup de foudre près, à un fiasco non plus. À la longue, je finirai bien par m'endurcir. Enfin, la vie sera belle. Du béton armé. Du matériau inerte, increvable. Un jour, j'y arriverai, c'est certain. Et maintenant, je ne souhaite qu'une chose. Qu'on en finisse avec les malentendus, c'est-à-dire avec moi. Qu'on me ramène rue Beethoven. C'est vraiment tout ce que je demande.

Cette fois le ton de Galsk aura été parfaitement neutre comme s'il s'adressait à quelqu'un qui ne l'intéresse pas particulièrement mais qu'on l'aurait chargé, sur ordre, de ramener impérativement à bon port, pour déclarer qu'en effet nous devons rentrer, que dans quelques heures, nous allons retrouver, moi, mes cours à l'Aufbauschule, lui ses obligations à la caserne. Qu'il faut par conséquent quitter la place.

Le Rhin d'abord et comme toujours. Sa luisance de gros boa constrictor sous la lune. Au-dessus de lui, de nous, la cathédrale, son point de ralliement incontournable. Quelque part, en elle, dans ses entrailles, incendie après incendie, pillage après pillage, le pouvoir de renaître de ses cendres. Un miracle de résurrection permanente.

Ensuite la Hauptstrasse à parcourir d'un seul jet. De même pour l'avenue de la Gare, jusqu'à la masse sombre du vieux cimetière, jusqu'à la rue Beethoven. Voici le terme du voyage : Mademoiselle Roulette, vous me plaisez. Vous aussi vous me plaisez, lieutenant Galsk. Allons donc, il y a eu maldonne. La fête est finie, les lampions éteints. Une fête c'est toujours un moment d'excitation passagère. On y boit, on y danse, on y parle trop. On y est plus soi-même à force de l'avoir été avec n'importe qui. Adieu, adieu, lieutenant Galsk. Demain si nous nous croisons au Wittelsbachhof, ce sera sans doute si, à peine, vous me saluerez et vous aurez sans doute raison. Les gens de mon espèce qui se refusent, au nom du devoir de manichéisme de leur clan, à ne rien voir d'autre dans la tribu adverse que des monstres sont infréquentables. Pourvu maintenant que j'arrive à dormir. À redevenir, ne serait-ce que trois ou quatre heures (c'est tout ce qui me reste avant de reprendre le collier à l'Aufbauschule) l'embryon, le germe encore à peine esquissé de l'union d'Auguste et de Marthe. De ce qui fut la fusion de leurs gamètes respectives, dans sa grotte de chair à elle, son antre de fécondation ; le nouveau maillon d'une chaîne encore non identifiable, sans histoire, mais pourtant forgée dans la nuit des temps. Pouvoir en appeler à eux, leur demander l'impossible. De me ramener à l'état de fœtus, d'incertitude, de promesse.

Oui c'est cela, pouvoir exiger de leur part, mais comment ? une fabuleuse remontée du cours du temps, une opération de sauvetage. Après la première naissance, le premier parcours, m'ayant, à cette heure, au bout de vingt ans, fait échouer dans un lieu où je n'ai rien à faire, à espérer, un retour à la case départ. Alors tous les espoirs seront permis. Une remise en selle en terrain sûr, bien damé, pour une course sans aléas, sans risque de chute invalidante ou mortelle. Pas de Rodstein, pas de Galsk non plus à l'horizon. Le circuit sera sans surprise. Le galop du cheval parfaitement maîtrisé par une cavalière aguerrie, une amazone bien, sous tous rapports, accomplissant un tour de piste sans bavure avec franchissement impeccable de l'obstacle abordé à chaque fois, la tête froide et sans passion. La perfection dans l'absence d'émotivité dévastatrice, de perte de contrôle de la situation, de chamade du cœur. S'endormir ce qu'on est et qui vous désespère. Se réveiller, le jour suivant, et une bonne fois pour toutes, quelqu'un d'autre.

Le lendemain, à l'heure du déjeuner au mess, à la table des lieutenants du douzième bataillon du génie, la place de Paul Galsk est restée vide et j'ai pensé qu'il s'agissait là, d'un contretemps qui aurait au moins l'avantage de lui éviter le désagrément d'avoir à me croiser. J'ai mangé de bon appétit. Il faut toujours manger de bon appétit quand on est triste. Qu'on se sent démuni, orphelin. Ça aide à se sentir moins seul. C'est comme si, ce qu'on a dans l'assiette, le morceau d'animal immolé à votre fringale de prédateur dépressif, vous voulait, somme toute, du bien. C'est réconfortant cette idée-là, non ? Ensuite le besoin de sommeil vous prend. Ce qui est aussi une bonne chose après avoir si peu et si mal dormi. Comme c'en est finalement une bonne, que l'affaire soit close entre Galsk et vous. Car, dans quel guêpier, avec ce second coup de foudre pour un homme mal marié, mais marié, alliez-vous encore vous fourrer !

J'ai trouvé en rentrant rue Beethoven, posée ostensiblement sur mon bureau par les soins de Gerda Fürkünst qui l'avait trouvée dans la boîte aux lettres, celle du lieutenant Galsk qui l'y avait glissée à mon nom en fin de matinée. Elle m'annonçait qu'envoyé précipitamment en mission dans le Bade-Wurtemberg pour régler des problèmes d'intendance à Tuttlingen avant l'arrivée à Spire d'une compagnie d'artillerie venant grossir le douzième bataillon du génie, il serait pratiquement absent toute la semaine. Outre cette annonce de départ pour raisons de service, elle disait ce qui suit : *Annie, ma petite Annie, alors qu'hier vous m'avez fait la confiance de m'ouvrir votre cœur, je crois vous avoir laissée bien désemparée, bien seule devant votre porte, cette nuit. Seule explication à vous donner. Désemparé, je l'étais aussi. Depuis, j'ai remis de l'ordre dans mon propre cœur et dans ma tête. Il se trouve que cette saloperie de guerre qui, comme toutes les guerres, m'a placé dans les situations les plus infernales, les plus inhumaines, parfois les plus inattendues, pitoyables, qu'on puisse imaginer, m'a appris à prendre la distance non seulement avec la violence des événements, mais avec moi-même. Si les raisons qui vous ont amenée en Allemagne ne sont pas celles auxquelles je m'attendais, je ne me crois pas pour autant autorisé à les trouver déshonorantes et si elles pèchent par quelque chose c'est par excès d'idéalisme, voilà tout et j'irais même jusqu'à dire que l'essentiel à mes yeux c'est qu'elles vous aient, certes par des chemins difficiles, conduite jusqu'à moi. Annie Roulette, pardonnez-moi si je me répète, si c'est déraisonnable, inconvenant même, de revenir là-dessus, mais vous me plaisez. Faut-il ajouter que je reste sur mes positions. Que vous êtes la seule femme au monde avec laquelle j'ai pu avoir jusqu'ici, dans cette chienne de vie, une vraie conversation. Que je n'ai pas l'intention, si de votre côté vous êtes pour, de l'arrêter. Je pense être de retour ici, vendredi, mais tard dans la soirée et comme je serai sans doute crevé par mes cent bornes et plus, Tuttlingen-Spire en moto, qu'il me faudra le lendemain matin me présenter au rapport chez le colonel, il y a fort à parier que vous ne me verrez pas au Wittelsbach avant le samedi midi et encore. Voilà ce que je vous propose en souhaitant que ça marche pour vous, que vous acceptiez. Que dimanche prochain, vers seize heures, quand j'aurai pour de bon récupéré, nous nous rencontrions au bord du Rhin, à l'entrée du vieux port là où il y a deux beaux grands arbres, ce sont des alisiers, je crois, avec en cet endroit ce qu'il faut d'herbe pour s'y asseoir à l'ombre. Je sais que vous aimez vous tenir là quand il fait chaud et j'ai décidé de croire que vous y serez, d'y croire dur comme fer. Au revoir, ma chère petite Annie Roulette. Votre Paul.*

Cinq jours à patienter, à épuiser. En les meublant à coups de gestes machinaux, de paroles de même, échangées avec les gens des deux clans, le français d'une part, l'allemand d'autre part. En ouvrant, fermant les mêmes cahiers, les mêmes livres, en bavardant le soir avec Rose-Marie chez les Hauptmann ou chez moi, chez les Fürkünst. En effectuant les mêmes circuits Beethovenstrasse, Aufbauschule, Aufbauschule, Wittelsbachhof et tutti quanti. Savourer ce grand, ce merveilleux calme, cette sérénité qui vous habite depuis près d'une semaine. En faire son élixir, sa pitance. S'en nourrir religieusement, en secret. Au jour, à l'heure, au lieu fixés, jeune femme somnolente et tiède, enfouie jusqu'au ventre dans le fouillis rêche des hautes herbes, attendre la venue de Paul Galsk.

Le voici. Le long du chemin de halage, il roule à

petite vitesse, sans hâte, en promeneur et quand m'étant redressée, il m'aperçoit, il stoppe en douceur, immobilise sa machine sur cale sous l'un des alisiers, ôte son calot qu'il glisse sous son épaulette, rejette d'un coup de tête la mèche qui lui barre le front, me fait signe de ne pas bouger, de rester là, lovée dans mon nid végétal de graminées, de le laisser approcher. Lentement, en prenant appui sur sa bonne jambe il avance rapidement et les larmes m'en montent aux yeux. C'est un bel homme, intelligent, sensible, généreux qui vient vers moi, avec dans un visage énergique une chaleur dans le regard qui m'a fait oublier, dès le premier instant, celui de Rodstein. Il dit *bonjour, ma petite Annie Roulette* et s'aidant de sa jambe valide et de ses bras pour ne pas perdre brutalement l'équilibre, il se laisse glisser de biais à côté de moi. Surtout ne pas bouger, ne pas ciller. Ne rien faire qui pourrait troubler cet abandon d'homme étendu à mes côtés. Le laisser contre mon flanc gauche prendre ses aises, se confondre avec moi, avec l'humus, avec la terre, devenir lézard, long criquet statufié sous le soleil, qu'un seul de mes gestes pourrait effrayer. L'écouter se taire. Se rallier à son silence. À cette absence de mouvement qui signifie repos paisible autant que possession. S'y fondre sans un geste, une parole. Non seulement, à lui, Paul Galsk, faire confiance, mais au paysage qui nous cerne, nous fait siens, nous dissout dans la même délicieuse torpeur. Nous soumettre à lui. À travers lui à l'omnipotence du fleuve qui le gouverne, qui, millénaire après millénaire, l'aura modelé, de la moindre racine à la plus haute falaise, aura imposé la physionomie qu'il nous offre, à cet instant même où nous faisons corps avec lui, où nos destins se confondent avec le sien. Regarder couler le Rhin sans hâte, excitation intempestive, désir de mettre les bouchées doubles. S'en tenir là. Jusqu'à ce qu'à un moment les mots viennent.

Ils viennent.

Vous savez, disent-ils, *ça recommence, comme il y a huit jours, au Wittelsbach. Je suis bien avec vous. Je suis même tellement bien que je me demande comment j'ai fait pour tenir toute la semaine, dans ce sacré pays de Bade, et vous ?* Eh bien je peux maintenant lui avouer que de mon côté je me demande comment j'aurais tenu sans sa lettre. Il a émis un feulement doux, un énorme soupir heureux et quand, buste projeté en arrière de moi, qui n'avais pas bougé, sa tête est venue buter contre mes reins, ses bras m'encercler, je me suis retrouvée immergée dans un bain d'eau tiède, libérée de mon propre poids, vidée de toute douleur et j'ai fermé les yeux pour ne rien perdre de ce qui allait encore suivre. Il a murmuré *Annie, est-ce que vous vous rendez compte de ce qui nous tombe dessus, de ce qui nous arrive ? Qu'il s'agit bel et bien d'un coup de foudre ? Comment, pour ma part en tout cas, appeler ça autrement puisque dès le tout premier jour où je vous ai découverte au Wittelsbach, avec vos airs de lionne en robe d'été, vous m'avez fasciné ? Vous, vos façons de parler à table comme s'il s'agissait, presque toujours, d'une affaire d'État ; d'éclater de rire pour des raisons qui m'étaient inconnues et je passe sur la gravité de vos silences dont vous m'avez donné la clef dimanche dernier. À chaque fois je vous ai regardée vivre comme si j'étais au théâtre, au cinéma au point d'en oublier ma patte en moins. Je me résume. Je suis amoureux de vous. Je n'arrive pas à me débarrasser de ce foutu désir qui ne me quitte plus de me tailler avec vous des moments heureux sans que nous nous croyions obligés de nous sentir coupables. Je n'ai aucun droit d'exiger quoi que ce soit de vous, sinon, peut-être de continuer à être vraie avec moi, avec ce que vous éprouvez à mon sujet. J'ajoute que si vous pouviez m'annoncer que c'est quelque chose d'à peu près aussi fort que ce que vous avez éprouvé pour cet idiot de jeune Schleu qui s'est avisé, un peu tard, que vous n'étiez pas la femme de sa vie, ça serait comme si j'avais gagné à la loterie. La vie est drôlement faite. Si ce lascar et moi nous étions rencontrés, disons il y a dix-huit mois, nous aurions tout mis en œuvre pour nous trouer la peau. Et maintenant, j'envie cet imbécile de petit caporal tirailleur, épargné dans la poche de Falaise par ce qu'il baptise la grâce de Dieu, et visiblement né coiffé parce que vous l'avez aimé. Ce que je veux savoir, puisque vous êtes venue librement me rejoindre ici, au bord du Rhin, c'est si, oui, ou non, vous n'avez pas plus envie de vous passer de moi que je ne l'ai de vous. Je me répète encore une fois. Vous êtes la seule femme avec laquelle j'aie jamais eu, une vraie conversation. Une de ces conversations dont on sort avec l'impression qu'on a rencontré quelqu'un avec qui, manger, boire, s'endormir, se réveiller, faire l'amour, regarder le jour se lever, la nuit tomber, va enfin avoir un sens. Ces confidences que vous avez eu le cran de me faire dans les bois de Waldsee ont fini de me persuader que vous faisiez cas de moi. Que vous mettiez un point d'honneur, quitte à y laisser des plumes, à jouer franc jeu. C'est peut-être prétentieux de ma part mais il m'a semblé que cette confession à haut risque, m'obligeait, de mon côté à me placer en face de moi-même, à faire mon propre bilan de parcours. Que si je n'étais pas devenu complètement un crétin de métier, je devais la prendre pour ce qu'elle était. Non seulement pour une preuve de confiance en ma capacité d'avoir sur les rapports humains ou inhumains des temps de guerre, des vues qui ne soient pas nécessairement obtuses, mais, je lâche le paquet, pour une preuve à mon égard d'un sentiment qui pouvait ressembler à de l'amour. Qu'autrement, vous vous seriez tue... Arrêtez-moi si je rêve, mais nom d'un chien si je rêve, que faisons-nous là, tous les deux, je vous le demande. Vous êtes le contraire d'une coquette ou d'une sauteuse que je sache. De mon côté, je ne suis pas en train d'essayer d'abuser, histoire de tromper l'ennui, avec vous, du tour passionné de votre nature, de votre, comment dire, vulnérabilité de jeune fille livrée à mes appétits de louche séducteur. Alors encore une fois arrêtez-moi si je rêve, Annie Roulette.*

Non, il ne rêve pas le lieutenant Galsk. Non, il n'est pas prétentieux, il n'est pas dingue. Oui, il a bien raison de croire que blottis comme nous le sommes, l'un contre l'autre dans des épaisseurs d'herbe chaude, le long d'un fleuve cuivré de soleil, après l'avoir été une nuit dans les bois de Waldsee, ce n'est nullement parce que je suis une coquette, une sauteuse et lui un vulgaire suborneur. Si je suis accourue à ce rendez-vous c'est parce que je n'ai pas cessé de toute la semaine de compter sur lui, Paul, mon cher Paul Galsk, et sur personne d'autre, pour me mesurer avec le bonheur. Même, je le sais, s'il ne sera pas de tout repos. Qu'il ne m'apportera ni joie paisible, ni respectabilité non plus, qu'il sera, au contraire, pareil à une mer démontée, dans laquelle, à cœur et corps perdus, on se jette à deux, au risque d'y perdre pied. Levée d'un coup de reins me voilà debout pour le lui dire, l'en convaincre et la jubilation qui m'a saisie, me tient dressée, face à lui, de toute la hauteur de mes jambes nues, parcourues jusqu'à l'aine, de frissons de chaleur, me fait le lui crier presque, et même, danser sur place entre les siennes qu'il continue à tenir immobiles dans un écartement heureux et paisible de promeneur du dimanche prenant le frais au bord de l'eau ; onduler, fille-tournesol, aimantée par les palpitations de la lumière, balancier de pendule de chair, réglant, sous son regard tendre et vorace d'homme au repos, son rythme d'horlogerie femelle et lunaire calqué sur celui de l'éternelle giration du temps.

Cessez de bouger, a-t-il jeté sourdement. *Il n'est pas question maintenant que vous m'échappiez* et cette fois ce n'est plus par les poignets qu'il m'emprisonne mais par les chevilles et je n'ai plus qu'une hâte, être enchaînée, entraînée par lui vers je ne sais quel lieu où je le suivrai, yeux bandés, seulement guidée par sa voix, son odeur, la ferveur des gestes de son corps pour s'emparer du mien et ce sera, comme si, je n'avais jamais aimé aucun homme avant lui. Lui, aucune femme avant moi. Pour être à la hauteur de son regard, de sa bouche, de ses épaules, du premier baiser qui nous mettra le feu aux lèvres, je me baisse, m'accroupis, me creuse une place dans l'angle ouvert de ses jambes. De toute la force de ses bras il me fait basculer contre sa poitrine, et de ce premier rapprochement à croupetons dans un fouillis de plantes rêches, vibrantes d'un bourdonnement d'insectes, l'émotion qui en naît est si violente que lourdement cramponnés l'un à l'autre, frappés d'autant, de paralysie soudaine, nous allons demeurer longtemps sans bouger et en silence, de crainte, si nous le rompons, ne serait-ce que par le moindre geste, la moindre parole, d'en affadir le sens. Bien sûr, véhéments, tumultueux, une nouvelle fois, les mots reviendront à Paul Galsk qui continue à me tenir entre l'étau de ses cuisses, la musclée, la vivante, l'autre de même, la tronquée condamnée à l'emprisonnement dans le carcan d'une prothèse de fer et c'est seulement, quand il se remet à parler que machinalement il les rouvre, me libère. Un prodigieux accouchement viril d'homme en train de mettre au monde une femme qui est moi.

Un renversement des rôles à la mesure du grand mythe hermaphrodite fondateur de toutes les genèses.

Vous savez, dit-il, depuis ces derniers jours, j'ai accumulé à cause de vous, une telle réserve de baisers que j'en étouffe. Et vous, est-ce que vous étouffez à cause de moi, ma petite lionne ? Je ris. Il rit. Nous nous regardons. Merveilleuse contemplation ! Je suis ramassée en boule dans son giron, genoux levés à hauteur de son menton qu'il a posé dessus pour les mordiller en douceur à travers le voile de ma robe verte et qu'importe alors sa jambe coupée, les querelles à n'en plus finir avec Lucienne, les raisons m'ayant amenée en Allemagne avec des valises bourrées de cahiers, de dictionnaires, une tête farcie d'illusions sur la capacité des êtres humains à être fidèles à eux-mêmes.

Que sera, sera proclame la chanson. Eh bien allons-y.

L'homme qui me tient enfouie entre ses bras, entre ses jambes, comme à l'abri de tout danger, de toute menace, vient de me déclarer que ce ne sera sans doute pas toujours simple, entre lui et moi, qu'il ne pourra me conduire ni à la mairie, ni à l'église, parce que de son côté c'est déjà fait et qu'il ne voit pas comment, à cause de ses enfants et même de leur mère à laquelle il doit protection, il pourrait revenir là-dessus, mais aussi qu'il peut me promettre d'être, si je le veux, celui qui m'appartiendra. Qu'il croit, si sa mémoire est bonne, n'avoir jamais dit à une femme qu'il était à elle. Qu'à moi il me le dit, en acceptant par avance de son côté, de me perdre, le jour où je rencontrerai quelqu'un qui puisse me donner davantage que lui. Que c'est par conséquent à moi et pas à lui, Galsk, de décider, si nous allons en rester là, ou si je vais remonter sur cette moto, fausser compagnie pour vingt-quatre heures à cette ville que ce qui nous arrive ne regarde pas. Que dans ce cas-là, nous roulerons jusqu'à ce qu'il y ait quelque part dans un village ou un autre, une auberge qui me convienne assez pour me donner l'envie d'y bivouaquer avec lui, sans craindre la médiocrité du dîner qui nous sera servi, en cette période de pénurie de nourriture dont les Allemands pâtissent ; ni la tête qu'ils feront, quand notre couple de Français, lui, en uniforme par-dessus le marché, fera son entrée dans le cercle des buveurs de bière du cru. Est-ce que je suis partante quand même ? Est-ce que je m'en fous comme il s'en fout ?

Bien sûr que je m'en fous. Que je suis prête à m'accommoder d'une galette de pommes de terre et de chou au saindoux, servis sous un plafond bas vergeté de solives où la peinture des armoiries des ducs et comtes du Rheinpfalz s'écaille à la maîtresse poutre d'une salle d'auberge. Où les nappes et le tablier brodé de la servante sont usés jusqu'à la corde. Où la clientèle de l'Ours brun, du Lion couronné, des Trois Cavaliers, du Lièvre rouge, ce sera selon, fume un tabac exécrable. Où la tranche de pain noir, trempée dans un bol de lait caillé, en guise de souper, fait événement.

Bien sûr que je suis prête à tout, pourvu qu'après celle de Fribourg, son désert glacé, la nuit soit belle avec le lieutenant Galsk.

À l'auberge du Cheval ailé, à l'étage, dans la chambre située au fin fond du couloir dont le patron nous ouvrira la porte avec une clef énorme, dans son lieu sombre, retiré, hors de contrôle, d'atteinte, de jugement, comme dans les bois de Waldsee, elle l'aura été.

Vaste et obscure cette pièce aux fenêtres à petits carreaux, donnant sur un verger planté de cerisiers, de pruniers, de pommiers en espaliers, de buissons de cassis, de groseilliers. Où l'on s'enfonce, à cause des luxuriances d'algues mouvantes du feuillage d'un noyer y maintenant, derrière leurs vitres, une clarté glauque, à chaque fois qu'on y entre (car nous y prendrons nos habitudes) dans la demi-obscurité d'une grotte sous-marine. Où l'impression de flotter entre ses murs pour atteindre l'armoire en bois peint d'un jaune pâle, à corniche ornée d'une guirlande de feuilles de vigne d'un bleu passé, les deux fauteuils à dossier rigide, alignés contre une cloison aveugle, le lavabo antique, à robinetterie de cuivre, les lits jumeaux aux couvertures de laine grise et bourrue, aux édredons énormes et mous, habillés de housses d'épais coton damassé rapiécés par endroits et d'une blancheur de suaire, dure toujours un long moment avant de reprendre pied. De se persuader qu'il ne s'agit pas là, après les six jours qui ont précédé, passés à donner aux autres, l'illusion d'une vie presque uniquement réglée par les obligations de métier et l'observance des convenances, d'un rêve, récurrent mais d'un vrai no man's land de félicité clandestine nous obligeant, pour en jouir, d'avaler les bouchées doubles.

Merveille de nos apartés à n'en plus finir. Ce sont des conversations d'amis, d'amants, de frère et sœur, de gens de même parentage, si certains de respirer le même air, de regarder le monde avec les mêmes yeux, si confiants vis-à-vis de l'autre que lui parler, c'est se parler à soi-même. Merveille du sommeil à deux, après le rituel du coucher. Car dès le premier soir où sur la prière de Paul Galsk assis sur l'un des raides fauteuils en bois vernis de la chambre de l'auberge, à l'enseigne du Cheval ailé, je me suis mise nue, ce qui de ma vie, devant un homme, ne m'était jamais arrivé, qu'alors, j'ai osé franchir, à son appel, l'espace qui nous séparait, que j'ai lu dans ses yeux que ce corps exempt de toute rouerie, et désarmé, venu se réfugier entre ses bras, ses jambes, comme sur les bords du Rhin, était pour lui une fête, j'ai su qu'une liturgie, la nôtre, celle de personne d'autre allait s'établir. Que pour que le déroulement, orchestré par nous à l'instinct, en soit heureux, gratifiant, nous en observions désormais soigneusement les différentes étapes, leur cérémonial quasi religieux.

Ainsi, pour laisser à Galsk, mon bien-aimé Paul Galsk, loisir de se déshabiller à son tour tranquillement, méthodiquement, en prenant appui sur son dossier de chaise pour ne pas tomber, je suis toujours couchée la première et j'évite de le regarder. Ce sont pour lui des instants où la conscience de son infirmité, plus cruellement lui pèse. Extrêmement précieux aussi parce qu'il va enfin pouvoir se libérer du fardeau de sa prothèse. Étendue de tout mon long sur la couverture râpeuse de l'un des lits où nous dormirons ensemble, le second restant toujours vacant, j'attends, dans un état d'abandon et de vigilance telle que la course de mon sang me devient presque tangible, que d'un seul bond de sa jambe valide qui le projette entre mes bras qu'alors, je lui tends, son cher corps d'athlète mutilé mais si plein de vie rejoigne le mien devenu ce qu'il appelle sa planète, son port d'attache. Nuits fabuleuses où devenue femme dans l'enthousiasme, la certitude d'être aimée, comprise, après des mois de rejet sur une plage déserte, je dors accrochée à ses épaules, à la clef de voûte de ses reins, à son moignon.

Deux fois, il se débrouille pour que nous puissions passer quarante-huit heures d'affilée à Strasbourg. Nous prenons le train, séparément au départ de Spire et nous nous rejoignons après le changement à Schifferstadt dans l'express Francfort-Kehl-Strasbourg-Paris. Le voyage avec l'interminable arrêt au poste-frontière dure trois heures. Qu'importe. Nous sommes ensemble. Nous allons pouvoir nous promener, manger, passer librement deux nuits de suite sous le même toit. Paul a prévu que ce sera sur les bords de l'Ill, au cœur du vieux Strasbourg, dans le quartier de la Petite France, chez une dame alsacienne de vieille souche, veuve d'un pâtissier-boulanger du centre-ville et qui a été sa logeuse en 45, quand il faisait campagne en direction de Cologne. Il paraît qu'elle est la gentillesse même et que sa gelée de framboise servie à ses hôtes avec des petits pains au cumin, pour leur déjeuner du matin est une merveille. Que la chambre qu'elle loue est si lumineuse, si tranquille avec ses deux fenêtres qui donnent directement sur l'eau, que nous risquerons d'avoir bien du mal à la quitter quand il faudra regagner Spire.

Strasbourg, le séjour à Strasbourg ! L'éblouissement ! Celui de ces errances à pas lents de parc en parc au bras de Paul Galsk, de nos haltes pour qu'il repose sa jambe sur des bancs situés au carrefour d'allées dominées par le hiératisme des arbres, devant des bassins hantés par le glissement imperturbable et muet des cygnes. D'avenues en avenues bourgeoises, glorieuses de leurs façades opulentes, des proéminences ventripotentes de leurs balcons, du plein-cintre de leurs baies soutenu par des balustres, de ruelles en ruelles étroites comme des sentiers, dont le conglomérat des logis à pignons, colombages, hourdis, se faisant face en se touchant presque, oblige le promeneur à s'insinuer comme il peut, entre eux, s'il veut réussir à faire le tour de la cathédrale, de son gigantisme ténébreux de forêt pétrifiée avant que d'oser y entrer. D'affronter sa nef multipliant, de pilier en pilier, en chapiteau, travée par travée, les scènes de félicité ou d'épouvante, les promesses de paradis ou d'enfer, dans un rappel constant, à l'usage de l'âme hésitante du promeneur, de son perpétuel louvoiement entre bien et mal, qu'il s'agit pour lui d'un parcours à haut risque. Que Dieu, de toute manière, l'attend au tournant !

Oui, c'est cela. Partout, au hasard des rues marchandes, du franchissement des ponts dans la tiédeur des brasseries, leur fine odeur de choucroute au riesling, leur confort ouaté, dans un décor de plantes vertes, de chopes de grès enluminées de fleurs bleues, d'armoiries, de nappes d'indienne, dans la chambre des bords de l'Ill aux draps amidonnés, fleurant la lavande, aux rideaux de voile blanc de même, Strasbourg, l'éblouissement !

Et maintenant, l'arrivée en force du pire. Son premier coup d'envoi.

À la veille ou presque des vacances d'été, de boucler mes valises pour rejoindre Auguste et Marthe, passer le mois d'août avec eux, je suis prise, en nageant dans la piscine, d'un étourdissement violent. À peine le temps de m'agripper à la main courante de l'escalier de remontée, heureusement à ma portée et je reste là un moment avec un voile noir devant les yeux. Le malaise passe. Avec l'aide de Rose-Marie qui m'accompagne, je regagne le sol ferme, m'y repose un peu, réussis à me rhabiller, à rejoindre avec elle le Wittelsbachhof pour déjeuner. Bien sûr, je me sens fatiguée mais je mange normalement et compte sur une bonne sieste pour me remettre. Cependant cette histoire d'évanouissement commentée à notre table d'auxiliaires d'enseignement du français dans les établissements allemands de la ville fait aussi le tour de celle des lieutenants de sapeur. Par malchance, Paul est absent. En permission pour dix jours il est allé (c'est la règle du jeu) voir sa famille à Béthune comme je vais bientôt aller voir la mienne. C'est une séparation qui nous coûte mais comment faire autrement ? Il doit revenir dans quatre jours et nous pourrons encore, avant mon propre départ, retourner une fois à l'auberge du Cheval ailé.

Rentrée Beethovenstrasse, je m'y endors comme une souche, pour émerger, vers les cinq heures du soir, alors qu'il fait tellement chaud, cet été-là, pieds glacés, une barre sur la poitrine, d'un mauvais sommeil où j'ai rêvé que j'avais froid. Je suis oppressée, le courage me manque pour aller dîner. Je décide de passer un peu de temps sur la terrasse avec Wolfi. Cette fois je lui raconte l'histoire du loup, déguisé en honnête père de famille venu acheter en ville à la boucherie un quartier d'agneau pour nourrir ses enfants. Il s'esclaffe, moi de même. Je lui donne un dernier bonbon. Je reste seule un moment assise sous les arcades de la terrasse. Au-dessus du mur du cimetière d'en face, l'émergence de la cime des arbres qui ombragent les tombes, certaines datant de la montée des rois de Prusse, de leur prise de pouvoir sur les États allemands dans la foulée du congrès de Vienne, m'est devenue rassurante, familière. Je la contemple. Un arbre où qu'il soit, c'est toujours une incomparable présence, faite de vie, de silence. C'est toujours un ami, un frère. Demain, il fera toujours beau et chaud. J'irai bien.

Mais c'est le contraire qui arrive. La respiration encore plus courte que la veille, je dois prendre terriblement sur moi pour aller à mes cours, m'arrêter au milieu des phrases pour reprendre souffle. Par moments j'étouffe. La sueur me roule sur la figure et pourtant je frissonne de froid. Braqués sur moi, les yeux des gars de l'Aufbauschule me disent que ça va plutôt mal pour moi, que je ne vais pas m'en tirer aussi facilement que j'avais cru. Deux jours plus tard, je ne peux déjà plus monter les escaliers sans devoir m'arrêter à chaque marche. Le bruit se répand au mess que je suis malade. On m'envoie, Beethovenstrasse, un major militaire pour m'examiner. Il déclare que ce n'est pas très grave. Un peu de bronchite et voilà tout. J'ai dû me refroidir après avoir piqué une sueur à cause de la chaleur. Il me prescrit du repos, de l'aspirine et des enveloppements à la moutarde auxquels ma logeuse pourvoira. Je devrais, en principe, être remise sur pied dans une semaine. Mais ce n'est pas l'avis de

Gerda Fürkünst qui décidément a fini par m'avoir à la bonne et qui trouvant que le mal empire prend l'initiative de faire venir son propre docteur de famille, un assez sévère et raide praticien à lunettes qui diagnostique une pleurésie humide nécessitant mon admission à l'hôpital allemand tenu au sud de la ville par les diaconesses protestantes, y assurant, encadrées par une équipe de médecins réputés pour leur compétence, les fonctions d'infirmières. Je vais devoir y subir, après radiographie, l'épreuve des ponctions. Seul moyen permettant d'espérer que je puisse m'en sortir.

Voilà donc la punition qui m'attendait pour avoir quitté Auguste et Marthe, mis des centaines de kilomètres entre eux et moi, les avoir sacrifiés à mon amour pour Rodstein, et pour comble m'être jetée dans les bras de Paul Galsk, un homme marié que j'aurais dû fuir, lui aussi, comme la peste.

Le purgatoire commence. L'arrivée, la mort dans l'âme, chez les diaconesses. La froideur de l'accueil qu'elles me réservent puisque je suis française. Le lendemain, après radiographie, le supplice de la première ponction. De la longue aiguille creuse équipée d'un tuyau souple qu'on enfonce dans le dos, entre les côtes, pour procéder au drainage de la plèvre. Travail à quatre, ayant lieu, en silence à part quelques ordres brefs du médecin donnés aux deux infirmières, chargées de m'immobiliser sur mon séant, assise de dos sur mon lit, de m'obliger en me tenant par un bras, à endurer, sans bouger au passage du dard, la douleur fulgurante qui me traverse, se prolonge sourdement jusqu'en fin d'intervention. Recueilli par le tuyau dans une cuvette par une troisième officiante, le flot des humeurs évacuées a l'effervescence mousseuse et grisâtre des eaux de lessive bouillantes, saturées par la saleté du linge souillé.

Paul n'est pas encore rentré. Solitude, solitude !

Entre deux phases de sommeil morbide, traversé, de nuit comme de jour, d'images éprouvantes : le passage d'un avion en feu au-dessus de moi, puis d'un vautour, l'arrivée d'un train vide que je suis seule à prendre et dont je sais par avance qu'il ne me conduira nulle part, les lettres de Rodstein que je cherche partout à Aulaines dans ma chambre et que je ne retrouve plus et pourquoi Paul s'éloigne-t-il de moi avec deux enfants, deux fillettes qu'il a hissées derrière lui, sur sa moto, à ma place après m'avoir abandonnée dans une forêt, j'égrène convulsivement mon chapelet que je tiens constamment glissé à mon poignet dans l'espoir qu'à des millions d'années-lumière, le séparant de moi, des péripéties de mon existence dérisoire, de ses erreurs de parcours, un Dieu m'entende. Celui de mon enfance. Qui le tenait pour un père sans complaisance, mais aimant. Capable de voler à mon secours, d'avoir pitié de la folie humaine ordinaire et par conséquent de la mienne. La nuit suivant la première ponction, je fais un cauchemar plus terrible encore. Une bête visqueuse, moitié mammifère, moitié reptile, enroule ses anneaux autour de mes chevilles, monte à l'assaut de mon ventre, de ma poitrine surtout, où elle finit par s'immobiliser en pesant de tout son poids sur elle. Elle me répugne, m'épouvante. Cependant je dois impérativement, si je ne veux pas mourir, non seulement endurer son contact, mais la toucher. Trouver en moi la force de supporter sa promiscuité hideuse, la traiter en animal familier. Je me réveille en sursaut sur le coup de cinq heures du matin. Je suis en sueur. J'ai la bouche amère, la tête proche de l'éclatement. En même temps le cœur me bat n'importe comment. C'est la crise d'arythmie, le bouleversement émotionnel dévastateur. L'ordonnance stricte, immaculée de ce qui m'entoure : table de chevet, chaise, armoire de fer, lavabo, la nudité des murs, l'apparition, à travers la fenêtre qui me fait face, d'un morceau de ciel encore engorgé de nuit, mais que l'aube balafre d'une strie rose, me paraît un décor aussi glacial qu'inhumain. Une image en trompe-l'œil m'isolant encore davantage de quelque secours que ce soit qui pourrait faire écran à ce que je viens de vivre, de subir. Où est la bête ? Par où est-elle entrée, est-elle sortie ? Par où, gluante, obscène, va-t-elle revenir, car sa présence m'obsède au fil des heures.

Juste après le souper, servi à dix-huit heures, un bouillon avec un petit pain de seigle et un ramequin de riz au lait, la porte s'ouvre. C'est Paul. Paul Galsk, lui enfin !

Rentré à Spire, la veille, vers la minuit, il n'a appris que le lendemain ce qui arrive et n'a pu se libérer pour venir me voir à cause de ses obligations de service que maintenant. Appuyée contre mes deux oreillers, je sanglote entre ses bras qu'il tient si serrés autour de moi que les boutons d'acier de sa veste d'uniforme me rentrent dans la chair à travers ma chemise de nuit froissée. Un mal qui me fait du bien, m'arrache au pouvoir de la bête. Elle ne pourra plus profiter de mon isolement, de ma faiblesse. Je ne suis plus abandonnée. J'ai dans mon cou cette bouche rassurante et chaude en train d'inventer les mots qu'il faut, pour rendre à mon corps démuni, maltraité, un peu d'apaisement, de foi en lui-même, en ses ressources de résistance aux coups de boutoir de la maladie, à en exorciser les fantasmes destructeurs, les domestiquer. Accrochée à ses épaules, je lui raconte l'histoire de la bête. Il dit : *Voyons tu n'y es pas, ma petite caille. C'est de nous deux que tu as rêvé. Tu la connais pourtant l'histoire de la Belle et la Bête. Et puisque la Belle c'est forcément toi, la Bête forcément moi, si elle revient, il suffira d'un seul baiser entre elle et toi pour qu'elle se change en prince charmant. Alors, profites-en. Embrasse-moi, tout de suite. Embrasse la Bête, ma jolie. Succès garanti !*

Son beau regard cuivré, attentif de sapeur spécialiste de la détection des explosifs en terrain miné, posé sur moi, sur ma poitrine haletante de candidate éventuelle à la phtisie, si les séances éprouvantes de thoracentèse, les cataplasmes sinapisés, les comprimés de salicylates, le régime lacté ne viennent pas à bout des pneumocoques, streptocoques, staphylocoques (on s'y perd) qui auraient plutôt tendance à fomenter le pourrissement de mes poumons, il essaie de rire, de me faire rire, le lieutenant Galsk, de m'arracher le temps d'un baiser au carcan qui m'enserre. Ça y est, c'est gagné, le charme opère. Nous roulons en moto, le long du Rhin à la nuit tombante. Destination : le Cheval ailé. Poitrine collée à son dos, mes bras l'encerclant, je lève la tête pour aspirer l'air. Je le bois comme du miel liquide, du jus de fruit. À peine sortie de ses limbes, de son engourdissement diurne, faciès crayeux encore flou de beauté pâle fraîchement levée, la lune dolente qui vient de nous croiser se fraie un chemin au-dessus du fleuve en direction de Bâle, de Vienne, du Danube, des rives du Bosphore, nous fausse compagnie, nous abandonne à notre destin. Quel destin ? S'il faut s'en fier à l'air de désapprobation totale affiché par la sœur Gertrud qui vient de surgir dans la pièce pour ramener mon plateau aux cuisines et nous découvre dans les bras l'un de l'autre, nous aurions tort d'en attendre quoi que ce soit de bon, et il lui faudra, quant à elle et à ses compagnes diaconesses, s'armer véritablement d'une charité toute chrétienne pour prodiguer ses soins à cette petite dévergondée de Française qui n'en peut plus mais, pour l'instant, sinon de survivre, souffle suspendu à la visite quotidienne de son imposant boiteux d'amant qui prend soin d'elle comme d'une enfant, lui brosse les cheveux, lui passe sur la figure et tout le corps un gant de toilette imprégné d'eau de Cologne, lui apporte du beurre, du miel, du saucisson sec, du corned-beef en boîte, pour améliorer les fadeurs de la soupe au lait et au chou recommandée pour lui assainir les bronches.

D'ailleurs elle a sûrement raison, la sœur Gertrud, car enfin jusqu'à quand, Galsk et moi, tiendrons-nous la route hors chemin tracé ? En supposant que je m'en sorte de cette pleurésie, sur quelle pierre d'achoppement buterons-nous un de ces quatre matins, qui nous fera mordre la poussière ? Comme j'ai pris le parti de lui taire et qui pourtant me poursuit davantage encore que celui de la bête, le rêve où je l'ai vu partir en moto avec ses deux filles, après m'avoir abandonnée à mon sort, dans les bois de Waldsee, il me tait où il en est avec Lucienne après la semaine passée à Béthune. Que je sois la femme qu'il aime ne change rien à l'affaire. Il se peut qu'après m'avoir tenue aussi longtemps qu'il le faudra la tête hors de l'eau pour m'aider, à force de transfert d'énergie, à sortir de l'impasse, il n'en lâche pas moins prise, pour retourner, si peu gratifiante qu'elle soit, à une vie de famille lui permettant d'être un père à plein temps pour ses enfants, un époux pour Lucienne, ne fût-ce que pour être en paix avec lui-même. De mon côté, je m'en voudrais à mort d'essayer d'intriguer pour le détacher des siens. L'amener au divorce.

Entre deux accès de fièvre, deux ponctions, le supplice de la longue aiguille plantée à vif dans mon dos, entre deux dizaines de chapelet, deux somnolences hantées par l'imagerie mortifère de campagnes inondées jusqu'à hauteur de clochers, de sommets d'arbres, de vagues lectures de magazines apportés par Rose-Marie, pour me distraire, entre deux crises de larmes parce que parallèlement à ma peur de perdre Paul, l'absence d'Auguste et de Marthe m'est devenue d'autant plus insupportable, eh bien cette rupture j'essaie par avance de l'accepter. D'en assumer les conséquences. La plus éprouvante étant le retour à la case départ, au désert sentimental dans lequel j'ai failli mourir après mon voyage à Fribourg. Sans parler du scandale qui risque présentement d'éclater pour de bon, ma liaison avec le lieutenant Galsk étant devenue désormais, à la garnison, un secret de polichinelle dont cette bonne Sonia se fait, à cette heure, un plaisir de commenter, avec des mines de circonstance, les péripéties au mess en feignant de me plaindre non seulement de m'être enlisée dans un amour sans issue, mais comble de malchance, à moins qu'il ne s'agisse de la punition du ciel, de me trouver quasiment à l'article de la mort. Je l'entends d'ici. L'aubaine. Le régal.

Avant de quitter la rue Beethoven pour l'hôpital, j'ai griffonné en toute hâte quelques lignes à l'adresse d'Auguste et de Marthe, leur annonçant mon entrée précipitée chez les diaconesses de Spire pour cause de pleurésie sévère. Quinze jours ont passé. On m'a déjà retiré près de deux litres d'humeur maligne. Je commence à respirer mieux, à dormir mieux. La fièvre est tombée à trente-huit degrés cinq mais bien sûr le mal n'est pas encore résorbé et je suis faible. Cependant, j'arrive à marcher sans aide, une fois par jour, dans les couloirs de l'hôpital. Un va-et-vient, plusieurs fois de suite, entre deux murs blancs, ripolinés, avec, tous les deux ou trois mètres, le havre d'une baie permettant d'apercevoir une allée sablée, une plate-bande d'asters, un arbre, enfin quelque chose qui ait les couleurs et les libres formes de la vie. On continue à me bourrer de soupe au lait, de bouillie, d'assiettées de chou assaisonné de fromage blanc au cumin. Il paraît que la prochaine ponction, prévue dans cinq jours, pourrait être la dernière. Qu'ensuite il faudra patienter.

Rester hospitalisée encore au moins deux semaines sous médicaments et surveillance.

Aux environs du 15 août 1947, Auguste arrive. Auguste Roulette, mon père. L'homme de discrétion, de courage, de loyauté. L'homme de bien par excellence. Auguste qui avec Marthe, par une nuit de novembre, aux alentours de la fête des Morts, du culte qu'on leur rend, afin, en remontant à travers eux le cours du temps, de se sentir encore plus vivant, m'a engendrée. Qui, lors de l'accouchement de l'épouse, livrée pendant plus de dix heures aux douleurs d'un enfantement ayant nécessité l'usage torturant des forceps, aura aidé le médecin et les deux femmes du voisinage venues en renfort, grimpé sur le lit et maintenant entre ses propres jambes la tête et le buste de Marthe, hurlante, dévastée, à l'immobiliser pour que le médecin puisse introduire le forceps convenablement, évite l'accident mortel pour elle, pour l'enfant. Auguste qui m'a vue naître. Surgir par saccades, le crâne pris entre les mors de la tenaille. Mystérieuse et larvaire petite femelle violacée, encore aveugle, amphibie ; encore humainement à peine identifiable. Proche de l'asphyxie pour s'être heurtée, des heures durant, front-butoir en avant, paupières soudées, au refus de dilatation d'un col d'utérus de mère primipare à trente-cinq ans. « L'accouchement de ta mère, un cauchemar. » Le mot lui remontait aux lèvres, chaque fois, pour évoquer les affres de cette nuit du 4 août où la mort avait failli réussir son coup. Arracher à cet homme qui en avait déjà tant vu, enduré : une enfance pauvre, un dur apprentissage de cuisinier-pâtissier de métier dès l'âge de treize ans, après son engagement dans le corps de gendarmerie, le « palu » contracté au Liban, l'unique femme sur laquelle il eût jamais compté pour connaître enfin, un peu de douceur de vivre, fonder une famille. Failli, la camarde, lui ôter dans la foulée l'espoir de perdurer à travers un enfant, lui briser le cœur.

Et maintenant qu'il est là, qu'Auguste est là, qu'il se tient à mon chevet, que je lis dans ses yeux qu'il est venu jusqu'ici, jusqu'à moi, dans ces lieux qui lui sont totalement étrangers, où je mène une vie qui lui est totalement étrangère, pour y prendre, comme il y a vingt ans, la première fois qu'il m'a découverte, nouvelle née, arrachée aux limbes de ma condition fœtale par les tenailles du forceps, la mesure de ma force et de ma fragilité d'être humain, toujours en passe de résurrection, de métamorphose, toujours en péril, je vais pouvoir guérir. Et pas seulement à cause d'une thérapie douloureuse mais efficace, pas seulement à cause de Paul, de ce précieux amour dont j'ignore la durée mais auquel je m'accroche comme à une bouée, mais du miracle renouvelé, le même que celui de ma naissance, de sa présence efficace de père. De la reprise entre nous de l'échange nourricier, salvateur de nos reflets. Un devoir qu'il s'est fait de venir jusqu'ici rallumer le flambeau au nom de Marthe et du sien, de se lancer dans ce voyage qu'elle l'a supplié d'entreprendre après avoir reçu mon appel au secours. Dévoué père ! Irremplaçable père ! Après avoir entrepris toutes sortes de démarches administratives en vue de l'obtention d'un passeport assorti d'un permis de séjour de deux semaines en Allemagne pour y rejoindre sa fille malade en territoire d'occupation militaire française, à Spire, sur le Rhin, Palatinat, c'est avec une valise en similicuir achetée pour la circonstance au Mans dans laquelle Marthe a rassemblé, serviettes de toilette, linge de rechange, crème à raser, savon, blaireau, provision d'aspirines, papier à lettres pour la correspondance avec elle, imperméable léger en cas de pluie, sans compter les casse-croûte pour le voyage, soigneusement empaquetés dans un torchon fraîchement lavé, qu'il est parti à ma recherche d'enfant prodigue. Son beau visage aux traits sérieux, alourdi de lassitude quand il l'approche du mien pour que nous nous embrassions (et alors nous nous mettons à pleurer) porte les stigmates de la fatigue d'un voyage qui, depuis la veille, compte tenu d'un premier changement à la gare Montparnasse, d'une attente en gare de l'Est jusqu'à l'heure tardive de départ du Paris-Francfort, de l'arrêt interminable, en pleine nuit, à la frontière de Kehl aura duré près de quatorze heures. Et quel dépaysement, après une nuit blanche, que l'arrivée dans cette ville allemande, totalement inconnue, totalement indéchiffrable pour lui et comme je suis reconnaissante à Rose-Marie d'être allée l'accueillir à la gare de Spire, l'avoir conduit chez les Fürkünst puisqu'il a été décidé par les services d'intendance de la place, auxquels j'ai fait annoncer sa venue, qu'il occuperait ma chambre, pendant la durée de son séjour, prendrait ses repas au mess, avec, devant lui, vingt-quatre heures pour justifier de sa présence, passeport et permis de séjour à l'appui, auprès des autorités compétentes de la Hauptstrasse.

Quel âge a-t-il cette année-là ? Cinquante-trois ans. Derrière lui, il y a deux guerres avec l'Allemagne. Une première blessure à Liancourt en 1915. Après le piétinement dans la boue des tranchées, leur pouillerie, l'intoxication en 1917 par les gaz, ayant entraîné des difficultés respiratoires irréversibles ; en 1939-40, sa mobilisation comme gendarme réserviste, avec, à la clef, une hospitalisation, pour ulcères variqueux, ayant au bout de six mois justifié sa réforme ; un retour à la vie civile avec reprise de ses fonctions de secrétaire de mairie au village d'Aulaines dans un climat, à partir de la défaite, non seulement de pénurie, mais de surveillance policière de la part de la Gestapo du Mans, à la poursuite des résistants ou des juifs cachés sous des faux noms dans les campagnes, de vérification minutieuse de l'identité et de l'âge des jeunes hommes désignés pour le Service du travail obligatoire en Allemagne, ou pour la construction du mur de l'Atlantique, face à l'Angleterre. Et puis encore la corvée de distribution des cartes de rationnement, celle des avis de réquisition de viande sur pied, beurre et œufs, pommes de terre, blé, pour les besoins de l'armée allemande, à porter à vélo jusque dans les fermes les plus reculées de la commune, où des femmes, au mari retenu prisonnier quelque part en Bavière, en Thuringe, en Westphalie, dans le Brandebourg, des paysannes farouchement enracinées à leur terroir enclavé au bout d'un chemin creux truffé d'ornières, entre deux remparts de haies vives, avec un valet, souvent un enfant, en hardes rapiécées, sabots maculés de purin ou un vieux domestique hors d'âge ont peiné durement du lever du jour à la tombée de la nuit pour faire valoir, dans un monde réduit à la soumission, au silence, les quelques hectares de prairie et de sol arable leur tenant lieu d'espace de liberté en vase clos, de planète, de raison d'être.

Et c'est pourquoi, père, tu portes plus que ton âge. Que tu as vieilli. Cependant tu m'aimes comme au premier jour, malgré les tensions, les malentendus qui nous ont parfois éloignés l'un de l'autre pour un temps, et de mon côté, suspendue, qui vient de succéder à tes larmes, à l'illumination de ton sourire, celui d'hier, celui d'aujourd'hui, aussi fortement, naïvement que lorsque petite enfant nourrie de lait, de bouillie, visage lunaire, démarche hésitante, je m'accrochais au bastion de tes guêtres de militaire préposé au maintien de l'ordre public qui te cuirassaient les jambes, m'en cachaient la fragilité, pour apprendre à me tenir debout, mais aussi à échapper un jour à ton contrôle, moi aussi je t'aime. Mon Dieu, père, pourvu que tu ne découvres pas dans quel guêpier sentimental je me suis encore fourrée ! Tu en repartirais d'ici, ulcéré, incapable de trouver non seulement à Galsk mais à moi non plus, des excuses. Non seulement ulcéré, mais humilié. Car impossible, père, je le sais, impensable même de te faire accepter ce qui se passe entre Paul Galsk et moi et qui échappe à toute analyse raisonnable. Cette opération de sauvetage à deux, cette connivence viscérale, absolue, entre nous, devenue pour l'un comme pour l'autre, une autre façon de respirer, mieux encore d'être heureux. L'inadmissible pour toi. La faute grave, l'écart de conduite irrecevable, car il s'agit cette fois bel et bien d'une liaison amoureuse sans issue avec un homme marié dont je ne puis ressortir que marquée au fer rouge du discrédit et qu'il te faudrait taire à Marthe. Marthe qui se ronge d'inquiétude au sujet de ma santé. Marthe à cent lieues de me soupçonner de m'être laissée entraîner dans une aventure aussi peu reluisante. À moins qu'endurcie par la rupture avec Rodstein, j'aie rageusement opté pour le cynisme, son goût immoral du plaisir sans lendemain ; que j'aie pour de bon cessé, loin de ses yeux, d'être sa fille.

Père, je t'aime de tout mon cœur. Plus que ta colère, je redoute que tu souffres. Que tu te sentes blessé dans ton honneur. Qu'aussi tu t'en prennes à Galsk. Que vous vous affrontiez. Qu'alors tu l'accuses de crapulerie, le traites en vulgaire suborneur, qu'à bout d'indignation tu éclates, que vous en passiez (qui sait) aux mains si jamais tu découvrais la vérité. Qu'après un voyage éprouvant à tous égards où tu avais volé à mon secours de jeune fille diminuée devant la maladie, après l'avoir été après la rupture avec Rodstein, tu rentres chez toi, enfin chez nous, avec l'amer sentiment d'avoir été floué sur toute la ligne. Car je te connais, tu as du flair. Celui du fin, du patient limier. Capable, au milieu des mensonges qu'on lui débite, de poser à brûle-pourpoint la question confondante. Celle qui démasque l'adversaire, le met K.-O.

Et c'est pourquoi, du fond de ce lit d'hôpital où je me débats encore, après deux thoracentèses, contre la maladie, deux montées de fièvre, deux cauchemars, je vais, nous allons, Paul et moi, devoir ruser. Qu'au cours des rares visites qu'il s'autorisera en ta présence, nous nous vouvoierons, mènerons la conversation sur un ton de camaraderie de commande. Qu'aussi, question de solidarité, d'esprit de corps entre gens à peu près du même âge, embarqués pour l'heure sur le même bateau, l'équipe des copains sapeurs, des copines germanistes, comprise Sonia qui, pour une fois, tiendra sa langue, sera de mèche avec nous. Pas pour te berner, mais par respect. Car au mess, comme chez les Fürkünst, tout le monde aura été frappé par la civilité de tes manières, ta dignité naturelle d'honnête homme, ton dévouement de père aimant ayant quitté le havre de sa modeste maison en terre française pour vivre suspendu, pendant deux semaines, à l'amélioration de mon état dans une ville germanique et rhénane, où tu devais, à ton tour, dans un état de dépaysement au moins aussi total que le mien, à mon arrivée, l'avait été, apprendre à t'orienter. Ici une porte médiévale, plus loin, après une marche à découvert le long d'une large avenue solennisée au loin par une cathédrale, une ruelle à prendre, son rétrécissement entre deux murs aveugles, une fontaine à contourner sur une place. Tout cela, avec d'autres rues encore pour atteindre l'hôpital des diaconesses, à répertorier, repérer pour t'y reconnaître mais dans un grand trouble de l'esprit et des sens, un grand ébranlement de l'âme et du corps. Si bien qu'on n'arrive plus à croire qu'on puisse être encore soi, parce que les gens qu'on croise, avec eux, leurs maisons, leurs parcs, leurs églises, leurs lieux de rassemblement, leurs ateliers, leurs boutiques existent à vos yeux sans exister. Qu'ils font partie d'un décor dans lequel vous-même êtes égaré sans l'avoir choisi.

Tout aura été fait pendant ces deux semaines pour que rien ne transpire de ce qui aurait pu troubler douloureusement ta conscience, t'éloigner de moi, te blesser ; gâcher, passées ensemble, à l'hôpital des diaconesses de Spire, les belles heures d'intimité bienfaisantes et graves à l'image de celles qui avaient été les nôtres quand tu entraînais autrefois l'enfant que j'étais, dans la forêt de Bonnétable, m'apprenais à m'abandonner à elle, à m'en nourrir, tandis que nous nous taisions pour mieux écouter le silence des arbres, la musique des sèves et ce lourd halètement de tambour voilé qui monte du sol et l'ébranle quand la harde des sangliers fonce, défenses en avant, à travers l'épaisseur des fourrés. Car les forces m'étant peu à peu revenues, après la troisième thoracentèse, ce sera le même bonheur de la promenade à deux, le même émerveillement d'être en vie, de ne faire qu'un avec elle, fût-ce dans les couloirs d'un hôpital, leur rectitude glacée. Celui à ton bras de la première montée d'escalier sans essoufflement ou presque, de la première flânerie dans les allées d'un jardin intérieur contenu entre les corps de bâtiments austères, son atrium végétal limité par des arcades. Du premier goûter pris en ta présence, non plus, dos calé sur les oreillers mais assise sur une chaise devant la table roulante qu'on vient d'amener jusqu'à moi, pendant que tu me fais la lecture des messages que tu reçois de Marthe et c'est comme si elle était là. Que sa belle voix impérieuse, si souple, si mélodieuse pourtant, de cantatrice-née, capable au fil des émotions les plus diverses, de passer d'un registre à l'autre, était en train de prendre corps. Que les mots tracés par elle à l'encre bleue de son écriture soigneuse et penchée sur la feuille de papier réglé que tu tiens entre tes doigts, devenaient sonores. Chacune de ses lettres se termine par la formule suivante : « bons baisers à tous deux. Annie je suis si contente que ton père soit auprès de toi » et elle signe pour finir, Marthe, Maman, cela dépend. De ta noble écriture chantournée de calligraphe qui s'ignore, tu lui réponds par retour pour lui donner, qui lui feront du bien, des nouvelles rassurantes. Toi aussi, Auguste, tu es rassurant. Toi aussi tu me fais du bien. Pouvoir me tenir sous ton regard, bavarder avec toi de choses et d'autres en familiers, t'avoir à portée de souffle, de main, et jusqu'au plus fort du poignant regret de ne pouvoir m'ouvrir à toi de l'amour que je porte à Paul Galsk, quelle douceur, quelle félicité ! Tu as, sur mes conseils, visité la cathédrale dont la façon de trôner au bout de la Hauptstrasse, la majesté de reine de pierre t'en avait imposé dès le premier jour et, pour en avoir franchi le seuil, de cette lente déambulation qui t'a conduit à pas lents, circonspects, travée par travée, jusqu'à un transept où là, tu t'es heurté à l'élévation hautaine d'un chœur où les officiants, se tenant à distance de la foule, en gouvernent l'humble prière, tu es revenu profondément songeur. De même de ta promenade au bord du Rhin, du spectacle de sa puissance de maître fleuve, charrieur de légendes autant que d'histoire, source de rivalités meurtrières entre les peuples, plus que de rapprochements. Et de t'entendre le déplorer, au nom de ton bel humanisme foncier d'homme s'étant toujours gardé des tentations de la haine, m'était allé droit au cœur. Ainsi en aura-t-il été à Spire devenu pour nous le merveilleux no man's land de nos retrouvailles, où dans l'enchantement d'être ensemble, nous renouvellerons d'instinct, de père à fille, un pacte d'alliance qui n'appartiendrait jamais à personne qu'à nous.

Les jours passent. La veille de ton retour à Aulaines, nous convenons que dès que je serai en état de supporter le voyage, je viendrai passer ma convalescence à la maison. D'ici là, on m'annonce que je dois encore patienter une semaine sous surveillance à l'hôpital avant de pouvoir regagner la Beethovenstrasse, y reprendre peu à peu un cours de vie quasi normal, mais avec de longues siestes l'après-midi et l'interdiction, jusqu'à la fin de mes jours, de toute exposition prolongée au soleil dont la radioactivité est particulièrement nocive en cas de fragilité pulmonaire. Dieu soit loué, les derniers examens n'ont révélé aucun signe d'infection tuberculeuse. Reste qu'il me faudra, durant des mois, me ménager. Envisager en octobre, après mon retour à Spire, un séjour à la montagne, après avoir obtenu un congé de trois mois de la part du major de la place, après qu'il se sera fait transmettre, par l'hôpital allemand, mon dossier de maladie.

Début septembre, Aulaines donc. Son cocon de tiédeur parentale. Ses grandes et petites gâteries de bouche puisqu'il me faut continuer à observer un régime lacté. Les gâteaux de riz, nappés de crème anglaise d'un moelleux incomparable d'Auguste Roulette, l'ancien fin cuisinier de métier. Les soufflés au fromage d'une légèreté divine, les œufs pochés sur fond d'artichaut. Un régal servi sur la nappe en toile cirée, dans la cuisine, en écoutant les nouvelles à la radio, ou, pour la distraction, les chanteurs de charme d'après-guerre. Le jardin. Ses planches de légumes. Au mur du cellier, la treille. Le raisin blanc acide, tavelé de rouille qu'on peut grappiller au passage en allant puiser de l'eau à la pompe ou déterrer les premières carottes nantaises pour la soupe, les premiers oignons de Mulhouse pour le bourguignon du lendemain. La chatte. Son va-et-vient d'opulente beauté bâtarde, ventre blanc, crâne plat, reptilien, encapuchonné de noir et roux, l'échine de même, les yeux fardés au khôl, la queue fastueuse d'un angora tigré. Douce au toucher et qui a repris le pli de s'endormir d'aise, lovée en boule dans mon giron, le soir, quand la nuit tombe, que le soleil déserte la colline d'en face. Qu'elle passe du rose ardent et cuivré au gris sombre ; qu'elle s'éteint peu à peu comme un grand feu qui couvera sous ses cendres jusqu'à l'aube où il renaîtra, couleur de soufre et d'anis dans une effervescence matinale de montée des sèves et de cris d'oiseaux. Les promenades dans la forêt. Les retrouvailles, faites pas à pas, l'esprit et le corps en repos, avec ses lumières et ses ombres, ses sous-bois de fougères, leur écume ondoyante et verte à contempler comme les vagues à marée basse et tranquille. Voici la pierre de Clossay dans l'allée conduisant à l'ancien petit camp de prisonniers de guerre allemands, son allure de menhir à moitié écroulé sur ses bases, à la frontière d'un fossé gorgé de feuilles mortes ; avec elle le souvenir du premier baiser échangé avec Rodstein. Faire le vide en soi. Passer outre. Le nouveau chapitre ayant pour titre le Cheval ailé. Sa chambre d'auberge, lambrissée du sol au plafond. Son allure de boîte à secrets, à découvrir dans l'ombre, à la seule lueur d'un rayon de lune, de sa giclée de lumière froide s'insinuant par une fenêtre donnant sur un verger. Une habitude reprise, après la sortie définitive de l'hôpital jusqu'à ma venue ici, d'y dormir à nouveau, le samedi soir, rivée à la bouée de sauvetage du solide corps mutilé et plein d'amour de Paul Galsk, au mât tronqué de sa jambe coupée qu'il élève parfois comme une massue, un fût de canon désamorcé pour la caler au creux de mes reins et c'est alors que je me sens la mieux protégée, la plus heureuse des femmes. Ici, à Aulaines, entre Auguste et Marthe, ailleurs à l'auberge du Cheval ailé, la présence de qui vous aime et qu'on aime à savourer indistinctement et surtout ne pas en perdre une miette.

Début octobre, avec encore deux mois de convalescence devant moi, retour à Spire, à toi mon cher Paul, après, discrètement et rarement échangés entre nous, à cause d'Auguste et de Marthe, quelques courts messages, les tiens particulièrement anodins mais avec en dessous de ta signature, parfaitement lisible et soulignée d'un trait ferme, esquissée de profil à l'encre noire, la silhouette, crinière tumultueuse, d'un cheval ailé. Reprise au Wittelsbachhof des déjeuners, des dîners au son des flonflons de l'orchestre allemand, avec Rose-Marie et les autres, des allées et venues après souper, entre les tables, du marcassin qui a gagné du poids, mais pas encore assez, pour justifier qu'on l'immole à nos appétits ; des conversations avec les sapeurs auxquels bien entendu, sur un ton se voulant aimable mais détaché, auquel comme d'habitude je me suis ralliée, tu te mêles, en fumaillant et buvant un café. Maintenant c'est dès seize heures que nous quittons Spire le samedi soir, avant la tombée de la nuit et celle des brouillards qui ont repris depuis l'équinoxe d'automne. Qu'à petite allure, pour m'éviter la dureté des vents, en gros manteau d'hiver, écharpe et bonnet de laine je roule avec toi, en direction du Cheval ailé.

Mi-octobre, arrivée comme d'habitude un peu en avance au vieux port, je te vois déjà là. Par chance, aujourd'hui il fait beau. Frais, mais sec, mais lumineux. Drapé de la pourpre des rois, avec de l'or dans ses cheveux, l'automne rhénan pavoise d'arbre en arbre, de vignoble en vignoble. De loin, debout devant ta moto à l'arrêt, le calot enfoncé droit sur le front, cou protégé par un cache-nez, en pardessus de drap kaki, ganté de cuir, tu m'attends. Je te trouve un air sombre, préoccupé. Je me mets à courir vers toi, pour être rassurée et quand tu m'empoignes à pleins bras pour un baiser, presque une morsure, je les sens serrés autour de moi comme des cordes. Tu jettes brièvement : *Allons-nous-en, partons. Quittons cette foutue ville qui nous empoisonne.*

Nous démarrons en trombe, sous un soleil couchant frappé d'estoc en pleine face, plein ventre et qui pisse le sang, perd ses viscères au-dessus du fleuve, au-dessus de nous et quand tu ralentis, c'est pour couper la route, sans crier gare, sur ta gauche, t'enfoncer par ce fameux sentier que nous avions emprunté une fois, cette première nuit d'été où tu m'avais entraînée sur la route de Schifferstadt, dans cette forêt où j'étais passée avec toi aux aveux au sujet de Rodstein et c'est alors que je comprends que quelque chose est arrivé, qu'il va me falloir, coûte que coûte, affronter comme tu avais dû affronter mes propres confidences de cette nuit-là.

Surtout ne t'assieds pas sur le talus, tu prendrais froid, m'as-tu brièvement intimé après avoir coupé les gaz et calé ta moto au milieu du sentier. Et cela fait tu m'as saisie par les poignets pour m'obliger à recevoir en pleine figure le coup que tu allais m'asséner.

Il allait falloir que je sache que tout n'allait pas pour le mieux dans le meilleur des mondes, ces derniers temps, pour toi et moi. Que les bruits qui couraient sur nos virées entre Spire et le Cheval ailé, avaient, de par la diligence des mauvaises langues, fait non seulement le tour de la garnison, mais étaient revenus aux oreilles du colonel et lui avaient valu, à lui, Paul Galsk, après convocation dans son bureau, à la première heure, un lundi matin, une volée de bois vert avec mise en demeure de rompre immédiatement cette liaison irresponsable et scandaleuse ou de quitter l'armée. Tout y était passé. Son immoralité d'homme marié entretenant avec une jeune étudiante, réputée d'ailleurs pour un peu folle, des rapports illicites. L'utilisation d'un véhicule militaire pour nos escapades. Celles-ci ayant lieu par-dessus le marché, en milieu allemand et donnant à l'ennemi d'hier, de l'armée française, de la bonne tenue de ses officiers, une image dégradante. Un manquement à l'honneur. Une faute grave. En particulier, pour un soldat de l'armée Leclerc. D'où, l'ultimatum suivant. Mettre un terme à de pareils égarements et eu égard à ses états de service, le colonel passerait l'éponge, ou renoncer à poursuivre une carrière dans l'armée, avec retour obligé dans le civil.

En bref, pour moi, comme pour lui, l'impasse, le couteau sous la gorge. Et comme rompre avec moi, essayer de tenir le pari de nous croiser chaque jour au mess, comme si nous ne nous étions rien, lui paraît intenable, sa résolution est prise. Tirer sa révérence en effet. Rentrer à Béthune. Y reprendre, si faire se peut, le collier dans les ponts et chaussées, s'accommoder des humeurs de Lucienne, se résigner à mettre des centaines de kilomètres entre nous, du moins aussi longtemps que je vais devoir rester ici en Allemagne. Là-bas, il ouvrira une boîte postale, pour que nous correspondions. Il m'écrira. Je lui écrirai, du moins aussi longtemps que je le voudrai et si, les mois passant, je l'aime toujours, au lieu de renouveler mon contrat d'assistante d'enseignement du français à Spire, je rentrerai en France et nous nous y retrouverons d'une manière ou d'une autre. Tout ça pour lui, comme pour moi, le merdier, pire encore, la catastrophe, le déchirement. Est-ce que je comprends ?

Ah oui, je comprends, lieutenant Galsk et même bien au-delà de ce que tu imagines ! Car à te voir si calme, m'acculant du même coup à la séparation, l'idée insupportable, dévastatrice en train de s'emparer de moi, de me transformer en furie, c'est que sans doute au fond, ce retour forcé à Lucienne tombe à pic, te permet d'en finir avec un emballement dont tu as déjà fait le tour au bout de quelques mois de fièvre amoureuse. J'éclate d'un rire amer avant de te rassurer là-dessus. De te rappeler que j'ai l'habitude de ces ruptures soudaines qui ont lieu dans les forêts d'Allemagne. De ces séances de décapitation, perpétrées par des hommes (et pourquoi donc, par quelle ironie du sort, s'agit-il toujours de soldats ?) qui vous ont, à un moment, voulu tant de bien qu'ils n'en peuvent plus de vous avoir un peu aimée. Que c'est tout juste s'ils ne voudraient pas maintenant vous voir morte, pour se débarrasser de ce qu'ils ont éprouvé pour vous qui leur avez ôté la liberté de ne vivre que pour eux-mêmes.

Tiré au-dessus de moi, derrière mon dos, en direction des hautes branches d'un chêne dont les feuilles, réduites en charpie, sont venues m'éclabousser de leurs lambeaux, ton coup de revolver est parti très vite, mon cher Paul. Je l'ai encore dans les oreilles, aujourd'hui. Qu'aussi, comme dans les scènes d'exécution sommaire, corps plié, d'instinct, en deux, victime accroupie, tête enfoncée dans les épaules, étonnée d'être encore en vie, j'attends, réfugiée dans la nuit de mes bras que cette colère cesse. La tienne. La mienne. Car ce qui vient d'arriver, cette violence, c'est aussi par ma faute. Jamais je n'aurais dû insinuer ce que j'ai insinué.

Surtout ne pas bouger. Ne pas crier au meurtre, à la sauvagerie gratuite de ta part, à l'innocence complète de la mienne. Me taire et attendre. Qu'avec des mots à toi, des mots de passe, tu me redresses en m'appelant par mon prénom et en me demandant pardon de m'avoir fait si peur. Que la fièvre retombe. Que nous retrouvions en nous, le moyen de nous rejoindre au-delà de nos étroites, décevantes limites d'êtres humains. Penché vers moi, tu redresses ma tremblante colonne de chair contre la tienne. Je m'y appuie pour ne pas tomber. Ton bras droit m'encercle. Ta main gauche m'oblige à courber la nuque contre ton épaule. Elle lui imprime un mouvement d'abandon. Celui de l'enfant qui s'en remet à l'adulte, au père, qui vient de le reprendre sévèrement pour cause de mauvaise foi et qui lui parle d'amour en même temps, et c'est ce que tu fais en me berçant.

Annie, Annie, qu'allons-nous devenir si nous ne reprenons pas notre calme ? Tu m'as foutu hors de moi, avec ta façon de me mettre dans le même sac que ton Rodstein. Je t'ai fait une sacrée frousse je le sais, mais conviens avec moi, qu'il y a des paroles qui tuent. J'ai reçu les tiennes en pleine gueule et ça m'a fait plutôt mal. Et comme je ne suis pas maso de nature c'est sur elles que j'ai ouvert le feu. Pas sur toi, Annie Roulette, pas sur toi. J'ai voulu avoir leur peau et sans sommation. D'ailleurs je te signale, ma petite enfant, que bon tireur comme je suis, si je n'avais pas été certain que les propos irrecevables que tu venais de me jeter à la figure, ne te ressemblaient pas, qu'ils n'étaient pas toi, je ne t'aurais peut-être pas ratée. Ma carrière est fichue. J'y reviens, la saloperie, le merdier. Mais je ne regrette rien parce que tu es la meilleure chose qui pouvait m'arriver et si jamais tu pouvais en dire autant de moi, je serais comblé. Il ne nous reste rien d'autre à faire que le gros dos sous la tempête. Ça s'épuise les tempêtes, mon petit, comme les guerres, les coups de grisou.

Entraînée par toi dans un mouvement de droite à gauche, de gauche à droite, un balancement sur place à deux de couple siamois sur une même vague, son moule en creux, élastique, guérisseur, matriciel, je commence à revenir à moi, à redécouvrir que le monde existe ; qu'avec les arbres qui me cernent, les fourrés de cette forêt, l'humidité de ses mousses, de son terreau, le déploiement des zones d'ombre qui à cette heure se multiplient sous ses feuillages, j'en fais encore partie. Maintenant tu t'es mis à fredonner, je ne sais quel air inconnu de moi, de toi aussi, car tu l'inventes. Étrange berceuse dont les sons gutturaux et doux tirés de ta gorge la transforment en instrument à vent, grave, primitif, en fruste flûte traversière. Une incantation sourde à peine audible, à écouter entre vie et mort, ardemment, pieusement, en signe de consentement entre nous à l'inéluctable.

Le soir tombe. Son insidieuse marée haute immerge les fougères. Il faut partir.

Pour la dernière fois, nous roulons en direction du Cheval ailé.

Fin octobre 1947, j'ai accompagné, en train, Paul Galsk, à la suite de son départ de l'armée et de son retour dans le Nord jusqu'à Kehl et c'est de ce morne quai de gare-frontière que je l'ai regardé partir, en multipliant de grands signes d'adieu et sans sourire. De la fenêtre de son compartiment dont il avait baissé la vitre, il en a fait autant jusqu'à ce que nous ne puissions plus nous voir, que nous ne devenions plus, à nos propres yeux, que des silhouettes floues dont la distance estompe les contours et qui, faute de pouvoir échapper à l'effacement implacable que l'éloignement leur impose, se tournent le dos pour emprunter, en désespoir de cause, des chemins où il leur faudra impérativement apprendre à se passer l'une de l'autre. Tout à l'heure, il y a eu le dernier baiser échangé sur un marchepied de wagon rendu glissant par des retombées de neige précoce, le dernier geste illusoire de rapprochement, bras ouverts dans le vide. Le convoi s'éloigne. Vous ne savez plus où vous en êtes, comment vous orienter dans ce désert. Après celui que vous venez de quitter, quel autre train maintenant prendre qui pourrait au moins, vous ramener là d'où vous venez, où vous retrouveriez peut-être vos marques, fussent-elles celles d'un bercail d'emprunt où les hasards de la vie, ses promesses de bonheur, ses coups fourrés vous ont conduite en pays allemand. Retour à Spire, donc. Dans une sorte d'égarement, mais retour quand même. Après tout on m'y attend. Rose-Marie surtout. La reprise avec elle des visites aux Müller à Vayerhoff. L'écoute des commentaires assortis désormais d'humilité toute chrétienne de l'Évangile de Saint Marc, du pasteur déchu, des airs joués par son fils (*Rhapsody in Blue*, *Porgy and Bess*) d'un compositeur juif américain auquel, hier encore, il aurait applaudi à la mise au trou ; la remise en marche avec Wolfi de l'histoire du loup. Son interminable feuilleton. Parce qu'il n'y a aucune raison de s'arrêter en si bon chemin quand on a affaire à un loup pareil. Capable de tirer son épingle du jeu partout où il s'insinue. Loup berger, épicier, boulanger, marchand de vin, pasteur, policier. Loup incontournable, increvable. Loup surdoué ! Les apéros du dimanche avec les sapeurs. Parfois le digestif après la crème renversée du dessert. Alors, il arrive qu'on se mette à chanter avec eux : « Boire un petit coup c'est agréable, boire un petit coup c'est doux » et puis encore, « Non, Lucien, tu n'auras pas ma rose, non Lucien tu n'auras rien » et leurs voix de basse, viriles, ventrales, englobent nos voix de tête, leur aigu féminin souvent un peu trop mince, trop strident, un tantinet hystérique, s'en emparent, leur tournent autour, parce que après tout, un ensemble vocal, rassemblant des choristes des deux sexes, c'est toujours, un aveu d'érotisme, même lorsqu'il se veut sublimé dans les temples, les églises, dans le jaillissement d'un psaume de louange dans le genre : Jour merveilleux. Jour de joie. Jésus échappe à la souffrance. Il est ressuscité des morts, etc. et qu'il nous arrive, Rose-Marie et moi, quand Walter, par piété filiale, miséricorde même, est d'humeur à lâcher son Bösendorfer, joignant nos voix à celles de Greta, d'Eva, dans le petit salon des Haüptmann, d'entonner, sous la direction d'Ulrich, pour lui donner l'illusion qu'il est encore investi du pouvoir de rassemblement des âmes ayant, avec la sienne, fait pénitence du pire pour ne plus se nourrir que du meilleur. Et puis les cours à l'Aufbau, bien sûr. L'initiation qui, bon an mal an, perdure, à la conjugaison des verbes en français, selon leur groupe, leur mode, leur forme active ou passive et tutti quanti et désormais, posé sur moi, avec détachement, avec calme, le regard de Wolfgang Krügel que pareillement je lui rends. Avec en filigrane pour ne pas perdre pied, donner un sens à tout ce rituel de contacts humains, hors norme, à leur précarité, tendues entre lui et moi, comme des passerelles, les lettres de Paul Galsk et les miennes.

Juillet 1948, à mon tour, départ définitif d'Allemagne, en gare de Spire, au petit matin, quai numéro deux, par le train assurant par Schifferstadt, la liaison avec le Francfort-Paris. Ma malle a été expédiée de la veille. Il me reste deux valises, ma vieille serviette de germaniste paumée, un petit panier d'osier pour les sandwichs et la bouteille Thermos de café à hisser dans l'un des compartiments d'un wagon vide à ma portée, dont les fenêtres donnent sur le parallélisme implacable, des rails d'en face.

Tout à coup, quelqu'un surgit. C'est lui. C'est Günther Blumensteiff, l'ancien lieutenant de la Wehrmacht, amoureux des promenades dans Paris et d'une choriste de l'opéra Garnier en deuil de sa mère. De loin, du quai numéro un, il me fait de grands signes auxquels je réponds pendant que le train s'ébranle. Ce qu'il attend de moi, me demande à bouche fermée, je le sais. Que je salue pour lui les bords de Seine, la pointe de l'île de la Cité et surtout, surtout, les jardins du Palais-Royal. Avec eux, la façon qu'ils ont eue, il y a six ans de cela, entre leurs galeries en arcades, au milieu d'une ville qu'il a connue réfugiée dans les replis serrés, insondables de son mutisme, de contenir dans leur écrin de pierre, le mystère d'un amour né sur un banc dont la peinture s'écaille devant un bassin aux bords craquelés d'usure et sans eau. Je le sais et lui sait, puisqu'il est venu jusque-là, que je n'y manquerai pas.

Près de neuf mois se sont déjà écoulés sans que nous nous revoyions, Paul Galsk et moi, quand je rejoins à Aulaines, le nid familial pour y passer l'été. J'y annonce ma décision de renoncer à poursuivre des études universitaires. Celle de m'installer à Paris et d'y tenter ma chance de devenir institutrice dans les écoles primaires du département de la Seine. Auguste et Marthe s'étonnent. Pourquoi ne pas essayer de faire, une bonne fois pour toutes, mon trou dans la Sarthe au lieu d'affronter l'anonymat d'une grande ville, la difficulté à s'y loger, même de façon inconfortable, la perspective, jeune suppléante à ses débuts, débarquée sans compétence et sans titre dans le métier, réduite, comme remplaçante au pied levé des personnels en congé de maladie ou de maternité, au rôle de bouche-trou et à bouffer, à coup sûr, de la vache enragée. Effrontément, je noie le poisson. C'est vrai que je risque d'avoir, dans Paris, des débuts difficiles d'insertion mais j'ai l'intention de m'accrocher dur pour y parvenir, de m'y faire des amis. Et puis il y a les musées, les expositions de peinture, les galeries d'art, les cinémas, les théâtres. Les pièces du répertoire qu'on peut voir et entendre au poulailler à la Comédie-Française, à l'Odéon, les promenades le long de la Seine. Mais non, ce n'est pas encore une fois l'aventure ! Paris-Aulaines, c'est seulement trois heures de train et pas quinze heures comme ce l'était quand j'étais à Spire. Qu'on se rassure. Qu'on me fasse confiance. Je tiendrai. Je m'accommoderai d'une chambre d'hôtel impersonnelle, exiguë, aussi longtemps qu'il le faudra, d'un salaire irrégulier, calculé seulement sur le nombre de jours de travail effectués dans le mois, et même je ferai des économies là-dessus pour suivre des cours de pédagogie en vue d'obtenir mon certificat d'aptitude à l'enseignement dans le primaire, de pouvoir envisager une titularisation qui finira par faire de moi, une modeste enseignante mais à part entière et puisque Auguste et Marthe ont décidé de payer mon loyer pour m'aider à joindre les deux bouts, je les joindrai et je finirai bien, dans deux ou trois ans, quand, titularisée, je serai plus au large, par pouvoir quitter ma chambre d'hôtel, louer un deux-pièces cuisine quelque part dans Paris, m'y constituer un début d'intérieur. Et puis aussi, me remettre à écrire. Il paraît que dans le quartier étudiant, celui du boulevard Saint-Michel, de Saint-Germain-des-Prés, on peut rencontrer des poètes, échanger avec eux des idées, des poèmes justement, faire partie d'un clan où l'on discute à perte de vue sur la nécessité ou non de tourner définitivement le dos à la rime, aux règles de la versification, chambouler ou non, le rapport entretenu d'habitude, des mots avec leur sens, les habiller d'autres oripeaux susceptibles de faire éclater leur noyau, d'en faire exploser l'énergie jusqu'ici tenue sous le boisseau. Le problème m'intéresse et Marthe d'ajouter que ce qui serait bien en tout cas, puisque en définitive, en Allemagne, je n'ai pas trouvé chaussure à mon pied, de réussir à la trouver à Paris dans ce monde-là. De me marier.

Oui, c'est cela, naturellement j'y songe. Un mari, des enfants, ce serait bien.

Fin octobre 1948, quand je piétine sur l'un des quais de la gare du Nord dans l'attente du train de Béthune qui va enfin nous permettre, à Paul Galsk et à moi, de nous retrouver, j'ai déjà derrière moi deux grands mois d'existence précaire où j'ai dû apprendre à m'accommoder de tout. De la chambre minable dénichée à grand-peine rue des Écoles près de la Sorbonne, dans un hôtel vétuste et mal tenu. Des menus graillonnants, détestables, servis au hasard des cantines scolaires à midi, des repas du soir invariablement constitués de nouilles, de pommes de terre à l'eau, de tranches de foie de bœuf, de boudin, de sardines, cuisinés dans la chambre sur un réchaud à alcool posé par terre à côté d'un lavabo menacé d'écroulement dans la constante semi-obscurité d'une pièce à la fenêtre donnant, d'un troisième étage, sur l'exiguïté d'un tuyau d'air baptisé pompeusement arrière-cour. À Auguste et Marthe, tout comme à Galsk lui-même, je cache l'extrême pauvreté des lieux où je me terre après les journées déprimantes, passées dans des classes où les problèmes d'adaptation, sont à chaque fois d'autant plus durs, plus prégnants que l'entourage ne vous aide guère. Que généralement accueillie avec la condescendance qui sied à votre manque d'expérience et de statut, on ne manque pas de vous traiter en conséquence. Promue spécialiste des remplacements éclairs à Aubervilliers, La Courneuve, je le suis aussi devenue des départs avant sept heures du matin pour atteindre à temps, par des métros, des bus interminables où l'on voyage debout, les établissements de la banlieue rouge, où une directrice, l'œil sur la montre, vous fusille du regard si vous avez une minute, rien qu'une, de retard. Conclusion, trois heures de voyage par jour, la volonté à trouver pour potasser à l'hôtel, à l'arrivée, le programme des cours du lendemain, établir un fichier d'enseignement méthodique des règles de la grammaire, d'arithmétique, avant de sombrer, réveil remonté, pour lui être arrachée dès cinq heures trente du matin, au sommeil, à son coup d'assommoir. Hormis les jeudis après-midi, ceux des dimanches, leurs promenades sur les quais de Seine, parfois deux heures d'évasion en matinée au cinéma, pour le reste, l'exil, l'isolement, le manque de chaleur humaine, voilà mon lot.

Faut-il que je tienne à toi, désormais, aussi fort, aussi déraisonnablement, mon cher Paul, que j'ai tenu à Rodstein, pour en être là ! Faut-il qu'en amour, je sois restée inguérissable ! Incapable de froids calculs, d'avarice salutaire de cœur !

Te voilà. Me voilà. Au milieu d'une foule affairée, porteuse des stigmates de fatigue d'un voyage commencé avant le lever du jour, te regarder venir à moi de cette démarche chaloupée, celle de tes entrées au Wittelsbachhof, de nos promenades dans le verger du Cheval ailé, dans les parcs, les rues de Strasbourg, la tête m'en tourne. La tienne aussi, sans doute, puisqu'il nous faudra franchir toute l'étendue d'un quai, d'un hall, d'une cour de gare avant d'être en état d'articuler le moindre son et nos mains qui se tiennent de cesser de trembler. S'asseoir dans un café. En commander un. Regarder autour de soi l'alignement des bouteilles le long du mur derrière le bar, le bar lui-même, son comptoir de cuivre, ses plantes vertes, la tête des gens qui sirotent leur petit blanc du matin, leur vermouth-cassis sur le zinc, celle du chien, un épagneul rouquin couché de tout son long, oreilles rabattues balayant la sciure du pavage. À un moment, revenir à soi. Cesser de respirer hors du temps. Redevenir une horloge en marche. Enfin, quelqu'un qui soit capable d'émettre des sons, de retrouver l'usage de ses membres, d'énoncer son identité, de savoir de qui il est né et dans quel lieu, à quelle nation il appartient. Pouvoir en dire autant de celui avec lequel, assis autour du même cercle exigu en faux marbre de table de bistrot, on boit, dans une tasse de porcelaine épaisse, un liquide noir dans lequel, l'un comme l'autre, on plonge machinalement un croissant. Cesser d'être une outre vide, un cerveau vacant, privé, faute de remontée du cours du sang, des sédiments accumulés dans les replis de la mémoire. Ceux que vous partagez, qui vous lient, resteront votre bien commun, même si un jour, la vie, définitivement, vous sépare : les couchers de soleil et les brouillards au bord du Rhin, le ronronnement d'une moto, son vibrato tout à coup, atténué à l'approche d'un sentier où elle roule à travers bois, le goût de farine grise relevée par le cumin qu'avait la soupe de gruau, du petit verre de schnaps, alcool de mirabelle ou de gentiane, dans une auberge accotée au bat-flanc d'une colline hérissée de ceps de vigne et le trésor des caresses jamais calculées, mais toujours aimantes, toujours soucieuses de rendre l'autre heureux. Inventer un nouveau souffle. Sortir à deux de l'évanouissement puisque ce qui arrive est vrai. Qu'il ne s'agit pas, dans cet estaminet empestant le tabac, où ne règne du matin au soir, qu'une lumière douteuse, d'un rapprochement fortuit entre deux ombres, deux entités étrangères, mais de Paul Galsk et moi. De nous deux et de personne d'autre. Parce qu'il n'y a personne d'autre que lui et moi, ici, dans le désert de cette ville, du fond de ce havre enfumé pour voyageurs en transit, qui puisse retrouver le chemin du Cheval ailé.

Car tout va se passer dans cet hôtel d'à côté, rue de Dunkerque, où nous aurons loué bien avant midi et pour vingt-quatre heures, une chambre à peine moins pauvre que la mienne, comme si nous y étions. Même façon pour moi, mes vêtements ôtés, de t'attendre couchée de tout mon long dans un lit d'emprunt dont nous ferons tout à l'heure notre planète ; pour toi, en t'appuyant d'un bras sur un dossier de chaise, de prendre ton élan pour m'y rejoindre. Même sommeil d'amants soudés. De frère et sœur siamois dont nous ne sortirons que pour aller manger quelque part en fin de journée. Mêmes conversations à demi-mot, où l'on prend garde à ménager la pudeur de l'autre. À ne pas exiger qu'il en dise plus long, qu'il ne voudrait, qu'il ne faudrait, sur l'étendue de ses propres soucis, sur la vie à Béthune, sur Lucienne, sur les dures conditions de travail, la solitude d'une jeune femme dans un Paris d'après-guerre encore porteur des stigmates des misères subies sous l'Occupation.

Une telle habitude de faire grâce à l'autre de ce dont on souffre, étant donné les circonstances. Parce que ce serait manquer à l'honneur d'essayer de tricher là-dessus. De ne pas s'en tenir, d'un commun accord, à quelques heures d'amour volées en marge de toutes les autres. Celles qui constituent la trame ordinaire d'une existence que vous devez respectivement mener comme si vous n'étiez rien l'un pour l'autre.

Les enfants grandissent, leurs résultats scolaires sont plutôt médiocres, mais elles sont contentes, que vous, leur père, qui travaillez désormais à la reconstitution du port de Dunkerque, rentriez à la maison, chaque fin de semaine. Lucienne est de meilleure humeur depuis qu'elle a retrouvé sa famille, qu'elle va au cinéma, échange des romans-feuilletons avec ses copines. Elle vous fout la paix. Vous en faites autant. Et puis c'est bien d'avoir décroché un boulot à Dunkerque. Ça permettra de nous retrouver ici, à Paris, en semaine, deux fois par mois comme aujourd'hui. On peut toujours s'arranger avec un collègue ou un autre pour se faire remplacer vingt-quatre heures chaque quinzaine sur les chantiers. Si ce n'est pas trop dur pour moi d'être venue vivre, à cause de toi, dans cette jungle, surtout après avoir connu une vie beaucoup plus confortable, plus facile en Allemagne ? Mais non, c'est supportable. Au Quartier latin, j'occupe une chambre convenable. Galoper d'une école dans une autre, entre le boulevard Saint-Michel et Aubervilliers, ce n'est pas l'enfer. Et puis j'ai l'intention de m'accrocher. Le métier commence à m'intéresser. Je finirai bien un de ces jours par décrocher le CAP et un poste fixe. Besoin d'argent ? Pas vraiment. De toute manière, je m'arrange. Quand même, une robe, un manteau neuf, une paire de chaussures fines, ça me ferait sûrement plaisir ?

Bien sûr, j'en conviens. Alors puisque j'en conviens, la prochaine fois, nous ferons les boutiques rue Lafayette. Et une chemise ? Une belle chemise de nuit en nylon rose ou bleue et transparente, ça me dirait ? À lui, ça lui dirait, ça lui permettrait de se rincer enfin l'œil !

Accrochés l'un à l'autre sous le drap et le couvre-pieds d'un bleu passé de notre lit de fortune, nous nous en payons une bonne tranche. Mon Dieu, quelle gaieté et qu'on est bien !

Comment pourrait-on lésiner sur le prix à payer quand on est si bien, mais pourtant !

Une année plus tard, encore, il y aura cette nuit blanche passée cette fois dans un hôtel du côté des Grands Boulevards où, serrés aussi désespérément l'un contre l'autre que dans ce train qui m'avait conduite avec toi jusqu'au pont de Kehl, je t'aurai annoncé ma résolution de mettre un terme à nos fêtes amoureuses. Où nous aurons attendu, yeux grands ouverts, que le jour se levât sur la détresse de notre couple démantelé. Où j'explique d'un ton (si peu le mien) neutre, détaché que je n'en peux plus de ces rendez-vous irréguliers, de ces heures de bonheur fou mais inconsidéré dont je sors, à chaque fois, autant qu'heureuse, ressourcée, qu'accablée ensuite par un sentiment de solitude toujours plus prégnant, d'enlisement dans une situation sans issue et dont je souffre comme d'une de ces maladies sournoises et rongeuses qu'on cache, sinon à soi, mais à l'entourage, alors qu'elle vous mine. De cette absence d'amour au grand jour qui permet d'avoir un foyer, des enfants, dans un cercle chaleureux de famille, d'alliés. De se sentir d'autant épaulé, digne de sympathie, de respect. Et je ne parle pas de ma terreur, qui, je ne sais pourquoi, ne cesse d'augmenter, de tomber enceinte. De devoir l'avouer à Auguste et Marthe, de subir leurs foudres. Du discrédit qu'alors j'encourrais dans le métier d'enseignante et de la perspective angoissante d'avoir à élever un enfant auquel, parce que sans père reconnu, il manquerait toujours quelque chose. C'est donc à moi de trancher dans le vif, d'avoir le courage à vingt-trois ans, de me conduire en adulte. De me résoudre à prendre les devants, à renoncer à toi comme à l'un de ces jardins enchanteurs, riches de plantes rares, attirantes, qu'il faut quitter après les avoir visités. Parce qu'ils ne vous appartiennent pas. Qu'on en refermera, immanquablement, à un moment donné, les grilles derrière vous, après qu'on vous y a toléré pour quelques promenades seulement.

Où, à ton tour, d'une voix atone, elle aussi, qui n'est plus la tienne, tu conviendras que tout ce que je viens de dire est vrai, justifié. Qu'on peut parfaitement comprendre que je sois à bout de souffle. Que j'aie l'envie de me tailler une place au soleil, oui, une place au soleil avec un partenaire qui m'offre un foyer, des enfants, en effet, mais que, nom de Dieu, même si c'était à prévoir, quel sacré coup pour toi à encaisser. Parce que inutile de tourner davantage autour du pot, à l'évidence, je ne t'aime plus assez pour continuer à me contenter de nos rendez-vous entre deux trains. Ils ne m'aident plus à supporter tout le reste, tout ce dont tu me prives, à ton corps défendant, mais dont tu me prives, tu en conviens. Où après cela, le silence qui s'abat sur nous est celui que, dans les cimetières, on observe quand le cercueil s'engouffre dans la nuit de sa fosse. Qu'on n'en peut plus de l'endurer. Qu'on voudrait en finir avec le scandale de cette mort, le refuser, que le catafalque explose quitte à exploser en même temps que lui.

Passent les heures. Une machinerie d'horloge tournant à vide dont nous occupons le centre, devenu inerte, en posture de gisants, jusqu'à ce moment terrifiant où, face à face et sans plus oser nous toucher, nous échangeons, tandis qu'on nous heurte ou nous contourne, sur un quai de gare surpeuplé, les ultimes paroles d'adieu. Est-ce que je peux, me dis-tu, compter au moins sur une chose. Une seule chose. Que tu me laisses t'écrire. Que tu me répondes de temps en temps. Annie, je vais absolument avoir besoin, quoi que tu fasses, que je fasse à partir de maintenant, de continuer à te sentir vivante. Je te fais oui de la tête parce que je suis en train de me statufier sur place, devenir de pierre. Que je n'ai plus de salive. Tu t'en vas. La portière d'un wagon de train express en partance pour la Belgique, te ramenant dans le Nord, à tes enfants, à Lucienne, se referme sur toi. Et, parce que ce joli matin d'avril-là, il fait si joyeusement clair et frais qu'il donne l'envie de se balader à deux sur les rives lumineuses de la Seine avec, au-dessus de soi, la nacre du bataillon des nuages-montgolfières, comme si on était à Strasbourg, qu'on y musardait entre la Petite France et la place Kléber, qu'on projetait de faire une fête de la journée qu'on a devant soi, je rentre me terrer dans ma chambre de la rue des Écoles. J'y reste dans le noir, sans manger ni boire jusqu'au lendemain matin. Réduite à rien, rongée par le chagrin, en même temps qu'habitée, nouveau pour moi, libérateur, par l'obscur sentiment de m'être rendue maîtresse, coûte que coûte, de mon destin.

L'année s'achève. Une autre recommence. Mois après mois, j'ai continué sur ma lancée, serré les dents, décroché le certificat d'aptitude à l'enseignement primaire, suivi des cours payants de pédagogie en prenant sur mon maigre pécule, réussi par concours à devenir maîtresse auxiliaire, à obtenir un poste fixe ; déménagé dans une meilleure chambre, en attendant qu'Auguste et Marthe, satisfaits de ce qu'ils appellent ma volonté de me bâtir un avenir, tiennent la promesse qu'ils m'ont faite de prendre sur leurs économies pour m'acheter un petit logement dans Paris. Félicitons-nous. Je suis en passe de devenir une jeune femme autonome, à la mode d'aujourd'hui, avec un métier en main lui permettant de s'épanouir, de s'offrir de temps en temps un petit voyage à la mer, des vêtements neufs ; à l'occasion une place au théâtre qui ne soit plus au poulailler, parfois un dîner, le samedi soir au restaurant grec du quartier Saint-Séverin où l'on sert, dans une odeur excitante de poivrons, de piments grillés, des brochettes d'agneau et du riz pilaf. Quelqu'un (autre formule imagée) ayant viré sa cuti, désormais, repartie du bon pied, candidate pour le bonheur.

Et maintenant, il faut revenir à Lucienne. Lucienne que je n'ai jamais vue, qui ne m'aura jamais vue, que je n'aurai jamais affrontée, ni elle, moi. Lucienne faute de talent pour le bonheur, ce sacré bonheur toujours, réussir à l'amadouer, réfugiée dans la lecture des romans-feuilletons. Lucienne restée pour moi une énigme. Un de ces problèmes impossibles à résoudre parce qu'on n'aura jamais en main toutes les données qui auraient pu vous en donner la solution. Pauvre Lucienne ! Morte prématurément en 1951. Il paraît qu'elle n'avait pas trente-deux ans. Foudroyante ou presque, cette mort. En tout cas imprévisible. Une liquidation en quelques heures que j'apprendrai trois semaines plus tard par un télégramme en provenance de Béthune rédigé comme suit : « Que deviens-tu ? Que fais-tu ? Lucienne n'est plus. J'ai besoin de toi. Paul. » La stupeur, l'éperdument. Le ciel qui me tombe sur la tête. Le refus d'y croire. J'ai dû mal lire, ou la postière s'est trompée en transmettant le message, que je relis plusieurs fois avant de m'écrouler sur une chaise. Inutile de me raconter qu'il s'agirait d'une erreur. Un drame est arrivé. Il a eu lieu à Béthune. Celui qui me le fait savoir, qui m'appelle au secours, c'est Galsk, mon cher Paul Galsk.

Trois jours plus tard, à quelques pas de la gare du Nord, une fois de plus, dans la pénombre d'une arrière-salle de troquet, la même que celle d'il y a deux ans : même épagneul léthargique et doux, couché de tout son long sur le pavage comme une serpillière abandonnée, même odeur de café mêlée à celle de la sciure et de l'eau de Javel, même table ronde cerclée de cuivre à pied de fonte, je me tiens assise aux côtés d'un homme aux traits ravagés, aux gestes incertains pour tourner la cuillère dont il s'est emparé, y faire fondre dans le liquide sombre qu'on vient de lui servir dans une tasse de porcelaine grossière, les deux morceaux de sucre qu'il y a machinalement plongés, tout en me parlant avec un air d'absence que je ne lui ai jamais connu, mais, comme toujours, d'absolue confiance en moi, d'abandon, des jours sinistres qu'il est en train de vivre. Un homme qui n'a jamais cessé de m'être cher, auquel je le suis restée, mais qui n'en est pas moins, même s'il ne l'a pas rendue heureuse, qu'elle ne l'a pas rendu heureux, en deuil d'une femme, la sienne. En deuil de Lucienne.

Lucienne, morte non pas de maladie lente et sournoise et contre laquelle elle aurait livré, rongée jusqu'à la dernière cellule, un combat perdu d'avance, non pas d'une rupture d'anévrisme, de quelque chute effroyable du haut d'un escalier, de l'explosion d'une bouteille de gaz qui l'aurait pulvérisée dans sa cuisine, dans l'incendie d'une salle de cinéma ou sous les roues d'un chauffard, mais saignée à blanc à la suite d'un avortement volontaire pratiqué par une faiseuse d'anges dans la périphérie de Béthune. Il était déjà trop tard pour stopper l'hémorragie quand Paul Galsk, son mari, rentré vingt-quatre heures plus tôt que prévu des chantiers navals de Dunkerque, l'a découverte un soir de novembre baignant dans son sang sur le lit conjugal, et l'a fait transporter à l'hôpital. Il ignorait qu'elle fût enceinte. Elle ne l'avait pas mis au courant. Une décision qu'elle avait prise de refuser une grossesse dont, à l'évidence, elle n'avait attendu rien de bon pour elle et lui. Rien qui pût pacifier véritablement les rapports qu'il s'était efforcé, après la rupture avec moi, de renouer avec elle et qu'elle avait finalement acceptés. À telle enseigne que les scènes entre eux, pour un oui ou un non, s'étaient raréfiées. Qu'aux dialogues chien et chat avaient succédé des échanges sur des sujets neutres. L'achat de vêtements neufs pour sortir en ville le dimanche, le menu à prévoir à l'occasion d'un anniversaire, la couleur à choisir pour repeindre le couloir, etc. Les petites étaient devenues plus calmes. La nuit, elles dormaient mieux, avaient cessé de hurler à table, de refuser de manger ce qu'elles avaient dans leur assiette et même le pli avait été repris de sortir ou de recevoir en famille, les jours de fête, ce qui avait rendu leur vie de couple presque supportable. *Je m'étais décidé,* ajoute-t-il, *puisque entre toi et moi, c'était fini, à me réconcilier un peu avec Lucienne. À jouer à la belote avec elle. Elle aimait ça. À l'emmener au cinéma pour lui donner l'occasion de faire toilette, de se changer les idées comme elle disait, en voyant du monde bouger autour d'elle et sur un écran et faute de pouvoir faire l'amour avec toi, je m'y étais un peu remis avec elle. Ça fait partie du programme, si on veut se donner une chance de recoller les morceaux dans un ménage. J'ai cru avoir remis la machine en marche et puis voilà.*

Il tourne vers moi un visage gris et je me mets à tousser comme, depuis cette saloperie de pleurésie, ça m'arrive à chaque fois que je suis dépassée par l'absurdité ou la gravité de l'événement. Que celui dont il s'agit est irréparable. Qu'il me donne l'envie de fuir, d'aller me cacher dans un lieu sûr où je pourrai, derrière toutes portes verrouillées, ruminer en secret les sentiments violents et contradictoires qui m'assaillent, me délivrer du remords d'éprouver autant que de compassion pour le malheur de Lucienne et de ses proches, une espèce de sauvage bonheur de la savoir désormais, hors d'état de me séparer de Paul Galsk.

Pour l'instant, ne rien trahir. Écouter seulement. Comme dans la pénombre des bois de Spire, leurs lieux retirés d'antre sacré, de confessionnal, d'église, là où la conscience exige que l'amour se confonde avec l'humilité du passage aux aveux sous le regard de l'autre, à l'aune de son jugement, voire de sa colère, aussi de son pardon. Tout nous dire. Tout me dire, même si la vérité toujours déconcertante, toujours dérangeante, ne manquera pas de faire mal. Autrement, mon cher Paul, alors que je sais que tu es venu vers moi aussi dans cet espoir-là, nous n'aurons pas d'avenir. Et surtout, continue à me parler de Lucienne. De la place (celle que prend tout être humain, qu'on ait bien ou mal vécu avec lui) qu'elle aura occupée dans ton existence jusqu'à maintenant, même quand tu la fuyais, aurais voulu la voir au diable, elle, ses jugements bornés, son refus systématique, entêté, de repousser un peu les limites de son horizon. À cause, sans doute, de ce besoin fiévreux qui la brûlait de te faire enrager. D'être, faute de mieux, ton épine du pied.

Et puis cette mort. Quelque chose qui t'apparaît, non pas seulement comme un crime de sang perpétré contre elle-même, contre l'enfant qu'elle portait, mais contre toi. De bagarres en bagarres pour finir par un raccommodement qui n'avait été qu'un malentendu de plus et sans doute l'avait-elle senti, amèrement ruminé, malgré tes efforts pour faire la paix avec elle, cet avortement ! Le dernier coup qu'elle t'ait porté quitte à en subir l'effet de boomerang qui l'a tuée. Et puis, Mariette et Lucie complètement désorientées par la disparition de leur mère, auxquelles il a fallu cacher les vraies raisons de cette mort subite. Redevenues des écorchées vives, surtout l'aînée à nouveau saisie de boulimie de bonbons, de petits gâteaux dont elle se bourre en feuilletant, affalée sur un coin de divan, accumulés sur un guéridon, les magazines chers à Lucienne, où les chanteurs à succès, les stars de tout poil font confidence des péripéties de leur vie privée en posant sur les bords de la piscine de leur somptueuse villa de Monte-Carlo avec leur chat angora ou persan, leur chien de race, le merveilleux enfant qui leur est né d'un troisième ou quatrième mariage. Sans compter le reste. Les mesures qu'il a fallu prévoir pour la prise en charge, par ta mère, ta belle-mère, la sœur de Lucienne, leur tante, de tes deux filles pendant tes absences de Béthune. Les problèmes que te pose l'accueil qu'elles te font quand tu rentres de Dunkerque en fin de semaine. À cause de cette façon qu'elles ont de se jeter avidement contre toi, de s'agripper à ta veste en se mettant à pleurer ou au contraire de t'ignorer, comme si tu étais de trop, que tu dérangeais leur chagrin. Qu'elles te soupçonnaient du pire. De ne pas le partager. Et comment se cacher qu'elles y voient clair, puisque ton beau visage, sévèrement marqué par les stigmates de la mort affreuse de Lucienne, tu viens de me déclarer que tu ne peux pas t'empêcher d'être heureux de te retrouver là, avec moi, dans ce café. D'espérer, si je n'ai, de mon côté, rencontré personne qui compte dans ma propre vie, que nous pourrions tout reprendre de zéro. Nous marier un de ces jours. Prendre six mois, un an, s'il le faut pour que les autres s'y fassent. En finir avec cet inconfort de l'âme et du corps qui a été notre lot, avec nos zones d'ombre d'anciens amants, nos scrupules qui n'ont plus lieu d'être.

Faire front. Car les réactions, sinon celles de ma propre famille, risquent d'être explosives. En particulier, celles de ton beau-père, avec lequel tu as toujours été plus ou moins à couteaux tirés. À telle enseigne que le soir même de l'enterrement de Lucienne, vous avez failli vous battre quand il a insinué que non seulement tu n'avais jamais aimé sa fille, mais que sa mort, au fond, t'arrangeait. Et moi. Est-ce que je t'aime encore assez pour soutenir pareil choc ?

Bien sûr que je peux. Puisque j'ai pu me séparer de toi, me réfugier dans le travail comme dans une caverne, m'y habituer à tâtons à m'y forger des moyens de survie, malgré le manque de chaleur, de lumière, je peux. Je te le dis et qu'aussi je me sens de taille à affronter la condamnation qui nous guette. Celle de faire figure avec toi de couple crapuleux qui danse sur les cadavres. Pour l'instant, puisque tu es là, que je suis là, profiter l'un de l'autre. Des cinq ou six heures qui nous sont données pour y croire. Être sûrs que c'est bien toi, bien moi, qui sommes étendus chastement et tout habillés, l'un contre l'autre sur le lit de ma chambre d'hôtel où je t'ai demandé de venir avec moi, là où j'ai dormi depuis des mois, le cœur et le corps en deuil. Que c'est toi, et personne d'autre, qui, après m'avoir proposé que, pour « l'amour de l'amour », nous jouions le jeu de l'attente, celle de la nuit de noces, qui viens de m'appeler « ta petite fiancée » et qu'après le plus doux, le plus guérisseur des baisers, je regarde s'endormir, sans force, tout à coup, terrassé par la violence des émotions contradictoires qui t'épuisent, depuis des semaines. D'avance me préparer à cette sorte de combat qui consiste à essuyer les coups et ne pas les rendre. Me cuirasser.

Car au fur et à mesure de tes visites qui reprennent, de nos journées d'amoureux passées à déjeuner à deux dans les bistrots, à nous promener quand il fait beau dans l'île de la Cité, à nous retrouver, serrés l'un contre l'autre dans le havre de ma chambre, j'apprends que les problèmes se multiplient. Que ton propre père, tu ne me le caches pas (mais nous sommes-nous jamais caché quoi que ce soit ?) n'est pas non plus sans préventions contre moi. Qu'après la conversation d'homme à homme que vous avez eue à mon sujet, il est resté sur ses positions. Qu'il doute fort non seulement de mes capacités à tenir un ménage, et à me faire tolérer par Mariette et Lucie, mais de ma moralité, puisque après tout, ce remariage ne viendrait que légitimer une liaison qui n'aurait jamais dû être, même s'il était notoire que Lucienne et toi, n'incarniez pas le couple idéal. Et même, en admettant que je ne serais pas une intrigante, que je me serais à un moment volontairement effacée de ton existence, il n'en reste pas moins que ce mariage, précipité ou non, ferait scandale, t'obligerait à quitter Béthune où les parents de Lucienne nous feraient un enfer. À tenter l'aventure ailleurs, mais où ? Dans quelles conditions ? Avec une famille à charge ? Car enfin, l'amour t'aveugle. Quand on a des enfants à nourrir, qu'on se retrouve veuf dans des circonstances aussi lamentables, sans compter le handicap d'une jambe en moins, on ne se remarie pas avec une fille de dix ans de moins que soi, une de ces jeunes folles qui, après s'être envoyée en l'air avec toi, en Allemagne, prétendra, sous prétexte qu'elle est bachelière, et institutrice, tenir la dragée haute à tout le monde, alors qu'elle ne saura, par contre, rien faire de ses dix doigts, pas même une omelette, un ragoût, une purée qui soient mangeables. Tu dois attendre, ne fût-ce que par décence, au moins deux ans pour refaire ta vie, avec une femme de ton âge, agréable à voir pourquoi pas, mais avant tout, raisonnable, dévouée, bonne cuisinière, capable d'être acceptée par Mariette et Lucie, de leur construire un nouveau foyer. Une femme de par ici, une veuve par exemple et qu'on ne pourra pas soupçonner d'avoir entretenu une liaison avec toi, du vivant de Lucienne. Ce qui fera que tu n'auras pas besoin de quitter Béthune, de courir le risque de te retrouver ailleurs sans emploi avec cette Sarthoise qui t'est tombée dans les bras quand tu jouais les cœurs à prendre à Spire. Comment se faisait-il qu'après trois ans de captivité, deux évasions où tu as failli laisser ta peau, après avoir bourlingué en Afrique, fait le coup de feu à Toulon, à Mayence, perdu une jambe dans l'affaire, là aussi, avoir été à deux doigts d'en crever, tu n'aies pas encore compris, toi, un baroudeur, que ce genre d'emballement au hasard du bivouac entre deux coups de feu, c'est comme la ducasse, comme une bonne cuite. Qu'il faut en profiter sur le moment, un point c'est tout, au lieu de se laisser embobiner comme un gamin qui perd les pédales, la première fois qu'il a l'occasion de s'envoyer une Marie-couche-toi-là qui en remet en lui faisant les yeux doux.

Immobile le long de toi (notre nouveau rituel d'intimité presque désincarnée qui donne un prix extraordinaire au moindre baiser, au moindre geste de douceur) continuer à soutenir le choc. D'autant qu'à Ferdinand Galsk père, ancien ouvrier lainier, un homme paraît-il, franc du collier, comme Galsk fils d'ailleurs et qui ne lui avait pas mâché châtaigne non plus au sujet de son mariage forcé à vingt ans avec Lucienne, qu'il avait appelé « une fameuse connerie, mais qu'il allait falloir encaisser », il a été vertement répondu qu'il se gourait cette fois à fond sur le chapitre. Que son diagnostic « histoire de fesses avec une fille de petite vertu de dix ans sa cadette », c'était plutôt du rudimentaire de sa part. Que pour une fois qu'il avait rencontré une femme qui lui bottait, avec laquelle, de jour comme de nuit, il s'était toujours senti formidablement bien, autrement dit pas seulement dans ses couilles, mais dans son cœur, dans sa tête, il ne renoncerait pas à elle une seconde fois, comme il l'avait fait dans un premier temps parce que en effet, malgré leur mésentente, il s'était toujours senti responsable de Lucienne, autant que de Mariette et Lucie, leurs deux enfants. Que, ne lui en déplaise à lui, à son beau-père, sa belle-mère, sa propre mère, au ban, à l'arrière-ban des Galsk, des Mercadier (Lucienne est née Mercadier) il passerait outre, parce que après tout, de leurs commentaires, il n'en aurait rien à foutre. Que s'il fallait quitter Béthune, il quitterait Béthune. Démarcher pour trouver de l'embauche ailleurs, il démarcherait. En bref, qu'il était prêt à ne poser la malle que là où il pourrait respirer librement avec cette soi-disant demi-traînée dont il lui signalait en passant qu'il avait été le premier et sans doute jusqu'à ce jour, l'unique amant.

Après cette algarade, le maintien de chacun sur ses positions. L'état de guerre ou presque.

Et maintenant cap sur Auguste et Marthe. Comment chez les Roulette après l'affaire Rodstein, a-t-on pris cette fois le bouillon ? Auguste surtout. Comment, lorsqu'il y a peu, aux dernières vacances de Pâques passées à Aulaines, compte tenu de mes non-dits sur la nature exacte de nos relations en Allemagne, puis à Paris, j'ai annoncé ma ferme intention de me marier avec Paul Galsk, a-t-il réagi ? Paul Galsk de Béthune : mutilé de guerre, ancien lieutenant du douzième bataillon du génie dans l'armée De Lattre, cantonné à Spire quand j'y étais. Actuellement, chef de chantier dans le port de Dunkerque. Marié depuis treize ans avec une femme dont il a deux fillettes, devenu récemment veuf d'elle, après sa mort subite. Un mariage de jeunesse qui n'a pas été précisément une réussite, contracté à l'emballement du moment. Ensuite, on reste attelé à la même charrue dans l'intérêt des enfants.

Lui et moi avions fait connaissance au Wittelsbach parce que son épouse venue le rejoindre en 45, ayant regagné le Nord en 46, pour cause d'incompatibilité d'humeur, il s'était mis à y prendre ses repas, en célibataire, avec les autres sapeurs. Galsk, ce sympathique costaud, malgré une jambe coupée, qu'il a, lui Auguste (s'en souvient-il ?) non seulement croisé au mess pendant son séjour auprès de moi, mais aussi à mon chevet, chez les diaconesses.

S'il s'en souvient ? Parfaitement, en effet !

Le ton d'Auguste est sec. Son mouvement pour quitter le banc où, la seconde d'avant, il était assis tranquillement avec Marthe et moi, le long du mur du cellier, est d'exaspération. Je viens de toucher un point sensible, de raviver chez lui un souvenir désagréable. Un motif de mécontentement qu'il avait rapporté de Spire et qu'il avait tu, au sujet d'une situation dont, à l'évidence, malgré nos précautions, à Paul et à moi, pour n'en rien trahir, il avait flairé, sans pouvoir en avoir la preuve, toute une ambiguïté ne pouvant qu'entraîner pour moi, un jour ou l'autre, des conséquences désastreuses. Pour l'heure, à le voir marcher à grands pas dans les allées du jardin, visage fermé, sourcils froncés, je ne puis que constater à quel point il a dû se contenir, là-bas, à Spire, ne fût-ce que parce que j'étais malade, pour ne pas me pousser dans mes derniers retranchements, me confondre. Confondre Galsk ! Le prendre à parti en privé. Lui dire son fait, de coureur de jupons sans scrupule. De suborneur profitant de la fragilité d'une jeune fille, sa fille, pour l'entraîner dans une aventure dégradante.

Marthe a cessé de ravauder, à mes côtés. Jusqu'ici, elle, d'habitude, si bavarde, est restée muette, se contentant de me laisser exposer, laborieusement, et à grands traits, les différents épisodes d'un scénario aussi romanesque qu'édifiant. Celui des rapports d'amitié amoureuse et par conséquent, platonique, s'étant peu à peu noués entre le lieutenant Galsk et moi, après la rupture avec Rodstein. Un homme marié, certes, mais notoirement peu heureux en ménage, dont je n'avais pu m'empêcher d'apprécier, outre le sens de l'humour, l'amour de la vie, la jovialité chaleureuse malgré son infirmité. Les ressources d'énergie, l'intelligence naturelle, enfin pourquoi ne pas l'avouer, un homme auquel j'avais trouvé un sacré charme et qui ne m'avait finalement pas caché combien, de son côté, je lui plaisais, lui faisais regretter qu'il ne soit pas libre. Nous savions, c'est vrai, la situation sans issue mais avions décidé de ne pas nous priver pour autant, des conversations que nous avions pris le pli d'avoir au mess ou les dimanches après-midi sur les bords du Rhin, quand il faisait beau ou bien chez moi où je l'invitais pour un thé, un café et qu'alors nous discutions à perte de vue sur la vie, la mort, ce que, faute de mieux, on appelle le destin, les raisons qu'on peut avoir de croire en Dieu ou de ne pas y croire. Où nous nous faisions confidence de ce dont nous manquions pour être heureux. Comment nous nous y prenions pour faire avec, nous en contenter de sorte que nous avions fini par n'avoir à peu près plus rien à nous cacher. Lui de ses problèmes insolubles avec Lucienne, la mère de ses enfants, moi des véritables raisons qui m'avaient conduite en Allemagne, de l'amertume que je continuais à en éprouver et dont, tout combattant de la deuxième division blindée qu'il fût, il m'avait en quelque sorte guérie, en se refusant avec une largeur d'esprit remarquable, un refus de tout manichéisme dans les rapports humains, de me faire procès. Quand il avait dû quitter l'Allemagne, retourner à la vie civile (ici, j'omets d'en donner les raisons) nous avions décidé de nous écrire, de ne pas rompre les ponts. Il m'avait assuré que mes lettres lui seraient précieuses. Je lui en avais dit autant pour ce qui serait des siennes et je devais aussi confesser que son départ m'avait laissé l'impression d'un grand vide. Cependant j'avais, à cette époque, suffisamment mûri pour réussir à donner aux sentiments que j'éprouvais pour le lieutenant Galsk, seulement la place qu'on réserve au très émouvant souvenir d'un penchant amoureux qu'il a fallu tenir en bride par la force des choses.

Ici, après ce mensonge de taille, marquer un temps. Souffler avant de reprendre son élan. Continuer sans se trahir à naviguer entre la vérité et son contraire de sorte que Marthe, si fine mouche qu'elle soit d'ordinaire, tombe dans le panneau. Que mon habileté à occulter les détails qui pourraient éveiller les soupçons que ce projet de mariage avec un homme veuf, père de deux enfants, ne soit rien d'autre que l'aboutissement d'une liaison choquante que nous aurions eue en Allemagne, ne l'effleure pas. Enfin, à peine. Avec une rouerie d'enfant restée chez moi, intacte, à l'âge adulte, cherchant par crainte de la punition ou du blâme à flouer l'entourage, rassembler forces et idées. Redémarrer.

Second épisode donc.

Événement aussi tragique qu'imprévisible, j'évoque maintenant la disparition de Lucienne, à la suite d'une fausse couche que j'omets d'appeler par son vrai nom d'avortement volontaire pratiqué, avec des conséquences mortelles pour elle, par une faiseuse d'anges. Une mort, dont Paul Galsk est sincèrement désolé. Qu'il n'a jamais souhaitée, toute relative qu'ait été l'entente avec son épouse et qui le rend soudain veuf. Veuf et libre, par conséquent. Totalement. Crûment. Et qui fait qu'entre lui et moi tout ce qui a été délibérément enterré sous des couches de sédiments ressurgit, qu'il est venu à Paris pour me demander, si je ne l'avais pas plus oublié qu'il ne m'avait oubliée, de l'épouser en secondes noces, après observation d'une période de deuil convenable et des précautions à prendre avec ses deux fillettes de onze et cinq ans, pour les y préparer.

Bien sûr, ce mariage auquel nous tenons autant l'un que l'autre suscitera forcément des remous à Béthune où je ne serai pas forcément la bienvenue. Mieux vaudra sans doute, pour éviter les frottements avec la famille de Lucienne, prévoir un changement complet de cadre, de région. La recherche pour lui d'un nouveau lieu d'embauche dans quelque grande ville, dans un port et pourquoi pas dans l'Ouest, mon Ouest à moi, là où j'ai mes racines. C'est-à-dire, elle, Marthe et lui, Auguste auxquels il m'a prié de dire à quel point il serait heureux d'être agréé pour gendre.

Cette fois, à bout d'arguments, de plaidoirie à en avoir le tournis, je me tais et je m'aperçois que le silence, celui de Marthe, celui d'Auguste qui a cessé ses allées et venues dans les allées pour venir se planter devant moi est suffocant. Que comme à chaque fois que je me suis mise dans une situation explosive, je n'ai plus de salive. Que je meurs de soif. Que mes mains tremblent. Ici, la voix de Marthe prend le relais. Une voix calme mais sans complaisance, se refusant à me faire quartier de ce qui m'attend si je persévère dans mon intention d'épouser Paul Galsk :

Si j'ai bien compris, non seulement avec cet homme de dix ans ton aîné, mutilé de guerre mais avec ses deux fillettes qui ne t'adopteront pas forcément et sans parler des problèmes matériels qui vous guettent, tu es quand même partante.

Eh bien oui, parfaitement, je suis partante.

Je viens d'adopter pour répondre un ton frôlant l'insolence et levée nerveusement d'un coup de reins je lui fais front. Exactement, oui exactement, comme il y a quatre ans quand nous nous mesurions au sujet de Rodstein. Claque, cette fois, derrière mon dos, l'autre voix, celle d'Auguste : *Partante, ça ne m'étonne pas que tu le sois. Force est de constater que tu es décidément, en amour, une spécialiste des situations délicates, sinon inextricables, et que tu nous mets, ta mère et moi, une fois de plus devant le fait accompli !* Le ton est franchement rude. Celui d'un père désabusé par le comportement de sa fille dont il a cessé d'attendre autre chose que des motifs de soucis, en tout genre. On vient de m'asséner mes quatre vérités. Je suis une graine d'amoureuse naïve et sans pondération. Une familière du coup de foudre avec ruines fumantes à la clef et maintenant tournée vers lui, essayant, jambes coupées avec un cœur de bête piégée qui me saute dans la poitrine, de faire bonne contenance, je lis dans son regard que non seulement s'il n'est pas dupe, truffé de faussetés, d'omissions, du récit assaisonné de détails romanesques autant qu'édifiants de ma rencontre fortuite avec Paul Galsk, de notre attirance mutuelle, de nos rapports toujours limités à la stricte observance des convenances entre un homme marié et une honnête jeune fille, il ne l'a jamais été. Ni à Spire ni par la suite. Mais qu'aussi, à cause de Marthe, il ne crèvera pas l'abcès. Que si ce mariage décidément a lieu et qui prouverait du moins la sincérité de nos sentiments, il décidera de s'en tenir à ne voir dans celui qui voudrait m'épouser en secondes noces, uniquement qu'un gendre, un beau-fils qu'on peut traiter en allié et jamais l'amant qu'il aurait eu le tort d'avoir d'abord été.

Suivra une nuit blanche, pour Auguste et Marthe, pour moi. La même, à l'évidence, que celle ayant précédé, quatre ans plus tôt, la décision de me laisser courir ma chance avec l'autre. Avec Rodstein. Un renouvellement de l'histoire. De notre histoire. Celle des Roulette. De son système d'horlogerie, décidément, à répétition. Le lendemain matin, Marthe me prend à part pour m'annoncer que si Paul Galsk et moi tenons assez l'un à l'autre pour courir l'aventure à haut risque de faire notre vie ensemble, ils ne seront pas contre. Mieux encore, que dans la mesure du possible, ils nous soutiendront. Elle ajoute (oh, merveilleuse mère, merveilleux père, n'ayant jamais failli au bout du compte au difficile devoir d'amour envers autrui, à travers moi) que si les choses se font vraiment entre nous, les deux enfants, Mariette et Lucie, seront les bienvenues dans leur maison. Qu'elles y seront considérées comme leurs petites-filles. Elle ajoute d'une voix étranglée : *Ce que ton père et moi nous voudrions, c'est que tu sois enfin heureuse.* J'éclate en sanglots de soulagement, de reconnaissance.

La semaine suivante, rentrée à Paris, je suis venue t'attendre, mon cher, mon bien-aimé Paul, une fois de plus, en gare du Nord et je m'y suis tenue comme d'habitude, pour ne pas te rater, à hauteur du butoir sur le quai d'arrivée du Béthune-Lille-Paris. Là où la machine à bout de course, crache une dernière fois la fumée, l'expectore, dans un dernier hoquet pestilentiel d'épuisement. Je suis heureuse parce que je vais avoir tant de choses réconfortantes à te dire. Celle-ci par exemple. Que si je suis rejetée à Béthune, il n'en sera pas de même pour toi du côté des miens. Qu'il n'y aura pas non plus de leur part de ces allusions lourdes de sous-entendus qui créeraient, dès le départ, une atmosphère irrespirable ; de comptes à rendre humiliants au sujet de notre passé, de celui que nous avons vécu à Spire dont il a été décidé de nous tenir quittes puisque, du moins, ni toi ni moi n'avons jamais souhaité de mal à Lucienne, encore bien moins sa mort. Ce que les Roulette demandent, quel que soit ce qu'ils pensent de cet amour, né entre nous en Allemagne, et à cette condition, ils se déclareront des nôtres, c'est que nous nous montrions à la hauteur des tribulations qui nous attendent. Auguste a précisé (langage de soldat, le sien, le tien) que si nous montons au créneau, ce soit pour nous y tenir. Nous tiendrons donc, Paul, c'est certain. Déjà au milieu de la foule encombrée de sacs, de valises qui jaillit du train, tête baissée, enfiévrée par la hâte d'en finir avec ce voyage, ses fatigues, ses incommodités, je te regarde, sourire astral, yeux brillants, redevenu merveilleusement jeune, rayonnant, Paul, avec, à mon approche, cette montée de sève qui t'illumine le visage, le nourrit, le rend à ses vingt ans, te frayer un chemin vers moi, de cette démarche lente, précautionneuse qui n'appartient qu'à toi.

Je sais par ta dernière lettre qu'après avoir répondu à une annonce dans *Le Figaro*, tu as rendez-vous, aujourd'hui, du côté de la porte de Saint-Cloud, au siège social d'une société immobilière à la recherche d'un chef de chantier de construction de HLM en banlieue est. Si ça pouvait marcher, nous creuserions notre trou dans Paris, d'autant qu'Auguste et Marthe maintiennent leur promesse de m'y acheter un petit appartement. Et puis je nous connais, Paul. Nous sommes du même bois, de la même race. Capables, pour être ensemble, d'endurer les coups, de nous retrancher avec une table, quelques chaises et une paillasse dans quelque gourbi inatteignable s'il le fallait où nous n'aurions pour compagnie, avec la nuit et le jour, le soleil et les pluies, que la nôtre, enfin tout ce qui donnerait un prix au fabuleux miracle d'exister. Bonjour, Paul, mon bien-aimé Paul. Quelle belle journée nous attend ! Déjà j'ai la chaleur de ton bras passé sous le mien, contre mon sein. Comment alors ne pas marcher avec toi jusqu'au bout du monde ?

Il fait encore doux et presque chaud même, avec au-dessus du fleuve, la mousseline légère d'un brouillard de début octobre, en cette fin de matinée où depuis une heure je t'attends maintenant dans un bistrot du quartier ouvrier de Boulogne-Billancourt, pendant que tu es allé à ton rendez-vous sur les quais de Seine avec un responsable des services d'embauche de la compagnie avec laquelle tu as pris contact récemment. J'ai, pour tromper le temps, devant un café, feuilleté, qui se trouvait là, à ma portée, comme chez le coiffeur, un magazine féminin vantant les mérites du footing, de la gymnastique en salle, du régime sans féculent et sans sel vous transformant en sirène, en vénus des plages rameutant tous les cœurs à prendre, entre la Floride, Rio de Janeiro, Moorea et Tahiti. N'oublions pas la Côte d'Azur naturellement. Fameux tout ça quand on y pense, oui, mais je m'en fous. Ah oui, comme je m'en fous. J'ai d'autres chats à fouetter. Ce qui fait que lorsque enfin tu franchis la porte du café pour venir me rejoindre, je me lève à moitié pour que tu voies que je suis toujours là, que je suis restée à t'attendre, que tu peux compter sur moi pour te soutenir. Parce que, visiblement, l'entretien que tu viens d'avoir t'a vidé et la façon avec laquelle tu viens d'empoigner la tasse posée devant moi, d'en absorber d'un coup, le reste amer de café froid, de faire cul sec avec, m'en dit assez long sur un désarroi que tu dissimules comme tu peux en m'assurant que l'entrevue, après tout, n'a pas forcément été un coup d'épée dans l'eau. Que maintenant il faut attendre. Que ça peut marcher, ça peut foirer. Que si c'est le bide, il faudra frapper ailleurs et sans se démoraliser. En sachant que, bien évidemment, une patte en moins, n'est pas un atout sur un chantier, pour un employeur, même avec un bon curriculum vitae d'ancien contremaître dans les ponts et chaussées et d'ancien sapeur dans l'armée.

Toute la journée ou presque, mon cher Paul, au restaurant, dans les taxis, à pied le long des rues, l'après-midi dans ma chambre, entre deux baisers violents, convulsifs auxquels tu ne m'as pas habituée, à croire que tu ne sais plus vraiment à qui tu les donnes, à moi, à quelqu'un d'autre, au hasard de la promiscuité, que je te rends de mon côté sans être sûre qu'ils te sont destinés ou à quelqu'un d'autre, tu auras parlé, parlé, mais comme pour toi seul, jetant à la volées des noms de villes : Saint-Nazaire, La Rochelle, Marseille, Toulon et Bordeaux. Aussi de contrées, Alger, Casablanca, Bizerte, qu'on ne peut atteindre qu'au-delà des mers si ça ne marchait pas ici en France, où nous pourrions aller nous inventer de nouvelles racines. Là où on a toujours besoin de bons techniciens pour l'entretien ou l'ouverture de nouvelles routes, la remise en état des ouvrages portuaires, des pistes d'aérogares sans être forcément sorti de l'X et tenu de courir comme un lapin. Et qu'est-ce que je dirais d'une petite bonne musulmane pour m'aider au ménage, m'apprendre les secrets d'un bon couscous, d'un thé à la menthe ? D'une jolie villa blanche avec une cour intérieure, une fontaine au milieu, un oranger, un figuier ?

Journée mouvementée, épuisante où après avoir visité, pour le cas où tu recevrais de Boulogne-Billancourt une proposition ferme d'embauche, par l'intermédiaire d'une agence que j'avais déjà contactée, un logement vacant dans le onzième arrondissement : trois pièces exiguës au fond d'une arrière-cour, le drame, notre drame, le vrai, aura éclaté sur le quai du train te ramenant à Béthune.

Il va bientôt partir. Dans moins d'un quart d'heure. En attendant, nous faisons les cent pas devant le wagon où tu as déjà déposé par avance ta gabardine et cette écharpe de laine fine d'un brun-roux assorti à celui de tes yeux que je t'ai offerte et qui convient si bien, nouée autour de ton solide cou de lutteur, à ton charme viril et vénusien ensemble. Donc, nous allons et venons au bras l'un de l'autre, en amis, en familiers, en couple soudé (du moins est-ce l'image que nous devons offrir à qui prendrait la peine de jeter sur nous un regard attentif) par les liens de la quotidienneté ordinaire, de ses contingences assumées à deux, raisonnablement, sans tension particulière et qu'il soit besoin, même en cas de divergence d'opinion, de hausser la voix ou si peu, de transformer la discussion en champ de bataille.

Tu es en train de revenir à Mariette. Aux rapports entre elle et toi devenus particulièrement tendus, chaotiques, depuis qu'elle n'ignore plus tes projets de remariage, qui la font crier au sacrilège, à la profanation, et paradoxalement, alors que jusqu'ici, du vivant de sa mère, ils n'ont jamais été bien brillants, à ses meilleurs résultats scolaires de ce mois d'octobre et de rentrée en cours supérieur première année. Ce qui fait que pour l'encourager à persévérer, à lui montrer que tu t'intéresses à elle, à ses progrès, tu l'as récompensée par un billet de cent francs.

Pourquoi, et sans penser à mal, bien au contraire, ai-je cru bon de te faire observer que remettre à une enfant de douze ans à peine, en la laissant libre d'en disposer à sa guise, une somme de cent francs (cent francs d'il y a cinquante ans), même si elle mérite qu'on lui fasse plaisir, qu'on veuille la persuader qu'on est un père aimant, me paraît un peu exorbitant et même une incitation à la dépense irréfléchie pour son avenir ?

La riposte, ta riposte, lancée sur le même ton uni que le mien, enfin presque, avec un parti pris de grand calme voulu, dangereux, en me serrant durement le poignet, son coup de fouet lancé en pleine figure, pire, de couteau, me dévaste jusqu'au cœur. Ce que Mariette fera de ses cent francs ne me regarde pas. C'est une affaire entre elle et toi et pas la mienne. Elle n'est pas ma fille, je ne suis pas sa mère.

Surtout ne pas hurler, ne pas m'offrir en spectacle.

Alors qu'un voile sombre s'est abattu devant mes yeux (ce doit être le sang qui coule et m'aveugle après ce coup de couteau), continuer à marcher lentement à ton bras, le long du quai comme si de rien n'était. Que tu ne venais pas, et d'ailleurs, presque à ton insu, de commettre ce qu'il faut bien appeler l'irréparable. Dix minutes encore à tenir. Les tenir. Sauver la face jusqu'à la dernière seconde. Faire semblant de ne pas avoir été touchée à mort. Paul, je me demande si tu te souviens d'avoir, un soir, dans les bois de Spire, tiré au-dessus de ma tête pour tuer les paroles que j'avais dites, leur jaillissement de bile amère quand tu m'avais annoncé que tu allais quitter l'Allemagne, rentrer à Béthune. Cette fois les rôles sont renversés. Mais moi, je n'ai pas d'arme qui me permette d'en faire autant. D'ailleurs, si j'en avais une, inexpérience de ma part autant que sentiment d'inanité absolue, je ne saurais pas comment m'y prendre pour tirer au-dessus de la tienne en pleine gare. Comment ne pas rater la cible, l'ennemi invisible, qui barre le chemin. Qui a pour nom, Lucienne. Car c'est bien d'elle qu'il s'agit et de personne d'autre et pas seulement à travers Mariette. De sa détermination à me punir, te punir, à nous condamner au bannissement, mais aussi à travers toi. Quand bien même, depuis des semaines, tu te seras défendu d'elle, ingénié à nous brouiller les cartes, à toi, à moi, au nom d'un amour plus fort que la mort. La sienne. Mais maintenant que j'ai compris que tu n'en viendras pas à bout de cette mort, ni moi non plus, que je découvre que le poids des souvenirs destructeurs, des malentendus irréversibles entre deux êtres peuvent peser si lourd dans le plateau de la balance de leur destin respectif, qu'à cause d'eux, même après les avoir jetés aux orties, on n'arrivera plus jamais à être heureux, à rendre quelqu'un d'autre heureux,

Paul, mon bien-aimé Paul, c'est fini entre nous et pour toujours. Je ne dormirai plus jamais du sommeil profond et radieux de celle qui vient de traverser avec toi une mer démontée, accrochée à l'arc-boutant de ta jambe tronquée. Je ne mettrai pas au monde dans les sanies, les affres merveilleuses de l'accouchement, l'enfant que tu m'as fait promettre de t'offrir dans les mois qui auraient suivi notre mariage. La naissance d'un enfant se doit d'être un cadeau d'amour et non pas un lot de consolation. C'est quelque chose que, dans le silence de la douleur, dans la nuit qui s'est abattue sur moi et qui fait qu'à ton bras, toujours, j'avance sous des verrières de quai de train en partance irriguées de soleil, comme dans le noir d'une galerie de mine, j'ai décidé. Dieu sait pourtant comme je t'aurais en effet suivi n'importe où s'il avait fallu. Exactement comme j'aurais suivi Rodstein s'il avait voulu. J'aurais sans doute tout enduré. L'incertitude des lendemains, l'expatriement, le rejet de ton entourage. Mais pas le tien. Pas cette soudaine mise hors du jeu échappant à ton propre contrôle et qui est bel et bien l'œuvre de Lucienne. Les morts, Paul, à l'évidence ont plus souvent la peau des vivants qu'on ne le croit. Ils les talonnent, leur tendent des pièges, les attendent au tournant là où ils trébucheront alors qu'ils se croyaient en terrain sûr. Toi et moi, en sommes la preuve.

La lettre pleine d'amour que je vais t'écrire pour te faire toucher du doigt l'étendue de notre malheur et qui t'enjoindra de ne plus chercher à me revoir, sera la dernière.

Car je ne répondrai plus aux tiennes m'adjurant d'oublier l'incident survenu entre nous au sujet de Mariette, la maladresse de propos de ta part ayant dépassé ta pensée dans l'énervement d'une journée trop chargée à Paris et des tensions subies depuis des mois à Béthune. Et ce silence de ma part avec changement d'adresse à la clef, dans lequel tu finiras par t'enliser pendant que j'irai me terrer dans un autre hôtel, n'aura été de ma part ni méchant calcul de femme humiliée, ni dureté de cœur à ton égard, mais de l'amour encore une fois. Une façon, et si j'ai eu tort, ç'aura aussi été tant pis pour moi, de nous sauver de ce qui nous attendait. Des coups bas que nous infligerait encore et encore Lucienne et qu'elle t'épargnerait peut-être avec une autre que moi. Une femme qui n'aurait jamais connu les heures passées avec toi à l'auberge du Cheval ailé, celles, dans la Petite France, à Strasbourg, et à Paris.

Continuera l'eau à passer sous les ponts. Avec elle, à dévider comme autant de grains durs et serrés le chapelet des jours qui se succèdent. Une litanie à maintenir avec acharnement pour continuer d'exister.

Pas loin de vingt ans plus tard, dans la demi-obscurité d'un vestibule étroit et long tapissé d'un papier gris à fleurettes roses, donnant sur une porte vitrée à demi ouverte sur un potager en pente, ses arbres à fruits, ses carrés de légumes, ses plantes aromatiques saturées de soleil, sur lesquels, les inondant d'une lumière crémeuse, vient de se lever une lune flamboyante, un soir d'été, alors que je viens de perdre Auguste et Marthe, que je me suis mise dans leur maison à courir après leur ombre, de pièce en pièce, d'un bout d'allée, de jardin à l'autre, d'un meuble, d'un objet à l'autre, qu'ils ont touchés, effleurés de leur souffle, auxquels ils avaient donné une raison d'être, un sens, je me retrouve à Bonnétable dans les bras d'Ewald Rodstein.

Nous sommes chez Juliette et Victor P., avec lesquels il n'a jamais cessé d'entretenir les liens d'amitié qu'il avait noués avec eux durant ses dix-huit mois de captivité parmi nous, fréquenté leur maison autant que la nôtre, bêchant, coupant du bois, réparant des clôtures, en échange d'une bonne nourriture, de vieux vêtements mais encore solides et chauds, d'un petit viatique pour la semaine, de pain, d'œufs durs, de chocolat, de tabac et si toute correspondance entre lui et moi a depuis longtemps cessé, que la rupture est complète, il n'en va pas de même avec eux, qu'il a même invités une fois à Villingen pour la première communion de l'aîné de ses fils et c'est par eux que j'ai appris qu'il s'est marié en 1950. Que son épouse s'appelle Hilde. Qu'il leur est né trois garçons, solides, en bonne santé, randonnant sac au dos avec leur père, à travers bois et pâturages, rêvant, l'un, de devenir médecin, l'autre, ingénieur agronome, le plus jeune professeur de mathématiques. Que devenu pour sa part premier comptable à l'évêché, il vit heureusement auprès d'une épouse avenante, gaie et pieuse en même temps, dévouée aux siens, et que par conséquent, Dieu en soit loué, après le purgatoire de la dernière guerre et de la captivité, il est content de son sort. Qu'aussi, auprès des P., il lui arrive parfois de prendre de mes nouvelles.

Lorsque j'apprends par la rumeur publique que dans la foulée du coup d'envoi de la réconciliation franco-allemande, initiée par de Gaulle et Adenauer, il se propose, après avoir obtenu l'accord de la municipalité de Bonnétable et résolu avec elle les problèmes d'hébergement, de faire le voyage en car avec la fanfare de Villingen jusqu'ici et d'y donner un concert public, témoignant que cette petite ville, hissée, pour partie, au cœur d'un terroir à vocation agreste, sur un tertre dominant les luxuriances d'une vallée de ruisseau, ne lui a pas laissé que des mauvais souvenirs, qu'aussi, il me transmet par les P. qui seront ses hôtes, son souhait que nous nous revoyions, que je vienne, après le concert passer la soirée chez eux, je décide de me barricader chez moi, de faire la morte.

Parce que, toi et moi, c'est du passé, Ewald Rodstein. Que plaie refermée, mieux même, n'ayant laissé aucune trace, c'est sans rancune, Ewald Rodstein. Mais qu'il ne faudra pas compter, pour autant, que j'irai te regarder jouer de la clarinette sur la place du marché au milieu de l'équipe des joyeux lurons de ta paroisse de Villingen, en veine d'escapade avec toi, hors frontières. Une occasion, pour eux, pour toi, de faire coup double. De profiter du prétexte de célébration de la paix faite entre voisins, hier encore ennemis, pour se donner de l'air. De circuit touristique, Bâle, Jura franc-comtois, Bourgogne, Loiret, d'évasion entre hommes redevenus célibataires, s'en donnant à cœur joie de chanter à pleins poumons pendant le voyage, de traverser Belfort, Vesoul, Auxerre, Orléans, en tétant des petits cigares, en échangeant des propos lestes sur les femmes entraperçues à travers les vitres sans avoir des comptes à rendre à la leur qu'ils ont laissée à la maison.

Donc, joyeux concert et bon séjour à Bonnétable, Ewald. Heureux pèlerinage à travers ses rues montantes et descendantes, le long de ses trottoirs que tu as naguère rempierrés à grande fatigue ; de son ruisseau que tu as curé, de sa forêt où tu t'es écorché les mains à bûcheronner mais où l'on t'a sauvé de la famine avec des soupes épaisses, nourrissantes, du pain trempé dans du lait, parfois une ration de bœuf bouilli, une fricassée de bas morceaux servis avec des patates, un peu de fromage blanc du pays, une poignée de noix, une pomme. Où les filles, parce que tu étais beau (es-tu toujours beau, Ewald, avenant et beau avec, en même temps, quelque chose à la fois de hardi et de retenu qui les attirait, les faisait rêver) ne pouvaient s'empêcher de te sourire, de guetter ton passage, au milieu des autres quand, en uniforme schleu délabré, en battle-dress yankee délavé, la pelle ou la pioche à l'épaule du prisonnier tâcheron, tu regagnais le camp, le soir, vers la soupe, le châlit et que je ne pouvais pas me retenir, quand tu m'en parlais en riant, d'être jalouse d'elles, même lorsque tu me jurais que je n'avais rien à craindre. Que tu étais mon Ewe. Celui qui ne réservait qu'à moi, ses baisers de nuit ? Oui, heureux pèlerinage, Ewald. Heureuse remontée du cours du temps, mais sans moi. Je souhaite que ce concert donné en l'honneur d'une volonté de paix entre deux peuples n'ayant depuis des siècles, presque jamais cessé, en mauvais voisins, de vouloir empiéter sur les territoires de l'autre, soit un succès. Mais sans moi. J'insiste là-dessus, sans moi ! D'ailleurs, en cet après-midi de fin d'été torride où le ciel est chauffé à blanc, où la végétation qui meurt de soif en devient grise, où le feuillage des arbres mal irrigués pend lamentablement aux branches, se laisse aller, je suis occupée. Mon actuel manuscrit à poursuivre. Des lettres à écrire au sujet de ce projet de réalisation d'un film tiré de mon livre précédent avec Marie Dubois, Michel Simon, Gainsbourg comme interprètes. Bonne chance à toi, Ewald, encore une fois et joyeuse soirée chez les P., dans la coquette maison qu'ils viennent d'acquérir au nord de la ville après avoir vendu le fonds de commerce qu'ils avaient tenu, plus de trente ans, dans le centre.

Le concert a eu lieu comme prévu, à seize heures, un samedi. Trois quarts d'heure plus tôt, impossible à maîtriser, une force irrésistible m'aura littéralement arrachée à ma chaise, fait enfiler en toute hâte et à la diable, une robe, des sandales d'été, jetée dans la rue au plus fort de la chaleur, pour me rendre à Bonnétable. Sous les tilleuls plantés en couronne, taillés en éventail, de la place du marché, en présence du maire, d'une délégation du conseil municipal, de la gendarmerie, des pompiers, il y avait pas mal de curieux, de sympathisants (les autres, ceux qui étaient contre, étaient restés chez eux) venus voir, écouter, applaudir la fanfare de Villingen et quand elle a attaqué le premier morceau : une marche allègre, bavaroise des pays d'Allemagne du Sud, ensuite il y eut une valse bon enfant, gentiment villageoise, un peu pataude, un peu lente, puis une polka, elle, nerveuse, sautillante, effrontée et ainsi de suite, que le cuivre des clairons, des trompettes, des trombones à coulisse, des saxophones en forme de corne d'abondance se sont mis à briller sous le soleil à hauteur de la bouche des musiciens, j'ai regardé, fascinée, saisie d'un sentiment d'irréalité complète et pourquoi donc aussi d'absolu apaisement, proche de moi, presque à le toucher, Ewald Rodstein, joues gonflées par l'effort, jouer de la clarinette en marquant la mesure du pied en l'honneur du retour de la paix en Europe et qui sait, de ma présence aussi. Car, juste avant le début du concert, il m'avait reconnue et avait brandi dans ma direction, en guise de salut, le long tube de bois noir verni de son instrument à anche, à clef brillante. Quel âge avait-il maintenant ? Quarante-deux ans, moi quarante. À peine s'il avait changé. Le menton peut-être un peu épaissi, alourdi, une tendance à la corpulence d'homme désormais bien nourri mais continuant à porter beau, à l'italienne toujours. Cheveux épais et fournis et la chaleur méditerranéenne du regard, son contenu charmeur, latin, explosif.

Le souper chez les P. a été excellent. Poulet de grain accompagné de pommes de terre duchesse, précédé par un hors-d'œuvre de charcuterie, suivi de camembert et fromage de chèvre, d'une tarte aux poires nappée de crème fouettée. Le tout servi sur nappe blanche dans la salle à manger fraîchement acquise. Buffet-vaisselier à deux corps, chaises capitonnées, table ovale en chêne clair ; au mur des paysages de mer, de montagne photographiés en couleur, dans un angle un guéridon en fer forgé haut sur pattes surmonté de l'échevellement d'une plante verte. Nous avons dîné à six, le joueur de trombone à coulisse, celui de saxophone alto, Rodstein, Juliette, Victor et moi, chacun faisant appel au vocabulaire plus ou moins restreint ou étendu dont il disposait dans la langue de l'autre pour échanger les amabilités d'usage entre ceux qui sont reçus et remercient, et ceux qui les reçoivent. On m'avait fait asseoir aux côtés d'Ewald et ç'avait été la plupart du temps, en allemand, qu'en mangeant, nous passant les plats, la corbeille à pain, la saucière, comme autrefois, quand il déjeunait chez nous à Aulaines, nous avions parlé de choses et d'autres, en vieilles connaissances qui se sont perdues de vue mais qui sont contentes de se revoir, que l'autre soit toujours de ce monde, pas trop mal installé dans la vie, plutôt en bonne santé, avec, devant lui, encore, un vrai bout de chemin à faire avant d'être rayé de la carte, à moins, bien sûr, d'accident imprévisible.

Oui, tout allait bien pour lui, pour les siens, dans l'ensemble, à part le chagrin qu'il avait eu de perdre son père puis sa mère. Eh bien de mon côté, je pouvais en dire autant. Il savait, par les P. que j'étais entrée dans l'enseignement à Paris où je m'étais finalement installée, après mon départ d'Allemagne et qu'aussi je m'étais mise à écrire, comment dire, avec un certain succès et qu'il était question qu'on tire un film, d'un de mes livres. Bref que j'avais une vie bien remplie, gratifiante. Dommage qu'il parlât si mal le français, il aurait aimé me lire, car me connaissant comme il me connaissait il était certain que ce que j'écrivais l'aurait intéressé. Est-ce que j'aimais toujours me promener dans la forêt de Bonnétable ? Et lui, se plaisait-il toujours autant dans son chalet en Forêt-Noire ? Ce fameux Spetchloch, ce Trou du pivert dont il avait une si grande nostalgie du temps qu'il était prisonnier de guerre, et ainsi de suite, en trinquant au dessert autour d'une bouteille de vin blanc du Rhin qu'il avait apportée de Villingen. Un échange tranquille, volontairement dénué de contenu émotionnel, d'aspérités de souvenirs fossilisés, pendant que le joueur de trombone à coulisse et celui de saxophone alto s'étaient mis, pour distraire leurs hôtes, à l'heure du pousse-café, à flonflonner en douceur, à les faire dansoter entre la table et le buffet.

Ridicule, désolante soirée où soumise aux règles de bienséance qui font les bonnes compagnies, j'avais accumulé les banalités aimables, noyé, par convenance, le poisson. Cependant, à la longue, l'irritation m'avait prise. Contre lui, contre moi surtout. Contre l'inanité d'une conversation dont j'aurais dû être persuadée par avance que je n'en aurais rien à attendre. C'était, à l'évidence, bien fait pour moi. J'aurais dû à tout prix éviter cette rencontre inutile, ce soulèvement navrant de cendres froides dans un foyer définitivement éteint. Je m'étais donc levée, prétextant de l'heure tardive et du long chemin que j'avais à faire jusqu'à Aulaines, pour prendre congé, remercier les P. et souhaiter à chacun une bonne nuit.

Tu permets, m'avait-il dit, *que je t'accompagne jusqu'à la porte, sinon jusque chez toi, j'ai quelque chose à te dire*. Le ton avait changé. Bref, haletant. Celui qu'il avait naguère quand le temps nous était compté pour être ensemble, qu'il allait devoir me quitter, rentrer au camp, et comme il m'avait suivie dans le boyau du corridor, que j'allais ouvrir la porte pour en finir avec le malentendu de ces réjouissances vespérales, de ces airs de polka, de one-step censés créer une atmosphère guillerette entre bons vieux amis de toujours, m'empoignant à bras-le-corps, me serrant entre le mur et lui, il m'avait embrassée à pleine bouche comme autrefois. Exactement comme autrefois. C'était lui. C'était sa présence virile, son odeur, ce même appétit de vivre, cette même impétuosité qui le faisait, vingt ans plus tôt, frémir de pied en cap quand nous nous étreignions accrochés l'un à l'autre, que faute de nous y abandonner, le désir nous étouffait. C'était lui, c'était moi. Couple fiévreux, intact, inchangé malgré toutes les apparences du contraire. Et lorsque d'une voix sourde, mais en prenant soin de détacher les syllabes de chaque mot, pour que je les comprenne tous, il m'avait confessé avoir découvert, bien après ses premières années de mariage, après la naissance de ses fils, que malgré ce qu'il avait voulu, obtenu, un bonheur confortable, rassurant, il s'était aperçu que je lui manquais, que lui manquait le temps où il avait été auprès de moi, quelqu'un d'autre, le prisonnier de guerre allemand 1 141 649 Ewald Rodstein, celui qui voulait avec moi, jeter les monstres du passé par-dessus bord, leur mettre la pierre au cou, renouveler par immersion dans le Jourdain notre autopurification par la vertu d'un second baptême, à peine si j'avais été étonnée. Non plus que de l'entendre dire qu'en me reniant si brutalement à Fribourg, il s'était renié d'autant sans le savoir. Et maintenant qu'en marge de son existence bien réglée et du tout malheureuse qui lui permettait d'évoluer avec aisance dans son milieu d'origine aux côtés d'une épouse diligente, agréable à vivre, il avait pris conscience que quelque chose lui manquait, enfin quelqu'un, qui était moi, il était revenu ici, non seulement pour fêter la réconciliation franco-allemande, mais pour me proposer, puisque je n'étais pas mariée et si j'avais le cœur libre, de renouer entre nous le fil rompu. Enfin, si je voulais, bien sûr, si je pouvais l'aimer encore.

Fermer les yeux pour mieux écouter le chant des sirènes. Faire le vide en soi pour mieux l'entendre. Devenir ce vase vide, cette amphore ivre du vin délicieux dont on l'a remplie. S'offrir pour un instant le luxe inouï de cette retombée dans les bras d'un homme qui pour m'avoir écartée résolument de son chemin, avoir fait souche avec une autre, ne m'en assure pas moins, bouche contre bouche et serrée par lui comme s'il avait peur de me perdre, qu'il a fini par s'avouer, qu'au-delà d'un bonheur domestique qui le satisfait, je n'ai jamais vraiment cessé, même trahie, jetée aux orties, d'être sa plus précieuse histoire de cœur.

Ensuite, s'enfuir.

Bientôt, il sera minuit. Une éclatante lune rousse de fin d'été, à masque indéchiffrable et plat d'or laminé, blasonne la colline d'en face. Comme si j'avais trop bu, atteint les limites de la saoulerie, celle qui vous brouille les cartes et la vue (mais alors pourquoi en même temps, cette impression d'y voir si clair dans mon jeu, d'être enfin en possession de la solution à ma propre énigme) je marche dans le noir avec, pour seul guide, sa magnificence stellaire inatteignable et c'est bien ainsi. Et c'est pourquoi, si fiévreuse que je sois, ébranlée par l'émotion de fond en comble, je ne titube pas. Que le sol au contraire est ferme sous mes pieds comme il l'a rarement été. Dans mon sac à main, avec mon porte-monnaie, avec mon mouchoir et mes clefs, il y a, plié en quatre, arraché hâtivement aux feuillets d'un calepin dans la pénombre du couloir, un morceau de papier sur lequel Ewald Rodstein a griffonné le numéro de téléphone où on peut l'atteindre à ses heures de bureau à l'évêché de Villingen. *Pardonne-moi*, m'a-t-il dit. *Recommençons tout. Les trains sont maintenant si rapides entre Bâle et Paris et vice versa.*

Ewald, mon cher Ewald, mon trop humain, mon décevant Ewald, revenu sur tes pas et contre toute prévision jusqu'à moi pour t'assurer qu'à Fribourg, tu avais raté l'exécution, l'homicide, que cet amour, cet encombrant amour dont tu n'avais plus su que faire quand tu avais retrouvé tes habitudes de vivre, de penser, d'envisager l'avenir de sang-froid en terrain connu, en Allemagne, auquel tu avais voulu casser les reins une fois pour toutes, avait résisté à tes coups, eh bien, tu as raison, je t'aimerai toujours. Je t'aimerai toujours comme j'aimerai toujours aussi l'homme qui t'a suivi, m'a guérie de toi, appris à consentir, non point à l'oubli, car l'oubli, tu l'as toi-même compris, n'existe pas, mais à savourer le bonheur à chaque fois que par chance il part sur le chemin à votre rencontre. À le savourer comme un fruit. Ewald, mon cher Ewald, tout à l'heure, avant de quitter la maison des P. pour regagner la mienne, avant d'affronter le vide des rues, celui des champs, la vacuité lunaire qui les enveloppe d'un linceul étincelant, je t'ai promis tout ce que tu as voulu. Que nous nous retrouverions désormais, là où tu voudrais, dans le creuset des grandes villes capitales, aux frontières. Celles où l'on peut se mêler au fourmillement de ceux qu'on y croise, qui vous croisent, chacun indifférent au mystère de l'autre. Dîner dans des auberges où l'on pourrait souper à la clarté de bougies allumées tout exprès pour exacerber comme dans une grotte le tâtonnement des désirs. Ceux de l'âme et du corps, impossibles à déchiffrer, inextricables ; le long de fleuves, le Rhin, la Seine, le Neckar à surface ondulante et squameuse de triton qu'on voudrait pouvoir chevaucher pour connaître la réponse à l'énigme en se jetant avec lui dans la mer. Je connais déjà ce genre d'errance. Quelqu'un d'autre me l'ayant apprise, figure-toi.

Et c'est pourquoi nous ne nous reverrons jamais, mon cher Ewald. Nous ne serons jamais ces amants de la vingt-cinquième heure, mettant deux ou trois fois par an la clef sous la porte, avides, parce que lancés à la poursuite des années perdues, de se rejoindre dans l'anonymat des lieux carrefours, de leurs zones franches où personne n'a de comptes à rendre à personne. Là-dessus, mon parti est pris. Baiser d'amour, baiser d'adieu. Voilà donc celui que de moi tu auras reçu tout à l'heure. Et surtout ne t'en plains pas. Il s'agit du même, vois-tu, exactement du même, aussi ardent, désolé (un ébranlement à chaque fois de tout l'être qui renonce à le renouveler jusqu'à la fin des temps quand il prendra enfin visage de délivrance) que celui que j'ai donné sur un quai de la gare du Nord, à un homme que je n'ai pas plus oublié, pas moins chéri que toi. Le même aussi que celui, rivée au calvaire de son corps souffrant, l'oreille collée à sa poitrine pour ne rien perdre des derniers battements de son cœur, j'ai donné à Auguste. Son cœur de père. Le mien par conséquent. Tout comme entre lui et moi, entre toi et moi, désormais la mort. Son hiatus démantelant, irréparable, sans fin, mais du même coup, l'amour sans fin, sans faille, absolu.

Il me souvient, après la mort d'Auguste, ayant suivi de peu celle de Marthe (autre hiatus, autre amputation) de m'être souvent jetée de nuit à travers champs parce que je ne craignais plus rien. Ni l'investissement sournois des ténèbres autour de moi, ni la tragique raucité de la voix des chiens, hurlant à leur malheur d'être réduits, au bout d'une chaîne, à la condition d'esclaves-vigies à l'entrée béante d'une cour de ferme hantée par le passage des renards, celui des rats. Ni par le cri de chasse de la buse transformée en ogresse et dont la faim vous renvoie à la vôtre, d'animal humain. Tout cela, cet endurcissement aux coups du sort, car il y en eut, bien évidemment, encore d'autres, cette faculté, jamais d'oubli, mais de mise en place définitive en soi, pour survivre, d'une présence d'amour qui n'est plus rien d'autre que la forme la plus revenue de tout d'un détachement, impossible pour moi à prévoir, l'année de mes vingt ans, de mon rendez-vous avec toi, un soir d'automne à Fribourg.

Maintenant, pèlerinage terminé, il faut rentrer. Regagner Aulaines, la France par étapes. Strasbourg d'abord, avec un jour passé, merveilleuse d'hospitalité, chez Catherine Seigneur, l'épouse de Georges qui n'est plus et puis Paris. Refermer à l'arrivée, les portes sur moi. Sur, devenu l'ombre de mon ombre, Emil, mon mari, l'émigré, le juif hongrois des quartiers pauvres de Budapest ayant par miracle échappé au génocide orchestré par Eichmann pour le compte du nazisme. Emil, l'étrange étranger. Lourd d'un passé qui ankylose, ôte jusqu'au goût de l'avenir. Revenu de tous et de tout mais ayant, par miracle, gardé l'ouïe assez fine, pour écouter, comprendre, n'avoir jamais cessé d'aimer en moi l'enfant que j'étais. Ici encore, l'amour sans fin, sans faille, absolu.

Il aura fait si beau, si doux cet après-midi de septembre 2001 sur les bords du Rhin à Spire. Dans un paysage presque inchangé, celui de mes vingt ans, de leurs plus folles espérances, leurs plus sombres désespérances, je l'aurai vu, une dernière fois couler comme il le fait dans mes rêves, tranquille en apparence, apaisé, mais tourmenté dans ses profondeurs par les violences secrètes, jamais tout à fait maîtrisables de ses courants. Voici venu, ce soir, le temps des adieux. L'adieu au Rhin, à l'amour. L'amour là-bas en Allemagne.

Aulaines, 22 septembre 2005
équinoxe d'automne

Catherine Paysan dans Le Livre de Poche

La Colline d'en face n° 6639

L'automne de nos six ans. De la cour d'école à la première salle de classe, c'est un déchirement. Il a fallu abandonner la liberté des courses folles dans les bois et les champs, tout le merveilleux de l'enfance. Même si vous vous appelez « Annie Roulette, d'Aulaines », alias Catherine Paysan, et que l'institutrice, la belle obèse à la voix d'or, est votre mère, il faut vous plier à la règle. Depuis l'entrée au cours primaire jusqu'à sa première communion, on suit l'auteur : on entre dans sa famille, son milieu ; on la voit, myope, découvrir le monde grâce à sa première paire de lunettes, apprendre à lire et à écrire avec sérieux et voracité, voyager avec ses parents jusqu'au Mans, en Mona (Renault achetée après moult sacrifices). Tout le passé enfoui dans la mémoire resurgit grâce au talent de conteuse et à l'art d'écrivain de Catherine Paysan, dans une langue rythmée, musicale, attentive aux arbres, aux rivières… et à la colline d'en face, qui borne l'horizon de l'enfant mais promet l'avenir.

Comme l'or d'un anneau n° 30533

Comme l'or d'un anneau, c'est Marthe, l'institutrice de campagne née en 1891, jeune veuve de guerre d'un premier mari tué en Champagne en juillet 1918. C'est Auguste, son second époux, né en 1893 et orphelin de père. Après une jeunesse pauvre et austère, il survit à la Grande Guerre, où il a été gazé. Engagé dans la gendarmerie en 1921, il contracte le paludisme lors de la campagne du Liban. Marthe et Auguste se marient en 1923. Ce sont les parents de Catherine Paysan. Partie, au nom du culte qu'elle leur voue, à la rencontre de ce qui fut, sous la IIIe République, leur existence de petites gens malmenés par les convulsions de la grande histoire, l'auteur rend un hommage passionné, vigoureux, à l'homme et à la femme dont elle est née. Une volonté de transcender à travers eux l'épopée des humbles, leurs pareils, dont la mémoire orale constitue les seules archives.

Du même auteur :

Aux Éditions Albin Michel

LA ROUTE VERS LA FIANCÉE, Grand Prix de la ville de Nancy.

LE PASSAGE DU S.S.

LES DÉSARMÉS, Bourse Goncourt de la nouvelle 2000.

LA COLLINE D'EN FACE.

COMME L'OR D'UN ANNEAU.

LA PRIÈRE PARALLÈLE, essai.

Chez d'autres éditeurs

NOUS AUTRES LES SANCHEZ, Denoël.

HISTOIRE D'UNE SALAMANDRE, Denoël.

LES FAISEURS DE CHANCE, Denoël, prix des Écrivains de l'Ouest.

JE M'APPELLE JÉRICHO, Denoël.

LES FEUX DE LA CHANDELEUR, Denoël, prix des Libraires de France.

LE NÈGRE DE SABLES, Denoël.

POUR LE PLAISIR, Denoël.

L'EMPIRE DU TAUREAU, Denoël.

LE CLOWN DE LA RUE MONTORGUEIL, Denoël.

LE RENDEZ-VOUS DE STRASBOURG, Denoël.

ATTILA DOUNAÏ, théâtre, Denoël.

DAME SUISSE SUR UN CANAPÉ DE REPS VERT, Grasset.

ÉCRIT POUR L'ÂME DES CAVALIERS, Éd. Favre, Lausanne.

52 POÈMES POUR UNE ANNÉE, Éd. de l'Atelier.

http://www.catherinepaysan.com

Grand Prix de la Société des gens de lettres
pour l'ensemble de son œuvre